Lothar von Seltmann

Aber die Liebe siegt

Clara und Franz
Peter und Gustchen

BRUNNEN
Verlag Giessen · Basel

FSC
Mix
Produktgruppe aus vorbildlich
bewirtschafteten Wäldern und
anderen kontrollierten Herkünften

Zert.-Nr. GFA-COC-001278
www.fsc.org

Die beiden Titel dieses Sammelbandes
erschienen früher einzeln unter:
Clara und Franz. Aber die Liebe siegt.
Peter und Gustchen. Hand in Hand durchs Leben.

www.brunnen-verlag.de
Umschlagbilder: Getty Images, IFA-Bilderteam
Umschlaggestaltung: Ralf Simon
Satz: DTP Brunnen
Druck und Bindung: CPI – Ebner & Spiegel, Ulm
ISBN 978-3-7655-1735-8

Clara und Franz

Aber die Liebe siegt

Ersehnte Heimkehr

Was für ein Tag! Das tiefe Blau des Himmels, das matte Grün der Wiesen, gesprenkelt mit dem Lila der ersten Herbstzeitlosen, mit Gelb von Hahnenfuß und spätem Löwenzahn. Die ersten Farbflecke in den Bäumen. Der Geruch von spätem Grummet in der Luft, von frühen Kartoffelfeuern und frisch gepflügten Äckern, dazu das Summen von Bienen und Hummeln auf den letzten Blüten und das Getschilp unzähliger Feldsperlinge. Hoch über allem die Schreie mehrerer kreisender Bussarde und eines Roten Milan. Was für ein Tag! Und mitten darin ein junger Mann auf dem Weg nach Hause.

Franz Kapphahn, der einsame Wanderer, trat aus dem Hoppecketal und lenkte seine Schritte jetzt durchs Ittertal. Er sog das alles in sich auf wie ein leerer Schwamm das Wasser. Idylle des Altweibersommers, wie sie schöner kaum sein konnte. Wann hatte er die zuletzt genießen können? Dieser Tag würde helfen, die Bilder der grausigen Schlachtfelder, des primitiven Lazaretts und des schmutzigen Internierungslagers, die ständig vor seinen Augen auftauchten und nachts immer wieder seine Träume bestimmten, aus dem Bewusstsein zu drängen. Das Zwitschern der Vögel würde ihm helfen, den Lärm von Geschützdonner, Gewehrsalven, kleinen und großen Explosionen, lautem Schreien und leisem Wimmern der Kameraden aus den Ohren zu bekommen.

Wenn nur das verdammte Bein nicht so wehtäte und wenn das Gehen einfacher wäre! Aber der Hof war ja nicht mehr weit. Windenhausen vor Augen – vor den inneren, weil der Ort noch fünf Kilometer entfernt hinter dem nächsten Berg lag –, das spornte ihn an und ließ ihn seinen Schmerz, der vor allem im Knie saß, weniger spüren.

Die Sonne schien noch recht warm vom fast wolkenlosen Himmel und trieb dem Wanderer den Schweiß auf die Stirn, trocknete den Mund aus, ließ Hemd und Hose unter dem zerschlissenen Wehrmachtsmantel auf der Haut kleben. Da tat ein bisschen Schatten gut, den die Schwarzerlen am Itterbach spendeten. Und es tat gut, den lästigen Mantel für ein paar Minuten zur Seite zu legen, Schuhe und Strümpfe auszuziehen und die wunden Füße im hellen Wasser des Grenzflüsschens zwischen englischer und amerikanischer Besatzungszone zu kühlen. Ob man das Wasser immer noch trinken konnte?

Franz Kapphahn hielt seine Wasserflasche in die leichte Strömung, ließ sie voll laufen und trank in kräftigen Zügen. Wie das schmeckte! Wann hatte er das letzte Mal so ein herrliches Wasser getrunken? Aber ab jetzt würde er es wieder trinken können. Er kam nach Hause. Endlich, nach fünf langen Jahren kam er nach Hause! Der Krieg war zu Ende, aus und vorbei. So ganz anders vorbei allerdings, als er sich das vor Jahren erträumt hatte. Zum Glück war er am Ende den Amis in die Hände gefallen, und die waren einigermaßen gnädig mit den deutschen Landsern umgegangen. Und mit ihm auch, bis sie ihn nach fast anderthalbjähriger Internierung hatten gehen lassen.

Sein Bein hatten ihre Feldärzte ihm freilich auch nicht mehr reparieren können. Eine feindliche Kugel hatte ihm in den letzten Tagen des Krieges noch ein Stück des Oberschenkelknochens zerfetzt und sein rechtes Knie beschädigt. Bewegen konnte er es noch, wenngleich nur in einem sehr kleinen Winkel und unter Schmerzen. Aber es war irgendwie keine richtige Kraft mehr drin. Er hatte auch keinen festen Stand auf dem Bein.

Wie leichtfüßig war er früher den Weg gesprungen, vom Dorf über die beiden Höhen und durchs Ittertal zur Bahnstation. Und wie beschwerlich war das Gehen jetzt. Franz Kapphahn fluchte leise vor sich hin. Im Lazarett hatte er eine Zeit lang Krücken benutzt. Die fehlten ihm jetzt. Ein Stock wäre vielleicht hilfreich. Natürlich, ein Stock. Warum war er nicht schon in Hoppecke darauf gekommen, als er sich nach der Bahnfahrt auf den etwa zehn Kilometer weiten Fußweg in sein Dorf gemacht hatte? Da hatten doch so schöne Haselsträucher am Bachlauf gestanden, mit guten, geraden Ästen.

Franz Kapphahn kramte sein Klappmesser aus dem Tornister, erhob sich umständlich, um eine passende Erle zu finden. Hasel wäre zwar besser gewesen, aber ein Erlenstock tat's auch. Der junge Mann schnitt einen Stock, setzte sich wieder ans Ufer, hängte die Füße noch einmal ins Wasser und bearbeitete das Holz. Dann steckte er das Messer wieder weg, nahm noch einmal einen Schluck aus seiner Feldflasche, zog die Strümpfe und die klobigen Schuhe wieder an, rappelte sich hoch und schulterte seinen Tornister. „Auf zur letzten Etappe, Franz!«, sagte er sich selbst. „Hast du den Weg über den Großen Buttenberg geschafft, wirst du den über den Bülsenberg auch schaffen. Und dann bist du zu Hause. Endlich wieder zu Hause!«

Franz Kapphahn liebte seine Heimat im Waldeckschen Upland. Er liebte die Berge, die tiefen Einschnitte und die weiten Täler. Wie hatte er sie vermisst, die Wälder und die Auen, die Felder an den Hängen und die Wiesen an den Bachläufen, die kleinen, zusammengekauerten Dörfer und die versprengten Höfe. Nur, warum musste die Heimat eigentlich so bergig sein? Konnte sie sich nicht jetzt wenigstens ein bisschen flacher zeigen? Dann würde das Bein nicht solche Mühe machen.

Der Kriegsheimkehrer musste immer wieder einmal stehen bleiben. Warum gab es auch von Hoppecke nach Windenhausen keine Busverbindung? Warum lag sein Dorf nicht an der

Bahnstrecke? Und warum war niemand gekommen, um ihn abzuholen?

Blödsinn, es wusste ja niemand, dass er gerade heute nach Hause kam. Er hatte seine Heimkehr zwar für irgendwann angemeldet, einen genauen Tag und eine bestimmte Zeit hatte er den Eltern aber nicht mitteilen können. Dabei war ja auch gar nicht sicher, ob die Post überhaupt angekommen war.

Steil ging es hinauf auf die Himecke, das Plateau unterhalb des Bülsenbergs. Franz musste sich arg quälen. Und das Bein schmerzte. Nachher würde es steil wieder hinuntergehen. Das würde wohl auch nicht einfach sein. Aber es ging nach Hause, und da musste er das aushalten.

Nach Hause! Wen und was würde er wohl antreffen? Ob die Eltern auf dem Hof waren oder irgendwo draußen? Der Tag hatte ja noch ein paar Stunden. Ob die Brüder lebten und zu Hause waren? Oder hatte der Krieg vielleicht ...? Ach was, der kleine Nachzügler war doch noch ein Hosenkacker, als der Krieg angefangen hatte. Und Richard? Den hatte man ja schon vor ihm nach Russland geschickt. Wer von den Windenhausener Jungen war wohl noch da oder wieder da oder gar nicht mehr ...? In den vergangenen Jahren hatte Franz keine Nachrichten bekommen. Wenn Post an ihn auf dem Weg gewesen war, war sie bei ihm nie angekommen. Ob der Hof noch stand, so wie vor fünf Jahren? Ob die alte Scheune noch ...? Die war doch damals schon reif für den Abbruch gewesen. Ob das Sägewerk und die Zimmerei unten an der Bicke noch arbeiteten? Ob sein alter Chef ihn mit seinem zerschossenen Bein überhaupt gebrauchen konnte?

Bei diesem Gedanken erschrak Franz heftig. Sein elendes, zerschossenes Bein! Mit dem konnte er doch gar nicht mehr alles das tun, was er früher getan hatte. Weder auf dem Hof, noch in der Zimmerei. Hinter dem Pflug hergehen und Holz rücken und auf Dachstühlen arbeiten, das ging doch gar nicht mehr. Was würde das bloß werden? Wie würde der Vater reagieren, wenn er vielleicht nur noch als halbe Kraft bei der Arbeit drinnen und draußen anfassen konnte? Ob der überhaupt Verständnis für seine Behinderung hatte? Der Vater war in seinem fünfzigjährigen Leben nie krank gewesen und immer bärenstark und der Kommandeur. Und die Mutter? Die hatte zwar das weichere Herz, aber sie konnte auch ganz schön bärbeißig und fordernd sein, dass einem das Lachen verging. Ob die ein Bedauern für ihn hätte?

Franz Kapphahn musste sich setzen. Seine Gedanken waren wild durcheinander geraten. Und der Schmerz im Bein machte ihn heute schier verrückt. Jetzt war er also so etwas wie ein Krüppel; gehbehindert für alle Zeiten, verurteilt, der Langsamste und der Letzte zu sein.

Den Sechsundzwanzigjährigen packte eine merkwürdige Unruhe. Ein Gemisch aus Zorn und Angst kam in ihm hoch. Zorn über das, was hinter ihm lag und ihm seinen Zustand beschert hatte. Angst vor dem, was ihn erwartete, wenn er den letzten halben Kilometer steil bergab hinter sich gebracht hatte. Und es kam Angst in ihm hoch, wie er denn selbst damit fertig werden würde, dies und jenes und alles Mögliche nicht mehr zu können…

Jetzt ein paar Schnäpse und ein großes Bier und das ganze Elend kräftig ersäuft, ging es Franz durch den Kopf. Aber ihm blieb für den Augenblick nur der letzte Schluck Itterwasser aus seiner Feldflasche. Und dann musste er wohl oder übel ins Tal. Er wollte doch nach Hause. Endlich nach Hause! Dabei war er sich plötzlich sehr sicher, dass seine Heimkehr hart werden würde, vielleicht sogar sehr hart.

Franz Kapphahn riss sich von seinen Gedanken los, gab sich einen Ruck und machte sich auf das letzte Stück Weg hinunter ins Dorf. Nach der nächsten Kurve lag es im Tal vor ihm in der späten Nachmittagssonne. Von hier oben sah es ganz wie früher aus. Die Häuser standen eng wie eh und je, die Schule am Dorfrand und die kleine Kirche mehr in der Mitte. Der Friedhof lag auch am alten Platz am anderen Dorfrand. Ums Dorf waren hier und da Leute mit Gespannen und Gerät auf den Feldern bei der Arbeit zu sehen. Kartoffelernte? Rübenernte? Genaues konnte er nicht ausmachen.

Ein friedliches, idyllisches Bild, schien es dem Heimkehrer. Friedlich? Die nächsten Tage würden zeigen, wie friedlich das Ganze war. Gut, dass er niemanden auf den Feldern der Himecke angetroffen hatte. Er mochte jetzt auch noch niemandem aus dem Dorf begegnen und lästige Fragen beantworten. Erst einmal zu Hause sein.

Dann war es ihm plötzlich, als sollte er einen kleinen Bogen schlagen und den Weg über den Friedhof nehmen. Warum auch nicht? Der Weg war zwar etwas weiter, aber er war angenehmer zu gehen, nicht so steil und holprig. Und zudem würden ihm hier sicher keine Leute begegnen. Wer hatte um diese Zeit schon auf dem Friedhof zu tun? Vom Friedhof aus war er dann mit wenigen Schritten zu Hause.

Kurze Zeit später stand Franz vor dem Friedhofstor. Er öffnete es – es quietschte wie immer –, und blieb zunächst für einen Moment stehen. Sein Blick schweifte über den kleinen, von einer Hecke umgebenen Platz. Kein Mensch war hier. Das war gut so. Im vorderen Teil gab es offenbar einige neue Gräber. Ein paar trugen frische Blumen, auf anderen lagen verwelkte Kränze. Die mussten wohl bis zum November warten, bis sie abgeräumt wurden.

Franz betrat den Friedhof, um zu sehen, wer denn in den vergangenen Jahren gestorben war. Langsam hinkte er an der Gräberreihe vorbei. Er kannte sie alle, die da beerdigt lagen, lauter alte Leute, denen der Tod sicher so etwas wie Erlösung vom mühsam gewordenen Leben gewesen war. Bei einem der Gräber traf es ihn dann aber wie ein Keulenschlag:

»Henner Kapphahn – geb. 15. August 1935
– gest. 17. November 1944«

stand auf dem schlichten Stein zu lesen. Franz rieb sich die Augen. Las er richtig? Henner Kapphahn, das war doch sein Bruder. Sein kleiner Bruder, der Hosenkacker. Der tot? Das war nicht wahr! Wieso konnte er selbst x-mal durch die Kriegshölle gehen und lebendig nach Hause kommen, und sein kleiner Bruder war tot? Einfach tot und seit zwei Jahren unter der Erde?

Franz schossen die Tränen in die Augen, und ihm versagten die Beine. Er musste sich setzen. Zum Glück stand in der Nähe eine kleine Bank. Er hatte ja geahnt, dass es hart würde, nach Hause zu kommen. Aber musste es gleich so hart sein? Der junge Mann barg sein stoppelbärtiges Gesicht in den Händen und ließ seinen Tränen freien Lauf. Sein lautes Schluchzen würde zu dieser Tageszeit hier sicher niemand hören. Und wenn schon. So ein Nachhause-Kommen musste erst einmal jemand mitmachen. Den kleinen Hosenkacker würde er schon mal nicht mehr antreffen. Und was war mit Richard? Hoffentlich lebte der wenigstens noch und war wieder zu Hause. Nicht auszudenken, wenn der im Krieg…

Die Sonne war schon untergegangen, als Franz sich endlich zusammenraffte, um das letzte, kurze Stück Weg bis zum Hof unter die Füße zu nehmen. Wie lange er hier gesessen hatte, wusste er nicht. Ihm wurde nur plötzlich kalt unter seinem zerschlissenen Mantel. Als er sich erhob, war ihm, als habe sein Tornister ein Vielfaches an Gewicht zugenommen und als wären seine Schuhe plötzlich mit Bleisohlen versehen. Mit einem lauten Seufzer wandte er sich zum Gehen. Dass da inzwischen jemand hinter ihm auf dem Weg stand, hatte er noch gar nicht gemerkt.

»Guten Abend, Franz«, hörte er wie aus weiter Ferne eine Frauenstimme sagen. »Willkommen in der Heimat.«

Franz erschrak heftig und zuckte zusammen. »Clara? Clara Oehme? Du hier? Und du hast mich gleich erkannt? Stehst du schon länger hier?«

»Schon eine ganze Weile. Ich wollte dich nicht stören. Kein guter Empfang für dich, Franz.«

»Nein. Drei Jahre hatte ich keine Post.«

»Armer Kerl, muss schlimm sein für dich, so nach Hause zu kommen.«

»Es wird noch schlimmer werden, Clara, wenn ich gleich wirklich nach Hause komme. Was machst du hier?«

Clara schien die Frage zu überhören. »Hast du nicht gewusst, dass ...?«

»Nein, ich habe nichts gewusst.«

»Ich hätte es dir anders gegönnt, Franz. Trotzdem, willkommen in der Heimat. Wenigstens du kommst zurück.«

»Danke, Clara.« Franz streckte sich und setzte sich in Bewegung. Sein Bemühen, normal zu gehen und seine Behinderung zu verbergen, scheiterte kläglich. Sein rechtes Bein versagte sofort, und er musste sein Gewicht wieder auf das gesunde Bein verlagern und das andere nachziehen. Er fluchte leise vor sich hin. Dass ausgerechnet Clara die Erste sein musste, die seinen Zustand mitbekam! Die würde die Neuigkeit gleich im Dorf verbreiten. Aber was sollte er machen? Er musste mit diesem kaputten Bein leben, und wer mit ihm zu tun haben wollte, musste auch mit seinem kaputten Bein zu tun haben wollen. Wie ein trotziges Kind bewegte Franz diesen Gedanken. So war es nun einmal, und so würde es ja wohl auch bleiben. Sein kleiner Bruder kam nicht mehr ins Leben zurück, und sein Bein würde nie wieder unversehrt sein. Mit dem einen Wissen lebten die Leute schon seit zwei Jahren, an das andere mussten sie sich gewöhnen. Ob sie nun Clara Oehme hießen oder August und Emma Kapphahn oder sonstwie.

Dass er nun doch jemandem begegnet war, ärgerte ihn. Warum nur ausgerechnet Clara Oehme?, ging es ihm für einen Moment durch den Kopf. Dass er August und Emma Kapphahn, seinen Eltern, in wenigen Minuten begegnen würde, das war sicher, aber hier auf dem Friedhof Clara Oehme?

»Junge, reiß dich zusammen!«, sagte er zu sich selbst. »Es kann nicht schlimmer kommen.«

Aber es kam schlimmer.

Nach wenigen Minuten stand Franz vor der Fachwerkfassade des Wohnhauses auf dem elterlichen Hof. Wie Hohn erschien ihm für einen Moment die stark verblasste kunstvolle Balkeninschrift: »Das Werk muss den Meister loben, doch der Segen kommt von oben. Gott allein die Ehre!« Da müsste mal ein feiner Pinsel dran, schoss es ihm dennoch durch den Kopf. Aber besser doch nicht. Was da stand, passte nicht mehr in die Zeit, zumindest nicht in die jetzige.

Kein Mensch war im Hof zu sehen, nur ein paar Hühner pickten eifrig Körner vom Boden. Sie schienen den Fremden nicht zu bemerken. Einen Hund gab es wohl nicht mehr, auch wenn die Hütte an ihrem Platz stand und die Kette noch dranhing. Aus dem Stall drang das Hufescharren und Schnauben der Pferde, das Muhen der Kühe und das aufgeregte Grunzen der Schweine. Futterzeit, Melkzeit. Die Eltern waren wohl beim Vieh drinnen. Franz nahm seine ganze Kraft zusammen, atmete ein paarmal tief durch und ging zum Stall hinüber. Seinen Stock und den Tornister lehnte er außen gegen die Wand, ehe er den dämmrigen Raum betrat.

»Vater! Mutter! Seid ihr hier?«, rief er hinein. Alles wie immer, ging es ihm durch den Kopf. Nichts hat sich verändert. Im selben Augenblick schepperte Blech. Von der letzten Kuh her kam ein spitzer Schrei. Die Mutter hatte dort gesessen und gemolken und den Melkeimer vor Schreck und Überraschung beim Aufstehen umgestoßen. Sein Inhalt ergoss sich ins Stroh.

»Franz, mein Junge, du bist da? Endlich bist du da? Schön, dass du da bist«, kam die kleine, rundliche Frau ihm entgegen und nahm ihn in die Arme. Dabei musste sie sich ganz schön recken. »Schön, dass du da bist«, wiederholte sie leise und wandte sich nach hinten: »August, komm rasch. Franz ist da! Nun komm schon! Nimm deinen Sohn in Empfang!«

»Wer ist da?«, kam es aus der Futterküche zurück. »Franz? Dann ist wenigstens der nicht verreckt wie die vielen andern.«

August Kapphahn kam mit schweren Schritten durch den schmalen Futtergang.

»Ich bin da, Vater, endlich wieder zu Hause«, ging Franz mit ausgestreckter Hand dem Vater entgegen.

»Wurde auch langsam Zeit. Der verfluchte Krieg!«, bekam er nur zurück. Die Hand reichte der Vater nicht. »Wenigstens noch einer, der hier mit anpacken kann. Kannst gleich den Stall noch misten. Wirst du wohl nicht verlernt haben«, fügte der Mann hinzu und ging an Frau und Sohn vorbei nach draußen.

»Aber August, du kannst doch nicht von Franz erwarten ... Lass ihn doch erst mal zu Hause sein. Willst du deinen Sohn nicht begrüßen, wie ein Vater das macht?« Sichtlich empört sprach Emma Kapphahn zu ihrem Mann.

»Er ist doch zu Hause. Dann kann er auch was tun«, war das Einzige, was von draußen zurückkam.

Franz verschlug es die Sprache. Entsetzt schaute er seinem Vater nach. Nannte sich das eine Begrüßung? Kein freundliches Wort, kein Handschlag, kein Zeichen der Freude über seine Heimkehr?

Der Junge wischte sich über die Augen, als müsste er sich bessere Sicht verschaffen. Aber es waren wohl ein paar Tränen, die er wegwischen musste.

»Lass ihn, Mutter«, brachte er mühsam hervor, »ich komme vielleicht zu überraschend. Aber den Stall werde ich heute nicht misten. Dass er's weiß.«

»Brauchst du auch nicht, Junge. Das muss er schon noch selber machen. Komm du erst mal rein. Seit deine Brüder nicht mehr da sind und der Krieg verloren ist, ist er einfach komisch geworden. Du bist der Letzte, der ihm geblieben ist.«

Franz zuckte bei diesen Worten zusammen. »Was heißt

das?«, fragte er erschrocken. »Von dem Kleinen weiß ich. Ich war schon auf dem Friedhof. Aber was ist mit Richard?«

Die Mutter seufzte auf: »Gefallen. Vom Krieg gefressen. Liegt irgendwo in russischer Erde.«

Richard auch tot?! Das war ja furchtbar! Franz wurde schwindelig. Wieder wollten ihm die Beine versagen. Oh, dieses vermaledeite Knie! Jetzt war er der Letzte und der Einzige, der zupacken konnte. Und er war ein Krüppel, der eben nicht bei allem zupacken konnte wie früher. Das würde dem Vater einen zusätzlichen Ärger verpassen, wenn er es denn bemerkte. Und das würde heute Abend sein. Denn gemerkt haben konnte er es bei dieser Begrüßung bisher nicht.

»Kann ich in mein Zimmer?« Franz hatte das Bedürfnis, allein zu sein, wenigstens für ein paar Minuten. Er fühlte sich elend und müde, unendlich müde und unsäglich traurig.

»Geh nach oben, Junge. Ruh dich aus. Zum Essen rufe ich dich. Ich muss noch die Liese fertig melken, wenn sie mir denn noch was gibt.« Mit einem Seufzer wandte Emma Kapphahn sich wieder ihrer Arbeit zu, während Franz ins Haus hinkte und sein Zimmer aufsuchte, das er sich bis zu seiner Einberufung mit Richard und dem Hosenkacker geteilt hatte. Und jetzt war er wieder da und war allein.

Franz fühlte sich einfach entsetzlich elend. Bisher hatte er sich noch mächtig zusammengerissen. Jetzt konnte er seine Tränen nicht mehr aufhalten. Er warf sich, wie er war, auf eines der Betten und schluchzte hemmungslos ins Kissen. Sein ganzer Körper schüttelte sich, und es dauerte eine geraume Weile, bis er wieder ruhig war.

Wo war er? War das hier noch sein Zuhause? Wie die Mutter ihn empfangen hatte, konnte er verstehen. Aber der Vater? »Kannst gleich den Stall noch misten.« Hatte der Vater nichts anderes zur Begrüßung zu sagen als: »Jetzt ist er zu Hause, dann kann er auch was tun«? Der Tod von Richard und Henner musste ihn noch härter gemacht haben, als er vorher schon war. Wie sollte das nur in Zukunft gehen? Wenn er doch nur beide Beine richtig gebrauchen könnte! Er würde dem Vater sonst schon beweisen, dass er was tun konnte. Aber so?

Der Ruf der Mutter zum Essen riss den Heimkehrer aus seinen Gedanken. Er rappelte sich von seinem Bett hoch, hängte den Mantel, den er immer noch anhatte, über einen Stuhl, ordnete seine Kleidung und ging nach unten.

August und Emma Kapphahn saßen bereits am spärlich beleuchteten Tisch, als Franz hereinkam. Heiße Milch dampfte im Krug, und der Duft von frischem Brot und geräucherter Wurst hing im Raum. Die altbekannte und doch fremde Küche. Franz atmete tief ein und setzte sich dem Vater gegenüber auf seinen angestammten Platz auf der Bank.

August Kapphahn hob nur kurz den Blick. »Wie bewegst du dich denn? Warum ziehst du dein rechtes Bein nach?« Barsch klang die Frage.

»Weil es kaputt ist. Ich krieg's nicht mehr krumm. Wirst dich dran gewöhnen müssen«, gab Franz die gewünschte Auskunft und fügte leise hinzu: »Ich muss mich erst noch selbst dran gewöhnen.«

»Kannst du arbeiten?«, kam die nächste barsche Frage.

»Nun lass doch den Jungen erst mal richtig hier sein, August«, versuchte die Mutter vorsichtig abzulenken.

»Er ist wieder hier, und ich will wissen, ob er arbeiten kann«, beharrte der Vater.

»Ich weiß es noch nicht. Kommt drauf an, was«, gab Franz ein wenig kleinlaut zurück.

»Hast du Schmerzen?« Der Ton der Mutter war wesentlich mitfühlender als der des Vaters.

»Beim Gehen immer, manchmal höllisch. Wenn das Bein ruhig ist, geht's meistens.«

»Wir fahren nächste Woche nach Arolsen. Die sollen sehen, ob sich was machen lässt.«

»Kommt nicht in Frage!«, widersprach August Kapphahn seiner Frau. »Die Quacksalber haben Henner auf dem Gewissen, und die kriegen auch kein kaputtes Bein wieder hin.«

Franz blickte ein wenig hilflos zwischen seinen Eltern hin und her. Seine Mutter warf ihm einen aufmunternden Blick zu und bedeutete ihm, nicht weiter darüber zu reden. Franz begriff. Die Mutter würde es schon machen. Was mit Henner gewesen war, würde sie ihm wohl noch erzählen, und vielleicht war seinem elenden Bein ja doch irgendwie zu helfen und das Knie wieder beweglich zu kriegen.

Das weitere Abendessen verlief, ohne dass die Beteiligten weiter miteinander redeten. Merkwürdige Begrüßungsfeier. Franz hatte sich so sehr auf das dunkle Brot gefreut, auf geräucherte Wurst und gute Kuhmilch. Aber er brachte schier nichts herunter. Da konnten auch die aufmunternden Gesten der Mutter nicht nachhelfen. Erst beim Hinausgehen brach der Vater das Schweigen. »Morgen früh um sechs im Stall. Später geht's in die Kartoffeln«, ordnete er an, natürlich an die Adresse des heimgekehrten Sohnes.

»Jetzt hör endlich auf, August!« Emma wurde laut und scharf. »Der Junge ist ja nicht mal richtig hier. Hat gerade die Hölle hinter sich gelassen, kommt als kranker Mensch nach Hause, und du behandelst ihn wie den letzten Knecht. Du machst den Stall allein wie bisher auch! Der Junge braucht erst mal ein paar Tage Ruhe. Und basta!« August Kapphahn reagierte nicht auf die Zurechtweisung seiner Frau. Er verließ die Küche und warf die Tür mit deutlichem Ärger ins Schloss.

Richtig erregt hatte sich die Frau, so dass sie fast nach Luft schnappen musste. »Nimm's deinem Vater nicht krumm, Junge. Er hat sich in letzter Zeit sehr verändert. Es ist schwer, mit ihm auszukommen. Aber irgendwie muss es gehen. Du schläfst morgen erst einmal aus. Und dann sehen wir weiter.«

»Danke, Mutter«, sagte Franz leise und fügte ein wenig unsicher an: »Bist du wenigstens froh, dass ich wieder da bin?«

Diese Frage löste bei Emma Kapphahn die Spannung, die sich in den vergangenen Stunden und sicher schon lange vorher aufgestaut hatte. Sie nahm den Sohn in die Arme und weinte bittere Tränen. »Ich habe so darauf gewartet, dass du kommst, Junge«, brachte sie unter Schluchzen heraus. »Es ist alles so schwer gewesen. Aber wo du wieder da bist, wird es besser werden. Da müssen wir jetzt alle durch. Aber wir werden das schaffen. Ruh du dich erst mal ein paar Tage aus und erhol dich. Ich kläre das schon mit deinem Vater.«

Franz konnte nicht antworten. Der Hals war ihm wie zugeschnürt. Er drückte seine Mutter noch einmal fest an sich und ging dann wieder nach oben, wo er bald in einen tiefen Schlaf fiel.

Clara

Clara blieb auf dem Hauptweg des Friedhofs stehen und schaute dem davonhumpelnden Franz Kapphahn nach. Armer Kerl, ging es der hübschen jungen Frau durch den Kopf. Und doch reich, weil er lebte und nach Hause kam. Weit mehr als zwanzig Männer des Dorfes waren im Krieg geblieben. Sein Bruder Richard war einer davon. Ob er das auch schon wusste? Was würde den Franz wohl sonst noch zu Hause erwarten? Der alte Kapphahn, sein Vater, hatte sich seit der Todesnachricht von der Ostfront sehr verändert. Seit dem plötzlichen Tod seines Jüngsten war mit ihm gar nicht mehr auszukommen. Das ganze Dorf hatte das schon zu spüren bekommen. Der Mann kam wohl mit sich selbst nicht mehr zurecht. Er haderte mit Gott und der Welt. Mehr allerdings mit der Welt, denn von Gott hatte er noch nie viel wissen wollen. Unter seiner Art zu denken und zu leben und mit der jüngsten Vergangenheit umzugehen, hatten seine Emma und seine Nachbarn zu leiden.

Dass da auch noch andere Männer des Dorfes irgendwo in fremder Erde begraben lagen und auch noch andere Häuser voller Trauer waren, schien ihn nicht zu berühren. Und jetzt kam Franz zurück und war ein »Krüppel«. Das konnte was werden!

Armer Kerl, dieser Franz. Hoffentlich bekam der wieder Anschluss im Dorf. Den brauchte er unbedingt, wenn er mit der Situation zu Hause fertig werden wollte.

»Warum beschäftigt dich das eigentlich, Clara?«, fragte sie sich plötzlich selbst. Weshalb war sie eigentlich auf den Friedhof gekommen? Doch wohl nicht, um Franz hier zu begegnen? Anscheinend aber doch, denn es gab für sie hier gar nichts zu tun. Merkwürdig. Clara zuckte mit den Schultern und machte sich nachdenklich auf den Heimweg. Sie wohnte am anderen Ende des Dorfes, nur gute zwei Steinwürfe weit vom kapphahnschen Hof entfernt. Allerdings vermied sie es, dort vorbeizugehen. Sie nahm den anderen Weg, der möglich war. Hier traf sie auch eher Leute, denen sie die Nachricht von der Heimkehr des Kapphahn-Sohnes weitergeben konnte. Das Dorf sollte wissen, dass wenigstens Franz den Krieg überstanden hatte und nach Hause gekommen war. Andere sollten sich doch auch darüber freuen, dass dieser Junge lebte und seinen Eltern, dem Hof und dem Dorf erhalten geblieben war.

»Warum beschäftigt dich das eigentlich, Clara?«, fragte sich die junge Frau zum zweiten Mal, als sie später in der kleinen Schneiderstube ihres Vaters die Arbeit wieder aufnahm, die sie vorhin weggelegt hatte, um auf den Friedhof zu gehen. Warum war ausgerechnet sie die Erste, die dem heimkehrenden Franz Kapphahn begegnen sollte? Warum gerade sie? Schon richtig, sie hatten sich in der gemeinsamen Schulzeit eigentlich immer gut verstanden und gemocht. Auch später waren sie sich nicht unbedingt aus dem Weg gegangen. Das war's aber dann auch gewesen.

Wie sie diese Frage auch hin- und herbewegte – Clara fand keine rechte Antwort darauf. Da sie aber keine anderen Gedanken in ihren Kopf bekam, beschloss sie, Onkel Schulz, den Bürgermeister – in diesem Dorf mit wenig mehr als zweihundert Seelen hießen die älteren Männer für die jungen Leute alle »Onkel«, wie die älteren Frauen alle »Tanten« waren –, Onkel Schulz heute Abend noch aufzusuchen und ihn über Franz' Heimkehr zu informieren. Sie brauchte dazu nur die Dorfstraße zu überqueren. Und dem Pfarrer würde sie Nachricht geben und dafür gleich morgen früh mit dem Fahrrad ins Kirchdorf fahren. Die beiden Männer waren die wichtigsten im Dorf. Die sollten sich um den Jungen kümmern und auf irgendwelchen Wegen dem Heimkehrer das Wiedereinleben in die Dorfgemeinschaft erleichtern. Sie selbst würde in den nächsten Tagen, vielleicht noch nicht gerade morgen, aber bald die Kapphahns besuchen und schauen, wie es dem Franz ging. Der brauchte jetzt bestimmt jemanden, der ihm ein bisschen Mut machte.

»Ich hab es schon gehört, Clara«, bestätigte wenig später der Bürgermeister die Nachricht, die die junge Frau ihm bringen wollte. »Das ist fast so schnell durchs Dorf gegangen wie das Feuer von 1784.«

»Damals blieben aber nur Rauch und Asche übrig«, bemerkte Clara.

»Richtig, Mädchen, und die Ausgebrannten mussten alle wieder von vorne anfangen.«

»Wird der Franz auch müssen, Onkel Schulz«, meinte Clara. »Die letzten fünf Jahre werden ihm ganz schön in den Knochen stecken.«

»Wie man hört, leider sogar im Sinne des Wortes. Er ist wohl ziemlich verletzt worden.«

»Zumindest sein rechtes Bein«, bestätigte Clara. »Franz zieht es nach. Da wird er vielleicht sein Leben lang mit zu tun haben.«

»Das glaube ich auch«, stimmte Ludwig Schulz zu. »Aber der Franz ist jung. Und er ist stark. Wenn der sich erst einmal erholt hat von den Strapazen der letzten Jahre, dann wird der noch einmal eine gute Partie. Du wirst sehen.«

Clara spürte, wie ihr plötzlich warm wurde und ihr ein wenig die Röte ins Gesicht stieg. »Ich weiß nicht«, beeilte sie sich zu sagen. »Ob ich mit den Kapphahns auf Dauer zu tun haben wollte? Die sind doch immer noch nicht geheilt von dem tausendjährigen Wahnsinn. Die trauern nicht nur ihren beiden Söhnen nach, sondern auch noch dem verlorenen Reich, und die sind auch sonst sehr komisch.«

»Täusch dich da mal nicht, meine Liebe«, widersprach der Bürgermeister. »August Kapphahn hat sicher gelernt. Der läuft keinem Führer mehr nach. Er hat wirklich teuer bezahlt. Seine Träume vom Wind verweht, der eine Sohn unter russischer Erde und der andere hier auf dem Friedhof. Der dritte ist zwar wieder da. Aber der muss erst wieder ein ganzer Mensch werden.«

»Und Franz? Ist der auch vom braunen Wahnsinn geheilt? Was denkst du, Onkel Schulz?«, versuchte Clara die Ansicht des Bürgermeisters zu erfahren.

»Der wird keine Parolen mehr schreien und auch keine Sozialdemokraten mehr verprügeln. Der hat sicher seine junge Nase gestrichen voll.« Ludwig Schulz war sich seiner Sache da sehr sicher. »Gib's doch zu, Mädchen, du hast doch selbst gerne Bluse und Halstuch getragen und für den Führer Margeriten gepflückt. Hab ich Recht?«

Clara senkte für einen Moment den Blick. Dann gab sie zu: »Hab ich. Das hörte sich ja auch alles so gut an, was uns da erzählt wurde von den Leuten der Hitlerjugend. Die haben uns begeistert. Wer konnte denn ahnen, dass sie selbst Verführte waren?«

»Wer das ahnen konnte?«, wiederholte der Bürgermeister. »Es gab welche, die es geahnt haben, vielleicht sogar gewusst haben. Aber die durften ja den Mund nicht mehr auftun, wenn sie sich nicht selbst in Gefahr bringen wollten.«

Clara schaute ihrem Gegenüber in die Augen: »Du warst so einer, Onkel Schulz. Ich weiß. Dir haben sie ganz schön den Mund gestopft. Heute tut es vielen Leuten Leid, dass du im Dorf ziemlich allein warst mit deiner Ansicht und dass sie alle gegen dich waren.«

»Vergiss es, Clara, es waren auch nicht alle.« Ludwig Schulz atmete einmal tief ein und wieder aus, als wollte er die Erinnerung an diese Vergangenheit loswerden. »Die Zeiten sind Gott sei Dank vorbei. Jetzt muss aufgebaut werden, was kaputt ist. Auch in den Beziehungen untereinander. Und das müssen wir im Dorf alle gemeinsam tun. In jedem zweiten Haus ist Trauer. Wir müssen einer den anderen trösten, schon dadurch, dass wir uns nicht länger gegenseitig die Vergangenheit vorwerfen und uns vorhalten, wie die Einzelnen gedacht haben und wie wir miteinander umgegangen sind. Das müssen demnächst viele von uns sogar schriftlich machen.«

Clara verstand ihn nicht.

»Die Amis haben eine Aktion zur ›Entnazifizierung‹ eingeleitet. Da gibt es seit einiger Zeit ein Gesetz.«

»Entnazifizierung? Was müssen die Leute denn da machen?«

»Es wird Fragebögen geben, in denen jeder, der einen solchen Bogen kriegt, sich erklären muss, wie er zu Hitler gestanden hat, ob er Parteimitglied war, ob er irgendeine Funktion hatte oder bestimmte Aufgaben ... Ich weiß noch nichts Genaues. Wir werden sehen.«

»Kriegst du dann auch so einen Fragebogen?«

»Ich denke schon. Ich habe allerdings kein Problem damit.«

»Kriegen andere Probleme?«, überlegte Clara.

»Ganz sicher wird es ein paar Leuten aus Windenhausen heiß und kalt werden«, vermutete der Bürgermeister und kratzte sich am Kopf, »aber ich hoffe für sie, dass sie einigermaßen gut aus der Sache rauskommen. Die meisten waren doch nur Krakeeler.«

»Auch die Kapphahns?«, fragte Clara sehr direkt.

»Wahrscheinlich alle drei. Der August ganz sicher. Auch wenn er einer der Lautesten war.«

»Und einer, der dir das Leben schwer gemacht hat.«

»Hat er. Aber ich trage niemandem was nach, ihm auch nicht. Ich möchte nicht Böses mit Bösem vergelten. Ich möchte aufbauen, wo ich alter Mann das noch kann.«

»Auch bei den Kapphahns?«

»Auch bei den Kapphahns«, bestätigte der Bürgermeister. »Ich habe die Hoffnung, dass auch die Kapphahns in die Dorfgemeinschaft zurückfinden. Franz wird seinen Platz einnehmen und auch sein Vater, wobei ich mir bei dem aber nicht so ganz sicher bin. Emma war ohnehin nur Mitläuferin im Schlepptau ihres Mannes.«

»Wirst du die Kapphahns jetzt besuchen?«, wollte Clara noch wissen.

»Gleich morgen werde ich hingehen«, bestätigte Ludwig Schulz, »das muss ich schon als Bürgermeister und das will ich als Christenmensch. Gerne will ich doch den Franz begrüßen.« Nach einem Moment des Nachdenkens fügte er an: »Übrigens, du solltest den Franz auch besuchen. Er wird sich sicher freuen, wenn seine alte Schulkameradin sich um ihn kümmert.«

Wieder stieg Clara eine leichte Röte ins Gesicht. »Hatte ich auch vor«, gab sie zu.

»Also geh ich morgen und du gehst übermorgen. Zu viel Besuch auf einmal ist vielleicht nicht gut«, verkündete der Bürgermeister wie einen Beschluss. Er reichte der jungen Frau die Hand: »Danke, dass du hier warst, Clara.«

Innerlich sehr unruhig war Clara früh am nächsten Morgen unterwegs ins Kirchdorf, um den Pfarrer über die Heimkehr von Franz Kapphahn zu informieren. Was sie so unruhig machte, wusste sie selbst nicht so recht. Franz ging ihr einfach nicht mehr aus dem Kopf. Aber auch Pfarrer Alemann wusste bereits Bescheid und hatte sich schon einen Besuch zur Begrüßung vorgenommen. Er wollte den Heimkehrer möglichst bald kennen lernen.

Wie schnell sich doch diese gute Nachricht herumgesprochen hatte. »Und warum kommst gerade du wegen Franz Kapphahn zu mir?«, interessierte sich der Geistliche.

»Ich weiß das selber nicht genau, Herr Pfarrer«, musste Clara zugeben. »Ich frage mich auch immer noch, warum ich ihm als Erste begegnen musste. Der Junge tut mir einfach Leid.«

Pfarrer Alemann schaute sie fragend an: »Gibt es dafür einen besonderen Grund?«

»Ich weiß es wirklich nicht«, wiederholte Clara. »Ich freue mich einfach, dass Franz heimgekommen ist. Ich hatte ihn für mich ja auch schon abgeschrieben. Irgendwo von einer Kugel erwischt und in fremder Erde begraben, wie die vielen anderen. Und jetzt ist er da und hat ein steifes Bein. Und das mit dem Vater.«

»Mit dem Vater?«, fragte der Pfarrer nach.

»August Kapphahn war schon immer ein schwieriger Mensch, Obernazi des Dorfes. Seit dem Tod seiner beiden anderen Söhne und seit dem Zusammenbruch des Dritten Reiches ist er noch schwieriger. Wenn Hitler den Krieg gewonnen hätte, dann hätte sich das Opfer wenigstens gelohnt, soll er gesagt haben.«

»Ja, und jetzt war das alles vergeblich und für den Wind.«

»War es ja wohl auch. Ich zweifle, dass er den Franz annimmt, wie der jetzt daherkommt mit seinem lahmen Bein.«

»Ich kenne die Kapphahns leider noch zu wenig. Die sind mir bisher immer aus dem Weg gegangen. Aber August Kapphahn wird seinen Sohn annehmen müssen«, wandte der Pfarrer ein und fragte dann ganz unvermittelt: »Magst du den Franz?«

Clara zuckte zusammen. Für einen Moment verschlug es ihr die Sprache. Schon wieder eine solche Andeutung. Sie hob unsicher die Schultern: »Wenn ich das selber wüsste, Herr Pfarrer.«

»Und warum bemühst du dich dann so um den jungen Mann?«

»Ich war nun mal die Erste, die ihm begegnet ist. Und irgendeiner muss doch ...«

»Richtig, irgendeiner muss doch«, bestätigte Pfarrer Alemann. »Vielleicht musst du die sein. Manche Dinge lenkt Gott sehr weitsichtig. Du wirst nicht umsonst auf den Friedhof geschickt worden sein.«

»Ich weiß nicht ...«, zweifelte die junge Frau.

»Ich weiß es auch nicht, aber es könnte so sein. Gott wird es wissen.«

»Dann soll er's mir sagen. Was raten Sie mir?«

»Wenn du so direkt fragst, rate ich dir, lass dein Herz sprechen. Kümmere dich und hilf ihm, wirklich wieder nach Hause zu kommen«, bekam sie zur Antwort.

»Ich denke drüber nach, Herr Pfarrer«, versprach Clara und erhob sich zum Gehen.

Pfarrer Alemann reichte ihr die Hand: »Ich hoffe, wir sehen uns spätestens am übernächsten Sonntag im Gottesdienst. Denk dran, es ist Erntedank. Ich werde Franz einladen, vielleicht kannst du ihn mitbringen. Er hat allen Grund zum Danken. Das ganze Dorf hat Grund zum Danken trotz aller Trauer. Also bis zum ersten Oktobersonntag?«

Schon auf ihrem Fahrrad sitzend rief Clara über die Schulter zurück: »Ich werde sehen, was ich machen kann.«

»Lass dein Herz sprechen«, ging es Clara Oehme immer wieder durch den Kopf, als sie ihr Fahrrad über den holprigen Kirchweg zurück in ihr Dorf lenkte. Was hieß das? War da wirklich mehr als nur Mitleid mit einem armen Kerl? Waren da andere Empfindungen? War da doch so etwas wie Zuneigung oder vielleicht gar ein Hauch von Liebe? Von damals her noch oder jetzt wieder? Die Gedanken- und Gefühlswelt der jungen Frau war seit der Begegnung auf dem Friedhof ein wenig durcheinander geraten. Sie musste wohl auf sich aufpassen, dass sie in dieser Situation einen klaren Kopf behielt, sagte sie mehrfach zu sich selbst. Und sie würde lieber noch einen Tag abwarten, ehe sie Franz wie versprochen besuchen würde.

Erste Begegnungen

Seit seiner Heimkehr war Franz Kapphahn natürlich Gesprächsthema Nummer eins in den gut fünfzig Häusern des kleinen Windenhausen. In vielen Familien brachen Schmerz und Trauer erneut auf und die Frage, warum dieser Junge zurückkam und der eigene Sohn, Ehemann, Vater gefallen oder irgendwo vermisst war. Freilich wurde vereinzelt auch Mitfreude mit den Eltern geäußert und die Frage gestellt, wie das denn jetzt wohl gehen würde auf dem kapphahnschen Hof. Zugleich gab es natürlich auch Bedauern über die Behinderung, die der junge Mann zeitlebens zu tragen hätte. Die wurde allerdings viel schlimmer dargestellt, als sie in Wirklichkeit war. Denn die Hauptperson hatte bisher niemand zu Gesicht bekommen außer Clara, dem Bürgermeister und dem Pfarrer.

Die letzten beiden hatten ihre Begrüßungsbesuche hinter sich gebracht. Den Vater hatten beide dabei nicht angetroffen. Offenbar war nur die Mutter im Haus gewesen und dabei sehr kurz angebunden. Ob August Kapphahn sich absichtlich einem Gespräch verweigert hatte?

Franz selbst hatte sich sehr verschlossen gegeben. Er war wohl wirklich ziemlich am Ende mit seinen körperlichen und seelischen Kräften. Die häusliche Situation und seine eigene machten ihm zu schaffen. Im Dorf hatte er sich bisher nicht sehen lassen, im häuslichen Stall und in den Wirtschaftsräumen allerdings auch noch nicht. Keiner von den drei Kapphahns kam offenbar mit der Situation so recht klar. Im Haus war dicke Luft, es herrschte eine dumpfe Stimmung.

Auch Clara hätte sich bei ihrem Besuch eine freiere Atmosphäre gewünscht. Da war anscheinend nicht mal eine Spur von Freude im Haus über die Heimkehr des Sohnes aus Krieg und Gefangenschaft. Auch Clara bekam den Vater nicht zu sehen, und Emma Kapphahn machte lediglich ein paar belanglose Bemerkungen, so, als dürfe sie nicht frei äußern, was sie in diesen Tagen bewegte. Sie verließ die Küche auch sehr bald und ließ die beiden jungen Leute allein.

Franz saß stumm auf seiner Bank, sein verletztes Bein hochgelegt, stierte ein Loch in die Stube und kaute nur lustlos an dem Kuchen, den Clara ihm mitgebracht hatte.

»Franz, was ist los mit dir?«, versuchte Clara das Schweigen zu brechen. »Freust du dich eigentlich gar nicht, dass du wieder hier bist?«

Die junge Frau wartete lange auf eine Antwort. Es kam keine. »Mann, Franz, nun komm schon raus aus deinem Loch. Oder soll ich lieber wieder gehen?«, versuchte sie ihn zu einer Antwort zu bewegen.

Da endlich kam es stockend, mit vielen Pausen zwischen den Sätzen und mit belegter Stimme: »Ich mich freuen? Warum sollte ich? Weißt du, Clara, da kommst du nach Hause, draußen ist es warm und schön, und hier drin frierst du dich zu Tode. So kalt war es in Russland nicht wie hier, und im Lager auch nicht. Da hatte ich es besser. Da waren Leute, die redeten, die waren einer für den anderen da, die machten auch mal Blödsinn und haben gelacht, trotz der miesen Situation. Und hier? Mein Vater übersieht mich. Er glaubt mir meine Schmerzen nicht. Er trauert den besseren Zeiten nach, schimpft und flucht darüber, dass der Krieg verloren ist, kommt nicht klar damit, dass Richard und Henner nicht mehr da sind und mein Bein steif ist. Ich glaube, der kommt mit gar nichts mehr klar. Meine Mutter gibt sich alle Mühe, aber sie darf nicht. Wenn sie allein ist, heult sie Rotz und Wasser. Ich fühle mich hundeelend. Ich frage mich, ob ich nicht besser auch irgendwo in einem Schützengraben krepiert wäre wie Richard und die andern Jungs aus dem Dorf und wie Tausende andere. Dann brauchte ich das alles hier nicht zu erleben.«

Clara hatte der Rede ihres Klassenkameraden bisher still und innerlich bewegt zugehört. Jetzt konnte sie sich nicht mehr zurückhalten. »Jetzt hör mir mal zu, Franz. So darfst du nicht reden. Sei mal froh, dass du lebst und zu Hause bist. Da kommen die anderen alle nicht mehr hin. Ich verstehe, dass es dir noch dreckig geht und dass alles hier sehr schwer ist. Aber du bist kein Krüppel. Du bist ein Kerl, der auch wieder auf seine Füße kommt. Da leben andere als du mit Schlimmerem als einem kaputten Bein. Da sind Leute nach Hause gekommen, die haben gar keine Beine mehr. Du packst das schon. Und dein Vater wird sich einkriegen, wenn er erst mal sieht, dass du doch noch anpacken kannst. Du musst dich halt dran gewöhnen, mit dem steifen Bein zu gehen. Und da gibt es Ärzte, die dir helfen. Deine Hände sind doch in Ordnung und dein Kopf ist es auch. Und du bist stark.« Clara redete sich richtig in Eifer.

Franz wollte offenbar etwas sagen.

»Jetzt bin ich erst noch dran«, ließ sie sich nicht unterbrechen. »Du musst unter die Leute, Franz. Du darfst dich nicht hängen lassen und auch nicht hier in deinem Loch verkriechen. Komm am Sonntag zum Frühschoppen in den Krug. Das Dorf will dich sehen. Die machen sich wer weiß was für ein Bild von dir, wie du aussiehst und wie du dich bewegst und was du für ein armes Schwein bist und so. Du kennst doch die Leute in unserem Nest. Dabei bist du gar nicht so ein armes Schwein. Du bejammerst dich doch nur selbst. Und was vorbei ist, ist vorbei, mit Jungvolk und Hitlerjugend und all diesem Propagandakram, den wir geglaubt und mitgemacht haben. Die Quittung haben wir alle irgendwie gekriegt, nicht nur du. Andere viel schlimmer. Franz, es ist eine neue Zeit, und die musst du jetzt anpacken. Die müssen wir zusammen anpacken.« Die letzten Worte klangen fast beschwörend.

Jetzt war es der junge Mann, der erregt entgegnete: »Warum kümmert dich das eigentlich, Clara? Das kann dir doch egal sein, was mit mir ist und was hier bei uns los ist und wie ich damit klarkomme!«

»Ist mir aber nicht egal«, entgegnete die junge Frau.

»Und wieso nicht?«

Clara holte tief Luft und schaute ihrem Gegenüber für einen Moment in die Augen. »Weil du mir nicht egal bist, Franz, verstehst du?«, sagte sie dann leise und mit gesenktem, leicht gerötetem Kopf, verlegen mit dem Kaffeelöffel spielend.

Franz Kapphahn schaute mit großen und erstaunten Augen auf das Mädchen an der anderen Tischseite. Was hatte die da gesagt? Hatte er richtig gehört? »Wiederhol das noch mal!«, forderte er von dem Mädchen, und durch seinen Kopf schoss der Gedanke, dass ihm da doch ein richtig hübsches Gesicht zugewandt war.

»Ach, vergiss es«, bekam er nur knapp zur Antwort. »Ich muss jetzt auch gehen.« Clara legte den kleinen Löffel, mit dem sie gespielt hatte, auf den Tisch, schob Tasse und Teller von sich, stand vom Stuhl auf und wandte sich zur Tür. Sie schien innerlich sehr erregt und vermied es, Franz in die Augen zu schauen.

»Sehen wir uns?«, fragte Franz. Seine Stimme hatte dabei einen bittenden Klang.

»Vielleicht, wenn es Gelegenheit gibt«, kam die Antwort dagegen fast ein wenig schnippisch.

»Es wird Gelegenheit geben«, versicherte der junge Mann und schien gar nicht mehr so niedergeschlagen wie zuvor. Er erhob sich umständlich von seiner Bank und folgte Clara. »Vielleicht schon übermorgen. Und danke für den Kuchen«, rief er ihr nach, als sie das Haus verließ.

Es dauerte aber doch ein paar Tage länger, bis sich die beiden in Mahles Gaststube wieder begegneten. Franz blieb zunächst zu Hause und wagte sich erst am letzten Septembersonntag ins Dorf. Zuvor hatte es zu Hause allerdings eine heftige Auseinandersetzung mit dem Vater gegeben, der nicht wollte, dass sein hinkender Sohn sich den Leuten im Dorf zeigte. Seit dem kurzen Wortwechsel im Stall bei Franz' Ankunft und später in der Küche waren sich die beiden Männer tagelang aus dem Weg gegangen oder hatten sich angeschwiegen. Heute hatten sie miteinander geredet. Besser gesagt, sie hatten heftig gestritten, lautstark und mit Wörtern, die in einer Auseinandersetzung zwischen Vater und Sohn keinen Platz haben sollten. Es hätte nicht viel gefehlt und die beiden wären mit Fäusten aufeinander losgegangen. Wohl im letzten Moment hatte sich Emma Kapphahn dazwischengeworfen und eine Schlägerei verhindert. Schließlich hatte Franz sich doch gegen seinen Vater durchgesetzt und war gegangen, freilich sehr darauf bedacht, sein Hinken so gut wie möglich zu verbergen.

Jetzt saß er in Mahles Gaststube, vom häuslichen Streit immer noch sehr erregt, und nahm die Begrüßungen und Glückwünsche der Leute entgegen, die sich hier zum sonntäglichen Frühschoppen einfanden. Weil im Dorf vormittags in der Regel kein Gottesdienst war – Kirchzeit in Windenhausen war vierzehntäglich am späten Sonntagnachmittag –, und weil außer der notwendigen Stall- und Küchenarbeit sonntags keine andere verrichtet wurde, kamen die meisten schon recht früh. Mehr Männer als Frauen natürlich. Und heute mehr Leute als sonst, denn es hatte sich rasch im Dorf verbreitet, dass der

Franz sich wohl aus seinem Loch herauswagen würde. Die lautstarke, heftige Auseinandersetzung mit seinem Vater war auch nicht verborgen geblieben.

Die Sitzplätze an den ohnehin wenigen Tischen in der Gaststube reichten heute bei weitem nicht aus. Selbst für die, die nur einen Stehplatz bekommen hatten, wurde es eng. Für den alten Mahle ein guter, umsatzträchtiger Morgen.

Franz erkannte sie alle wieder, die ihm die Hand entgegenstreckten und ihn begrüßten, und er vermisste manchen, den er gerne begrüßt hätte. Die meisten von ihnen lebten nicht mehr oder waren irgendwo im Osten vermisst. Er aber war heimgekehrt und wurde wie selbstverständlich zum Gast des Vormittags: Für ihn gab es Freibier und Zigaretten, so viel er mochte. Dabei musste er die meisten Einladungen ablehnen, wollte er einigermaßen nüchtern bleiben und nicht gleich zum Kettenraucher werden.

Die Anteilnahme an seinem Schicksal schien echt und die Freude über seine Heimkehr auch. Das tat Franz gut, auch wenn ihn die häufig geäußerte Kritik am Verhalten seines Vaters wie schmerzende Nadelstiche traf. Aber da musste sein Vater schon selbst sehen, wie er mit den Dörflern klarkam. Er, Franz, war wieder drin, zumindest dabei, wieder aufgenommen zu werden.

Wenigstens er war zurückgekommen. Die Aufzählung der vielen, die aus dem kleinen Windenhausen im Krieg geblieben waren, dämpfte die anfangs frohe Stimmung im Raum. In manchem kam der Schmerz über den Verlust im eigenen Haus und unter den Freunden dadurch wieder hoch. Daran lag es wohl auch, dass die Gaststube sich nach und nach leerte. Dabei wurde auch der Platz neben Franz frei. Für Clara, die sich bisher unbemerkt unter die Gäste gemischt hatte, war das wie eine Einladung. Sie setzte sich neben ihn. Dabei vermied sie es allerdings, ihm zu nahe zu kommen.

»Das mag dir gefallen, Franz, unsere Dorfschönste neben dir zu haben«, frozzelte jemand.

Clara schien sich über diese Bemerkung zu ärgern. Zumindest reagierte sie mit einem entsprechenden Blick und einem deutlichen »Blödkopp!«.

»Warum nicht?«, lachte Franz dagegen und rückte seinerseits näher an das Mädchen heran. »Ich habe schließlich jahrelang keine schönen Mädchen gesehen. Und wenn, dann nur von weitem.«

Clara schien sich zu zieren, was Franz noch näher an sie heranrücken ließ. Dabei hatte er aber wohl sein Bein vergessen und es irgendwie falsch bewegt. Jedenfalls entfuhr ihm ein lautes: »Au! Elender Krüppel!«

»Tut mir Leid, Franz«, rief die junge Frau, »was musst du mir auch einfach so auf die Pelle rücken? Solche groben Annäherungsversuche müssen sofort bestraft werden.«

»Grober Annäherungsversuch?«, empörte sich Franz. Dabei konnte man ihm ansehen, dass er den Schmerz in seinem Bein zu verbeißen suchte. »Wer versucht denn hier Annäherung? Du hast dich doch neben mich gesetzt, nicht ich mich neben dich. Aber mir soll's schon recht sein. Hab gar nichts dagegen, meine Schönste. Darfst gerne öfter neben mir sitzen.«

Während die anderen ihren Spaß hatten, fing Franz sich jetzt auch ein »Blödkopp« ein, aber eines, das einen anderen Klang hatte als das von vorhin.

»Das würde dir sicher gefallen, Franz«, gab Clara zu, »aber ob mir das immer gefällt, das muss ich erst sehen. Und jetzt muss ich heim. Es ist gleich Mittag.« Dabei strich sie unter dem Tisch leicht über Franz' rechten Oberschenkel, berührte dabei auch kurz seine Hand, die auf eben diesem Oberschenkel lag, wohl, um ihre wahren Empfindungen deutlich zu machen. Dann erhob sie sich, verabschiedete sich mit einem kurzen »Macht's alle gut!«, und ging.

Also doch Annäherung, ging es Franz durch den Kopf, als

er dem Mädchen nachblickte. Es lief für einen Moment wie ein leichter Wärmestrom durch seinen Körper. Wie hatte Clara bei ihnen in der Küche gesagt? Franz hatte es noch sehr genau im Ohr: »Weil du mir nicht egal bist«, hatte sie gesagt. Anscheinend war er ihr wirklich nicht egal. Wie das wohl weitergehen würde?

Franz beschloss, keine Einwände dagegen zu haben, dem Mädchen öfter zu begegnen. Auch dann nicht, wenn das zu Hause neuen Ärger verursachte. Sein Vater konnte es mit den Oehmes nämlich überhaupt nicht. Ein Schneider war für ihn kein richtiger Mann. Und dessen Tochter wäre sicher als Schwiegertochter schon deshalb nicht recht, weil ihr Vater dann der Gegenschwieger würde. Na, das konnte ja was werden, wenn es denn was wurde.

Einigermaßen froh gestimmt machte sich Franz auf den kurzen Heimweg. Sein Hinken brauchte er nicht mehr zu verbergen. In den meisten Häusern des Dorfes wusste man ja jetzt Bescheid über seinen Zustand. Es war nun an ihm selbst, aus dieser Behinderung das Beste zu machen. Und er würde gleich morgen damit anfangen. Heute freilich noch nicht. Heute wollte er sich zunächst einmal die gute Laune bewahren und nicht von seinem Vater verderben lassen. Das würde er beim Essen gleich schon hinkriegen. Heute konnte auch sein Vater das Vieh noch einmal selbst versorgen. Dafür hatte er am Morgen dieses Theater veranstaltet. Morgen begann dann die neue Arbeitswoche. Da wollte er sich schon an der Arbeit auf dem Hof und auf den Feldern beteiligen, so gut er konnte. Außerdem wollte er möglichst bald irgendwo in der Umgebung einen Arzt aufsuchen, der sich mit seinem Bein befassen konnte. Vielleicht gab es ja doch irgendeine Möglichkeit der Behandlung.

Erntedank

Während bei den Kapphahns das Sonntagsessen in gespannter Atmosphäre und überwiegend schweigend verlief, ging es einige Häuser weiter bei Oehmes recht lebhaft zu. Clara musste von dem besonderen Frühschoppen bei Mahles berichten. Ihre Eltern wollten natürlich von ihrer Tochter wissen, was es denn im Dorf Neues gab. Clara erzählte bereitwillig und mit einer gewissen Begeisterung, vor allem von der Hauptperson des Vormittags.

Dabei hörte ihre Mutter sehr genau hin. Sie hatte ein Empfinden für die besonderen Nuancen in der Stimme ihrer Tochter. Ihr war da in den vergangenen Tagen schon eine gewisse Veränderung bei Clara aufgefallen, seit sie dem Heimkehrer auf dem Friedhof begegnet war. »Der Franz hat es dir wohl wieder angetan?«, fragte sie.

Clara blickte erstaunt. »Ich weiß noch nicht so recht, Mama, was ich von mir halten soll«, antwortete sie ehrlich. »Vor fünf Jahren wusste ich es schon mal besser. Aber jetzt nach dieser langen Zeit?«

»Und sein Hinken? Franz ist sicher nicht mehr so sportlich wie damals«, wandte ihr Vater ein.

»Das würde mich wenig stören«, versicherte Clara. »Das macht's doch wohl nicht, ob einer gesunde Knochen hat, oder?«

»Sicher nicht«, gestand der Vater zu. »Aber da könnte es ein anderes Problem geben. August Kapphahn. Ihr wisst doch, dass der uns nicht mag«, erklärte der Vater. »Für den ist man doch nur jemand, wenn man wenigstens ein paar Hektar unter dem Pflug hat und einen Stall voll Vieh. Aber ein Schneider? Was ist denn ein Schneider? Und einer, der nur einen kleinen Garten hinterm Haus hat?«

»Deine Hosen und Anzüge zieht er aber an, Vater«, widersprach Clara. Und die Mutter ergänzte: »Das müsste man erst noch rauskriegen, wer im Dorf das bessere Ansehen hat, der Kapphahn oder der Oehme.«

»Wie das auch immer wär, schwierig würde es allemal. Ihr Frauen miteinander, das könnte vielleicht gehen«, überlegte Erich Oehme. »Emma und du, warum nicht? Aber August und ich als Gegenschwieger, das scheint mir unmöglich. Bis das klappen kann, muss noch viel Wasser von der Himecke runterkommen.«

»Ihr redet so, als wollten Franz und ich schon nächste Woche heiraten«, mischte sich Clara jetzt ein. »Davon kann doch noch gar keine Rede sein. Franz muss doch erst einmal wieder Fuß fassen im Dorf und eine Arbeit finden.«

»Richtig«, bestätigte die Mutter, »ihr müsstet euch auch erst wieder ein wenig kennen lernen, ob denn der eine den anderen auch wirklich riechen mag.«

»Und dazu brauchen wir Zeit und Gelegenheit. Da müssen wir auch erst einmal sehen, ob sich beides ergibt«, stellte Clara fest.

»Natürlich ergibt sich das«, war die Mutter sich sicher, »und irgendwie wird es schon Bedeutung haben, dass du dem Franz als Erste begegnet bist, wenn auch auf dem Friedhof.«

»Das war schon merkwürdig. Das geht mir auch immer wieder durch den Kopf«, bestätigte Clara. Der Pfarrer habe auch gesagt, dass das vielleicht nicht von ungefähr gekommen sei.

»Übrigens ist nächsten Sonntag Erntedank«, beschloss Vater Oehme das Gespräch. »Pfarrer Alemann will dann gerne auch ein paar Früchte handwerklicher Arbeit auf den Altar legen. Nicht alle Leute ernten auf dem Feld und im Garten, meint er, und auch eine grob geschmiedete Hacke oder ein fein geschneidertes Teil gehören dazu.«

»Ein interessanter Gedanke«, meinte Clara überrascht und schlug vor, die neue Weste für den Hille zur Verfügung zu stellen.

»Kein schlechter Vorschlag, Tochter. Ich werde den Viehhändler fragen, ob er einverstanden ist.«

»Und ob der einverstanden ist! Der wird platzen vor Stolz, dass seine Weste in der Kirche ausgestellt wird«, war Clara überzeugt und versprach, bei den Feinarbeiten an dem Stück ganz besonders sorgfältig vorzugehen.

»Aber der Kapphahn wird wieder einen Grund zum Ärger haben, wenn von dir was ausliegt«, gab Hilde Oehme zu bedenken.

»Der kommt doch gar nicht in den Gottesdienst«, glaubte ihr Mann zu wissen.

»Da bin ich mir nicht sicher«, wandte Clara ein. »An Erntedank war der immer da, auch als er noch Obernazi war und zu den Deutschen Christen gehörte.«

»Stimmt nicht ganz«, erinnerte sich die Mutter, »nach der Todesnachricht von Richard und nach der Beerdigung seines Henner hat er gefehlt.«

»Stimmt«, gab Clara zu, »aber dieses Jahr hat er den umgekehrten Fall und besonderen Grund, seinen Dank zu zeigen. Wenigstens seinen Franz hat er wieder.«

»Wir werden sehen, wie er sich verhält«, meinte der Vater nun, »wobei wir wieder bei Franz wären. Also, was ist, Clara?«

»Nichts ist, Vater. Ob ich will, muss ich sehen. Ob was wird, wird sich zeigen. Er muss ja auch wollen. Ich werd's euch rechtzeitig sagen.«

Der Erntedank-Sonntag war im bäuerlichen Windenhausen schon immer ein besonderer Sonntag gewesen. Daran hatte sich auch in den Jahren der Naziherrschaft und während des Krieges nichts geändert. Nur dass die Feiern entsprechend ideologisch verbrämt worden waren. Das Alte Testament hatte dabei keine Rolle mehr gespielt, denn es war ja jüdisch. Der damalige Pfarrer hatte als Sympathisant der Deutschen Christen seinen Anteil eingebracht und damit den Sinn des Sonntags verfälscht wie manche anderen Geistlichen auch.

Seit Pfarrer Alemann den Dienst im Kirchspiel übernommen hatte, hatte sich da einiges wieder geändert. Er gehörte zu denen, die sich in der Nazizeit deutlich von den Lehren der Deutschen Christen abgesetzt hatten, und er hatte dafür in seiner alten Gemeinde und auch vom Staat Anfeindungen in Kauf genommen. Seit etwas mehr als einem Jahr war er nun schon bemüht, seine neue Gemeinde zu den Grundlagen des biblischen Evangeliums und der Reformation zurückzuführen, weg von den »Helden-Menschen« und ihrer Leistung, hin zum Schöpfer, Erhalter und Erlöser, wie ihn die Bibel in ihren beiden Teilen bekannt machte. Seine Predigt zum Erntedank war schon im vorigen Jahr ein deutliches Lob des Gottes Alten und Neuen Testaments gewesen, auch wenn die Lage noch gar nicht so nach Lob ausgesehen hatte.

Inzwischen hatten sich die Bedingungen des täglichen Lebens weiter verbessert, wenngleich die Folgen des verheerenden Krieges auch auf dem Land und im kleinen Windenhausen noch immer sehr deutlich waren. Schon allein, weil die Verordnungen der Besatzungsmächte das Leben sehr einschränkten. Dennoch galt es auch in diesem Jahr, Gott die Ehre für das zu geben, was er hatte wachsen und gedeihen lassen und wozu er menschliche Hände befähigt hatte. Die Opfer des Krieges, die auch in diesem Kirchspiel zu beklagen waren, mussten gewürdigt werden. Aber nicht auf falsche Weise. Die Gefallenen hatten mit ihrem Leben bezahlt, aber sie waren deswegen keine Helden. Sie waren der traurige Preis für die Politik eines Größenwahnsinnigen und seiner vielen Helfer. Ein Volk, das Gott aus seinem Bewusstsein und aus seinem Handeln ausschloss, musste über kurz oder lang immer zu Schaden kommen. Leider war es dann auch jeweils so, dass die Unschuldigen mit den Schuldigen zu leiden und die Folgen zu tragen hatten.

Das war Pfarrer Alemanns Position, die er sicherlich auch in diesem Jahr wieder aussprechen würde. Aber in diesem Jahr hatte er zudem einen sichtbaren Grund für das Gotteslob:

Wenigstens einer von den Windenhausenern war zurückgekommen. Das war Gottes Werk, dafür gehörte allein ihm die Ehre.

Hoffentlich kam Franz Kapphahn als lebendiges Beispiel der Güte Gottes auch zur Erntedankfeier in die Kirche.

In der Woche vor dem ersten Oktobersonntag lag über dem Dorf und seiner Flur so etwas wie Friede und Heiterkeit. Bei gutem Wetter waren die Leute fleißig dabei, an den schon deutlich kürzer werdenden Tagen auf ihren Feldern die Kartoffeln und Rüben aus dem Boden zu holen, in den Gärten Kürbisse und anderes Gemüse zu ernten und auf den Obstwiesen und an den Verbindungsstraßen zu den Nachbardörfern zu pflücken, was die Bäume hergaben. Die Zwetschgen hingen in diesem Jahr reichlich an den Bäumen, während einige Apfelsorten wenig getragen hatten.

Wegen der ausgedehnten Trockenheit des Sommers war die Ernte insgesamt niedriger als üblich ausgefallen. Dennoch hatten die Windenhausener keinen Grund, sich zu beklagen. Es reichte für alle, auch wenn sie ihren Anteil zur Versorgung der Städte abgeben mussten.

Die drei Oehmes hatten nur ihren Garten, der das Revier von Hilde Oehme war, und natürlich die Schneiderstube, den Arbeitsbereich von Vater und Tochter. Dabei ließ die geringe Auftragslage es zu, dass sie verschiedenen Bauern des Dorfes, die gerade jemanden brauchten, bei der Ernte halfen. Das kam ihrem Speiseplan sehr zugute. Clara hätte sich am liebsten auch bei den Kapphahns angeboten. Die hätten sicher Hilfe gebrauchen können. Aber das wäre ihr dann doch zu aufdringlich erschienen. Die drei mussten sehen, wie sie allein zurande kamen. Zumindest in diesem Jahr noch. Oder aber sie mussten von sich aus um Hilfe bitten, was sie natürlich nicht taten.

Franz bemühte sich, seine Kräfte einzusetzen, so gut es eben ging. Kartoffeln auflesen war schwierig, weil das Bücken nicht so recht ging. Aber aufrecht und nach oben arbeiten, das klappte einigermaßen, und die Pferde durch die Furchen führen auch. Ganz ohne Schmerzen ging das allerdings nicht ab, obwohl Franz den Eindruck hatte, mit seinem Knie würde es besser, seit er es regelmäßig mit Salben pflegte, die die Mutter besorgt hatte. Die Kraft kehrte jedenfalls in sein Bein zurück, sicher auch wegen der vielen Bewegung draußen und der guten Verpflegung durch die mütterliche Kochkunst.

Das Verhältnis zum Vater blieb weiter gespannt, wobei sich wohl jeder der beiden Männer am Riemen riss, um neuen Streit zu vermeiden. Mutter Kapphahn nahm das Miteinander von Vater und Sohn erleichtert zur Kenntnis und bemühte sich ihrerseits, keinen Anlass zu bieten, durch den die Männer aneinander geraten konnten.

Am Nachmittag vor dem Erntedank-Sonntag trafen sich traditionell die Frauen des Dorfes, um die kleine Kirche für den Gottesdienst herzurichten. Was sie alles anschleppten an Getreidegarben, Früchten, Blumen, Brot und Gemüse, Haushaltsgerät, Kleidung und sonstigen Dingen, gebacken, geschmiedet, geschreinert, genäht, mit dem sie den schlichten Holzaltar und den Raum davor schmückten und auslegten! Pfarrer Alemann würde kaum noch Platz zum Stehen haben.

Die Mädchen trafen sich derweil vor dem Gotteshaus, um die große Erntekrone zu winden, zu binden und zu schmücken, die den Maibaum ablöste, der seit dem Frühling auf dem Vorplatz gestanden hatte.

Dieses verdorrte Stück holten vor dem Dunkelwerden dann die Burschen ein, um an seiner Stelle die reich geschmückte strohherne Krone aufzuhängen.

In der Regel ging es bei diesen Tätigkeiten recht lustig zu. Es wurde gesungen und gelacht, und Gastwirt Mahle hatte auch immer diverse Getränke bereit, die zur Auflockerung der Stimmung beitrugen. In diesem Jahr fehlte der Tisch allerdings, und das Ganze verlief recht still. Zu deutlich wurde wieder, wie viele Frauen und Mädchen in Schwarz erschienen und welche Lücken der Krieg bei den jungen Männern gerissen hatte.

Dass Franz mit Hand anlegte, machte die traurige Wahrheit nur noch deutlicher. Dennoch freuten sich alle, dass er wieder dabei war. Besonders Clara freute sich, die sich zuletzt gar nicht mehr recht auf ihre Arbeit konzentrieren konnte, weil sie immer wieder zu Franz hinüberschauen musste. Wenn sie seinem Blick dann zufällig begegnete, lächelte sie ihm zu und war glücklich, wenn er zurücklächelte. Er sah doch gut aus, der Franz. Schon gar nicht mehr so blass und dünn wie bei seiner Ankunft. Seine Mutter hatte ihn offenbar schon recht ordentlich hochgepäppelt.

»Kommst du morgen in den Gottesdienst?«, fragte sie ihn, als die Erntekrone schließlich an ihren Platz gehievt und befestigt war und die jungen Leute noch herumstanden. Das Schmuckstück konnte sich sehen lassen. Die Mädchen hatten wieder feine Arbeit geleistet! Die Burschen natürlich auch. Es war nämlich gar nicht so leicht, die Stange mit der schweren Krone ins Lot zu kriegen und ihr festen Stand zu geben.

Franz beantwortete Claras Frage indirekt, indem er sich die Stirn wischte und fragte: »Gilt die alte Sitzordnung noch?«

»Sie gilt noch. Die Familien haben ihre Plätze wie immer.«

»Immer noch nach der Größe des Grundes?«

»Immer noch«, bestätigte Clara, »deswegen sitzen wir ja auch ganz hinten in der Kirche.«

»Und wir in der fünften oder sechsten Reihe.«

»Aber ihr braucht doch gar keine Reihe mehr.« Clara erschrak über ihre eigene Feststellung. »Entschuldige, Franz, das hätte ich nicht sagen sollen.«

»Wo du Recht hast, hast du leider Recht«, ging er über ihre Worte hinweg, und mit einem leicht schelmischen Blick fügte er an: »Vielleicht brauchen wir den Platz ja irgendwann wieder.«

Claras Gesicht überzog sich mit einer leichten Röte, und sie hätte am liebsten wieder mit ihrem »Blödkopp« geantwortet. Aber dann fragte sie: »Was ist morgen nach dem Gottesdienst?«

»Wird sich zeigen«, bekam sie zur Antwort. »Da gilt jedenfalls keine Sitzordnung mehr, und wir suchen uns unsere eigenen Plätze.«

Das hörte sich nicht schlecht an, dachte das Mädchen, verabschiedete sich von Franz und von denen, die noch herumstanden, und machte sich auf den Heimweg, im Herzen die Vorfreude auf das, was der nächste Tag bringen würde.

Es wurde ein wunderbarer Gottesdienst mit Lesungen von Psalmen und mit einer eindrücklichen Predigt zu einem Text aus der Bergpredigt Jesu über die treue Fürsorge Gottes für den Menschen und das unnötige Sorgen des Menschen für sich selbst. »Trachtet am Ersten nach dem Reich Gottes und nach seiner Gerechtigkeit, dann wird euch solches alles zufallen.«

Pfarrer Alemann ließ auch die schönen, alten Lieder wieder singen: »Nun preiset alle Gottes Barmherzigkeit, lob ihn mit Schalle, werteste Christenheit ...«, »Wir pflügen und wir streuen den Samen auf das Land, doch Wachstum und Gedeihen stehn in des Himmels Hand ...«, »Herr, die Erde ist gesegnet von dem Wohltun deiner Hand, Güt und Milde hat geregnet, dein Geschenk bedeckt das Land: Auf den Hügeln, in den Gründen ist dein Segen ausgestreut; unser Warten ist gekrönet, unser Herz hast du erfreut.«

Dieses Lied ließ der Pfarrer allerdings nicht ohne einen Kommentar zur Situation im Dorf singen, mit den mehr als dreißig Gefallenen und Vermissten und dem zuletzt glücklich heimgekehrten Franz Kapphahn. Ob andere noch heimkehren würden? Für ein paar Männer des Dorfes bestand durchaus noch Hoffnung.

Die meisten Anwesenden brauchten einen besonderen Trost, und der Gemeindehirte fand die richtigen Worte dafür.

Das trocknete manche Träne, die heimlich oder offen geweint wurde. Warum hatten die vergangenen Jahre auch sein müssen, mit ihren Parolen und Schlagworten, mit ihrer Hetze gegen alles »Undeutsche«, mit ihrem Größenwahn von »Rassereinheit« und »Weltherrschaft«? Und warum waren so viele auf die Blendreden hereingefallen und hatten sich »gleichschalten« lassen, hatten kritiklos alles akzeptiert und selbst vertreten, was vom »Führer« und seinen Vasallen kam? Wie konnten die schlimmen Exzesse des Wahns gegen Juden, Zigeuner und andere unliebsame Völker und Volksgruppen in den Konzentrationslagern und an den Kriegsfronten verübt werden, durch die ungezählte Menschen umkamen, ins Elend gestürzt oder für ihr Leben gezeichnet wurden? Konnte diese Schuld jemals vergeben werden?

Das rechte »Trachten nach Gottes Reich und nach seiner Gerechtigkeit« hätte solche bösen Entwicklungen wohl nicht zugelassen, mag es manchem Gottesdienstbesucher nach der Predigt durch den Kopf gegangen sein. Vielleicht wurden die Zeiten ja wieder besser, wenn mehr Menschen auf diese Botschaft hörten? Auch um diesen Gedanken zu fördern, ließ Pfarrer Alemann vor dem Segen am Ende des Gottesdienstes wieder einmal das alte Lied von Johann Walter singen: »Wach auf, wach auf, du deutsches Land, du hast genug geschlafen …« Vor allem die letzten beiden Strophen gingen dabei manchen Anwesenden unter die Haut:

»Gott warnet täglich für und für,
das zeugen seine Zeichen,
denn Gottes Straf ist vor der Tür;
Deutschland, lass dich erweichen,
tu rechte Buße in der Zeit,
weil Gott dir noch sein Gnad anbeut
und tut sein Hand dir reichen.
Das helfe Gott uns allen gleich,

dass wir von Sünden lassen,
und führe uns zu seinem Reich,
dass wir das Unrecht hassen.
Herr Jesu Christe, hilf uns nu
und gib uns deinen Geist dazu,
dass wir dein Warnung fassen.«

Zu denen, die sich noch eine ganze Weile mit dem ernsten Lied beschäftigten, gehörte auch Franz Kapphahn. Es trieb seine Gedanken um und lenkte sie sogar ein wenig von denen an Clara Oehme und eine mögliche gemeinsame Zukunft ab.

Nach dem Erntedank-Gottesdienst saßen die beiden noch lange beim traditionellen Festschmaus mit Kaffee und Kuchen auf dem Kirchplatz beieinander und unterhielten sich, auch über die eindrückliche Predigt des Pfarrers. Dabei rückten sie sich recht nahe – die kirchliche Sitzordnung galt ja hier draußen nicht –, streichelten sich ab und an auch unter dem Tisch und hielten sich die Hände. Wie ein warmer Strom ging es ihnen dann durch die Glieder. Darüber verlor allerdings keiner von beiden ein Wort. Auch nicht darüber, dass sie sich die ein oder andere Frotzelei anhören mussten, die ihr offenkundiges Techtelmechtel natürlich auslöste. Das Pflänzchen der Liebe hatte offenbar Nahrung bekommen und fasste neue Wurzeln.

An einem der Wochentage nach Erntedank war Franz damit beschäftigt, mit Hacke und Schaufel die flache Grube für die Kartoffel- und Rübenmiete auszuheben. Dabei sprangen seine Gedanken nur so zwischen diesem und jenem hin und her. »Gott allein die Ehre« – so endete die Balken-Inschrift draußen am elterlichen Haus. War bei den Kapphahns davon überhaupt etwas zu spüren? Mag sein, ganz früher einmal bei den Großeltern, die er kaum gekannt hatte. Vor der NS-Zeit mochte diese Aussage vielleicht Bedeutung gehabt haben. In den Jahren des vermaledeiten »Tausendjährigen Reiches« ganz sicher nicht. Und jetzt, nachdem diese »glorreiche« Zeit auch für die Kapphahns in Blut und Tränen ersoffen war, trachtete auf dem Hof erst recht keiner nach Gottes Reich und seiner Ehre, zumindest nicht wirklich. Ob sich da etwas ändern musste? In der restlichen Familie auf dem Hof? Im Dorf? In der Gegend und im ganzen Land? Es würde nicht genügen, den Spruch neu auszumalen. Da müssten sich schon andere Dinge ändern.

Clara schien ähnlich darüber zu denken wie er. So hatten sie sich zumindest am Sonntag auf dem Kirchplatz auch gefragt und unterhalten.

Clara! Ein liebenswürdiges und ordentliches Mädchen. Gut sah sie aus, und Figur hatte sie auch. An der war was dran. Franz hatte sie seit Sonntag nicht gesehen, und in ihm kam so etwas wie eine Sehnsucht auf, sie zu treffen. Hoffentlich ergab sich bald die Gelegenheit.

Als hätte sein Vater diesen Gedanken gelesen, trat er neben ihn und fragte unvermittelt: »Was hast du mit der Clara?«

Franz erschrak heftig. Er war wohl so sehr mit seinen Gedanken um die Ehre Gottes und um das Mädchen beschäftigt gewesen, wohl eher mit solchen um das Mädchen, dass er gar nicht bemerkt hatte, dass August Kapphahn auf das Feld gekommen war. Er wollte wohl sehen, wie weit sein Sohn mit der Arbeit an der Grube gekommen war.

»Wieso?«, fragte er nur knapp zurück.

»Ich will nicht, dass du mit der poussierst. Die Oehmes sind nichts für uns.«

»Was hast du gegen die?«, streckte Franz seinen Rücken.

»Die haben nichts am Hintern. Schneider taugen nicht für Bauern. Du brauchst eine auf dem Hof, die arbeiten kann, und kein Nähmädchen«, bekam er barsch zur Antwort.

»Ob die arbeiten kann, weißt du nicht. Und wen ich auf den Hof bringe, musst du schon mir überlassen«, entgegnete Franz und schlug die Hacke ärgerlich in den Boden.

»Das werden wir dann sehen. Jedenfalls bringst du nicht die

Oehme. Nicht auf meinen Hof. Außerdem bist du nicht tief genug. Die Kartoffeln sollen wohl von unten erfrieren«, wechselte August Kapphahn abrupt das Thema.

Franz hätte wohl gerne noch etwas zu Clara gesagt, unterließ es dann aber lieber. Das hätte doch nur Anlass zum Streit gegeben. Und war der erst einmal ausgebrochen, dann wurde er wohl wieder heftig, und die nächsten Tage würden in entsprechender Stimmung vergehen. Jedenfalls stand es für Franz jetzt fest: Er würde bei nächster Gelegenheit das Mädchen fragen, wie es mit ihnen beiden weitergehen sollte und ob sie bereit sei, ihn zu heiraten und zu ihm auf den Hof zu kommen.

Clara! So weit käme es noch, dass er sich von seinem Vater in seine privatesten Dinge hineinreden ließ. Wen er zur Frau nahm, das war seine Sache. Wenn das was wurde mit Clara, kam sie selbstverständlich auf den Hof. Platz war doch genug. Oder aber er suchte für sich eben woanders eine Wohnung, und der Alte konnte sehen, wie er mit der Landwirtschaft fertig wurde.

Hätte jetzt jemand Franz bei der Arbeit zugeschaut, hätte er beobachtet, dass er wohl eine gehörige Portion Ärger und Zorn abreagieren musste. Aber besser hier beim Ausschachten der Miete als zu Hause und dann vielleicht wieder mit bösen Worten und so, dass die Mutter dazwischengehen musste. Dem Fortgang der Arbeit kam das freilich zugute. Dem Bein allerdings weniger. Offenbar hatte Franz sich falsch bewegt. Der Schmerz im Knie wurde wieder stechend. Er musste wohl doch irgendwann einmal nach Arolsen ins Krankenhaus, um nachsehen zu lassen.

Versprechen unter den Eschen

Was Franz nicht wusste, war, dass Clara Oehme ihm bei seiner Arbeit schon eine ganze Weile zuschaute. Sie konnte von ihrer Nähstube aus auf das Grundstück sehen, wo die Kapphahns immer ihre Miete anlegten. Die Eschen, die sonst den Blick hinüber versperrten, hatten ihre Blätter bereits verloren und gaben die Sicht frei. So hatte sie auch den kurzen Besuch des alten Kapphahn mitbekommen, und sie ahnte, dass zwischen den beiden Männern wieder irgendeine Spannung bestand. Worum es da wohl ging? Ob es gar um sie beide ging? Ob sie mal kurz auf einen Sprung hinüberlief? Franz war ja wieder allein bei seiner Arbeit. Warum also nicht?

Clara legte das Sakko beiseite, an dem sie gerade einen Ärmel einnähte, warf ihrem Vater, der mit dem zweiten Ärmel beschäftigt war, ein kurzes »Bin gleich wieder da« zu und sprang schon nach draußen. Im Laufen zog sie sich noch rasch eine Jacke über, denn gegen Abend wurde es doch schon ein wenig kühl. Nach einigen schnellen Schritten und einem leichtfüßigen Sprung über den Graben hatte sie den jungen Mann erreicht. Mit einem fröhlichen »Grüß dich, Franz!« wurde der nun zum zweiten Mal bei seiner Arbeit gestört. Dieses Mal ließ er sich das aber gerne gefallen.

»Was willst denn du hier?«, fragte er mit leichtem Erstaunen.

»Ich wollte sehen, ob du hier schon die Fundamente gräbst für dein neues Haus«, spielte Clara die Unwissende.

»Für mein neues Haus? Vielleicht für deins?«, gab er zurück. Sein Gesicht hellte sich auf, und der Ärger von vorhin flog davon, als hätten die Tauben des Dorflehrers sie im Vorbeiflug aufgeschnappt und mitgenommen. Dass sein Wunsch von eben sich so schnell erfüllte!

»Vielleicht für unser Haus?«, fragte Clara keck dagegen und war gespannt, wie Franz jetzt reagierte.

Der stützte sich derweil auf seine Schaufel und sah das Mädchen mit festem Blick an. »Wir brauchen kein neues Haus. Wir haben eins.«

Clara erwiderte den Blick ein wenig irritiert. Was sollte das jetzt bedeuten? »Was heißt das, wir haben eins?«

»Der kapphahnsche Hof hat Platz genug für eine zweite Familie. Also brauchen wir kein neues Haus.«

»Versteh ich nicht.« War Clara nun begriffsstutzig oder tat sie nur so?

»Was ist da dran zu verstehen, Clara Oehme? Muss ich dir's etwa erklären?«

»Wenn du so freundlich wärst, bitte«, verlangte das Mädchen und zog dabei die Jacke etwas fester um sich.

Franz streckte sich zu voller Größe, schlenkerte ein paarmal mit seinem lahmen Bein, als wolle er es beweglich machen, stieß die Schaufel in den Boden, wischte sich mit dem Handrücken den Schweiß von der Stirn und kam ein paar Schritte aus seiner Grube auf Clara zu. »Also, wenn wir zwei, du und ich, unseren Kram irgendwann zusammenschmeißen, dann tun wir das auf dem kapphahnschen Hof. Ist das klar?«

»Nichts ist klar«, schien das Mädchen noch immer nicht zu verstehen.

»Jetzt sag ich mal ›Blödkopp‹, wie du das sonst immer so gerne sagst«, fuhr Franz mit seiner denkwürdigen Liebeserklärung fort. »Mein Alter hat mir vorhin deutlich gemacht, dass ich niemals die Oehme Clara auf den Hof bringen dürfte. Da hab ich mir gedacht, jetzt erst recht. Wenn der auch nicht will, dann will ich aber. Kapiert, Clara Oehme?«

»Kapiert, Franz Kapphahn«, bestätigte Clara, und ihr Gesicht strahlte vor Freude, »ich soll dich heiraten. Anders, du willst mich heiraten, und ich soll zu dir auf den Hof kommen.«

»Endlich wirklich kapiert, meine Liebe!«

»Und wenn ich nein sage, weil ich Angst habe?«, brachte sie stirnrunzelnd hervor.

»Vor wem?«

»Na, vor deinem Vater.«

»Vor dem hast du Angst und vor mir hast du keine?«, wollte Franz genau wissen. »Auch nicht vor meinem Rappelkopp und vor meinem Hinkebein und vor meinen …«

»Wenn es nötig ist, kann ich dir ja davonlaufen. Ich bin ja schneller als du«, feixte das Mädchen, wurde aber sofort wieder ernst. »Nein, Franz, ich habe vor dir keine Angst und auch keine Angst davor, auf den kapphahnschen Hof zu kommen, wenn du mich auf dem Hof haben willst.«

»Und ob ich will, Clara. Wann kommst du?«

»Nun mal langsam mit den Pferden, mein Lieber, so schnell schießen die Preußen ja nun doch nicht. Du willst mich also heiraten?«

»Na klar will ich, Clara Oehme! Du wirst meine Frau. Du wirst doch, oder?« Franz fragte jetzt sehr ernst.

Nach diesem so unromantischen Heiratsantrag des Bauernsohns tat Clara die paar Schritte auf ihn zu, fiel dem jungen Mann um den Hals, so dass der fast gestrauchelt wäre, küsste ihn auf die stoppeligen Wangen und auf den Mund, drehte sich blitzschnell um, lief davon und ließ einen nun doch sehr überraschten zukünftigen Bräutigam am Rand seiner Grube stehen. Über die Schulter rief sie zurück: »Ich werde. Wenn du willst, schon bald. Mach's nur mit deinem Vater klar.«

Franz blieb nur, Claras Antwort zu hören und dem Mädchen für ein paar Momente mit verklärten Augen nachzublicken, bis es im Haus verschwunden war. Und ob er das mit seinem Vater klarmachte! Das würde zwar ein Kampf, aber den wollte er gerne auf sich nehmen. Und das möglichst bald.

Sehr leicht ging dem jungen Mann die restliche Arbeit an der Grube für die Miete von der Hand. Dass sein Bein sich dabei wieder unangenehm bemerkbar machte, störte ihn jetzt nicht. Clara und er würden heiraten, sobald alle Hindernisse beseitigt waren, die noch im Weg lagen. Das stand für ihn fest.

Clara dagegen brauchte nicht zu kämpfen. Ihre Eltern meldeten zwar ihre Bedenken gegen eine Heirat mit Franz Kapphahn an, waren aber dann doch einverstanden, den jungen Mann als Schwiegersohn anzunehmen. Die Bedenken richteten sich nicht gegen ihn, auch weniger gegen seine Mutter. Mit der musste eine junge Frau im Haus eigentlich klarkommen. Die Bedenken richteten sich gegen den Vater. Hier könnte es durchaus zu Schwierigkeiten kommen, wenn Clara auf den Hof zöge. Ob August Kapphahn Clara als Schwiegertochter annehmen würde, sei schon ein wenig fraglich. Sie war halt die Tochter des Schneiders und ein Schneider ohne Grund und Boden, ohne Stall und Scheune war in den Augen dieses Mannes ein Nichts. Daran würde sich wohl nichts ändern, auch nicht dadurch, dass der Bauer ab und an bei Erich Oehme nähen ließ. Es blieb ihm ja auch nichts anderes übrig. Der nächste Schneider war zu weit weg. Dass die beiden Elternpaare einigermaßen gut miteinander können würden, wäre deshalb wohl kaum möglich. Aber man musste sich ja auch nicht zu nahe rücken, wenn sich die jungen Leute nur gut verstanden.

August Kapphahn tobte, als Franz noch am Abend des selben Tages seinen Eltern beim Essen eröffnete, er sei sich mit Clara Oehme einig, dass sie heiraten wollten.

»Du bist wohl verrückt geworden! Das kommt überhaupt nicht in Frage!«, donnerte er und schlug mit der Faust auf den Tisch, dass Teller und Tassen nur so schepperten. Mit hochrotem Kopf sprang der Bauer auf und wiederholte lautstark seinen entschiedenen Protest. »Die Oehme kommt mir nicht in mein Haus! Niemals!«

»Aber August«, versuchte Emma Kapphahn ihren Mann zu beruhigen, »was hast du gegen …«

Weiter kam sie nicht. »Halt du deinen Mund und misch dich da nicht ein«, bekam sie in scharfem Ton zur Antwort. »Hier bestimme ich. Und ich sage nein zu der Oehme!«

Franz blieb erstaunlich ruhig. »Wir werden sehen, wer den längeren Atem hat. Ich heirate die Clara, und wenn du dich auf den Kopf stellst, Vater.«

»Und die kommt mir nicht unter mein Dach!«, wiederholte der donnernd und verließ wütend die Küche. »Dann gehe ich eben unter ihres«, rief Franz seinem wütenden Vater noch nach.

Für ein paar Momente herrschte zwischen Mutter und Sohn betretenes Schweigen.

»Musstest du denn heute Abend noch deinen Vater reizen und von der Sache anfangen?«, bemerkte Emma Kapphahn schließlich vorwurfsvoll. »Konntest du nicht einen günstigeren Moment abwarten?«

»Weshalb sollte ich?«, gab Franz trotzig zurück. »Er muss es doch irgendwann erfahren. Da spielt der Zeitpunkt keine Rolle.«

»Aber ...«, setzte die Frau an, wurde aber sofort von Franz unterbrochen. »Jetzt weiß er wenigstens, wo er dran ist, das alte Knurrfass. Ich weiß doch, dass er die Clara nicht mag. Er wird sie schon reinlassen müssen. Oder er muss mich rausschmeißen. Und das wird er sich wohl überlegen.«

Die Mutter atmete ein paarmal schwer auf: »Warum müsst ihr euch immer in die Haare kriegen. Bei jeder Kleinigkeit liegt ihr quer.«

»Mutter, das hier ist keine Kleinigkeit«, widersprach Franz entschieden, »hier geht es doch wohl um mehr. Und ich lasse mir nicht vorschreiben, wen ich heirate. Von dem nicht. Von keinem!« Fest und bestimmt klang das.

Emma Kapphahn seufzte noch einmal, während sie vom Tisch aufstand, um abzuräumen. »Dann lass die Sache wenigstens erst wieder ruhen und rühr nicht dran. Dein Vater wird sich schon wieder beruhigen.«

»Ich geb mir Mühe, Mutter, aber ich bleibe bei Clara und lass mir von keinem reinreden.«

»Ich gebe ja zu, eine andere wäre mir in meiner Küche auch

lieber, Franz«, wandte die Mutter jetzt vorsichtig ein, »eine, die auch wirtschaften kann. Die Clara kann doch nur mit Nähzeug umgehen.«

Jetzt wurde der junge Mann allerdings auch böse und im Ton lauter: »Was weißt du, was die Clara kann, Mutter? Pass auf, dass die dich nicht im Haushalt noch in den Sack steckt, wenn sie einmal hier ist.«

»Ist ja schon gut, Junge«, lenkte die Mutter leise ein, »ich meine ja nur, eine richtige Bäuerin wäre …«

Jetzt sprang auch Franz von seinem Platz auf: »Jetzt reicht's mir, Mutter! Blas du nur mit dem Alten ins selbe Horn. Musst du ja auch. Aber damit ist nichts geändert. Auch du machst mir die Clara nicht madig.« Sprach's, hinkte hinaus und knallte die Tür hinter sich ins Schloss. »Bescheuertes Volk«, murmelte er vor sich hin, »ihr werdet auch noch klein.«

Franz Kapphahn vermied es tatsächlich, in den nächsten Wochen in Anwesenheit seines Vaters von seinen Heiratsabsichten zu reden. Auch in Gesprächen mit der Mutter gab er sich meist sehr kurz angebunden. Wenn er seinen Anteil an der Herbstarbeit draußen und auf dem Hof erledigt hatte, war er meist aus dem Haus verschwunden. Wenn es eben ging, traf er sich irgendwo mit Clara, mal in der Dorfkneipe bei Mahles, mal draußen in der Flur und immer öfter auch bei ihr zu Hause. Claras Eltern hatten doch längst den jungen Mann und die Heiratspläne ihrer Tochter akzeptiert, und sie ließen die beiden gewähren. Die waren ja auch keine kleinen Kinder mehr und für eine Heirat alt genug.

Clara ihrerseits ließ sich immer wieder einmal auf dem kapphahnschen Hof sehen und half wie selbstverständlich beim Ausdreschen der Saubohnen oder bei der Arbeit mit den Kartoffeln und der Bedienung der mobilen Kartoffeldämpf-Anlage oder beim Krauthobeln oder anderen Dingen. August Kapphahn ließ es geschehen, wenngleich nur knurrend und mit immer wieder geäußerter Missbilligung. Er wollte es wohl doch nicht völlig mit seinem Sohn verderben.

Dabei hätte er eigentlich zugeben müssen, dass die Hilfe ihm sogar willkommen war. Franz war nämlich jetzt nur noch nachmittags zu Hause, seit sein alter Arbeitgeber ihn für halbe Tage wieder eingestellt hatte und er seinen Platz in der Sägehalle an der Bicke unterhalb des Dorfes eingenommen hatte. Den Weg dorthin konnte er gut zu Fuß machen. Das steife Bein war zwar dabei und auch an der Maschine immer wieder hinderlich, aber der junge Mann hatte sich doch gut daran gewöhnt. Zumal die Schmerzphasen wesentlich seltener geworden waren, seit er das Knie regelmäßig einschmierte und wickelte. Eine weitergehende Behandlung durch irgendwelche Spezialisten schien zunächst einmal nicht notwendig.

Emma Kapphahn genoss es im Stillen, dass die angehende Schwiegertochter immer wieder einmal auf dem Hof und im Haus mithalf. Beide Alten mussten sich selbst eingestehen, dass die Oehme Clara tatsächlich mit Pferden und Kühen, mit Schweinen und Federvieh umgehen konnte, dass sie mit schwerem landwirtschaftlichen Gerät arbeiten konnte, dass sie die meiste Küchenarbeit beherrschte und dass sie eigentlich ein ganz verträglicher Mensch war. Offen zugegeben hätten sie das allerdings nie.

Die beiden jungen Leute bemerkten die Veränderung der beiden alten Kapphahns mit Erleichterung. Die Zeit arbeitete offenbar für sie. Aber noch ging Clara immer wieder nach Hause und blieb nicht auf dem Hof. Wie das würde, wenn sie als junge Frau ständig im Haus war, musste sich zeigen.

Allerdings arbeitete die Zeit auch an einer anderen Stelle für die jungen Leute. Oder doch zunächst gegen sie? Die beiden waren sich nämlich irgendwann einmal doch zu nahe gekommen, und ihre körperliche Nähe meldete Folgen an.

»Mein lieber Franz, jetzt müssen wir doch bald mal voranmachen mit der Hochzeit«, deutete Clara ihrem Verlobten im späten Winter des folgenden Jahres an, als die beiden wieder einmal gemeinsam im Pferdestall mit der Versorgung der beiden Kaltblüter beschäftigt waren.

»Wieso? Unsere Alten haben sich doch beruhigt. Da können wir uns doch Zeit lassen bis zum Sommer, wenn es schön warm ist und wir so eine richtige Hochzeit auf dem Hof machen können.«

»Dann passt mir wahrscheinlich nur kein vernünftiges Kleid mehr«, verstärkte Clara ihre Andeutung über die Rücken der beiden Tiere hinweg.

»Versteh ich nicht«, sagte Franz begriffsstutzig.

»Blödkopp«, musste er sich daraufhin anhören. »Erinnere dich mal an die Nacht im Heu neulich.«

»War doch schön, oder? Sollten wir vielleicht mal wiederholen«, erinnerte sich der junge Mann durchaus.

»Immer noch Blödkopp«, bekam er zurück, Clara konnte ein schelmisches Grinsen nicht länger unterdrücken.

»Was grinst du denn so?«, wurde Franz jetzt ein wenig ungeduldig und kam um die Pferde herum.

»Weil du so entsetzlich schwer von Kapee bist, Franz Kapphahn«, bekam er mit einem Lächeln zurück.

»Ach, so ist das, Clärchen. Warum sagst du nicht gleich, dass du ein Kind kriegst?« Jetzt tat der angehende Vater so, als hätte er längst gewusst, was seine Clara ihm hier hatte offenbaren wollen.

»Und? Ist das deine ganze Reaktion?« Die junge Frau wartete offenkundig auf eine andere, die auch ein wenig Freude ausdrückte.

»Was soll ich sonst dazu sagen?«, fragte er.

»Wenigstens, ob du dich freust«, schien Clara zu schmollen.

»Natürlich freue ich mich, Kleines. Wir zwei kriegen ein Kind. Sollte zwar noch nicht sein, aber jetzt ist es so.«

»Und?«

»Was, und?«

»Kannst du die Mutter deines Kindes auch einmal in den Arm nehmen und küssen?« Claras Stimme klang enttäuscht.

»Natürlich kann ich«, nahm Franz sein Clärchen jetzt in die Arme. »Ich freu mich ja auch.«

»Aber?« Clara registrierte einen leichten Unterton in dieser Aussage.

»Nichts aber, Kleines.« Franz drückte die junge Frau fest an sich. »Ich werde gleich heute Abend die Sache beichten. Das könnte wieder einmal laut werden in der Küche.«

Das war es also. Wie würden die beiden alten Kapphahns reagieren, wenn es jetzt ernst wurde mit der Hochzeit? Claras Eltern hatten die Neuigkeit ganz gelassen aufgenommen. »Ihr wisst doch, was ihr wollt. Und ihr seid verlobt. Das Kind kommt doch in geordnete Verhältnisse. Was soll's also.« So hatten Erich und Hilde Oehme reagiert. Wie die Kapphahns reagierten, würde sich zeigen.

»Soll ich nicht lieber dabei sein, wenn du deinen Eltern die Neuigkeit erzählst?«, fragte Clara ein wenig besorgt.

»Wäre nicht schlecht«, gab Franz zu. »Dein lieber Schwiegervater würde sich wahrscheinlich in seinem Kommentar zurückhalten. Dann wird es vielleicht nicht so laut wie ohne dich.«

»Und deine Mutter?«

»Ha, die freut sich vielleicht, dass sie bald Oma wird. Dann hat sie was zu bemuttern, wo sie mich doch nicht mehr bemuttern kann.«

»Ich befürchte nur, sie wird dann zwei bemuttern wollen, wenn ich mit Kind im Haus bin«, sorgte sich Clara.

»Ach, mach dir da mal noch keine Gedanken drüber. Das ergibt sich alles mit der Zeit«, versuchte Franz zu beruhigen.

»Und wann heiraten wir?«

Der angehende Vater ließ seine Verlobte aus den Armen und begann an seinen Fingern abzuzählen. »Die Heugeschichte war im Dezember, jetzt ist Ende Februar. Das Kind kommt im September. Dann heiraten wir im Mai.« Der letzte Satz klang wie ein endgültiger Beschluss.

»Dann wird mir wohl noch ein richtiges Hochzeitskleid passen«, bestätigte Clara.

Jetzt war es an Franz zu grinsen: »Das wäre doch gelacht, wenn du als Tochter eines richtigen Schneiders nicht ein Kleid zurechtzimmern könntest, das noch richtig passt.«

»Zimmern ist deine Aufgabe, Blödkopp. Und zwar vernünftige Möbel und eine anständige Wiege für den nächsten Kapphahn. Ich werde dafür mit feiner Nadel nähen. Worauf du dich verlassen kannst.«

»Möbel zimmert man nicht, die werden geschreinert, junge Mutter«, gab Franz feixend zurück.

»Danke, Herr Lehrer, Kleider zimmert man auch nicht, die werden genäht«, gab Clara sich pikiert. Dann wurde sie aber wieder sachlich: »Wann beichten wir die Neuigkeit?«

»Nachher beim Abendessen. Könntest du dabei sein?«

»Kann ich, werd ich«, bestätigte Clara, »schließlich bin ich ja das Opfer deiner wüsten Tat im Heu.«

»O du …« Franz nahm die junge Frau noch einmal in die Arme und küsste sie. »Wer da wohl der Wüstere war?«

Eines der Pferde stupste Franz mit den Nüstern in den Rücken, als wollte es sagen: »Jetzt reicht's, ihr zwei. Wir beide wollen endlich unser Futter haben.«

»Ist ja schon gut, Hektor«, ließ Franz von Clara ab und wandte sich dem Braunen zu, »du kriegst sofort dein Fressen.«

Es war das erste Mal, dass Clara Oehme mit am kapphahnschen Abendbrottisch saß. Dass das den Hausherrn störte, war zu erwarten gewesen. Aber August Kapphahn riss sich zusammen, murmelte nur etwas in seinen Stoppelbart wie: »Nicht einmal mehr beim Abendessen hat man seine Ruhe.«

Natürlich hatte Franz die durchaus unfreundliche Bemerkung seines Vaters verstanden, und er nahm den Gedanken sofort auf: »Das wird demnächst wohl öfter vorkommen, dass wir hier zu viert sitzen.« Nach einem Moment des Zögerns ergänzte er mit einem vielsagenden Seitenblick auf Clara: »Und dann irgendwann zu fünft.«

»Was heißt das?«, kam sofort die scharfe Frage des alten Mannes, dessen Gesicht sich noch mehr verfinsterte. Emma Kapphahn hielt in ihrer Bewegung inne und vergaß für den Moment, in ihr Brot zu beißen. Unsicher ging ihr Blick zwischen Vater und Sohn hin und her und streifte dabei auch Clara, die dabei verlegen unter sich blickte, in der Erwartung eines Donnerwetters.

»Im September werdet ihr Großeltern, und vorher wird im Mai geheiratet«, gab Franz ganz gelassen Auskunft.

»Ich habe es geahnt«, entfuhr es der werdenden Oma. Sie sah Franz entsetzt an. Ihr Mann holte derweil tief Luft. Jetzt kam's. Augenblicklich waren alle am Tisch auf den Ausbruch des Vulkans eingestellt. Aber – der blieb doch tatsächlich aus. Zumindest verlief er anders als erwartet. August Kapphahn schlug nur nach seiner Gewohnheit, wenn er wütend war, mit der Faust auf den Tisch und ließ ein böses »Verfluchte Geschichte!« hören.

Franz und Clara schauten sich an, als verstünden sie die Situation nicht. Vorsichtig wagte der Sohn zu fragen: »Mehr nicht, Vater?«

Der antwortete nicht sofort, holte nur wieder ein paarmal tief Luft, was die Spannung am Tisch allerdings noch erhöhte. Dann kam es heraus, was niemand erwartet hatte: »Verdammte Geschichte. Ich wollte die Oehme nicht auf meinem Hof. Aber jetzt muss ich sie ja wohl lassen. Ihr Kind ist mein Enkel. Und nur deshalb werde ich die Sache ertragen. Damit ihr's wisst.« Der Vater sprach's, wischte sich mit dem Handrücken den Mund, stand vom Tisch auf und verließ ohne weitere Rede die Küche. Beim Hinausgehen vergaß er sogar, die Tür ins

Schloss zu werfen, wie er das sonst tat, wenn ihn die Wut gepackt hatte.

Die jungen Leute und auch die Mutter blickten mit offenen Mündern dem Mann nach und dann auf die geschlossene Küchentür. Das war doch wohl nicht alles? Der musste doch zurückkommen und ...? Aber August Kapphahn kam nicht wieder zurück, und der Ausbruch des Vulkans blieb tatsächlich aus.

Was so ein kleiner Mensch doch bewirken konnte, ging es den angehenden Eltern durch den Kopf. Und auch die werdende Oma kam aus dem Staunen über das Verhalten ihres Mannes nicht heraus.

Schließlich ergriff Franz tief durchatmend Claras Hand: »Dass das so einfach würde, hätte ich nicht gedacht. Clärchen, der Weg ist frei! Freu dich! Die Oehme darf auf den Hof!«

Hochzeit im Dorf

In den nächsten Monaten bereiteten die Familien Kapphahn und Oehme die geplante Hochzeit und Claras Einzug auf den Hof vor. Im Haus musste einiges verändert werden, damit die jungen Leute ihre eigenen Wohnräume bekamen. Die würden sich freilich zunächst einmal auf zwei Zimmer beschränken, die als Schlafzimmer der Eheleute und als Kinderzimmer dienen sollten. Eine gute Stube im Haus reichte. Sie wurde ohnehin selten betreten. Wohnküche und Vorratskammer, Keller und Waschküche mussten sie sowieso gemeinsam nutzen, so dass sich die Bauarbeiten in Grenzen hielten und Franz sie neben seiner Beschäftigung im Sägewerk schaffen konnte. Die notwendigen Veränderungen sollten bis zur Frühjahrsbestellung der Felder erledigt sein. Wenn es wieder nach draußen ging, würde dazu kaum noch Zeit sein, es sei denn an Regentagen. Und die wollte sich niemand wünschen.

August Kapphahn hielt sich aus der nach seiner Meinung blödsinnigen und überflüssigen Wohnungsumgestaltung heraus. Die jungen Leute sollten sich zufrieden geben mit dem, was da war. Das war seine Art, gegen den Lauf der Ereignisse zu protestieren. Außerdem beschäftigte er seinen Sohn verstärkt bei den winterlichen Reparaturarbeiten in den Ställen, in der Scheune und an den Maschinen und Geräten. Diese Arbeiten hatten in seinen Augen Vorrang vor der Umgestaltung der Wohnung. Dass das immer wieder zu heftigen Auseinandersetzungen zwischen Vater und Sohn führte, war zu erwarten. Der Haussegen bei den Kapphahns hing selten im Lot. Emma Kapphahn hatte immer wieder einiges zu tun, zu beschwichtigen und die beiden Kontrahenten auseinander zu halten und zu beruhigen.

Wenn Clara mit im Haus war, um ihrem Franz oder auch der künftigen Schwiegermutter bei den unterschiedlichsten Arbeiten zur Hand zu gehen, ging es in der Regel einträchtig zu. Die junge Frau, der die Schwangerschaft übrigens überhaupt keine Probleme machte, schien so etwas wie ein Friedensengel zu sein, dessen Anwesenheit schon für Ruhe sorgte. Ob das wohl auch nach der Hochzeit so bleiben würde, wenn sie offiziell zur Familie gehörte?

Etwas anderes beschäftigte in der nächsten Zeit nicht nur die Kapphahns und Oehmes. Es betraf viele Familien des Dorfes und verursachte manche Tuschelei hinter vorgehaltener Hand und manche heftige offene Diskussion in den Häusern, auf den Straßen, auf dem Kirchplatz und in der Wirtsstube bei Mahle.

Es war gekommen, wie es der Bürgermeister vor einiger Zeit im Gespräch mit Clara schon angedeutet hatte. Die amerikanischen Besatzungsbehörden hatten ihre Fragebögen zur »Entnazifizierung« verschickt. »Auf Grund des Gesetzes zur

Befreiung von Nationalsozialismus und Militarismus vom 5. März 1946« hatte jeder aufgeforderte Bürger anzugeben, ob er irgendeine Position im Apparat der Hitler-Partei innegehabt hatte oder in irgendeiner Weise an den Machenschaften der Nationalsozialisten beteiligt gewesen war. Als Ergebnis sollte herauskommen, ob sich jemand schuldig gemacht hatte, ob er »minderbelastet« war oder »belastet«, »Entlasteter« oder »Mitläufer« oder ob gar jemand zu den »Hauptschuldigen« gezählt werden musste. Je nach Einstufung würden die Behörden Bescheide schicken: »vom Gesetz nicht betroffen«, oder sie würden Gerichtsverfahren einleiten und nach entsprechender Beurteilung Strafen und Sühnemaßnahmen auferlegen. Die konnten sehr unterschiedlich ausfallen. Es konnte Berufsverbot, Verlust des Amtes, Vermögenseinzug oder Geldbuße verhängt werden. In besonderen Fällen konnten auch Gefängnisstrafen von bis zu zehn Jahren angeordnet werden.

Windenhausen glich in diesen Frühjahrstagen einem Hühnerhof, in den der Fuchs eingedrungen war. Jeder suchte sein Heil in der Flucht in irgendwelche Begründungen, Ausreden und Entschuldigungen. Selbst die, die sicher zu den Entlasteten gezählt werden konnten, ließen sich von der panikartigen Unruhe anstecken. Das überwiegend gute Miteinander im Dorf und der Frieden unter den Leuten waren plötzlich in großer Gefahr durch berechtigte und unberechtigte, leise und laut ausgesprochene Vorwürfe und Schuldzuweisungen. Mancher hatte plötzlich nie etwas mit Nazi-Denken und -Handeln zu tun gehabt. Plötzlich waren die meisten Leute höchstens Mitläufer gewesen, die sich lediglich aus Gründen des Selbstschutzes und zur Absicherung der Familie rein äußerlich beteiligt hätten. Plötzlich hatte fast jeder eine Begründung für seine Parteizugehörigkeit, die deutlich machte, dass er ja gar nicht anders gekonnt und gezwungenermaßen hatte mitmarschieren und mitschreien müssen.

Bürgermeister Ludwig Schulz hatte in diesen Wochen sehr

viel zu tun, den Frieden im Dorf zu bewahren und die Leute daran zu hindern, aufeinander loszugehen. Er kannte sie doch alle und wusste von jedem Betroffenen, wie er gedacht und gehandelt hatte, in welcher Weise er mit dem Herzen und der ganzen Person Nazi gewesen war oder ob er wirklich nur aus Gründen der Selbsterhaltung mitgemacht hatte. Er wusste, dass die meisten wirklich nur Krakeeler und Mitläufer gewesen waren, wenngleich ein paar von ihnen starken Druck auf andere ausgeübt hatten. Wirklich zu Schaden gekommen war dadurch eigentlich niemand im Dorf. In die Kategorie »Hauptschuldige« war da sicher niemand einzuordnen, wohl auch kaum in die Kategorie »Belastete«. Auch August Kapphahn war höchstens »Minderbelasteter«, wenn er auch als einer der Lautesten Druck auf andere ausgeübt hatte.

Der Bürgermeister besuchte nacheinander alle, von denen er wusste, dass sie Post von den Besatzungsbehörden bekommen hatten. Den meisten Leuten tat es gut, dass er kam und Rat gab beim Ausfüllen der Fragebögen, dass er beruhigte und vermittelte.

Selbstverständlich besuchte er auch August Kapphahn, dem das zunächst gar nicht recht war. Aber die beiden Männer kamen dadurch endlich wieder einmal ins Gespräch. Wann war das zum letzten Mal der Fall gewesen? Nach langer Zeit reichten sie sich endlich wieder die Hände, nachdem sie gemeinsam den Fragebogen durchgegangen waren und dabei auch sehr offen über ihr Verhältnis zueinander in den vergangenen Jahren gesprochen hatten. Es musste den rauen Bauern sehr beeindrucken, dass Ludwig Schulz ihm wegen der Schäbigkeiten in den NS-Jahren keinerlei Vorwurf machte.

Hier war ein Stück Land gewonnen, freute sich Ludwig Schulz, vielleicht auch ein Mensch ein wenig in die Dorfgemeinschaft zurückgeholt.

Auch die Fragebögen von Emma Kapphahn und Franz waren sie danach gemeinsam durchgegangen, hatten sie ausgefüllt und postfertig gemacht. Als Clara wie zufällig zu dieser Tischrunde dazukam, konnte der Bürgermeister auch ihr beim Ausfüllen helfen, denn sie hatte mit Franz über das Papier reden wollen. Also war diese Sache schneller erledigt als erwartet.

Eine andere ließ sich dabei gleich mit erledigen. Ludwig Schulz war als Bürgermeister des Dorfes zugleich auch Standesbeamter. Die jungen Leute konnten bei dieser Gelegenheit schon einmal mit ihm über das Aufgebot sprechen, das spätestens Ende April aufgegeben sein musste, wenn denn am 17. Mai die Hochzeit sein sollte. Natürlich erklärte »Onkel Schulz« gerne, was die beiden jungen Leute zu tun hatten, damit die Trauung dann auch in Ordnung gehen konnte.

Dann wandte er sich plötzlich an August Kapphahn, der bei diesem Thema schon wieder ein wenig seine Stirn runzelte. Man sah ihm an, dass er bei dieser Sache nicht mit Freuden dabei war.

»Da bekommst du eine gute Schwiegertochter, August. Da würden sich andere die Finger nach lecken.«

Franz und Clara schauten sich an. Das war ein mutiger Satz des Bürgermeisters. Wie würde der Bauer jetzt reagieren?

Es kam sehr nüchtern und ohne irgendeine spürbare Gefühlsregung: »Eine Bauerntochter wäre mir lieber gewesen. Das wissen die beiden. Aber mir bleibt ja keine andere Wahl. Ich muss schon einverstanden sein. Schließlich will ich mein Enkelkind in meinem Haus haben.«

»Das ist doch in Ordnung so, August«, freute sich der Bürgermeister, »drei Generationen unter einem Dach! Alte mit den Jungen! So muss es sein. Ich wünsche euch allen, dass das klappt.«

»An uns soll's nicht liegen, Onkel Schulz. Wir werden uns Mühe geben«, kam es von den beiden jungen Leuten wie aus einem Mund.

»Richtig«, bestätigte der, »ohne Mühe wird das nicht gehen. Wie sagt man? ›Ohne Fleiß kein Preis.‹«

Der Bürgermeister gab allen noch einmal die Hand. Für einen Moment schien es, als wollte August Kapphahn die entgegengestreckte Hand wieder verweigern. Dann schlug er doch ein, wenngleich wortlos. Die beiden Männer waren sich vielleicht ein Stück näher gekommen.

In der schwierigen dörflichen Situation hatte übrigens auch Pfarrer Alemann vermittelt. Er hatte in der Passions- und Osterzeit einige deutliche Predigten über Vergebung und Versöhnung gehalten, zuletzt eine über die Bitte des Vaterunsers aus der Bergpredigt Jesu: »Vergib uns unsere Schuld, wie wir unsern Schuldigern vergeben.« Dabei hatte er sehr nachdrücklich auf den Zusammenhang hingewiesen, der nun einmal zwischen menschlicher und göttlicher Vergebungsbereitschaft besteht. Das eine sei ohne das andere nicht zu haben. Nur der könne die Versöhnungstat Jesu Christi am Kreuz für die Welt und für den Einzelnen für sich in Anspruch nehmen, der selbst bereit sei, in seiner eigenen kleinen Welt mit den Menschen seiner Umgebung Versöhnung zu leben. Die Folge sei ein wunderbarer Frieden. Wer Frieden habe mit seinem Gott, der habe auch Frieden im eigenen Herzen, und der könne auch Frieden halten mit seinen Nächsten.

Windenhausen schien die Botschaft verstanden zu haben. Es wurde allmählich ruhiger im Dorf, und die Bereitschaft wuchs, die Vergangenheit ruhen zu lassen und abzuwarten, wie die einzelnen Urteile der Behörden aussehen würden. Es war ja auch völlig offen, ob überhaupt auf einen von ihnen irgendwelche Strafmaßnahmen zukämen.

Als Franz Kapphahn mit seiner Clara im Amtszimmer des Pfarrers saß, um mit ihm das Traugespräch zu führen, kamen sie noch einmal kurz auf die Sache zurück. Aber die beiden Heiratswilligen konnten den Geistlichen beruhigen, dass für sie die nationalsozialistische Vergangenheit ein großer Irrtum und endgültig vorbei sei und dass sie auch mit niemandem wegen dieser Zeit irgendwelche Schwierigkeiten hätten. Da hätten sie schon ihren Frieden mit den Leuten.

»Das ist auch nötig«, bekräftigte Pfarrer Alemann. »Wie steht es im Talmud: ›Der Frieden ist die Grundlage des ehelichen Glücks.‹ Und dieses Glück strebt ihr ja an.«

Die beiden jungen Leute nickten. Pfarrer Alemann war's zufrieden. Ihn interessierte jetzt die andere Frage mehr: Wollten sie beide denn nun heiraten, weil sie heiraten »mussten« oder weil sie fest entschlossen waren, wirklich und in allen Dingen ihr Leben miteinander zu teilen, was auch immer die Zukunft bringen würde – im Leben des Einzelnen, in der Ehegemeinschaft und auch in der sicher nicht leichten Hausgemeinschaft auf dem kapphahnschen Hof. »Wisst ihr: ›Gezwungene Ehe ist des Herzens Wehe‹, sagt ein altes Sprichwort.«

Aber auch in dieser Frage konnten Franz und Clara ihren Pfarrer beruhigen. Sie fühlten sich keineswegs durch die nun mal eingetretenen Umstände zur Ehe gezwungen. Ihre Zuneigung und ihre Liebe bestehe ja auch nicht erst seit dem Moment, als sie sich nach der Heimkehr von Franz auf dem Friedhof begegnet seien. Wenngleich diese Begegnung wirklich merkwürdig gewesen sei. Nein, sie hätten sich schon in ihrer gemeinsamen Schulzeit und in den wenigen Jahren danach sehr gut verstanden und gemocht. Dass wirkliche Liebe aufgekommen wäre, hätte der Krieg dann erst einmal verhindert. Dass jeder von beiden nach Kriegsende noch für den anderen frei gewesen sei, sei doch wohl auch ein gutes Signal gewesen. Ihre Beziehung sei schon eine echte Liebesbeziehung. Und dass die nun schon Folgen habe, na ja. Es sei halt passiert und nun sei es auch gut so. Sie freuten sich jedenfalls auf das Kind.

»Ich höre das alles sehr gerne von euch beiden«, gestand der Pfarrer zu. »Es wäre mir dennoch lieber gewesen, ihr hättet noch ein wenig mit dem Ehevollzug gewartet. Gottes Ordnung sieht da ein bisschen anders aus.«

Er blickte den beiden nacheinander in die Augen, wohl um zu sehen, wie sie auf seinen Einwand reagierten. Weil diese Augen aber zu fragen schienen, was denn jetzt käme, fuhr er fort: »Andererseits wart ihr verlobt. Das heißt doch, ihr hattet euch einer dem anderen fest versprochen. Das war doch so, oder?«

»Natürlich war das so, Herr Pfarrer«, bestätigten die beiden wie mit einer Stimme. Und Clara ergänzte: »Wir tragen zwar nur Ringe aus Eisen, aber die tun's ja wohl auch.« »Es gab ja keine anderen«, bestätigte Franz wie entschuldigend diese bedauerliche Tatsache.

»Also gut, Ringe sind Ringe, ob aus Gold oder aus Eisen. Das Metall garantiert den Bestand einer Ehe sowieso nicht«, fuhr der Gemeindehirte fort. »Gute Ehen werden zuallererst im Himmel geschlossen. So sei's drum. Gott wird euch wegen eures Übereifers seinen Segen wohl nicht verweigern, und das Kind darf unter seinem Schutz aufwachsen. Aber was ist mit dem Trauspruch? Habt ihr einen Vorschlag, welches Bibelwort euch eure Ehe lang begleiten soll?«

»Wir sind keine Bibelleser, Herr Pfarrer«, musste Franz zugestehen. Clara sagte: »Viel gelernt haben wir bei Ihrem Vorgänger nicht. Ich wüsste jetzt keinen besonderen Spruch für unsere Ehe.«

»Tja, leider wurde bei den Pfarrern der Deutschen Christen wenig biblische Grundlage gelegt«, stellte Pfarrer Alemann fest. »Das ist schade. Ihr solltet da ruhig ein bisschen nachholen und ab und an in der Bibel lesen. Nein, nicht ab und an«, verbesserte er sich. »Ihr bekommt ja demnächst eine. Ich hoffe und wünsche, die steht dann nicht im Regal und staubt vor sich hin.«

Franz und Clara seufzten ein wenig auf: »Wir können uns ja mal vornehmen, immer wieder in dem Buch zu lesen.«

»Ja, nehmt es euch nur vor, aber bleibt nicht beim Vornehmen, sondern tut es auch«, redete der Pfarrer ihnen zu und dachte für einen Moment nach. Vielleicht schickte er im Stillen ein rasches Stoßgebet zu Gott um einen Hinweis auf das richtige Wort für die beiden jungen Menschen. »Ich glaube, ich hab's«, meinte er dann, griff seine Bibel und schlug sie auf. »Im Brief des Apostels Paulus an die Gemeinde in Kolossä steht ein guter Rat an die dortigen Christen. Über den werde ich sprechen und den werde ich euch als Trauspruch mit in die Ehe geben. Dieser Rat gilt heute genauso wie damals.«

»Dürfen wir schon wissen ...?«, fragte Clara.

»Warum nicht? Aber nicht, dass ihr sagt, das passt nicht.«

Franz beeilte sich zu versichern: »Keine Angst, Herr Pfarrer. Ihre Auswahl ist schon angenommen.«

»Gut, dann hört, was da steht. Der Apostel Paulus schreibt: ›So ziehet nun an, als die Auserwählten Gottes, Heiligen und Geliebten, herzliches Erbarmen, Freundlichkeit, Demut, Sanftmut, Geduld; und ertrage einer den andern und vergebet euch untereinander, so jemand Klage hat wider den andern; gleichwie Christus euch vergeben hat; also auch ihr. Über alles aber ziehet an die Liebe, die da ist das Band der Vollkommenheit.‹«

»Puh, das ist viel«, erschrak Clara ein wenig.

»Und das hört sich sauschwer an«, ergänzte Franz.

»Ist sicher viel und hört sich auch schwer an und ist auch nicht leicht«, bestätigte Pfarrer Alemann. »An diesem Text und seiner Aussage gibt es viel zu lernen, aber auch sehr viele gute Erfahrungen zu machen. Ich werde euch den Text bei der Trauung erklären, dass ihr es ein wenig leichter habt. Außerdem könnt ihr euch den Spruch dann auch in euer Zimmer hängen, damit ihr ihn jeden Tag vor Augen habt. Und jetzt bete ich noch mit euch.«

Die drei Menschen in der Amtstube des Pfarrhauses im Kirchdorf falteten miteinander die Hände und befahlen sich der Gnade Gottes für die Tage bis zur Hochzeit, für den Festtag selbst und für die Zeit danach.

Wie würde diese Zeit wohl werden?, mochte es allen dreien durch den Sinn gehen, nachdem der Pfarrer das Amen gesprochen und Clara und Franz es leise, aber doch hörbar bestätigt hatten. Das konnte alles sehr spannend werden. Schwierigkeiten inbegriffen.

»Wenn ihr noch Wünsche habt für den Traugottesdienst, dann teilt sie mir gerne mit«, beschloss Pfarrer Alemann die Begegnung. »Dann sehen wir uns am 17. Mai.«

Damit entließ er die beiden, die sich draußen auf ihre Fahrräder schwangen, um nach Windenhausen zurückzukehren. Tatsächlich hatte Franz sich vor ein paar Wochen ein Fahrrad besorgt und so umgebaut, dass er mit seinem verletzten Bein fahren konnte. Seitdem brauchte er weitere Wege nicht mehr hinkend zurückzulegen. Und er konnte mit seiner Clara auch gemeinsam unterwegs sein. Auf dem Fahrrad ging das doch leichter. Die Straßen und Wege hätten nur in einem besseren Zustand sein können. Aber das würde wohl die Zeit bringen.

Die Wochen bis zum Hochzeitstermin vergingen wie im Flug. Clara war intensiv damit beschäftigt, ihr Brautkleid fertig zu stellen. Sie wollte doch trotz ihres schon sichtbaren Bäuchleins neben ihrem Franz noch eine gute Figur machen. Ihr Vater nähte einen gebrauchten schwarzen Anzug auf die Figur des Bräutigams um. Zum Glück war das nicht sehr viel Arbeit, da der Vorbesitzer eine ähnliche Figur wie Franz gehabt hatte. Im Wesentlichen brauchten nur die Ärmel und die Beine gekürzt zu werden. Die Weite von Hose und Jacke passte. Welch Wunder – auch August Kapphahn ließ seinen Festanzug von seinem Gegenschwieger auf Vordermann bringen. Wer hätte das gedacht, dass der Bauer die Stube des Schneiders betreten würde!

Franz' Hauptaufgabe war es, den freien Raum des Hofes so aufzuräumen, dass die Gäste bei gutem Wetter draußen Platz nehmen konnten. Zugleich musste allerdings auch die Scheune hergerichtet werden und die gute Stube, die nur bei besonderen Anlässen benutzt wurde, denn die Wetterprognosen sahen nicht sehr gut aus, und die Wahrscheinlichkeit, dass es regnen würde, war größer, als dass die Sonne warm genug schiene. Bei schlechtem Wetter mussten die Leute ja im Trockenen sitzen können.

Schade, dass das Fest nicht in der Weise vorbereitet und gefeiert werden konnte, wie das früher im Dorf üblich gewesen war. Einmal war den Leuten immer noch nicht nach lauten und fröhlichen Festen zumute. Dann waren viele Fragen um die Entnazifizierung einzelner Leute noch nicht beantwortet, so dass noch eine gewisse Bangigkeit herrschte, was denn aus ihnen werden würde. Schließlich hatten die Besatzungsbehörden vor dem Hintergrund der großen Hungersnot, die vor allem die Städte in Deutschland heimsuchte, strenge Auflagen für die Verteilung und den Verbrauch von Lebensmitteln erlassen. Die einzelnen Rationen für die Menschen wurden inzwischen nach Kalorien bemessen, wobei die Einheiten bei etwa 1000 pro Person festgelegt waren. Wegen dieser Dinge herrschte an vielen Orten im Land erhebliche Unruhe. In Hamburg gab es einen Hafenarbeiterstreik, weil die Leute mit den zugewiesenen 1500 Kalorien zur schweren körperlichen Arbeit kaum fähig waren.

Dass die Landbevölkerung wesentlich besser gestellt war als die Städter, stand außer Frage. Dass ihre Solidarität gefordert war, wurde auch von niemandem bestritten. Es war nur folgerichtig und wurde auch von den meisten Bewohnern Windenhausens akzeptiert, dass sie gewisse Mengen ihrer eigenen Vorräte abgeben mussten, auch wenn die im Vorjahr gewonnenen gar nicht so üppig gewesen waren. Nur, was Hunger war, hatte in Windenhausen bisher niemand am eigenen Leib erfahren müssen. Auch die dem Dorf inzwischen zugewiesenen Heimatvertriebenen aus dem Egerland in Böhmen brauchten jetzt nicht mehr zu darben. Beinahe jedes zweite Haus hatte eine oder zwei dieser entwurzelten Familien aufnehmen müssen, meist Frauen und Kinder. Die konnten sich glücklich preisen, dass sie am Ende ihrer strapaziösen Flucht hier einquartiert worden waren und nicht in einer der Großstädte. Dort hätten sie wie alle anderen Bewohner zum Beispiel mit lediglich 650 Kalorien am Tag auskommen müssen. Hier auf dem Land ging es den Leuten dagegen noch recht gut.

Auf dem kapphahnschen Hof und bei Oehmes, den Elternhäusern der Brautleute, ging es versorgungsmäßig auch noch recht ordentlich zu. Da gab es Milch und Brot. Und da gab es auch im Mai noch restliche Vorräte, die an verborgenen Orten aufbewahrt worden waren. Frisches Fleisch konnte es natürlich nicht geben. Ein Schwein oder ein Kalb durfte für die Hochzeit nicht geschlachtet werden. Das wäre mit Sicherheit aufgefallen und hätte üble Konsequenzen gehabt. Aber kein Behördenmensch würde auf die Idee kommen, die Hühner des Dorfes zu zählen. Die liefen ja noch glücklich überall frei herum, wobei sie ihren eigenen Stall immer wiederfanden. Also mussten ein paar von ihnen daran glauben und für ein gutes Frikassee herhalten.

Übrigens hielt sich Bürgermeister Ludwig Schulz zu gewissen Zeiten von bestimmten Häusern fern. Besonders auch in den Tagen vor der kapphahn-oehmschen Hochzeit. Er hätte sonst gewisse Beobachtungen gemacht, die er hätte weitermelden müssen. Also lieber nichts sehen und nichts hören. So brauchte auch nichts gemeldet zu werden. Die Windenhausener dankten es ihrem Bürgermeister.

So wurde denn der 17. Mai ein guter Hochzeitstag für Franz und Clara und für Windenhausen, das trotz der schwierigen Situation im Dorf doch über Erwarten regen Anteil an diesem Fest nahm. Es gab genug zu essen und zu trinken für jeden, der kam, um zu gratulieren und ein wenig mitzufeiern. Hätte an diesem Tag die Sonne geschienen, wären es mehr Leute gewesen, die den Hof aufgesucht hätten. Leider aber war das Wetter den Hochzeitern gar nicht freundlich. Es blitzte und donnerte den ganzen Nachmittag. Ein solches Frühlingsgewitter hatte es lange nicht gegeben. Hoffentlich war das kein schlechtes Omen für die heute beginnende gemeinsame Zukunft der jungen Kapphahns, dachte so mancher. Gut aber war, dass der kleine Zug der Hochzeitsleute den Weg von der Kirche zum Hof gerade zwischen zwei heftigen Gewitterschauern trockenen Fußes hatte zurücklegen können.

Der Hofraum konnte zum Feiern leider nicht benutzt werden. Aber Haus und Scheune boten Platz genug für alle Gäste, die kamen und sich gerne ein wenig drängten. Aus erklärlichen Gründen hatte der Bürgermeister sich entschuldigt.

Dafür war dann Pfarrer Alemann der gern gesehene Ehrengast. Seine Predigt zum Trautext aus dem Kolosserbrief war sehr eindrücklich gewesen und hatte dem Brautpaar und der zahlreichen Dorfbevölkerung, die das kleine Gotteshaus gut gefüllt hatte, den Weg zu einem gedeihlichen und gesegneten Miteinander deutlich gemacht. Allein der Umgang in der Liebe sei die Garantie für eine gelingende Ehe, für eine harmonische Hausgemeinschaft und für ein gutes Miteinander von Alt und Jung im Dorf. Liebe sei nie ein theoretisches Wort, sondern immer eine praktische Lebensanweisung, die man nach den Buchstaben des Wortes auch so beschreiben könne: Lebt in euren Beziehungen ehrlich. Die Liebe habe allerdings einen Namen, den ins Leben zu nehmen unbedingt notwendig sei: Jesus Christus. Er allein sei das Band der Vollkommenheit, und nur mit ihm ließe sich ehrlich miteinander leben.

Nachdenkenswerte Worte, die manchen Hörer wohl noch eine Weile beschäftigten. Hoffentlich auch die jungen Eheleute und ihre Eltern. Der Verlauf der kommenden Jahre war wohl ein gutes Stück von den Ergebnissen dieses Nachdenkens abhängig und sicher nicht vom Wetter dieses Tages.

Selbstverständlich nahmen sich Franz und Clara Kapphahn heute vor, die Mahnungen und Ermunterungen aus den Bibelworten zu Herzen zu nehmen und nach bestem Vermögen in ihren Lebensalltag und in ihre Hausgemeinschaft hineinzunehmen. Aber Vorsätze waren noch lange keine Taten. Außerdem mussten die Eltern in irgendeiner Weise bei diesen Bemühungen mitmachen. Ob sie dazu bereit waren?

Jedenfalls bekam der in schöner Schrift wiedergegebene Trautext einen guten Platz an der Schlafzimmerwand und die vom Pfarrer überreichte Hausbibel einen auf dem Regal neben dem Waschtisch. Beides war so immer präsent und jederzeit für die Eheleute greifbar.

Alltag auf dem Hof

Dann begann der Alltag auf dem kapphahnschen Hof. Für Flitterwochen oder auch nur für Flittertage war keine Zeit. Dafür gab es draußen und drinnen zu viel Arbeit, und Franz wurde vormittags im Sägewerk gebraucht.

Vier Menschen mussten jetzt in Haus und Hof miteinander auskommen und die Arbeit unter sich aufteilen. Es spielte sich in den nächsten Wochen ein, wer wann zuständig war für die beiden Pferde, für die Kühe und Schweine und das Federvieh. Clara hatte sich ja bereits vorher von Franz in das eine und andere einarbeiten lassen. Dass sie arbeiten konnte, hatte sie längst bewiesen. Wenn ihr Mann nachmittags zu Hause war, ging manches allerdings einfacher, weil das Arbeiten zu zweit mehr Spaß machte. Vormittags war die werdende Mutter auch noch häufig in der väterlichen Nähstube. Sie mochte nicht zu lange allein mit den Schwiegereltern im Haus sein. Dafür war das Verhältnis zu den beiden Älteren einfach nicht frei genug. Ob sich das noch entwickelte? Die Zeichen standen eher dagegen.

Um den Küchentisch saßen hinfort tags drei Personen, am

Abend und an den Wochenenden vier. Das war dann doch für alle gewöhnungsbedürftig. Vor allem August Kapphahn tat sich damit schwer, seine Schwiegertochter immer vor sich zu haben. Er ließ es Clara immer wieder spüren, dass sie nicht seine Wunsch-Schwiegertochter war und dass sie ja nur angenommen sei, weil sie demnächst sein Enkelkind zur Welt bringen würde. Entsprechende Bemerkungen verletzten Clara wie Dornen in der Seele. Vor allem, weil sie meist dann kamen, wenn Franz nicht da war. Der hätte sich sicher deswegen mit seinem Vater angelegt. Ihr, Clara, kam das nicht in den Sinn. Sie schwieg dazu, hörte sich das an und weinte sich dann später bei ihrem Mann oder bei ihren Eltern aus. Zugleich bemühte sie sich, ein dickeres Fell für solche Dinge zu gewinnen und wenigstens in Ansätzen die Verträglichkeit zu leben, von der in ihrem Trautext die Rede war. »... ertrage einer den andern und vergebt euch untereinander ...« Dabei wusste Clara sehr wohl, dass Vergebung mehr war als Verträglichkeit, das Erste wesentlich schwerer als das Zweite.

Mit der Schwiegermutter kam die Jungbäuerin einigermaßen zurecht. Die war still und redete nur das Nötigste. Allerdings war und blieb sie die Herrin in der Küche. Clara durfte beim Kochen nur zuschauen und gelegentlich Handreichungen tun. Dabei hätte sie so gerne ab und zu selbst gekocht. Dafür durfte sie dann gerne Putzeimer und Besen nehmen, oder auch Waschkessel, Zuber, Waschbrett und das schwere Bügeleisen bedienen. Hierin ließ sich Emma Kapphahn gerne entlasten. Nun gut, auch das war zu ertragen. Wenn der kleine Mensch demnächst im Haus war, würden sich die Aufgaben ja ohnehin wieder anders verteilen.

Im September 1947 kam Henner auf die Welt, ein wahrer Wonneproppen. Seinen Namen erhielt er im Andenken an seinen früh verstorbenen Onkel. Mutter und Sohn hatten die zum Glück nur geringen Strapazen der Geburt gut überstanden, und der Junge wurde freudig in der Familie begrüßt. »Da habt ihr ja mal was ordentlich hingekriegt«, war der Kommentar des Großvaters an Sohn und Schwiegertochter, »da bleibt der Name Kapphahn wenigstens erhalten, und einen Erben für den Hof gibt's später auch.« Viel mehr an Äußerung kam von August Kapphahn nicht, aber ihm war anzumerken, dass er mächtig stolz auf seinen Enkel war.

Der Großmutter ging es nicht viel anders. Auch sie freute sich sehr über den Jungen, wobei sie ihre Freude gegenüber den Eltern deutlicher zeigte als ihr Mann.

Clara brauchte ab sofort kaum noch etwas von der Haus-, Stall- und Feldarbeit zu tun. Das Kind ging jetzt vor. Dem durfte nichts entgehen, seine Mutter durfte nichts angreifen, was zum Beispiel ihre Stillfähigkeit eingeschränkt hätte.

Gerne hätte die junge Mutter, als sie wieder auf war, einen Raum gehabt, in den sie sich mit ihrem Kind immer wieder zurückziehen konnte. Den gab es aber nicht. Schlaf- und Kinderzimmer waren keine Aufenthaltsräume für den Tag, vor allem nicht in der kalten Jahreszeit, weil diese Räume nicht geheizt werden konnten. Da blieb meist nur die gemeinsame Küche. In der aber regierte die Schwiegermutter, die sich seit der Geburt von Henner fast gar nicht mehr an den Arbeiten auf Wiesen und Feldern beteiligte, sondern nur noch im Haus ihre Aufgaben erledigte. Als müsse sie die Mutter und ihr Kind ständig unter ihrer Obhut haben. Der erfahrenen Hausfrau und Mutter Emma Kapphahn konnte »das junge Ding« selten etwas recht machen. Egal, ob es darum ging, den Kleinen richtig zu wickeln und für einen Aufenthalt im Freien dem Wetter entsprechend anzuziehen oder ihm später ein ordentliches Breichen herzurichten oder ihm ein Jäckchen für den Winter zu stricken … Da war es schon besser, Clara überließ der Oma das Kind und kümmerte sich wieder mehr um das Vieh in den Ställen und um andere Arbeiten drinnen und draußen. Die junge Mutter fügte sich, manchmal schweren Herzens, aber auf dem Weg des geringeren Widerstandes. Es blieb ihr auch gar nichts anderes übrig, wollte sie den Frieden im Haus erhalten.

Zum Glück wurde dieses Modell des Zusammenlebens an den Wochenenden unterbrochen. Dann war Franz zu Hause. Samstags stand das Sägewerk in der Regel still, und er brauchte nicht zu seiner Arbeitsstelle. Dann war Henners Vater den ganzen Tag da und bemühte sich, möglichst viele Arbeiten gemeinsam mit seiner Frau auszuführen und dabei den Jungen in der Nähe zu haben.

An den Nachmittagen von Montag bis Freitag musste Franz dafür umso mehr ran. Dann ließen seine Eltern ihm wenig Spielraum, sich um seine Frau und seinen Sohn zu kümmern. Dann ging die Landwirtschaft vor, und die Stunden mussten ausgenutzt werden bis zum Geht-nicht-mehr. August Kapphahn wusste immer wieder neue Aufgaben, die sein Sohn draußen und drinnen zu erledigen hatte. Nicht, dass dem die Arbeit keinen Spaß gemacht hätte. Aber es musste sich doch alles in Grenzen halten. Den gemeinsamen Feierabend mit seiner Frau und seinem Kind musste Franz sich zunehmend erkämpfen. Der war eigentlich nur möglich, wenn das Wetter Arbeiten im Freien nicht zuließ und die Dunkelheit das Arbeiten in Stall und Scheune unmöglich machte. Denn es war noch längst nicht in allen Räumen elektrisches Licht installiert.

Franz und Clara ertrugen diese Lebensbedingungen mit großer Geduld und lange Zeit mit anstrengender Zurückhaltung gegenüber den Alten. Wenn es dann doch einmal ein Gewitter gab, reinigte das für den Augenblick zwar die Luft, klärte und änderte aber nur für kurze Zeit die häuslichen Verhältnisse.

Übrigens machte das steife Bein Franz kaum noch nennenswerte Probleme. Das verletzte Knie war inzwischen durch eine stabile orthopädische Ledermanschette, die bis über den Oberschenkel reichte, gestützt. Franz konnte das Bein inzwischen nahezu normal belasten. An das Hinken hatten er und alle anderen sich längst gewöhnt.

So ging die Zeit ins Land. In Windenhausen kehrte allmählich wieder Ruhe ein, nachdem ein Bewohner nach dem anderen den Bescheid über den Ausgang seines Entnazifizierungsverfahrens erhalten und sich dabei herausgestellt hatte, dass tatsächlich die meisten von ihnen als Mitläufer und Entlastete eingestuft worden waren.

Von den schwierigen Lebensumständen vor allem in den großen Städten bekamen die Dörfler wenig mit. Sie mussten halt Überschüsse abgeben, behielten aber trotzdem genug für sich selbst. Die Nachrichten über Hunger, Entbehrung und Wohnungsnot in anderen Regionen Deutschlands wegen der vielen Heimatvertriebenen und Flüchtlinge aus dem Osten, die sie durch das Radio und die Zeitung erhielten, wurden zwar mit mehr oder weniger Anteilnahme registriert, aber sie beschäftigten die Leute nicht weiter. Die rund sechzig ins eigene Dorf zugewiesenen Leute waren und blieben Fremde, derer man sich halt annehmen musste. Aber wirklich einschränken musste sich ihretwegen kaum jemand. Zudem waren helfende Hände für die Arbeit in Feld, Wald und Wiese immer willkommen. Da konnten auch Frauen und Kinder mit anfassen. Für die wenigen Männer gab es ohnehin keine andere Arbeit als bei den Bauern. Wo hätten die hier auf dem Land sonst eine Beschäftigung finden sollen?

Die politischen Veränderungen im besiegten, besetzten Deutschland drangen in ihren Einzelheiten kaum ins Upland vor. Dass jenseits der Itter das Bundesland Nordrhein-Westfalen gebildet wurde, war für die Waldecker nicht so interessant wie die Tatsache, dass Engländer und Amerikaner ihre Grenzposten zwischen ihren Zonen abgezogen hatten und die Menschen wieder unkontrolliert nach Brilon oder Marsberg reisen konnten. Das war wichtig für die Geschäfte einzelner

Leute und für die Beziehungen der Menschen in diesem Teil Deutschlands.

Für sie war auch nicht vorrangig wichtig, dass sich die Bildung zweier deutscher Staaten anbahnte und wer für diese Entwicklung die Verantwortung trug. Für die Windenhausener war viel entscheidender, dass die bisherigen Einschränkungen des dörflichen Vereinslebens aufgehoben wurden, so dass der Gesangverein und der Schützenverein ihre Aktivitäten wieder aufnehmen konnten. Die Leute hatten mehr und mehr darunter gelitten, dass sie sich außer bei größeren Familienfesten, beim Kirchgang und beim Frühschoppen nicht gesellig treffen konnten. Das sollte nun glücklicherweise wieder anders werden.

Über den Neuanfang des Vereinslebens wurde in den Wintermonaten 1947/48 schon lebhaft diskutiert. Wer war noch da? Wer würde weitermachen? Wer würde Verantwortung übernehmen? Konnten sich die Sangesfreudigen wieder in der Schule treffen? Der Lehrer, Albert Leyener, war im Herbst aus russischer Gefangenschaft nach Hause gekommen und hatte schon seine Bereitschaft erklärt, an die Vorkriegstradition anzuknüpfen und den Männergesangverein wieder zu dirigieren. Die Leute sollten sich aber noch etwas gedulden. Schule sei zunächst für ihn wichtiger, und die Strapazen der Gefangenschaft müssten auch erst aus seinen Knochen. Noch vor Weihnachten hatte er seiner Frau den Unterricht endlich abnehmen können, den Ilse Leyener in den vergangenen Jahren vertretungsweise übernommen hatte, um in der Dienstwohnung bleiben zu dürfen. Sie behielt nur den Handarbeitsunterricht für die Mädchen in ihren geschickten Händen.

Die Freiwillige Feuerwehr könnte ihre Schulungen und Treffen wieder bei Mahle abhalten. Aber konnte die Feuerwehr überhaupt wiederbelebt werden? Da fehlte es doch an allem. Das bisherige Provisorium des Brandschutzes im Dorf war längst nicht mehr zu verantworten.

Und der Schützenverein, der seit seiner Gründung im Jahre 1883 so manches rauschende Dorffest veranstaltet hatte? Der würde wohl noch eine Weile auf die Genehmigung einer Neugründung oder Wiederaufnahme der Arbeit warten müssen. Die Siegermächte hatten nach Kriegsende alle Schützenvereine verboten, und noch gab es keine Anzeichen für eine Lockerung oder gar Aufhebung des Verbotes. Die Schützenhalle auf dem Bruch diente zunächst also weiterhin anderen Zwecken. Wie lange noch?

Auf dem kapphahnschen Hof wurde über diese Dinge wenig gesprochen. Mit den Vereinen hatte August Kapphahn nie viel am Hut gehabt. Als es noch die Parteiversammlungen gab, war das etwas anderes gewesen. Da hatte er beherrschenden Einfluss ausüben können. Ansonsten war er einfach kein geselliger Typ, und seine Frau hatte sich dem fügen müssen. Die Dinge drehten sich bei ihnen meist um Saat und Ernte und die damit verbundenen Arbeiten, um Fragen der Landtechnik, um Pferde, Kühe, Schweine und Federvieh, um Vorratshaltung und um den längst notwendigen Scheunenumbau oder einen möglichen Neubau. Die Einführung der D-Mark im Juni 1948, die natürlich auch von den Bewohnern von Windenhausen mit Freude, Erleichterung und großen Erwartungen für die Zukunft begrüßt wurde, schuf dafür neue Bedingungen.

Natürlich ging es auch immer wieder um Henner, um seine Gesundheit und seine Entwicklung. Henner war der ganze Stolz seines Großvaters, und der hatte seinen Enkel fast mehr auf dem Schoß als Vater oder Mutter. August Kapphahn ließ sogar die Arbeit liegen, wenn er sich mit dem Jungen beschäftigen konnte.

Clara und Franz war es gar nicht recht, dass der Opa den Jungen so sehr an sich zog. Für sie war das zuweilen schon fast demütigend. Sie waren doch schließlich die Eltern und hatten die Verantwortung. Je größer der kleine Kerl wurde, desto mehr bildete er eine Ursache für Streit zwischen den Generationen. Das konnte auf Dauer nicht gut gehen. Aber es war leider auch nicht gänzlich zu vermeiden, solange die Wohnräume im Haus gemeinsam genutzt werden mussten.

Wenn Clara ins Heu musste oder auf ein Feld, durfte sie den Jungen nur mitnehmen, wenn sonst niemand auf dem Hof war. Dabei hätte Henner an manchen Tagen mit nach draußen gekonnt. Wenn die Großeltern gemeinsam irgendeiner Feld- oder Wiesenarbeit nachgingen, nahmen sie den Jungen einfach mit, ohne dass die Mutter etwas dagegen hätte tun können. So kam es immer häufiger vor, dass Clara ihren Jungen einfach in den Wagen setzte oder auch nur auf den Arm nahm und zu ihren Eltern ging, um Henner wenigstens eine Weile für sich zu haben. Aber wehe ihr, wenn sie dann nicht rechtzeitig zurück war, um ihre Arbeit im Stall oder an anderer Stelle zu tun!

Das Zusammenleben im Haus wurde noch schwieriger, als sich weiterer Nachwuchs ankündigte. Bei dieser Schwangerschaft ging es Clara lange nicht so gut wie bei der ersten. Ihr war ständig übel, sie konnte kaum Essen bei sich behalten. »Bei deinem Zustand wird das ein Mädchen«, bemerkte Emma Kapphahn zum Befinden ihrer Schwiegertochter. Mit dieser Form der Anteilnahme begnügte sie sich. Die junge Frau und Mutter bei der Haus- und Stallarbeit zu entlasten, fiel ihr dafür recht schwer. Sie wollte es nicht gerne einsehen, dass Clara wirklich manchmal nicht konnte.

Der Schwiegervater zeigte überhaupt kein Mitempfinden. »Da haben andere auch Kinder gekriegt. Die soll sich mal nicht so anstellen.« Damit hatte es sich.

Dabei war Clara wirklich arm dran. Sie vertrug keine Gerüche, weder die im Stall noch die in der Küche. Alles, was irgendwelche Dünste verursachte, war ihr zuwider. Was sie nicht riechen konnte, konnte sie auch nicht essen. Dabei hätte sie doch jetzt dringend vitaminreiche Kost gebraucht. Lediglich Süßes vertrug sie. Aber ständig von Milchreis und Kuchen zu leben, ging auf die Dauer auch nicht. Also kämpfen und immer wieder kämpfen und das häufig unter Tränen.

Franz gab sich in dieser Zeit alle Mühe, seine Frau zu entlasten, wo er nur konnte. Aber das ging ja nur nachmittags und abends und am Wochenende. Er riskierte auch immer wieder einmal ein deutliches Wort gegenüber seinen Eltern, dass sie doch ein bisschen mehr Verständnis aufbringen sollten. Aber das half wenig und verursachte neuen Streit.

Den Jungen brauchte er seiner Frau nicht abzunehmen, den hatte sie jetzt noch weniger um sich als vorher. Da hieß es dann: »Du musst dich schonen. Der Junge kostet dich zu viel Kraft. Den versorgen wir schon. Leg du dich ruhig hin und pfleg dich.«

Dass es mit den Eltern nicht leicht würde, hatten die jungen Kapphahns ja geahnt. Aber so hatten sie sich das dann doch nicht vorgestellt. Die Spannung verursachte bei Clara manche Tränen und bei Franz manchen unausgesprochenen oder auch lauten Fluch.

Ihr Trauspruch wirkte auf die beiden zunehmend wie Hohn: »… ertrage einer den andern und vergebt euch untereinander …« Für sich selbst hatten Franz und Clara bisher keine Probleme damit oder zumindest nur sehr geringe, wie sie natürlich ab und an unter Eheleuten auftreten. Das mit den beiden Alten wuchs sich aber zum großen Problem aus, für das sie keine Lösung sahen. Und Henner mittendrin, von seinen Eltern geliebt und ersehnt, ihnen aber immer wieder entzogen, von seinen Großeltern vergöttert. Die Folgen sollten sich Jahre später zeigen.

Dann kam Elisabeth nach einer ganz leichten Geburt zur Welt, die die Mutter ein wenig für die Mühsale der vergangenen neun Monate entschädigte. Henner, gerade zwei geworden, war ganz stolz auf sein Schwesterchen. Er zeigte für eine Weile sogar dem Opa die kalte Schulter, wenn er beim Baden, Wickeln und Stillen zuschauen und dann für ein paar Momente das kleine Bündel auf den Armen halten konnte.

Clara war jetzt natürlich wieder mehr ans Haus gebunden. Aber es war ja auch Herbst und ging in den Winter. Da gab es draußen für die Frauen ohnehin weniger zu tun. Es kamen die Monate, in denen die Dämpfanlage wieder auf dem Hof stand, um das Schweinefutter herzustellen, die Zeit, in der Kohl und Gemüse verarbeitet, Obst entsaftet, Gelee gekocht und Rübenkraut gerührt wurde. Das Letztere war immer eine Beschäftigung für mehrere Tage, wobei das Umrühren des Suds nie lange unterbrochen werden durfte. Anstrengend war dabei das Stehen am Kessel und die immer gleich bleibende Rührbewegung. Vor allem der Rücken und die Armmuskeln machten sich bald schmerzhaft bemerkbar.

Dafür war dann das Arbeitsergebnis umso schmackhafter. Jeder freute sich während dieser Arbeit schon auf die Waffeln, bestrichen mit dem frischen Sirup. Eine Delikatesse, die auch der kleine Henner schon zu genießen wusste. Solche besonderen Mahlzeiten fanden zumeist an Samstagen statt, wenn alle Arbeiten getan waren und das Wochenende begann. Das Waffelbacken auf dem offenen Herdfeuer war sehr zeitaufwändig, und jeder wollte natürlich gerne eine frische und warme Waffel auf seinen Teller bekommen. So zogen sich diese Waffelnachmittage oft über mehrere Stunden hin.

Übrigens gab es für diese besonderen Mahlzeiten in den Wintermonaten so etwas wie ein ungeschriebenes Gesetz: Bei allem Streit auf dem kapphahnschen Haus galt doch, dass beim Waffelessen am Samstagnachmittag nicht gestritten werden durfte. Bisher hatte das fast immer funktioniert.

Im Anschluss an das Waffelessen, zu dem es meistens heißen Kakao gab, wurde das Bad in der Zinkwanne für den kleinen Henner besonders nötig. Der Sirup klebte ihm an allen möglichen Stellen. Leider auch immer an der Kleidung. Das Schlabberlätzchen fing längst nicht allen laufenden Sirup auf.

Drei Generationen unter einem Dach

Warum eigentlich konnte die Harmonie beim Waffelessen, nicht in die übrige Woche mitgenommen werden? Diese Frage beschäftigte Clara und Franz immer wieder. Samstags hui, sonntags meistens auch noch, und montags bis freitags pfui. Wenn die jungen Leute sich fügten, den Mund hielten und die Faust in der Tasche machten, war das Zusammenleben auf dem kapphahnschen Hof zu ertragen. Aber wehe, sie muckten gegen das auf, was die beiden Alten durchsetzen wollten. Auf die Dauer konnte das nicht gut gehen. Irgendwann würde sich der über die Woche angestaute Ärger ein Ventil suchen. Clara fraß die Dinge meist in sich hinein und weinte sich abends bei ihrem Mann aus oder auch schon einmal tags bei ihren Eltern. Franz fiel es schwerer und schwerer, die Dinge bei sich zu behalten, ohne ein Ventil zu haben, um den Überdruck abzulassen. Er wurde dadurch innerlich härter, unausgeglichener und gab sich immer häufiger gereizt, wollte sich auch die Klagen seiner Frau nicht mehr immer anhören, die sich dadurch noch mehr in sich selbst verkroch. Die Phasen der ehelichen Verliebtheit wurden seltener. Die Harmonie zwischen den Eheleuten litt sichtbar.

»Ab morgen gehe ich in den Gesangverein«, eröffnete Franz eines Abends Anfang Dezember seiner Clara, als die beiden schon im Bett lagen und sie gerade mit dem Zugschalter das Licht im Schlafzimmer ausknipsen wollte, »die brauchen noch Stimmen im Tenor.«

»Aber …«, versuchte Clara einen Einwand und ließ den Griff los.

»Brauchst gar nicht zu versuchen, dagegen zu reden, Frau«, unterbrach ihr Mann sofort, »ich hab mich beim Lehrer schon angemeldet. Weihnachten ist der Chor im Gottesdienst dran und dann singe ich zum ersten Mal mit.«

Clara blickte ihn aus bekümmerten Augen an. »Und wann kommst du dann nach Hause?«

»Das wird sicher spät. Nachher gehen die doch alle immer noch bei Mahle rein und trinken sich einen.«

»Und da gehst du dann auch mit und kommst nicht nach dem Singen gleich nach Hause?«

»Kann ich doch wohl nicht machen«, wehrte Franz die deutliche Bitte seiner Frau ab, »noch eine Stunde zusammen ein Bierchen zu trinken, gehört doch dazu.«

»Du weißt aber doch auch, dass die da manchmal über die Stränge schlagen und es nicht bei einem Bierchen bleibt?«

»Na und?«, entgegnete Franz, »auf einem Bein kann ja auch keiner stehen, und nur ein Dreibein steht, ohne zu wackeln. Zudem, irgendwo muss man sich doch auch mal austoben dürfen.«

Clara seufzte auf. »Und an mich denkst du dabei gar nicht?«

»Natürlich, Liebes, ich denke immer an dich«, gab sich der Mann versöhnlich und griff nach ihrer Hand, »aber den einen Abend in der Woche wirst du es doch allein aushalten.«

»Werd ich ja wohl müssen«, drückte Clara mit einem weiteren Seufzer seine Hand. »Aber ich ahne nicht nur Gutes bei der Sache.«

»Wieso meinst du das?«, wollte Franz jetzt wissen und drehte sich ihr voll zu.

»Das Singen wird dir sicher Spaß machen, glaube ich ja schon. Aber nachher beim Mahle wirst du deine Grenzen nicht kennen. Ich mag keine besoffenen Männer.«

»Mach dir da mal keine Gedanken drum, mein Liebes, ich weiß, wann ich aufzuhören hab.« Franz streichelte seiner Frau liebevoll die Wange.

»Dein Wort in Gottes Ohr, Franz«, ließ die sich das gerne gefallen. »Ich hab da nur meine Bedenken. Wenn du bis zum Freitagabend den ganzen Ärger der Woche in dir aufgehäuft hast, brauchst du ein Ventil, um die Luft abzulassen. Gib's doch zu.«

»Ist ja auch nicht so einfach, hier im Haus nur nach der Pfeife der Alten zu tanzen. Wir können ja nie machen, was wir mal wollen.«

»Hast Recht, mir geht es doch nicht anders. Ich darf auch nur machen, was die beiden Alten sagen. Und ich bin viel mehr im Haus als du.«

»Musst du ja wohl auch. Einer muss sich doch um Henner und Lieschen kümmern.« Franz drehte sich wieder zurück auf sein Kissen.

»Um Lieschen ja. Henner darf ich doch nur aus dem Bett nehmen und wieder reinlegen. In der anderen Zeit haben die Eltern ihn voll in Beschlag und er ist nie hier.«

»Das passt mir genauso wenig wie dir, glaub mir, Clärchen«, gestand Franz, während er jetzt ein wenig ratlos gegen die Zimmerdecke blickte, »aber sag mir, was ich dagegen tun kann.«

Die junge Frau atmete tief und hörbar ein: »Du solltest einmal deinen Eltern deutlich machen, dass du der Vater bist und ich die Mutter und dass Henner zuerst zu uns gehört und nicht zu ihnen. Um Lieschen kümmern sie sich längst nicht so viel.«

»Hab ich doch schon x-mal«, sagte Franz ein wenig kleinlaut, »aber wollen wir denn noch mehr Streit und Spannungen haben?«

»Die kriegst du doch jetzt sowieso.«

»Wieso meinst du?«

»Erzähl doch mal deinem Vater, dass du in den Gesangverein willst. Da sitzen doch alle die Männer, mit denen er es immer noch nicht wieder kann. Und du weißt genau, dass er es nicht gerne sieht, wenn du mit dem Hille und mit meinem Vater und mit weiß-ich-wem viel zu tun hast.«

»Ist doch Quatsch, Clärchen«, wehrte Franz ab. »Außerdem gehe ich um, mit wem ich will. Die Kröte muss August Kapphahn schon schlucken, dass sein Sohn zum Singen geht und mit Männern in einer Reihe steht, mit denen er es nicht kann.«

»Wo wir einmal dran sind, Franz«, versuchte Clara das Thema zu wechseln und suchte jetzt ihrerseits seine Hand. »Können wir uns nicht hier oben eine eigene Küche einrichten? Dann wäre manches leichter im Haus.«

Franz setzte sich ruckartig im Bett auf und schaute seine Frau entsetzt an. »Was sagst du da? Eine eigene Küche? Wir hier oben?«

»Genau das sage ich«, bestätigte Clara fest.

»Und wie stellst du dir das vor?« Der Mann war richtig erschrocken bei dem Vorschlag seiner Frau.

»Wir müssen doch im Frühjahr die Scheune umbauen, hast du gesagt. Dann sind wir einmal dran. Dann können wir doch in einem Aufwasch die Getreidestube zu einer Wohnküche umbauen.«

»Die Getreidestube? Bist du ganz gescheit? Was glaubst du, was mein Alter dazu sagt?«

»Das muss ich nicht raten. Das weiß ich schon jetzt. Der wird wieder mit der Faust auf den Tisch schlagen und kräftig dagegen sein.«

»Also ist die Sache schon gestorben«, stellte Franz fest und legte sich auf sein Kissen zurück.

»Sie ist nicht gestorben«, widersprach Clara und drehte sich jetzt ihrem Mann zu. »Die Getreidekammer kommt in die Scheune, hier wird der Raum frei, und dann wird der für uns zum Wohnraum. Ich will das so! Und ich will, dass du ihm das sagst.«

Das war deutlich und energisch ausgesprochen von der Schwiegertochter des Hauses, als dulde es keinen Widerspruch.

Franz dachte eine Weile nach. »Recht hast du ja, Clärchen«, gab er dann zu, »aber das geht nicht ohne Ärger mit den Eltern. Mein Vater wird dem nicht zustimmen.«

»Dann musst du ihn dazu bringen, dass er zustimmt. Ein bisschen mehr Ärger werden wir auch noch ertragen. Aber dann hätten wir unser Eigenes, und wir müssen nicht alles in der gemeinsamen Küche veranstalten«, beharrte Clara.

»Jetzt lass uns mal erst darüber schlafen«, beendete Franz das Gespräch, »ich muss darüber auch noch mehr nachdenken.«

»Nur nicht zu lange, mein Lieber«, warnte Clara, »sonst vergisst du das Handeln. Ich lass dich dann auch lieber in den Verein gehen.«

»Das ist Bestechung«, spielte Franz den Empörten.

»Keine Bestechung. Handel, Geschäft, mein Lieber«, widersprach Clara. »Und jetzt gib mir noch einen Gute-Nacht-Kuss und dann geh am Freitag in Gottes Namen in deinen Gesangverein. Aber komm mir ja nüchtern wieder nach Hause.«

»Versprochen, mein Schatz.« Damit verschloss Franz seiner Frau den Mund, zog dann selbst am Lichtschalter, und der Tag war endgültig beendet.

Am kommenden Freitag ging Franz Kapphahn zum ersten Mal zur Chorprobe des Männergesangvereins »Lyra« in Windenhausen. Und er kam begeistert und absolut nüchtern zu einer noch sehr passablen Zeit nach Hause. Wenn das immer so ging, wollte Clara keine Einwände gegen diesen Zeitvertreib ihres Mannes haben.

Am nächsten Tag wurde es schon vor dem Frühstück sehr laut im Stall. Der alte Kapphahn hatte den jungen nur gehen und später kommen hören und wollte wissen, wo er denn am Vorabend des zweiten Advents noch gewesen sei.

»Was geht dich das eigentlich an, Vater, was ich mache, wenn die Arbeit erledigt ist?«, wollte Franz von ihm wissen, während er den Kühen die Raufen füllte.

Die Antwort kam deutlich: »In unserem Haus bestimme immer noch ich, wer was macht.«

»Meinst du vielleicht. Glaubst du nicht, dass ich mit dreißig allmählich alt genug bin, um selbst zu bestimmen, was ich mache?«, erwiderte Franz.

August Kapphahn wurde laut und heftig, so dass die Tiere im Stall unruhig wurden. »Dazu wirst du nie alt genug, merk dir das! Und ich will einfach nicht, dass du dich mit diesen Heul- und Saufbrüdern abgibst.«

Sein Sohn hielt diesmal deutlicher dagegen als sonst. »Du sagst mir hierzu gar nichts. Ich werde mich gerne mit den Heul- und Saufbrüder zusammentun. Das sind Männer unseres Dorfes, unter denen ich meinen Platz haben will.«

»Ha, da gibt es bessere Plätze als unter denen.« In der Stimme des Vaters lag blanker Hohn.

»Wo denn? Welche denn?«, fragte Franz gereizt zurück. »Du ärgerst dich doch nur, weil dich keiner dabei haben will und du immer noch keinen Platz zwischen den Männern im Dorf hast.«

»Das geht dich nichts an, an welchen Plätzen ich mich bewege und mit wem ich kann und mit wem nicht.« Dabei musste der alte Kapphahn das aufgeregte Gegrunze der Schweine übertönen, mit deren Fütterung er beschäftigt war.

»Interessiert mich auch nicht«, meinte Franz. »Und ich bewege mich auch, wo ich will.«

Vom Lärm im Stall angezogen, kam Emma Kapphahn herein. »Müsst ihr zwei denn am frühen Morgen schon wieder streiten?«, mischte sie sich ein. »Es ist doch einfach furchtbar mit euch.«

»Warum nicht, Mutter, das ist doch bei uns normal. Wir können halt nicht in vernünftigem Ton miteinander reden.«

»Und worum geht's jetzt schon wieder?«, wollte seine Mutter wissen.

»Lappalie, wie immer. Dein Mann freut sich darüber, dass ich jetzt im Heul- und Saufverein meine Stimme einsetze.«

»Ach du Schande!«, entfuhr es Mutter Emma. »Das kann ja noch heiter werden. Du im Gesangverein?«

»Mach dir nichts draus, Mutter«, bemühte sich Franz, sie zu beruhigen. Die Bitterkeit in seiner Stimme war unüberhörbar. »Es wird heiter, Mutter. Ich fange jetzt an zu leben. Raus aus diesem Käfig, in dem ihr hier versauert, mitten im Dorf und doch weit draußen.«

»Junge, vergiss dich nicht.« Der Satz war eine deutliche Mahnung der Mutter an den Sohn, ganz im Sinne des Vaters gesprochen. »Du wohnst unter unserem Dach, vergiss das nicht!«

»Und unter unserem Dach haben wir immer noch das Sagen!«, ließ sich der Vater von hinten wieder hören. »Merk dir das gut, Franz Kapphahn. Sonst wirst du's einmal bereuen.«

Franz überhörte die versteckte Drohung des Vaters und hinkte aus dem Stall. Die Kühe hatten jetzt zu kauen, und er hatte keine Lust auf weiteren Streit. In der Küche raunte er seiner Clara zu: »Vorsicht beim Frühstück, es herrscht dicke Luft.«

»Das war nicht zu überhören«, bestätigte seine Frau. Sie befürchtete, die Sache würde gleich am Tisch ihre Fortsetzung finden.

»Und die Gelegenheit werde ich nutzen, Clärchen. Lass mich nur machen.«

Clara verstand zwar nicht, worauf Franz hinweisen wollte, aber sie machte sich innerlich schon einmal auf einiges gefasst. Ein Glück, dass Henner und Elisabeth noch schliefen. Was diese kleinen Ohren manchmal schon hören mussten, war sicher nicht gut für ihr junges Leben.

Das gemeinsame Frühstück an diesem Samstagmorgen verlief zunächst in völligem Schweigen. Das Gewitter konnte jeden Moment losbrechen. Aber nichts geschah. Franz schien es sich noch schnell überlegt zu haben, seinen Vorstoß wegen des Umbaus der Scheune und der Einrichtung einer zweiten Küche im Haus doch besser zu verschieben. Dabei war ihm nur eine andere Strategie in den Sinn gekommen, wie er seinen Vater von der Notwendigkeit des einen und der Möglichkeit des anderen überzeugen konnte.

Am Ende des Frühstücks, bei dem dann tatsächlich nur ein paar Worte zum Tagesablauf gewechselt wurden und zur Frage, ob sie am Nachmittag ein adventliches Waffelessen zur Verringerung des Vorrates an Rübenkraut haben wollten, wies Franz seinen Vater lediglich ruhig und sachlich darauf hin, dass er ihm in der Scheune später etwas zeigen müsse.

»Was ist das?«, fragte August Kapphahn schlecht gelaunt zurück.

»Ich muss es dir in der Scheune zeigen, und du musst es dir schon dort angucken«, antwortete Franz.

»Dann gehen wir sofort«, bestimmte der Vater.

»Geht noch nicht. Es ist noch zu dunkel draußen, und das Funzellicht reicht nicht.«

»Reicht die Petroleumlampe zum Sehen?«

»Kannst du vergessen.«

»Also sehe ich mir die Sache vor dem Mittagessen an«, bestimmte der Vater und hakte die Angelegenheit für den Moment ab.

Clara atmete hörbar auf. Es gab einen Aufschub des Gewitters. Sie wunderte sich ein wenig über ihren Mann, dass er nach der Auseinandersetzung im Stall so ruhig und sachlich geworden war. Und der Schwiegervater hatte sich ja gewaltig am Riemen gerissen. Wenn das doch häufiger vorkäme!

Den Vormittag über gingen sich die beiden Männer aus dem Weg. Gegen Mittag trafen sie sich dann in der Scheune.

»Was ist jetzt?«, fragte der Vater knapp.

»Hier, schau dir diesen Ständer an. Der macht's nicht mehr lange, und der auf der anderen Seite auch nicht«, wies Franz auf einige deutlich morsche Stellen in den beiden Hauptständern der vorderen Scheunenwand.

»Die haben hundertfünfzig Jahre gehalten, die halten auch noch länger«, bemerkte August Kapphahn und wollte schon wieder gehen.

»Die haben genau hundertvierundsechzig Jahre gehalten, und die machen es nicht mehr lange«, widersprach Franz mit Nachdruck. »Ich sag dir's. Du darfst auch einmal einem Zimmermann etwas glauben, Vater. Die Balken sind äußerst morsch, fast durchgefault. Die knicken demnächst ab, und dann stürzt dir die Bühne aufs Gerät.«

»Da stürzt noch lange nichts ab«, beharrte der Vater.

Franz blieb bei seiner Warnung: »Da kannst du im nächsten Jahr kein Stroh mehr draufladen. Es ist jetzt schon lebensgefährlich, da oben rumzuturnen. Und vielleicht soll hier ja irgendwann auch mal ein modernes Ackergerät rein. Dann muss die Balkenkonstruktion stabil sein.«

»Kein Stroh mehr drauf? Modernes Ackergerät rein? Was redest du da?« August Kapphahn schien nun wirklich ärgerlich zu werden.

»Ist gut, Vater«, blieb Franz sachlich, »ich hab dich gewarnt. Mach nur dann kein Theater, wenn die Geschichte hier zusammengebrochen ist. Und hoffentlich hält dich die Bühne noch aus, wenn du da oben rumturnst.«

Beim Mittagessen sorgte Henner für Unterhaltung. Sein kleines Plappermaul stand kaum still. Das entspannte die Atmosphäre. Die Erwachsenen standen dem Kleinen Rede und Antwort und vermieden so das Gespräch über den Scheunenbau.

Dafür griff der Vater diesen Punkt aber beim Waffelessen auf. »Doch nicht jetzt«, widersprach Emma Kapphahn sofort und sehr deutlich vom Küchenherd her, wo sie mit den Waffeln beschäftigt war. »Der Nachmittag bleibt ohne Streit, wie das immer war. Reißt euch zusammen, ihr Männer!«

»Wir streiten ja gar nicht, Mutter«, besänftigte August Kapphahn seine Frau. Dabei klang sein Ton sogar einmal fast freundlich.

Clara und Franz schauten sich kurz an, als wollten sie sagen: »Sieh an, der Nachmittag ist ihm tatsächlich heilig.«

In sachlichem Ton fragte der Vater den Sohn dann, wie er sich die Reparatur der beiden Ständer denn vorstelle. Genauso sachlich konnte Franz antworten: »Da ist nichts mehr zu reparieren, Vater. Der ganze Scheunenteil muss weg. Die beiden Balken sind ja nur die schlimmsten. Andere sind auch schon angefressen. Und du kannst nicht neues Holz zwischen das faule Zeug montieren.«

»Da hat der Zimmermann ja wohl ausnahmsweise mal Recht«, musste der Vater zugestehen. Ob ihm das leicht fiel? Clara staunte über den Tonfall des Schwiegervaters. Dann ließ sie sich aber gerne wieder von Henner ablenken, der genießerisch mit seiner Waffel beschäftigt war. Der Sirup reichte schon bis an beide Ohren. Dazwischen forderte Elisabeth lautstark ihr Recht, aus ihrer Wiege auf den Schoß genommen zu werden.

»Du meinst also abreißen?«, fragte der Vater nach.

»Es wird nicht anders gehen. Dann haben wir auch die Möglichkeit, die Bühne anders zu gestalten. Ich schlage vor«, Franz stockte für einen Moment.

Jetzt kommt's, schoss es Clara durch den Kopf, jetzt bringt er die Küche ins Gespräch, und sie hielt für einen Moment die Luft an.

»Was schlägst du vor?«, fragte der Vater nach.

»Ich schlage vor, dass wir die Getreidestube in die Scheune verlegen. Da ist es viel luftiger und trockener als im Haus.«

Als ob der alte Kapphahn eine Vorahnung gehabt hatte, hakte er sofort nach: »Und was soll aus der Stube oben werden?«

»Die Stube möchte ich für Clara und für uns zur Wohnküche umbauen. Ein Anschluss für den Schornstein ist drin, der Raum ist groß genug. Die Kinder brauchen Platz zum Spielen, und vielleicht kommen ja noch welche. Und wir möchten ab und zu auch mal für uns sein können. Ihr wollt sicher auch schon mal unter euch sein. Deshalb können wir ja trotzdem ab und zu zusammen essen. Dann haben wir auch weniger Möglichkeit zu streiten.«

Beinahe hektisch hatte Franz seine Gründe für seinen Anspruch auf die jetzige Getreidestube vorgetragen, als wollte er vermeiden, dass sein Vater ihn unterbrechen konnte. Den letzten Satz hatte er ein wenig leiser angehängt.

Sein Vater machte aber gar keinen Versuch, die Rede zu unterbrechen. Er sah seinen Sohn nur mit großen Augen an und vergaß dabei sogar, seine Waffel weiter zu essen. Das war schon stark, was der Franz da vorschlug. Und sehr mutig.

Jetzt ist es raus, dachte Clara. Sie war gespannt, was jetzt folgen würde. Aber es blieb friedlich am Tisch. Das Gesetz des Samstagnachmittags hielt tatsächlich trotz dieses unerhörten Vorschlags. Ob das am Advent lag und an den beiden brennenden Kerzen am Adventskranz auf dem Tisch?

Emma Kapphahn hatte inzwischen eine Waffel verbrennen lassen, vor lauter Spannung und Erwartung der Antwort ihres Mannes auf dieses eigentlich doch unerhörte Ansinnen des Sohnes. Eine eigene Küche nach oben? Was sollte das denn? Die Schwiegertochter, dieses Luder, stand mit Sicherheit als die Anstifterin hinter diesem Ansinnen.

August Kapphahn griff das Thema wieder auf, nachdem er seine Waffel fertig gegessen hatte. »Wie stellst du dir das vor? Wann soll das gehen? Und wer soll das machen?«

Franz hatte seine Lösung parat. »Abreißen und Aufbauen könnten wir in der Zeit zwischen Kartoffelsetzen, Rübenlegen und Heumachen. Da ist die beste Zeit. Da ist draußen nicht so viel. Die Zimmerarbeiten kann ich im Winter vorbereiten. Und wenn es dann losgeht, finden wir schon Leute, die uns helfen. Ich bin doch jetzt in diesem Heul- und Saufverein, wie du sagst. Da sind welche dabei, die sicher mit anpacken, wenn ich sie frage.«

»Dann hätte deine Singerei wenigstens einen guten Sinn«, damit hatte der Vater offenkundig der ganzen Geschichte schon zugestimmt.

»Mein Vater würde sicher auch helfen«, äußerte Clara vorsichtig.

»Ein Schneider auf dem Bau«, kommentierte August Kapphahn lediglich ein wenig spöttisch. »Das will ich sehen, wie der Nadel und Faden gegen Ziegenfuß und Hammer eintauscht und damit hantiert. Das wird was werden!«

Aber auch dieser Vorschlag schien akzeptiert, hatte Clara das Empfinden. Hoffentlich blieb der Schwiegervater nur bei seiner heute gezeigten Meinung. Das wäre ja zu schön, um wahr zu sein! Sehr schön wäre es auch, wenn dieser Samstag sich häufiger wiederholen würde. Aber das war wohl eine Wunschvorstellung.

Die Advents- und Weihnachtszeit zur Wende in die zweite Hälfte des Jahrhunderts ging vorüber. Der Gesangverein »Lyra« sang zum ersten Mal seit mehr als zehn Jahren wieder im Gottesdienst am Weihnachtstag, sehr schön und gefühlvoll: »Es ist ein Ros entsprungen« und »Stille Nacht, heilige Nacht«. Franz Kapphahn war mitten unter den Männern im Tenor mit Ernst und Freude dabei. Ob er allerdings selbst begriff, was er da mitsang?

Die Windenhausener Gottesdienstbesucher jedenfalls waren ganz gerührt von dem Auftritt. Alte Zeiten kamen zurück. Dabei wurde freilich auch fünf Jahre nach Kriegsende wieder deutlich, wer alles fehlte und wer nach menschlichem Denken eigentlich noch hätte dabei sein müssen. Wenn nur diese vermaledeite NS-Zeit und der Krieg nicht gewesen wären. Aber dass die beiden letzten als vermisst Gemeldeten des Dorfes zum ersten Mal wieder in Freiheit und zu Hause hören konnten: »Auch euch ist heute der Heiland geboren!«, war das schönste Weihnachtsgeschenk für den ganzen Ort.

Der Winter hatte das Upland auch diesmal fest in seinem Griff, mit viel Frost, Eis und Schnee. Da war draußen nichts zu arbeiten, außer immer wieder die Straßen und Wege des Dorfes freizuschaufeln. Drinnen ging es für die Männer um notwendige Reparaturen an Zaumzeug, Werkzeug und Gerät. Die

Frauen waren allein und gemeinsam fleißig beim Spinnen, Stricken und anderen Handarbeiten. Wer wollte, konnte sich einmal in der Woche im Schulhaus bei Ilse Leyener zum gemeinsamen Handarbeiten einfinden.

Gerne hätte auch Clara an diesen Treffen teilgenommen, aber die Schwiegermutter ließ sie nicht gehen.

Kleinere Kinder mussten zwangsläufig im Haus bleiben. Gelegentlich wurden sie dick vermummt durchs Dorf getragen oder auf Schlitten gezogen, damit sie etwas frische Luft und, wenn vorhanden, Sonne mitbekamen. Die Schar der größeren Kinder traf sich nach der Schule immer wieder zum Spielen, meist unterhalb der Himecke. Wie das Spaß machte, auf Brettern mit Seil- und Riemenbindung den Berg hinunterzurutschen und auf den Kufen selbst gebauter Schlitten ins Tal zu sausen!

Dorfidylle, die sich in jedem Jahr fast unverändert wiederholte. Dafür änderte sich etwas anderes für das kleine Dorf im ausgehenden Winter: Hilles Grete, die Frau von Viehhändler Gustav Hille, eröffnete neben der alten Schule für einige Stunden des Tages einen kleinen Laden, in dem sich die Leute mit allem versorgen konnten, was ihre eigenen Wirtschaften nicht hergaben und was sie bisher immer im Nachbardorf hatten kaufen müssen. Für die Windenhausener Frauen entstand dadurch ein neuer Ort der Begegnung, den sie auch gerne nutzten. Grete Hille hatte schon immer ein Ohr für Neuigkeiten gehabt. Jetzt konnte sie sie konzentriert sammeln und weitergeben.

Die Versorgung der Bevölkerung hatte sich in letzter Zeit wesentlich verbessert. Die Einführung der D-Mark vor anderthalb Jahren war zum Segen für das Land geworden. Die Regierung im fernen Bonn am Rhein tat offenbar eine gute Arbeit. Und die eigene Landesregierung im ebenso fernen Wiesbaden wohl auch. Dass die Besatzungsmächte ihre Hand aus vielem längst herausgezogen hatten, wurde auch auf dem Land mit großer Zufriedenheit wahrgenommen. Es gab sehr schnell in allem spürbare Verbesserungen.

Auf dem kapphahnschen Hof ging es mit der Zeit natürlich auch vorwärts, mit den Beziehungen der Bewohner allerdings nicht. Die Grundspannung im Haus blieb, die beiden Alten behielten das Sagen in ihren jeweiligen Bereichen. Franz litt weiter unter der Enge und Strenge seines Vaters, Clara unter der eher stillen, aber eisernen Herrschaft ihrer Schwiegermutter. Henner stand verstärkt unter dem Einfluss seiner Großeltern, die für Elisabeth wesentlich weniger Interesse zeigten als für ihren größeren Bruder. Vielleicht, weil sie ruhiger und meistens zufrieden war und sich auf engem Raum viel mehr selbst beschäftigte als ihr größerer Bruder. Und dann war Henner ja der »Stammhalter« und Elisabeth »nur« ein Mädchen! Die räumlichen Bedingungen blieben eine Belastung, deren Gewicht sogar zunahm. Hoffentlich änderte sich das in diesem Jahr.

Im Mai wurde die alte Scheune abgerissen. Das gelang mit der Hilfe einiger Sangesbrüder von Franz verhältnismäßig schnell. Dann ging es an den Wiederaufbau, den der junge Zimmermann ja während der Wintermonate, was das Holz betraf, schon vorbereitet hatte. Auch bei diesen Arbeiten gab es Hilfe aus dem Dorf. Franz sah es gern, August musste sich daran gewöhnen, dass die Mannschaft immer wieder wechselte und dass es da manchmal laut und lustig zuging.

Wenn der Bauer doch nur ein wenig offener für seine dörflichen Mitbewohner gewesen wäre! Irgendwie hatte er die Vergangenheit anscheinend immer noch nicht bewältigt. Und obwohl es ihn selbst gar nicht betraf, mit den »Egerländern« hatte er auch so seine Probleme. Warum mussten die ausgerechnet in Windenhausen einquartiert werden und dadurch ständig an den verlorenen Krieg erinnern? Dabei waren viele von ihnen schon wieder weggezogen. Und die, denen es im Dorf gefiel, so dass sie zu bleiben gedachten, verstanden es zu arbeiten. Sie waren niemandem zum Schaden. Im Gegenteil, das Dorf profitierte von ihnen.

Auch August Kapphahn, denn einen besseren Maurer als den Richter Josef konnte er gar nicht für seinen Bau bekommen. Es dauerte eine Weile, bis der Einheimische den Fremden wirklich akzeptiert hatte. Der war nämlich im evangelischen Windenhausen auch noch katholisch und konnte es trotzdem gut mit dem Pfarrer. Er besuchte sogar mangels einer entsprechenden Gemeinde im näheren Umkreis regelmäßig die Gottesdienste und Bibelstunden von Pfarrer Alemann. Ein komischer Mensch, fand der alte Kapphahn.

Als die neue Scheune mit der neuen Getreidekammer fertig gestellt und die alte Getreidestube umgebaut war, gab es bei den Kapphahns den nächsten großen Krach. Die Alten verweigerten den Jungen den eigenen Herd in der neuen Stube. Einen Ofen durften sie aufstellen, aber eine Kochgelegenheit kam nicht in Frage. Die Kocherei blieb auch in Zukunft Emmas Aufgabe, und die Mahlzeiten konnten gemeinsam eingenommen werden. Da half kein zorniges Widersprechen und wütendes Schimpfen, auch kein demütiges Bitten und Betteln. Der Beschluss stand und blieb stehen: Die Küche blieb gemeinsam und sie blieb unten.

Franz und Clara mussten sich fügen. Die beiden Kleinen verstanden noch nicht viel vom Anliegen ihrer Eltern und dem Streit darum. Henner war ja sowieso meistens unten. Nun ja, wenigstens der Rückzug in ein eigenes Wohnzimmer war nun möglich. Das war wenigsten etwas. Aber dass Clara auch künftig nicht selbst kochen konnte, nagte doch sehr an ihr.

Auch in Franz rumorte die Sache immer wieder sehr heftig. Am Freitag nach der verlorenen Auseinandersetzung um die Kochstelle ersäufte er zum ersten Mal seinen Ärger und Kummer im Alkohol. Stockbesoffen kam er nachts nach Hause. Die Leidtragende war seine Clara. Als sie ihr Erschrecken und Entsetzen deutlich machte, verlor Franz die Beherrschung und wurde grob. Am Morgen danach quälten ihn sein dicker Kopf und sein schlechtes Gewissen. Er sah aus wie die leibhaftige schlechte Laune, schlich herum wie ein begossener Pudel und wusste offenbar nicht, wie er sich nach den Dingen der Nacht Clara gegenüber verhalten sollte.

Kurz vor Weihnachten kam Anton zur Welt. Elisabeth machte gerade ihre ersten Schrittchen. Der Junge war lange nicht der letzte kleine Kapphahn. 1953 kam Gernot, 1957 wurde Sigrid geboren und 1959 gesellte sich Dorothea zur Familie.

Als 1962 Michel schließlich als Letzter dazukam, war sein ältester Bruder bereits fünfzehn und hatte sich zu einem schier unausstehlichen Raubein entwickelt. Er riskierte gegen jedermann einschließlich seiner Eltern eine große, freche Lippe, und die Faust saß ihm recht locker. Seine Mitschüler und sein Lehrer wussten ein Lied davon zu singen. Dass jetzt sein Lehrherr, ein Bauunternehmer ein paar Dörfer weiter, ihm noch nicht die Maurerkelle aus der Hand genommen und ihn entlassen hatte, war schon bemerkenswert. Das lag wohl daran, dass Henner ein starker Kerl war und für zwei arbeiten konnte, wenn er wollte. Aber dass er die Firma würde verlassen müssen, war wohl nur eine Frage der Zeit.

Auf dem kapphahnschen Hof und im Haus ging es in den nächsten Jahren zunehmend bunt und turbulent zu. Der Geräuschpegel stieg und der Platz wurde enger. Der Tisch in der Küche der alten Kapphahns wurde zu klein und musste durch einen Ausziehtisch ersetzt werden. Auch ein paar neue Stühle mussten angeschafft werden.

Aber auch bei dieser Familiengröße ließ die Großmutter ihre Schwiegertochter nicht an den Herd. Was wie auf den Tisch kam, bestimmte sie allein. Und Henner bestimmte mit. Er war und blieb der absolute Liebling seiner Großeltern. In seinen Flegeljahren konnte er anstellen, was er wollte, es wurde für gut und richtig befunden. Henner mischte sich immer ein und ließ seinerseits keinen Widerspruch zu. Gehorchen und sich fügen war nicht seine Stärke. Er fügte sich in all den Jahren, wenn überhaupt, nur den Großeltern. Franz und Clara hatten als Eltern zu diesem Jungen keinen Zugang. Das erzieherische Verfügungsrecht war ihnen schlicht und einfach von Anfang an von den beiden Großeltern aus der Hand genommen worden.

Zugegeben, Clara vermisste die Küche nicht mehr so sehr wie in den Anfangsjahren auf dem Hof. Bei der stetig wachsenden Familie hatte sie immer mehr mit den Kindern zu tun. Der Waschkessel wurde kaum kalt. Gut, dass sie nach einigen Jahren eine Waschmaschine bekam. Dazu gab es stets etwas zu nähen oder zu flicken, zu häkeln oder zu stricken. Die Hilfe ihrer eigenen Mutter war ihr dabei immer sehr willkommen, aber nur ein kleiner Beitrag zur Entlastung. In solchen Stunden genoss es Clara, ihre Kinder um sich zu haben. Sie beschäftigten sich auf dem Stubenboden oder am Tisch mit ihren Püppchen und Tieren, Bauklötzen und kleinen Autos, oder sie schauten sich Bilderbücher an. Die Schulkinder mussten natürlich auch ihre Hausaufgaben erledigen. Das ging meistens alles sehr friedlich vor sich. Elisabeth konnte schon früh sehr geschickt mit der Häkelnadel umgehen, und Anton mit der Strickliesel. Die beiden Kinder freuten sich wie Schneekönige, wenn sie der Mutter ihre Arbeiten zeigen konnten.

Für Clara gab es aber allmählich mehr Arbeit im Stall. Denn der Schwiegermutter fiel es zunehmend schwerer, sich zum Melken unter die Kühe zu setzen. Bis die Melkmaschine kam, dauerte es noch ein paar Jahre. Dafür musste erst ein regelrechter Überzeugungskampf gegen die alten Bauersleute geführt werden. Aber sie kam dann schließlich doch und wurde eine gute Entlastung für Clara.

Für die Arbeit draußen änderte sich in den fünfziger Jahren ebenfalls einiges. Die Pferde wurden nicht mehr gebraucht, weil ein Traktor mit dem zugehörigen Gerät praktischer war für die Feldbestellung, die Arbeit auf den Wiesen und das Einbringen der Ernte. Das erleichterte natürlich erheblich und machte auch die Wege zu den zum Teil weit auseinander liegenden Feldern kürzer. Man war bequemer und schneller dort und auch wieder zu Hause. Die beiden Kaltblüter waren ohnehin inzwischen alt geworden.

Den Traktor zu fahren hatte sogar Clara lernen dürfen. Und Henner bewegte das Gerät, als wäre er ein Naturtalent in der Handhabung solcher Technik. Nur tat er das meistens, wann er wollte, und nicht, wann er sollte. Aufträge seines Vaters führte er grundsätzlich nicht aus. Die musste ihm der Großvater geben, der sich freilich allmählich aus der Arbeit zurückzog. Die alten Kapphahns hatten inzwischen beide die siebzig erreicht.

Der Unfall

Für Franz, der inzwischen wie seine Clara Anfang vierzig war, bedeutete der Umgang mit seinem Ältesten eine Schwierigkeit mehr, die er immer wieder ersäufen musste, um überhaupt zurechtzukommen. Die häufigen Auseinandersetzungen mit den Alten und das ständige Gegeneinander mit dem Sohn zerrten an seinen Nerven und kosteten Kräfte. Dass er seine Clara unter den Bedingungen immer wieder leiden sah und zusehen musste, wie sie sich bis in die Nächte abrackerte mit der Versorgung und Ausstattung der Kinder, mit der Wäsche für immer mehr Personen, mit ihrer Arbeit im Stall und draußen, ohne dass er etwas gegen die Verhältnisse tun konnte, belastete ihn zusätzlich. Franz fühlte sich immer mehr als Schwächling und Versager, der seinen Eltern und seinem Ältesten hörig war und seiner Frau nicht wie erforderlich zur Seite stand.

Was sollte er nur machen? Der Freitagabend war der Abend, an dem der Mann sich aus dem ganzen Elend seines Hauses für einige Stunden lösen konnte. Unter den Männern vom Gesangverein fühlte er sich frei und wohl. Da konnte er seinen ganzen Jammer für drei Stunden oder mehr vergessen. Das Singen machte ihm Freude und das anschließende Zusammensein auch. Da konnte es auch einmal laut und heftig zugehen. Franz war gerne dabei.

Wenn er nur nicht immer so lange ausgehalten hätte! Alles Schimpfen, Drohen, Bitten seiner Frau, doch früher nach Hause zu kommen und sich mit dem Trinken zu mäßigen, besser aufzuhören, solange der Kopf noch klar war, halfen nicht. Franz brauchte den Freitagabend, um das, was sich während der anderen Tage angestaut hatte, gründlich hinunterzuspülen. Danach konnte er über die Woche auch wieder einiges einstecken.

Am nächsten Morgen im nüchternen Zustand packte ihn dann aber der große Jammer über sein erneutes Versagen und über sein boshaftes und unbeherrschtes Verhalten gegenüber Clara, die er immer noch liebte, und den Kindern, denen er doch eigentlich ein guter Vater sein wollte. Sicher war er ihnen kein positives Vorbild. Was die Eltern von ihm dachten, interessierte ihn wenig. Ihre zornigen Maßregelungen ließ er über sich ergehen. Ihnen gegenüber hatte er bald keine positiven Empfindungen mehr, nur noch Verachtung und Hass.

Manchmal schämte Franz sich auch gegenüber Gott, den er doch aus seinem Leben inzwischen völlig ausgeladen hatte. Gott? Wer war das eigentlich? Fragte der überhaupt noch nach ihm? Er, Franz, hatte schon lange nicht mehr nach Gott gefragt. Aber er kam in seinen Gedanken wieder vor, wenn die längst nicht mehr klar waren. Es war schon merkwürdig: Wenn sein Gehirn so richtig umnebelt war, erinnerte sich Franz tatsächlich manchmal an Gott und fragte sich, wie der wohl über ihn dachte.

In die Kirche ging er nur, wenn der Gesangverein dort sang. Dafür gab es einige feste Termine im Jahr wie Ostern, Pfingsten und Weihnachten, dazu das Erntedankfest und der Totensonntag oder auch das Fest eines der dörflichen Vereine, von denen es inzwischen wieder eine ganze Reihe gab, auch einige neue wie den Sportverein und den Fußballclub. Was Pfarrer Alemann dann predigte, hörte Franz sich zwar an, aber es interessierte ihn wenig.

Natürlich war er auch zu den Taufen seiner Kinder mit in der Kirche gewesen. Welche Taufsprüche sie jeweils erhalten hatten, das hatte der Vater nach den anschließenden Festmahlen bereits wieder vergessen. Seinen Trauspruch, dieses Wort von der gelebten Liebe, kannte Franz wohl auch nicht mehr. Dass der immer noch im Schlafzimmer an der Wand hing, war ihm gar nicht bewusst. Die Trau-Bibel war längst vom Regal in irgendeinen Schrankwinkel verschwunden.

Seine Clara dachte hierzu ein wenig anders. Sie vermisste die Bibel zwar auch nicht, hatte wohl auch die Ermahnungen und Ermunterungen aus dem Trautext vergessen, wäre aber schon gern ab und zu in den Gottesdienst gegangen. Sie mochte diese Atmosphäre, in der sie den Jammer ihres Alltags für eine Stunde hinter sich lassen konnte, und sie liebte die schönen alten Lieder. Sie konnte wegen der Kinder allerdings meist nicht gehen. Die Schwiegermutter war nicht dazu bereit, die Kinder zur entsprechenden Zeit einmal zu beaufsichtigen. Ihre eigenen Eltern konnte sie für solche Aufgaben auch nicht einspannen, weil das Verhältnis zu den alten Kapphahns einfach kein gutes war.

So kam Clara lediglich an den besonderen Feiertagen unter die Predigt des Pfarrers, wenn es die Tradition erforderte, dass die kapphahnsche Familie ihre Bank füllte. Clara schätzte Pfarrer Alemann immer noch sehr. Schon mehrmals hatte sie ihn aufgesucht, um sich in ihrer Not auszusprechen und Rat zu holen. Die Besuche bei dem einfühlsamen und verständnisvollen Mann hatten der Frau gut getan, ihre Schwierigkeiten hatten sie aber nicht lösen können.

Pfarrer Alemann, der natürlich auch älter geworden war und inzwischen auf seine Pensionierung zuging, war seitdem allerdings dem Franz auf den Fersen. Der hatte den Schlüssel zur Veränderung. Er sprach ihn immer wieder einmal an, wenn er ihm begegnete, und erinnerte ihn an seine Verantwortung für seine Frau und seine Kinder und an seine Verantwortung gegenüber Gott. Er kam auch schon mal ins Haus, wenn er Besuche im Dorf machte. Franz gab sich dabei immer verschlossen und eher abweisend.

Einmal begegneten sich die beiden Männer auf dem Fahrweg zwischen Sägewerk und Dorf. Sie befanden sich beide mit ihren Fahrrädern auf dem Heimweg, hatten es aber wohl nicht eilig. Jedenfalls ließ Franz sich von Pfarrer Alemann aufhalten und ansprechen. Beide Männer stiegen von ihren Rädern.

»Ich mag Ihr frommes Gerede nicht hören, Herr Pfarrer«, machte Franz dem Gemeindehirten deutlich, nachdem ihn dieser wieder auf seine Situation und sein Verhalten angesprochen und ihm seine Hilfe angeboten hatte, »ich muss alleine sehen, wie ich mit meinem Leben klarkomme. Sie ahnen ja nicht einmal, was bei den Kapphahns los ist.«

»Ich weiß mehr, als du denkst, Franz«, widersprach der Pfarrer seinem Gemeindeglied. »Ich kenne die alten Kapphahns inzwischen seit bald zwanzig Jahren. Das sind raue Menschen mit wenig Herz, ich weiß. Und leider sehr herrschsüchtig, beide. Ich glaube aber auch, dass ich auch die jungen Kapphahns ein wenig kenne. Ich habe Augen und Ohren und ein Empfinden dafür, ob ein Mensch glücklich ist und zufrieden oder innerlich leer und verzweifelt.«

»Ach, hören Sie doch auf, Herr Pfarrer«, wehrte Franz ab, »Sie gucken einem doch auch nur vor den Kopf. Was sich da drinnen abspielt«, dabei tippte er sich mit dem Finger auf die Brust, »das wissen Sie auch nicht.«

»Da magst du Recht haben, Franz«, gestand Paul Alemann zu, »ich weiß vielleicht zu wenig, aber ich ahne vieles. Und hier gilt auch das biblische Wort: ›An ihren Früchten sollt ihr sie erkennen.‹« Er zögerte einen Moment. »Oder auch das andere: ›Was der Mensch sät, das wird er ernten.‹«

»Da gebe ich Ihnen allerdings Recht, Herr Pfarrer.« Franz sagte es bitter. »Das sollten Sie mal meinen Eltern sagen. Die säen schon länger. Die sollten Sie sich mal vornehmen und bekehren. Die haben's nötiger als ich. Vielleicht kann ich mich ändern, wenn die sich geändert haben.«

»Mag auch richtig sein und ist trotzdem falsch«, wandte der Pfarrer ein. »Du darfst dich nicht mit deinen Eltern entschuldigen und mit dem, was die im Leben verbockt haben. Du bist ein eigener Mensch, Franz. Du bist du! Und du bist selbst verantwortlich für das, was du tust oder nicht tust. Denk mal an Clara und die Kinder. Was müssen die mitmachen, wenn du deinen Ärger und deine Verzweiflung und deine innere Leere wieder einmal ersäuft hast und nachher nicht mehr weißt, was du tust. Rührt dich das nicht?«

»Das geht Sie gar nichts an, Herr Pfarrer!«, reagierte Franz verstimmt. »Kümmern Sie sich doch um die Schafe in Ihrem Stall, die das so haben wollen, und lassen Sie mich in Ruhe!«

»Ich kümmere mich gerne, Franz, das weißt du. Aber du gehörst auch zu den Schafen in meinem Stall. Du stehst mal noch auf meiner Kirchenliste. Und ich nehme mir immer wieder die Freiheit, dich zu suchen. Nicht wegen mir, Franz, wegen dir. Und weil Gott dich sucht, dem du seit Jahren davonläufst.«

»Jetzt reicht's mir wirklich, Pfarrer!«, brach Franz das Gespräch ärgerlich ab und schwang sein lahmes Bein über die Stange seines Drahtesels, um weiterzufahren. »Lassen Sie mich doch einfach in Ruhe. Ich tue, was ich für richtig halte. Klar?«

»Klar, mein Lieber, das muss ich akzeptieren. Ich zwinge niemandem meine Hilfe auf. Nur an einem kannst du mich nicht hindern.«

Franz drehte sich noch einmal um. Das wollte er dann doch noch wissen, was der Pfarrer damit meinte. »Ich werde weiter für dich beten, Franz, und für Clara und für deine Familie. Mach's gut.«

»Dann tun Sie's, wenn Sie's nicht lassen können«, rief Franz ihm über die Schulter zu und ließ ihn wirklich stehen.

Gott wird dich einholen, Franz Kapphahn, und Clara auch, ging es dem Pfarrer durch den Kopf, während er dem Mann noch eine Weile nachblickte.

Dass dazu erst ein tragisches Ereignis mit ebenso tragischen Folgen nötig war, konnte er in diesem Augenblick natürlich nicht wissen.

Das Unglück geschah an einem Frühsommertag 1963. Franz war mit dem Traktor und dem angehängten Gabelwender auf die Wiesen »Am Hagen« hinausgefahren, um das am Vortag gemähte Heu zu wenden. Mit auf dem Traktor saßen der knapp zehnjährige Gernot und die dreijährige Dorothea. Franz hatte die beiden schon häufiger mitgenommen, wenn er irgendwohin fuhr. Da hatte er meistens eins oder zwei der Kinder auf den Behelfssitzen dabei. Die Kleinen hatten ihren Spaß daran, und Clara war für eine Weile ein wenig entlastet, wenn nicht alle Kinder auf dem Hof waren. Auch heute hatte ihm die Mutter die beiden Kinder gerne mitgegeben. »Haltet euch gut fest«, hatte sie den beiden bei der Abfahrt noch zugerufen, ihren Jüngsten auf dem Arm, »und seid brav und tut, was der Vater euch sagt.« Dann hatte sie ihnen hinterhergewinkt, wie sie das immer tat, wenn sie gerade draußen war.

Am Rand der Heuwiese setzte Franz seine beiden Kinder ab und drückte Gernot einen Holzrechen in die Hände. Er sollte das gewendete Heu an den Rändern ein wenig zusammenrechen, damit das dort nicht so zerfranst aussah. Für den Jungen war diese Arbeit keine Mühe. Er hatte das schon öfters gemacht. Klein-Dorothea sollte derweil nicht im Heu herumlaufen, sondern sich auf dem Fahrweg aufhalten und beschäftigen. Das war ungefährlich, denn hier draußen gab es keinen

Verkehr, und das Mädchen konnte auch mit einfachen Dingen spielen, die es fand.

Es wäre sicher auch alles gut gegangen, wenn das Kind auf dem Weg bei seinem Spiel geblieben wäre. Aber irgendetwas hatte Dorothea gefunden, was sie unbedingt ihrem Vater zeigen musste, den sie aber nur quer über die Wiese erreichen konnte.

Wie das Unglück dann eigentlich genau passiert war, konnte später weder der Vater noch der Sohn sagen. Dorothea hatte sich dem Traktor genähert, ohne dass Franz Kapphahn es bemerkt hatte. Der Blick des Vaters war nach der anderen Seite gerichtet, und er hatte das Kind nicht kommen sehen. Wenn das Mädchen ihn gerufen hatte, dann hatte das Motorengeräusch die Stimme übertönt. Dann war Dorothea offenbar im Heu so unglücklich gestolpert, dass ihr kleiner Körper vor das große rechte Hinterrad des Traktors geriet. Ehe der Vater ihren spitzen Schrei gehört hatte und abbremsen konnte, hatte er sie bereits überfahren.

Franz sprang vom Sitz, so schnell er das mit seinen ungleichen Beinen konnte, um seinem Kind zu Hilfe zu kommen. Aber da war wohl keine Hilfe mehr möglich. Mit einem hässlich deformierten Kopf, der aus Mund, Nase und Ohren blutete und aus dem zwei vor Entsetzen aufgerissene kleine Augen hervorquollen und den Mann anstarrten, lag Dorothea vor dem Laufrad des Gabelwenders.

Franz beugte sich hinunter und tat einen lauten Schrei. »Doro, Kind, nein! Gott, was hab ich gemacht? Was ist mit dir? So komm doch zu dir! Doro, Mädchen, das darfst du nicht! Du darfst nicht sterben, Doro, mein Mädchen, nein, nein, nein …«

Franz' Stimme wurde immer leiser und stockender und verlor sich schließlich in lautem Weinen und Schluchzen. Der Vater schaute sich hilflos um, ob irgendwoher Hilfe käme. Aber am Hagen war sonst kein Mensch. Dann hob er sein Kind hoch und nahm es auf die Arme. Da war keine Reaktion.

Da war nur ein lebloser kleiner Körper, an dem Kopf und Glieder kraftlos herunterhingen, die rechte Hand zur Faust geformt, als hielte sie etwas fest. Franz schloss die Augen und fragte wie in sich hinein: »Was hast du gemacht, Franz Kapphahn? Was hast du nur gemacht? Fährst dein eigenes Kind tot. Mein Gott, was habe ich gemacht?« Das Letzte war wieder ein Schrei.

Gernot war schon auf den ersten Schrei des Vaters hin herbeigelaufen und stand neben ihm, erschrocken seine kleine Schwester anstarrend. »Was ist mit Doro, Vater? Wieso hängt die denn so komisch da?«, fragte er, als sähe er nicht, was mit ihr passiert war.

»Sie ist tot, Junge«, konnte der Vater nur schluchzend antworten. »Sie ist tot!« Dann holte er tief Luft: »Lauf ins Dorf und hol Hilfe! Jemand muss sofort kommen! Lauf schnell, so schnell du kannst!«

Gernot löste sich aus seinem Schrecken und lief los. So schnell ihn seine zehnjährigen Füße tragen konnten, lief er den Weg entlang dem Dorf zu. Ob er überhaupt verstanden hatte, was er im Dorf ausrichten sollte und weshalb das schnell gehen musste?

Franz hockte mit seinem Kind weiter auf der Wiese, als müsse es sich augenblicklich wieder bewegen und ihn anlachen. »Dabei braucht sie doch gar keine Hilfe mehr«, murmelte der geschlagene Mann vor sich hin und legte den leblosen Körper vorsichtig ins Heu. Dann erhob er sich schwer, um den Motor des Traktors abzustellen, der immer noch vor sich hin tuckerte. Die Stille, die dadurch eintrat, erschien dem Mann schier unheimlich. Eine solche Stille hatte Franz Kapphahn noch nie erlebt. Totenstille. Sie tat ihm richtig weh. Er hinkte zurück zu seinem Kind und beugte sich zu dem kleinen Körper hinunter. Er suchte an Dorotheas Handgelenk nach dem Puls. Fand natürlich keinen mehr. Er suchte an ihrem Hals. Auch dort fand er keinen mehr. Er legte sein Ohr auf die kleine Brust. Aber er konnte keine Herztöne mehr hören. Es waren einfach keine mehr da. Das Kind war tot, unwiederbringlich tot.

Franz brach wieder in lautes Schluchzen aus. Die Tränen liefen ihm in Strömen über das Gesicht und tropften dem Kind auf sein Kleidchen. »Was hast du gemacht, Franz? Was hast du nur gemacht?«, schluchzte er immer wieder vor sich hin und streichelte dabei das kleine Gesicht, aus dem inzwischen jede Farbe gewichen war. Nur die Augen standen wie in großer Klage immer noch offen. Der Vater drückte sie vorsichtig zu. Sie sollten doch nicht so ins Leere blicken. Dabei schnürte es ihm den Hals zu, als wollte er ersticken.

Wie lange er so gesessen hatte, vermochte Franz nicht zu empfinden. Warum kam niemand zu Hilfe? Konnte Gernot überhaupt schon zu Hause sein? Und wenn, konnte dann schon jemand hier sein? Und wer sollte überhaupt kommen? Die Eltern? Die schafften das nicht mehr zu Fuß bis hierher. Clara? Die hatte doch die anderen Kinder zu Hause und Michel, der kaum auf seinen kleinen Füßen stand. Die Schwiegereltern? Da müsste Gernot ja noch ein paar Häuser weiter laufen. Würde überhaupt jemand kommen? Krankenwagen? Polizei? Der Pfarrer? Der Bürgermeister?

In Franz Kapphahns Kopf jagten sich die Gedanken, und dann war der Kopf wieder wie leer. Was sollte er tun? Mit dem toten Kind hier warten, bis jemand kam? Das tote Kind nach Hause fahren? Das ging ja gar nicht. Aber es nach Hause tragen, das ging. Warum also nicht?

Franz rappelte sich hoch, nahm den Körper seines Kindes auf die Arme und hinkte quer über die Wiese auf den Weg und auf ihm dann Richtung Dorf und nach Hause. Der Hagen lag weit draußen, der Weg zum Dorf zog sich lang am Hang hin. Unten im Grund der Bicke waren andere Dörfler mit ihrem Heu beschäftigt. Sie bemerkten den Mann mit seiner traurigen Last nicht. Franz mochte auch nicht rufen. Er hätte es wohl auch gar nicht gekonnt. Da wäre keine Stimme gewesen, die hätte rufen können. Er hinkte nur mechanisch Schritt für Schritt seinen Weg, auf dem sonst niemand unterwegs war, um sein totes Kind nach Hause zu tragen. Dabei liefen die Tränen unaufhörlich und nässten dem Kind Gesicht und Kleid.

Der arme Mann war wohl eine Viertelstunde gegangen, als er von vorne Motorengeräusch wahrnahm. Dann tauchte ein Personenwagen um die Biegung auf und blieb vor ihm stehen. Es war Gustav Hille, der sich sofort aufgemacht hatte, um zu sehen, was passiert war. Aus Gernot war keiner recht schlau geworden.

Angesichts des Bildes vor ihm sprang der Viehhändler zutiefst erschrocken aus seinem Opel, um Franz den kleinen Körper aus den Armen zu nehmen. Der ließ es nicht zu. Erst jetzt sah Gustav Hille, welche Last der Mann da auf den Armen hatte nach Hause tragen wollen, und er erschrak ein zweites Mal. »Mein Gott, Franz«, brachte er nur heraus. Vorsichtig half er dem Vater mit seinem Kind ins Fahrzeug. Dann stieg er selbst ein, fuhr den Wagen ein Stück weiter bis zu einer Wendemöglichkeit, drehte um und fuhr langsam zum Dorf. Die beiden Männer sprachen kein Wort. Der eine konnte nicht reden, der andere wusste wohl nicht, was er hätte sagen sollen.

Nach wenigen Minuten bog der Wagen auf den Hof. Schweigend, wie er eingestiegen und gefahren war, stieg Franz wieder aus und trug sein Kind ins Haus, vorbei an den entsetzt starrenden Eltern, vorbei an Michel, der mit Eimerchen und Schäufelchen in einem Sandhaufen spielte, vorbei an Clara, die für den Moment nicht begriff, was hier vorging, und vorbei an den größeren Kindern, die sich wie ängstlich an die Mutter hängten. Nur Henner war nicht auf dem Hof.

Gernot hatte nur berichtet, dass Dorothea schlimm gefallen sei und nicht mehr laufen könne und der Vater Hilfe brauche. Dass seine Schwester tot sei, hatte er wohl nicht verstanden. Deshalb war Clara zu Gustav Hille hinübergelaufen und hatte ihn gebeten, mit seinem Auto an den Hagen zu fahren und zu sehen, was los war. Aber was war denn nun eigentlich passiert? Was war denn nun mit Dorothea? Das musste sie doch wissen. Warum sagte Franz nichts? Clara geriet in Panik, riss sich von den Kindern los und folgte ihrem Mann dichtauf.

Der hinkte mit schweren Beinen die Treppe hinauf, öffnete mit dem Ellenbogen die Stubentür, betrat das Zimmer und legte seine schwere Last vorsichtig auf den Tisch, als wollte er den kleinen Körper seines toten Kindes dort aufbahren. Dann ließ er sich schwer auf einen Stuhl fallen und vergrub sein Gesicht in den Händen. Er konnte einfach nicht mehr. Dass Gustav Hille noch gesagt hatte, dass er den Arzt und die Polizei informieren müsse, hatte er nicht mehr wahrgenommen.

Clara schon, aber sie hatte das nicht einordnen können. Erst jetzt, wo sie das Kind auf dem Tisch liegen sah, begriff sie, dass hier das Furchtbarste passiert war. Ihr spitzer Aufschrei war bis nach draußen zu hören. Dann brach sie laut schluchzend über ihrem toten Kind zusammen. »Mein Kind, mein Kind! Was ist mit dir? Komm zurück! Du musst leben! Dorolein, mein Kind! Tot, einfach tot. Warum? Warum?«

Franz musste Clara daran hindern, den Leichnam auf die Arme zu nehmen. »Lass sie liegen. Da muss erst ein Arzt kommen und die Polizei«, vermochte er mit heiserer Stimme nur zu sagen, »das muss sein.« Die weinende und schluchzende Mutter fügte sich nur widerstrebend und sank kraftlos auf einen Stuhl. Dabei hielt sie Dorotheas kleine Hand fest in der ihren und weinte weiter still in sich hinein.

Von unten herauf war lautes Reden zu hören. Henner war wohl gekommen und wollte von den Großeltern wissen, was los sei. Die wussten es selbst noch nicht so richtig, ahnten nur Schlimmstes, beauftragten den Enkel aber, an den Hagen zu laufen und den Traktor zu holen. Der musste ja wohl noch auf der Wiese stehen, sollte dort aber nicht stehen bleiben. Vielleicht wollten sie auch nur Henner daran hindern, einen Aufstand gegen seinen Vater zu veranstalten.

In den nächsten Augenblicken füllte sich dann die Stube. Voller Entsetzen, wie gelähmt saßen und standen sie alle um den Tisch mit dem toten Kind, Eltern, Großeltern, Geschwister, und begriffen nicht, was sich da ereignet hatte. Der kapphahnsche Hof hatte den Tod seit zwanzig Jahren nicht erlebt, und jetzt hatte der in äußerst brutaler Weise zugeschlagen und sich sein Opfer geholt, ein unschuldiges kleines Mädchen. Dann fing ein lautes und furchtbares Weinen und Klagen an. Warum Dorothea? Warum auf diese Weise? Warum?

Irgendwie, wahrscheinlich durch Gustav Hille, hatten Claras Eltern Nachricht bekommen. Die beiden nun auch schon alten Menschen kamen, so schnell sie konnten, um sich des Undenkbaren zu vergewissern. Auch sie stimmten in das laute Wehklagen ein.

Eine große Schar Leute aus dem Dorf versammelte sich bald vor dem Haus. Was hatte sie hergetrieben? Neugier? Stumme Anteilnahme? Die Nachricht von dem schlimmen Ereignis hatte sich wie ein Lauffeuer herumgesprochen. Auch Gustav Hille war wieder dabei. Er wartete auf den Arzt und die Polizei, die er inzwischen telefonisch informiert hatte.

Dr. Wiesemann hatte einen weiten Weg und kam doch recht schnell. Es war eine fast gespenstische Szenerie, die er draußen und drinnen vorfand, als er eintraf, um Dorotheas Tod auch ärztlich festzustellen und amtlich zu bescheinigen. Er war tief bewegt und erregt. Natürlich stellte er mit dem ersten Blick fest, dass hier nichts mehr zu helfen war. Nach kurzer Ansicht des kleinen, leblosen Körpers und Untersuchung vor allem des Kopfes notierte er: »Schädelbasisbruch mit sofortiger Todesfolge.« Die Symptome waren eindeutig. Stumm drückte er den Eltern nacheinander die Hände. »Das Kind hat nicht leiden müssen. Sie war«, der Mann musste schlucken, »sie war sofort tot.« Ob diese Aussage zu trösten vermochte? Vielleicht den Vater, der sich nicht vorzuwerfen brauchte, er hätte für das Kind nicht alles getan, was er hätte tun können.

Eine Weile nach dem Arzt rollte die Polizei auf den Hof. Zwei Beamte in Uniform kamen nach oben. Nach einigen Augenblicken des stillen Mitleidens baten die beiden Männer darum, dass doch alle am Unfall Unbeteiligten das Zimmer verlassen mögen. Nur die Eltern sollten bleiben und Dr. Wiesemann. Gernot sollte in der Nähe bleiben, da er auch noch befragt werden müsse.

Es fiel Franz Kapphahn unendlich schwer zu beschreiben, wie es zu dem entsetzlichen Ereignis gekommen war. Er wusste es doch selbst nicht so richtig. Clara konnte gar nichts dazu sagen, sie war ja nicht mit auf der Wiese gewesen. Irgendwelche Zeugen gab es offenbar nicht, und auch Gernot wusste nichts Brauchbares zur Sache zu berichten. Er war ja mit dem Heu beschäftigt gewesen und war erst durch den Aufschrei des Vaters darauf aufmerksam geworden, dass beim Traktor etwas passiert war.

Erst jetzt fiel dem Arzt die verkrampfte rechte Hand des Mädchens auf. Er öffnete sie und fand darin – ein winziges rotes Marienkäferchen. Das war's wohl, was Dorothea ihrem Vater hatte zeigen wollen. Deshalb war sie wohl quer über die Wiese zu ihm hingelaufen und war dann so unglücklich im Heu hingefallen.

Die Beamten gaben sich mit den erhaltenen Auskünften zufrieden. Dennoch mussten sie darauf bestehen, dass der kleine Leichnam in die Gerichtsmedizin zur Untersuchung überführt würde, er würde noch vor dem Abend abgeholt. Das sei nun leider Vorschrift und nicht vermeidbar. Die Beerdigung könne erst angesetzt werden, wenn der Leichnam freigegeben sei. Sie bäten vielmals um Verständnis.

Schweren Herzens mussten die Eltern dem zustimmen. Auch dem, dass der Vater sich zur Verfügung halten müsse, falls noch weitere Fragen aufträten. Es kämen sicher noch Beamte der Kripo vorbei. In den nächsten Tagen müsse wohl auch ein Ortstermin auf der Heuwiese angesetzt werden, zur Klärung letzter Fragen. Heute wolle man davon absehen. Das Protokoll der ersten Vernehmung und Untersuchung würde dann in den nächsten Tagen zur Unterschrift vorgelegt.

Diese Prozedur, so verständlich und notwendig sie war, machte die Situation noch schlimmer. Der Verdacht der Mitschuld des Vaters am Tod seiner Tochter oder gar seiner Schuld an dem tragischen Ereignis stand plötzlich im Raum, verbreitete sich vor dem Haus und im Dorf und nistete sich in den Köpfen der Leute ein. Und was da einmal drin saß, das war so bald nicht wieder herauszureißen …

Schlimm für Franz Kapphahn, schlimm für seine Clara, schlimm für die Kinder, für die Alten, für das ganze Dorf.

Eine böse Zeit kam jetzt auf die Kapphahns zu, am meisten auf Franz. Verschlimmert wurde sie dadurch, dass seine Clara den unausgesprochenen Verdacht teilte, ihn treffe die Schuld an Dorotheas Tod. Der arme Mann konnte dazu sagen, was er wollte, konnte seiner Frau gegenüber noch so oft beteuern, dass er den Unfall nie und nimmer hätte vermeiden können – Clara hörte ihm überhaupt nicht zu. Für sie war er allein schuld. Diese Meinung hatte sich in ihr festgesetzt. Auch die polizeiliche Untersuchung am Ort des Geschehens, die bereits am nächsten Tag durchgeführt wurde und die aufgrund der in der Wiese auffindbaren Spuren die Schilderung des Vaters im Grunde bestätigte und seine Unschuld feststellte, konnte Clara darin nicht umstimmen. Zumindest jetzt nicht.

Der Bericht der Gerichtsmedizin einen Tag später bestätigte den doppelten Schädelbasisbruch mit sofortiger Todesfolge aus dem vorläufigen Befund von Dr. Wiesemann. Dadurch wurde auch der leise Vorwurf der möglichen unterlassenen Hilfeleistung gegenstandslos und ausdrücklich zurückgenommen. Die Unschuld des Vaters am Tod seiner Tochter galt jetzt als erwiesen. Aber auch das vermochte die tief getroffene Mutter nicht zu bewegen, auf ihren Mann zuzugehen.

Wenn die Leute des Dorfes die Erkenntnis von der Unschuld

des Mannes nur ebenso schnell glauben würden, wie sie den Verdacht auf Mitschuld übernommen hatten! Wenn doch Clara ihre Vorwürfe zurücknehmen oder wenigstens abschwächen würde! Im Augenblick aber saßen die so fest in ihr, dass sie durch nichts und durch keinen Zuspruch zu erschüttern waren.

Auch Pfarrer Alemann gelang es bei seinem Besuch noch am Abend des Unfalltages nicht, Claras starre Haltung aufzuweichen. Seine Hinweise auf die Ergebnisse der ärztlichen Untersuchung und die bisherigen polizeilichen Vermutungen halfen nicht. Auch seine Appelle an ihr Mitgefühl für ihren Mann, doch nicht dessen Selbstvorwürfe noch zu stützen, sondern ihn liebevoll zu entlasten, richteten nichts aus. Hier war die Seele einer Mutter durch den Tod ihres Kindes zutiefst getroffen. Und hier hatte eine Ehe durch ein tragisches Ereignis einen Riss bekommen, der vorläufig wohl nicht zu heilen war. O Gott, erbarme dich!, betete der Pfarrer im Stillen und suchte dann nach einem geistlichen Trost, den er ihnen geben könnte. Aber er spürte, dass er heute hier gar nichts ausrichten konnte. So blieb er einfach noch eine Weile schweigend bei den leidenden Eltern sitzen, um sich dann mit einen schlichten: »Gott sei mit euch und segne euch!«, zu verabschieden. »Ich komme morgen wieder«, versprach er beim Hinausgehen.

Er kam jeden Tag wieder, aber er stieß mit seinem Bemühen, zu trösten und zu helfen, auf entschiedenen Widerstand. Im kapphahnschen Haus herrschte nur stumme und kalte Trauer. Jeder tat nur das Nötigste an Arbeit für Mensch und Vieh. Die Arbeit auf den Feldern und Wiesen blieb ganz liegen. Clara ging ihrem Mann aus dem Weg. Die Kinder trauerten ihrem Alter gemäß jedes auf seine Weise und hielten sich eher zur Mutter als zum Vater. Die Alten ließen immer wieder einmal leise Vorwürfe ertönen, und Henner stimmte laut in dieses Lied ein. Sein Vater war für ihn ein Verbrecher, der ins Gefängnis gehörte. So einfach war das für ihn.

Schlimm war das alles und dauerte, bis der weiße Sarg ins Haus gebracht und wegen des Treppenhauses in der Stube der Großeltern aufgestellt wurde. Zugleich wurden das Protokoll der ersten Vernehmung und der Abschlussbericht der Untersuchung zur Unterschrift vorgelegt. Der Beamte legte Wert darauf, dass die Familienmitglieder, soweit sie die Sache verstehen konnten, auch zusammen waren und die Untersuchungsergebnisse hörten. Pfarrer Alemann, der gerade im Haus war, durfte als Seelsorger ebenso im Raum bleiben.

So erfuhr jeder die amtliche Feststellung, dass als Ursache des bedauerlichen Unfalls nur ein unglücklicher Zufall oder auch höhere Gewalt angenommen werden konnte und den Vater keinerlei Schuld traf. Von daher würde auch kein weiteres Verfahren folgen. Für die Polizei sei die Angelegenheit damit erledigt.

Franz, der nun zumindest familienöffentlich völlig rehabilitiert war, unterschrieb das Protokoll und bedankte sich bei dem Beamten. »Und jetzt wieder Kopf hoch, Herr Kapphahn«, versuchte der ein ermunterndes Wort, »ich werde dafür sorgen, dass die Leute im Dorf das Ergebnis erfahren. Dann wird es ein bisschen leichter für Sie.«

»Hoffentlich«, vermochte Franz nur zu antworten. Damit verließ der Beamte das Haus und ließ die trauernde Familie mit dem Kindersarg in der Mitte der Stube allein.

Pfarrer Alemann brach schließlich das Schweigen. Er wies noch einmal deutlich auf die festgestellte Unschuld des Vaters hin und bat darum, doch wieder aufeinander zuzugehen und miteinander umzugehen, wie das erwachsene Menschen tun sollten, besonders wenn sie in der Familie zusammengehörten. Gerade im Leid müsse man doch eng zusammenstehen. Er sprach auch von Verzeihen und Vergeben, von Neuanfang im veränderten Alltag und davon, dass Gott und sein auferstandener Christus Herr über Leben und Tod sei. Warum Gott dieses tragische Ereignis zugelassen habe, das wisse auch er nicht. Gottes Wege seien immer heilig, aber eben häufig unerforschlich. Aber sie seien sicher nicht dazu da, dass die betroffenen Menschen künftig in gegenseitigen Schuldzuweisungen und Unversöhnlichkeit lebten, sondern doch wohl eher dazu, dass die Menschen in ihrem Leid Hilfe und Trost bei ihm, bei Gott, suchten.

Pfarrer Alemann las dann noch die Psalmen 23 und 90, wie er das immer in Trauerhäusern tat, sprach ein Gebet und endete mit dem frei formulierten Segenswunsch aus 2. Thessalonicher 2,16:

»Unser Herr Jesus Christus und Gott, unser Vater, der uns geliebt hat und uns einen ewigen Trost gegeben hat und eine gute Hoffnung durch Gnade, der ermahne, das heißt auch, der tröste eure Herzen und stärke euch in allem guten Werk und Wort, das heißt in allem, was ihr tut und was ihr sagt.«

Ob das wohl in die zurzeit sehr harten Köpfe und Herzen hineinging?, fragte sich der Pfarrer dabei im Stillen und bat dann darum, über die Beerdigung sprechen zu dürfen. Das wollte er allerdings nur mit den Eltern tun.

Nachdem er wenig später mit Clara und Franz die notwendigen Dinge beredet und vereinbart hatte, beendete der Seelsorger seinen Besuch mit einem eindringlichen Appell an die beiden, doch unbedingt wieder aufeinander zuzugehen und die Trauerarbeit miteinander und nicht gegeneinander zu tun. »Geteiltes Leid ist halbes Leid, ihr beiden Lieben. Ihr habt es doch einmal versprochen, in Freud und Leid zusammenzustehen. Also macht es euch nicht noch schwerer, als ihr es ohnehin habt. Ich bitte euch um Gottes willen herzlich darum.« Mehr konnte der Pfarrer jetzt nicht tun. Er konnte nur hoffen und beten, dass die beiden seinen Appell beachten würden.

Lebenswende

Der Tod von Dorothea war das wohl einschneidendste Ereignis auf dem Drei-Generationen-Hof Kapphahn. Es führte die trauernden und leidenden Menschen nicht zusammen, wie man das vielleicht hätte erhoffen können. Am Tage der Beerdigung – der kleine Windenhausener Friedhof war schwarz von Menschen – mochte das für ein paar Stunden so ausgesehen haben, aber der folgende Alltag offenbarte etwas anderes. Die Trauerarbeit jedes Einzelnen sah sehr unterschiedlich aus und war eher gegeneinander gerichtet als gegenseitig hilfreich.

Die beiden Alten unten im Haus waren zwar auch sehr betroffen, kehrten aber verhältnismäßig bald zum üblichen Tagesablauf zurück. Es hatte ja nicht Henner getroffen. Sie nahmen wenig Rücksicht darauf, dass den Eltern die Sache sehr zu schaffen machte und die Beziehung zwischen Clara und Franz nachhaltig gestört war.

Der raubeinige Henner hielt sich wie anerzogen auf der Seite seiner Großeltern. Ob er wegen des Trauerfalls oder aus sonstigen Gründen die Maurerkelle aus der Hand legte und seine Ausbildung abbrach, blieb allen im Haus zunächst unerfindlich. Erst später kam heraus, dass sein Lehrherr ihn wegen seines unerträglichen Verhaltens und auch wegen seiner offenen und boshaften Stimmungsmache gegen seinen Vater entlassen hatte.

Die stille Elisabeth litt sehr unter dem Verlust ihrer kleinsten Schwester. Sie hielt sich wie bisher zur Mutter und bemühte sich, ihr zu helfen, wo immer sie das mit ihren inzwischen vierzehn Jahren tun konnte. Dabei versuchte sie, den jetzt dreizehnjährigen Anton aus dem schlechten Einfluss seines älteren Bruders herauszuhalten. Anton war leicht zu beeinflussen. So wie Henner musste der nicht werden.

Gernot war zu jung, um sich lange mit der Sache zu beschäftigen. Er hatte das Erlebnis auf der Wiese am Hagen am schnellsten von den älteren Kindern verarbeitet.

Die sechsjährige Sigrid vermisste zwar ihre Schwester, glich aber den Verlust dadurch aus, dass sie jetzt viel mit Michel spielte, der von allem natürlich am wenigsten mitbekam. Außerdem war sie überaus damit beschäftigt, sich als gute Schulanfängerin zu beweisen.

Clara Kapphahn wurde mit der Situation gar nicht fertig. Sie war in den tiefsten Tiefen ihrer Seele verletzt und todunglücklich. Dass ihr kleiner Liebling nicht mehr da war, lastete sie nach wie vor ihrem Mann an. Warum um Gottes willen hatte der nicht aufgepasst? Dieses Gewicht, das der Himmel ihr auferlegt hatte, konnte sie zu all dem anderen, was in Haus und Hof ohnehin auf ihr lastete, nicht tragen. Clara tat das, was Franz ihr vor etlichen Jahren vorgemacht hatte und seitdem mit großer Regelmäßigkeit immer freitags demonstrierte, manchmal auch an anderen Tagen: Sie griff zur Flasche. Zunächst nur heimlich, versteht sich. Grete Hille hatte genug Seelentröster im Laden, und sie verkaufte gerne.

Clara besuchte fast täglich das Grab ihrer Tochter. Sie fand immer ein paar freie Minuten. Zum Friedhof war es ja nicht weit. Aber sie musste sich vorher immer erst Mut antrinken, damit sie den Gang wagen konnte und das Elend ertrug, das sie dort ganz massiv überfiel.

Zunächst fiel das niemandem auf. Sie hatte schon immer gerne Pfefferminzbonbons gegessen. Auch ihr Mann merkte zunächst nichts. Der ging ja morgens aus dem Haus, kam erst am frühen Nachmittag aus dem Sägewerk zurück und hatte danach gleich alle Hände voll zu tun, damit die Arbeit in der Landwirtschaft getan wurde. Die lag ja inzwischen fast nur noch auf seinen Schultern. Die Alten konnten nicht mehr, und Henner wollte nicht. Franz stürzte sich auch förmlich in die Arbeit, nur um nicht an den Unfall und seine Folgen denken zu müssen. Elisabeth half der Mutter gleich kräftig bei der Hausarbeit, wenn sie mittags von der Schule kam. Anton war ein kleiner Träumer in seiner eigenen Phantasiewelt. Von ihm kam keine Entlastung für den Zimmermann und Halbtagsbauern. So hatte Franz kaum Gelegenheit, die Veränderung seiner Frau richtig wahrzunehmen. Clara ließ ihn auch nicht an sich heran.

Elisabeth war die Erste, die die Mutter darauf ansprach, weshalb sie manchmal wie angetrunken wirkte. Clara erschrak zwar heftig bei der Frage ihrer Großen, stritt aber jeden Alkoholkonsum ab. »Das bildest du dir ein, Kind. Ich mach es doch nicht wie dein Vater, der sich einmal in der Woche voll laufen lässt.«

»Ich glaub dir nicht, Mutter«, widersprach die Älteste mutig und bestimmt, »wenn du vom Friedhof kommst, bist du oft so komisch und kannst dann auch manchmal nicht richtig sprechen, wie wenn deine Zunge schwer wär.«

»Mach dir mal keine Sorgen um mich, Lieschen«, versuchte die Mutter zu beruhigen. »Ich komme schon klar.«

Ob sie sich dabei selbst etwas vormachte, blieb offen. Elisabeth war sich jedenfalls nicht sicher, ob die Mutter ihr da die Wahrheit sagte. Sie würde auf jeden Fall aufpassen, nahm sie sich fest vor. Auch fing sie an, sich mehr um ihren kleinsten Bruder zu kümmern, mit ihm zu spielen und die ersten Schrittchen zu üben.

Clara kam nicht klar. Sie griff immer häufiger und immer offener zur Flasche. Es kam zu ersten Fällen, dass sie nicht mehr in der Lage war, ihren Haushalt zu erledigen und für die Kinder zu sorgen. Jetzt war das Bitten, Mahnen und Drängen, das Trinken zu unterlassen, auf der Seite des Mannes, der es ihr freilich vorgemacht hatte.

Die Situation im kapphahnschen Haus wurde allmählich dramatisch. Franz hatte seine Probleme immer nur samstags gehabt, Clara hatte sie bald täglich. Die Reaktionen von Seiten der beiden Alten waren entsprechend scharf und abweisend. Henner tutete ins gleiche Horn und sah in seiner Mutter bald nur noch die »verlotterte und versoffene Schlampe«, die mit nichts mehr zurechtkam und eigentlich vor die Tür gesetzt gehörte.

Bei Franz bewirkte das Ereignis um Dorothea zunächst eine Veränderung in ganz anderer Richtung. Er wurde nach außen sehr still. In der ersten Zeit mied er beinahe jede Begegnung, die er eben vermeiden konnte. Er wollte sich von niemandem auf den Unfall ansprechen lassen, wusste er doch nicht, wie die Leute inzwischen dachten. Auch auf das Singen verzichtete er und damit auf den Umgang mit den Männern des Dorfes. Es reichte ihm, seine Arbeitskollegen zu ertragen, auch wenn die meisten von ihnen zu ihm standen. Seine Schuldgefühle, von denen er genau wusste, dass er sie doch gar nicht zu haben brauchte, quälten ihn. Jedes kleine Mädchen, das ihm irgendwo über den Weg lief, riss die Wunde neu auf. Da war niemand, mit dem er über seine Empfindungen reden konnte. Im Haus nicht, denn Clara entzog sich ihm, und draußen auch nicht, weil da keiner war, den er wirklich Freund nennen konnte. Hier rächte sich die Art der alten Kapphahns, mit den Leuten nur auf Abstand umzugehen, die er als junger Mensch schon hatte übernehmen müssen.

Vielleicht konnte der Pfarrer ihm helfen? Aber den wollte er nicht aufsuchen. Den hatte er bisher immer stehen gelassen. Und auch nach der Beerdigung war er nicht sehr freundlich mit dem Mann umgegangen. Warum sollte der sich jetzt seiner annehmen?

Franz war auf eine ganz andere Weise unglücklich und innerlich leer, als seine Frau das zu sein schien. Aber womit diese Leere füllen? Wo war der Sinn zu finden für das Leben, in dem der Tod so grausam herrschte? Wohin mit den Schuldgefühlen, die auf der Seele lasteten? Wo war Licht in der Dunkelheit der Trauer um sein Kind? Woher etwas nehmen, damit das Herz wieder Freude gewann? Warum dies grausame

Schicksal? Weshalb musste ein dreijähriges Mädchen sterben, und andere wurden alt und drangsalierten ihre eigenen Leute? Wozu konnte so etwas gut sein? Und wo war das Kind jetzt? Wo waren überhaupt die Toten?

Solche und ähnliche Fragen trieben Franz um, und er wäre froh gewesen, irgendjemand hätte ihm wenigstens die Andeutung einer Antwort gegeben.

Einige Wochen waren seit Dorotheas Beerdigung vergangen. Antwort auf seine quälenden Fragen hatte Franz Kapphahn bisher nicht bekommen. Zugegeben, die Qual ließ etwas nach, als die Zeit verging. Aber zu Hause hatte sich atmosphärisch nichts zum Besseren geändert. Das Miteinander der Hausbewohner war wie zuvor sehr schwierig und belastet. Aber jetzt war auch noch der Rest der Familienharmonie zerstört. Clara hatte ihren Standpunkt nicht geändert. Sie war abweisend. Zuweilen schien sie sogar abwesend und irgendwie komisch geworden zu sein. Die Ursache für diese Veränderung lag auf der Hand. Sie war ihrem Mann auch nicht mehr verborgen geblieben, nachdem Elisabeth ihn darauf angesprochen und er ein wenig genauer hingeschaut hatte. Clara war in kürzester Zeit offenbar zur Alkoholikerin geworden.

Aber was sollte Franz dagegen tun? Zu kämpfen war er zu müde. Claras Zustand beunruhigte ihn zwar sehr, aber so schlimm konnte es wohl doch wieder nicht sein, weil der Haushalt immer noch einigermaßen in Ordnung war und seine Frau auch ihre andere Arbeit bisher nicht spürbar vernachlässigte. Nur änderte sich das mit großen Schritten. Bald ging gar nichts mehr in vernünftigen Bahnen. Wenn Elisabeth nicht so vernünftig wäre und wenn sie sich nicht um die kleineren Geschwister kümmerte …

Franz Kapphahn wählte den Weg des geringsten Widerstandes. Er schickte sich in die traurige Situation und ließ sich dann doch wieder auf den Gesangverein ansprechen. Zum Totensonntag, den Pfarrer Alemann lieber Ewigkeitssonntag nannte, würde er unbedingt gebraucht, wurde ihm mitgeteilt. Das »Sanctus« aus Schuberts »Deutscher Messe« solle beim Gottesdienst auf dem Friedhof gesungen werden und die Flemmingsche Fassung von »Über den Sternen« nach dem Text von Klopstock. Da dürfe er nicht fehlen. Außerdem ginge das Leben doch weiter, auch nach solch einem tragischen Ereignis.

Franz ließ sich überreden. Er musste ab und zu wieder raus aus dem Elend des Hauses. Ab Anfang November war der Freitagabend also wieder auf dem Wochenplan und mit ihm die jeweilige Runde bei Mahle mit ihren bekannten Begleiterscheinungen. Franz fiel zurück in sein altes Verhalten.

Der Ewigkeitssonntag kam und mit diesem allgemeinen dörflichen Trauertag der Gottesdienst auf dem Dorffriedhof. Das Ganze bei unangenehmem Schmuddelwetter, wie es sich für den Anlass wohl auch gehörte. Der Gesangverein »Lyra« stand immer noch unter der Leitung von Albert Leyener, vielleicht zum letzten Mal bei diesem Anlass, denn der Lehrer würde im kommenden Jahr mit der Reform des hessischen Schulwesens Windenhausen verlassen.

Wunderbar klangen der vierstimmige Schubert-Satz und das Lied von Flemming über die versammelte Gemeinde. Die Besucher waren sehr ergriffen von der Musik, auch die vollzählig anwesenden Kapphahns, denn sogar Michel war auf dem Arm von Elisabeth dabei. Selbst Henner hatte sich dem Anlass nicht entzogen, blieb aber am Rande der allesamt schwarz gekleideten Menschen stehen.

Jetzt wurde gerade an diesem Ort jedem Einzelnen wieder bewusst, wer aus den Familien vor langem oder kurzem gestorben war und hier oder anderswo beerdigt lag. Die Namen der Verstorbenen aus dem letzten Jahr wurden wie immer laut vorgelesen. Bei dem Namen »Dorothea Kapphahn« tat Clara einen leisen Aufschrei. Ihr rannen die Tränen nur so über das Gesicht.

Hier zwischen den Gräbern standen ihr das Bild von Dorothea und ihr eigener Jammer ganz besonders vor Augen. Die Wunde brach wieder auf und begann von neuem zu bluten. Anton stand neben ihr und drückte ihr zum Trost die Hand, und Sigrid reichte der Mutter ein Taschentuch, das sie eigentlich selbst gebraucht hätte, denn auch ihr rannen die Tränen.

Auch Franz ging es wie ein Stich durchs Herz, als er den Namen seiner Tochter ausgesprochen hörte, und für einen Moment war ihm, als lege sich eine Schlinge um seinen Hals und drücke ihm die Luft ab. Wie gerne hätte er jetzt seine Clara im Arm gehalten, aber die hatte darauf bestanden, dass er beim Chor stehen sollte und nicht bei ihr und den Kindern. Sie war immer noch nicht so weit, ihrem Mann den Unfall zu verzeihen.

Tränen flossen auch bei vielen anderen Besuchern dieses Gottesdienstes. Lag das nur an der Situation und dem Ort, an dem sich die Leute befanden? Oder lag es auch an der Botschaft, die der Pfarrer aus der Offenbarung des Johannes verkündigte, und an der Sehnsucht der Leute, dass es doch wirklich einmal so sein werde?

»Und Gott wird abwischen alle Tränen von ihren Augen, und der Tod wird nicht mehr sein, noch Leid noch Geschrei noch Schmerz wird mehr sein; denn das Erste ist vergangen. Und der auf dem Stuhl saß, sprach: Siehe, ich mache alles neu!«

Oder hatten auch die Liedtexte des Gesangvereins die Leute angesprochen? Zumindest einer war sehr von ihnen beeindruckt, die er hier selbst gesungen hatte: Franz Kapphahn war sogar zutiefst betroffen. Dass er an diesem Tag diese Lieder überhaupt hatte singen können! Bei den Proben hatte ihm das noch nichts ausgemacht. Aber heute am Totensonntag? Heute ging ihm das alles wahrhaft unter die Haut:

»Heilig ist der Herr, heilig ist nur er.
Er, der nie begonnen, er, der immer war,
ewig ist und waltet, sein wird immerdar!

Ewig quillt sein Wort, weise wirkt es fort.
Seiner Weisheit Quelle strömet reich und klar,
lenkt den Lauf der Welten fest und wunderbar.«

Und das andere:

»Über den Sternen wohnet Gottes Friede,
und Siegespalmen winken dem Gerechten.
Chöre der Sel'gen singen des Empfangens
heilige Hymnen.

Uns bleibt die Trauer hier an deinem Grabe.
Wir preisen selig dich in dunkler Kammer.
Deiner, o Sel'ger, denken wir in Segen,
schlummre in Frieden!

Himmlische Wonnen lohnen edle Taten,
sie harren deiner in dem Reich der Sphären.
Schlummre in Frieden! Und dein Engel spreche
seliges Amen!«

Die Heiligkeit Gottes stand plötzlich als bedrängende Frage vor Franz, und die, wo denn die Toten eigentlich waren und wo seine Dorothea jetzt wohl war und Richard und Henner, seine Brüder. Und wo würde er sein, wenn man eines Tages seinen Namen hier verlas? An diesem Ort, von dem der Pfarrer geredet hatte, der Himmel hieß? Oder an einem ganz anderen, den man die Hölle nannte?

Von seinem Platz aus konnte Franz sehen, wie die Eltern und Henner nach dem Amen am Schluss des Segens fluchtartig den Platz verließen. Sie wollten wohl weg sein, wenn der Pfarrer sich am Tor einfand, um jeden Besucher einzeln mit Handschlag zu verabschieden, wie er das immer am Ende eines Gottesdienstes tat. Die weitaus meisten Leute begaben sich zunächst ja noch an die Gräber ihrer Angehörigen. Die alten Kapphahns betraten den Friedhof nur dann, wenn es sich gar nicht vermeiden ließ. Um die Gräber konnten sich die jungen Leute kümmern. Seit Clara mit auf dem Hof war, war die Grabpflege schon immer ihre Angelegenheit gewesen.

Clara! Franz konnte auch sehen, wie seine Frau mit den Kindern an der Hand schweren Schrittes den Friedhof verließ, nachdem sie eine Weile an Dorotheas Grab gestanden hatte. Es tat ihm wieder weh, jetzt nicht in ihrer Nähe zu sein und zu hören, wie Pfarrer Alemann auch ihr ein persönliches tröstliches Wort mit auf den Weg gab. Suchte er nicht mit seinen Augen den Mann dieser leidenden Frau? Warum nur wollte die ihn nicht in ihrer Nähe haben?

Franz Kapphahn verließ als einer der Letzten den Friedhof und ließ sich von Pfarrer Alemann die Hand reichen. Seinen Gruß erwiderte er nicht mit dem üblichen schlichten: »Danke, Herr Pfarrer«, sondern mit der leisen Bemerkung: »Ich muss mit Ihnen reden, Herr Pfarrer.«

»Gerne, Franz«, freute sich der alte Herr im schwarzen Talar, »komm vorbei, ich hab Zeit für dich. Warte nur nicht zu lange.«

Leider wartete Franz doch zu lange, und dann verließ ihn wieder völlig der Mut. Dafür kam der Pfarrer mehrmals zu ihm, um ihn an seinen angekündigten Besuch zu erinnern. Leider immer zur unpassenden Zeit. Aber Pfarrer Alemann ließ Franz Kapphahn nicht mehr aus den Augen, um ihn endlich zum Gespräch vor sich zu haben. Er ahnte, was in diesem Mann arbeitete und welche Fragen gelöst werden mussten. Wenn die gelöst waren, dann konnte manches anders und neu werden auf dem kapphahnschen Hof. Davon war der Pfarrer zutiefst überzeugt. Wenn Gott ihm diese Erfahrung vor seiner Pensionierung noch schenkte, wäre das ein beglückendes Abschiedsgeschenk für den Seelsorger.

Es dauerte bis nach Weihnachten, bis die beiden Männer sich endlich gegenübersaßen und der jüngere dem älteren gründlichst sein Herz ausschüttete, zunächst stockend und in Bruchstücken und dann immer fließender. Zuletzt sprudelten die Worte nur so aus ihm heraus. Dabei flossen dann auch Tränen über eigene und fremde Schuld, über fremdes und eigenes Leid und über seine eigene Unfähigkeit und die offenbare Unfähigkeit aller Beteiligten, damit umzugehen und fertig zu werden.

Wie ein Häufchen Elend saß Franz Kapphahn auf seinem Stuhl im Studierzimmer des Pfarrers und musste sich immer wieder schnäuzen und neue Tränen abwischen. Er sank beim Reden immer mehr in sich zusammen, bis er offenbar alles gesagt hatte und schwieg, den Blick auf den Boden geheftet.

Er wartete wohl auf eine Antwort seines Beichtvaters. Aber was sollte der jetzt sagen und raten? Der hatte sicher auch keine Lösung für die Menge der Fragen, die Franz gestellt und sich von der Seele geredet hatte. Schließlich blickte er auf und schaute den Pfarrer an.

Nein, schnelle Lösungen hatte Pfarrer Alemann nicht, aber eine Wegbeschreibung in die Freiheit der gebundenen und geschundenen Seele. Er griff zu seinem Gesangbuch und las langsam und mit großem Nachdruck die erste Strophe eines Psalmliedes aus dem sechzehnten Jahrhundert vor:

»Nun lob, mein Seel, den Herren,
was in mir ist, den Namen sein.
Sein Wohltat tut er mehren,
vergiss es nicht, o Herze mein.
Hat dir dein Sünd vergeben

und heilt dein Schwachheit groß,
errett' dein armes Leben,
nimmt dich in seinen Schoß,
mit reichem Trost beschüttet,
verjüngt, dem Adler gleich;
der Herr schafft Recht, behütet,
die leidn in seinem Reich.«

Franz Kapphahn streckte seinen Körper. Jetzt drückte sein Blick Erstaunen aus. Er hatte etwas ganz anderes erwartet. Er wusste zwar auch nicht was, aber doch nicht einen schlichten Liedvers, der ihm dazu sogar bekannt vorkam. Ob der früher einmal im Konfirmandenunterricht vorgekommen war? Oder hatte er den schon einmal in einem Gottesdienst gesungen? Franz fiel das jetzt nicht ein. Er wartete darauf, dass sein Pfarrer irgendetwas sagte.

Das tat der dann auch in Gestalt einer Hausaufgabe, wie Paul Alemann das nannte. »Dreierlei: Wenn du nachher nach Hause kommst, spätestens aber wenn du deine Arbeit beendet hast, suchst du die Bibel, die du mit deiner Clara bei der Hochzeit von mir bekommen hast. Wenn du sie nicht findest, haben deine Großen Konfirmandenbibeln. Aber irgendwo wird deine ja sicher sein. Dann bläst du den Staub ab, der sich in den letzten Jahren angesammelt hat, und schlägst ungefähr in der Mitte des Buches den 103. Psalm auf. Den liest du sehr genau, am besten mehrmals. Danach beantwortest du die Fragen, die auf dem Blatt Papier stehen, das ich dir noch gebe. Und dann versuchst du, mit diesen Erkenntnissen zu leben und Gott dafür zu loben, dass du das alles für dich in Anspruch nehmen kannst, was der alte David da vor Urzeiten schon gesungen und gebetet hat.«

»Und was ist das andere?«, fragte Franz in einer Mischung aus Erschrecken und Erstaunen.

»Das andere ist: Du solltest die Gottesdienste besuchen,

wenn ich bei euch im Dorf bin. Gib dir einen Ruck und lass dich von nichts und von niemandem abhalten. Du brauchst den Dienst, den Gott auch für dich tut, und du brauchst die Gemeinde, die sich von Gott dienen lässt.«

Franz verstand zwar nicht ganz, was der Pfarrer wollte, aber er fragte weiter: »Und das Dritte?«

»Demnächst beginnt die Passionszeit. Jeden Donnerstag gibt es abends um acht, in diesem Jahr übrigens bei euch in Windenhausen, eine besondere Passionsandacht, in der es um das Leiden und Sterben unseres Herrn Jesus Christus geht. Dabei geht es dann auch immer um dich und um mich und um unser Leben und um unser Sterben, Franz.«

Franz Kapphahn schnappte nach Luft. »Und was ist mit meiner Sauferei?« Zu dem Stichwort hatte er eigentlich eine zurechtweisende Antwort erwartet.

»Die solltest du natürlich lassen, Franz. Aber das musst du selbst wissen, wie du in Zukunft mit Schnaps und Bier umgehst.«

»Und der Verein?«

»Der ist an sich kein schlechter Ort. Er ist nur dann ein schlechter Ort, wenn er dich zu schlechtem Handeln verführt.«

»Und meine Alten, Entschuldigung, ich meine meine Eltern?«

»Das wird vielleicht ein größeres Problem.«

»Wie meinen Sie das, Herr Pfarrer?«

»Nun ja, deine Eltern haben es dir und euch nie leicht gemacht, das weiß ich wohl. Wie das umgekehrt war, weißt du besser als ich. Dennoch musst du anfangen, sie zu lieben.«

Franz wehrte entschieden ab: »Nein, Herr Pfarrer, das kann ich nicht. Da verlangen Sie Unmögliches von mir.«

»Nichts ist unmöglich, Franz. Liebe kann man lernen von dem, der die Liebe selber ist.«

»Frommer Spruch!«, erregte sich Franz.

»Ja, mag sein, ein frommer Spruch«, gab Pfarrer Alemann

seinem jetzt ein wenig unruhigen Gegenüber ruhig zurück, »aber einer, den man ausprobieren muss. Dann erlebt man, dass er funktioniert.«

»Und was ist mit Henner?«, nannte Franz ein weiteres Stichwort aus seiner Lebensbeichte.

»Für den gilt das Gleiche wie für deine Eltern und für alle anderen, die dir quer liegen, mein Lieber.«

»Unmöglich, Pfarrer, das ist unmöglich! Bei dem, was dieses Aas Clara und mir angetan hat und immer noch antut.«

Der Seelsorger wollte diesen scharfen Einspruch nicht gelten lassen: »Mein lieber Franz, ich wiederhole mich: Nichts ist unmöglich dem, der sich darauf verlässt, dass Gott ihm in allen Schwierigkeiten beisteht und hilft.«

»Ihr Wort in sein Ohr, Herr Pfarrer«, bemerkte Franz mit deutlichem Sarkasmus in der Stimme.

»Das hätte ich dir eigentlich als Viertes sagen sollen«, gab der alte Herr darauf zurück.

»Und was wäre das gewesen?«, verstand Franz nicht gleich.

»Na, der Psalm, den du bitte lesen sollst, ist ein Gebet. Gott will angeredet sein in Lob und Dank und Bitte. Du musst es ausprobieren, Franz. Wenn sich bei dir und bei euch was ändern soll, musst du es ausprobieren. Schwimmen lernt man nur im Wasser, nicht auf dem Trockenen!« Das war mit großem Nachdruck gesprochen.

»Und jetzt sagen Sie mir noch, wie ich mit Clara umgehen soll, Herr Pfarrer«, bat Franz, »und dann muss ich gehen. Der Stall ruft.«

»Und Clara ruft, Franz«, griff Pfarrer Alemann die letzte Formulierung auf.

»Wie meinen Sie das?«

»Das sage ich dir gerne, Franz.«

Der schaute sein Gegenüber an. Was kam wohl jetzt?

»Claras Verhalten ist ein einziger lauter Schrei nach Liebe.

Nach der Liebe ihres Mannes, nach der Liebe ihrer Kinder und nach der Liebe ihres Gottes. Dem war sie einmal näher als du.«

»Wenn nicht dieser schreckliche Unfall gewesen wäre.«

»Der war nur der Tropfen, der das Fass zum Überlaufen gebracht hat, Franz. Clara hat schon vorher geschrien, nur hat es keiner gehört. Du auch nicht.«

»Jetzt machen Sie mir am Ende ja doch noch Vorwürfe«, empörte sich der Jüngere.

»Nein, Franz«, wehrte der Ältere ab, »das will ich nicht. Ich will nicht zurückschauen in Zeiten, wo vieles falsch und unglücklich gelaufen ist. Die Zeiten sollten vorbei sein. Mit Gott und bei Gott können die völlig bereinigt werden. Ich will mit dir nach vorne schauen.«

»Und was heißt das für mich?«

»Das heißt, dass du deine Clara im Augenblick so nehmen musst, wie sie ist: Ein tief verletzter und vielleicht schon alkoholkranker Mensch. Und so, wie sie ist, musst du sie lieben. Du musst sie herauslieben aus ihrem Loch der Trauer und Not und Verzweiflung. Glaub mir, Franz, es kann alles neu werden, wenn du neu wirst.« Er zögerte und fügte an: »Bring dein Leben mit Gott in Ordnung, Franz. Gib es Christus in die Hände und mach die Erfahrung: Alles wird neu.« Und wieder, nach einem kurzen Zögern: »Erlaube mir, dass ich noch für euch beide bete, und dann entlasse ich dich zu deiner Clara und in deinen Stall und zu deinen Aufgaben und zu deinen Lieben.«

Franz atmete tief ein, vor allem wohl wegen der letzten Bemerkung. Dann stimmte er mit einem »Bitte« zu und bestätigte das Gebet des Pfarrers mit einem deutlichen »Amen«.

Ein sehr nachdenklicher Franz Kapphahn bedankte sich bei Paul Alemann, der ihm ein guter Seelsorger gewesen war, und knöpfte sich seine dicke Jacke zu. Mit dem Hinweis: »Ich lasse von mir hören«, verabschiedete er sich, schwang sich auf sein Fahrrad und verschwand in der frühen Dunkelheit des kalten Wintertages.

»Herr, hilf diesem Mann zurecht, dann ist vielen geholfen«, betete der Pfarrer im Stillen, während er dem roten, zitternden Rücklicht nachblickte, bis es um die Wegbiegung verschwunden war.

Auf dem Hof angekommen, begab Franz Kapphahn sich gleich in den Stall. Dort brannte Licht, also war jemand bei den Kühen. Clara war es, die versuchte, mit ihrem Melkeimer unter die Liese zu kommen. Sonst war niemand in der Nähe. Franz sah sofort, dass seine Frau in keinem guten Zustand war. Ihre Bewegungen waren fahrig und ihr Blick war trüb. Das Melken würde gar nicht gehen.

Erste Bewährungsprobe, schoss es dem Mann durch den Kopf. Er nahm Clara Eimer und Melkschemel aus den Händen und sie selbst am Arm. »Komm, Frau, ich bring dich rauf. Du kannst jetzt nicht melken. Ich mache das und du legst dich hin, bis es dir besser geht. Du warst wohl wieder auf dem Friedhof?«

»Ich bin in Ordnung, lass mich, ich muss melken«, vermochte die Frau nur zu lallen und wehrte seinen Griff ab.

»Du brauchst jetzt nicht zu melken, das mache ich«, wiederholte Franz und bemühte sich, ruhig zu bleiben.

Clara ließ es sich jetzt gefallen, dass er sie aus dem Stall ins Haus und nach oben führte.

»Besoffene Schlampe!« Das war Emma Kapphahns Stimme aus der Küche. »Rausschmeißen sollte man die!«, sekundierte ihr Mann. Auch Henner, der offenbar bei den Großeltern saß, hielt mit seiner Ansicht nicht hinter dem Berg. »Die Schnapsleiche, die verfluchte, gehört geschlagen, bis sie wieder nüchtern ist«, tönte er vollmundig. Sehen ließ sich keiner von den dreien.

Franz zwang sich, die bösen Bemerkungen zu überhören. Im Schlafzimmer oben zog er seiner Frau Kittel und Kleid aus. Elisabeth kam dazu und half ihm dabei. »Warum macht Mutter das nur immer so?«, fragte sie.

»Sie weiß keinen anderen Weg, Kind. Unser Elend hier kotzt sie nur noch an.«

»Und wie kann man ihr helfen?«

»Wenn ich das wüsste, Lieschen«, sinnierte der Vater. »Bei uns muss sich wohl erst einiges ändern, bis wir ihr helfen können.«

»Und was?«

»Wenn ich das nur wüsste«, gab Franz seine Hilflosigkeit zu. »Ich muss mich vielleicht ändern. Wir alle müssen uns ändern. Irgendwie muss hier alles anders werden.«

Vater und Tochter legten Clara in der Unterwäsche ins Bett. Sie ließ es sich gefallen, lallte nur immer vor sich hin: »Die hat es gut, Doro hat es gut. Scheißtraktor, Scheißalkohol. Doro hat es gut.«

Franz wusste nicht, wie er darauf reagieren sollte. Er sagte nur: »Versuch zu schlafen, Clärchen, nachher geht's wieder besser.« Aber da war seine Frau wohl schon eingeschlafen.

»Bringst du Michel ins Bett?«, fragte Franz seine Älteste. »Ich gehe wieder in den Stall. Ruf mich zum Essen.«

»Mach ich, Vater«, gab Elisabeth zurück und wunderte sich dabei ein wenig über ihren Vater und sein Verhalten, das ihr ungewohnt, fremd und sonderbar erschien. Ihr Vater war ja richtig sanft und beinahe liebevoll mit der Mutter umgegangen. Eine ganz neue Erfahrung für das Mädchen.

Etwas mehr als eine Stunde war Franz Kapphahn mit dem Vieh beschäftigt. Er molk die vier Kühe und füllte die Milch in die großen Kannen. Er tat das heute alles sehr mechanisch. Seine Gedanken waren nicht dabei. Aber er war diese Arbeit so gewöhnt, dass er nicht daran denken musste. Tausend Fragen gingen dem Mann durch den Kopf, die sich alle darum drehten, wie das Leben auf dem kapphahnschen Hof weitergehen sollte, wie seiner Frau zu helfen wäre, wie er sein eigenes Leben umgestalten müsste, wie er richtig mit Elisabeth, Anton, Gernot, Sigrid und Michel umging, damit der Schaden sich bei denen wenigstens in Grenzen hielt, wie dieses und wie jenes …

Frau und Kinder nehmen und irgendwo neu anfangen – und die Alten mit Henner allein lassen, das wäre ein Lösung. Aber wohin? Und konnte er das überhaupt verantworten? Die Eltern waren alt und konnten über kurz oder lang auf Hilfe angewiesen sein. Ihr Liebling Henner würde die nicht leisten.

Nein, Weglaufen war keine Lösung. Nur, so wie bisher konnte es nicht weitergehen. Es herrschte ja jetzt schon Chaos in vielen Dingen. Wenn sich nichts änderte, lief das alles auf eine noch größere Katastrophe hinaus. »Gott, erbarme dich!«

Es war das erste Mal, dass Franz ganz bewusst so betete, ehe er auf Elisabeths Zeichen hin zum Essen in die Küche ging. Hoffentlich blieb es da ruhig. Er konnte jetzt keine Auseinandersetzung gebrauchen. Und hoffentlich blieb er selbst ruhig, wenn es denn doch eine gäbe.

»Na, deine Frau kommt wohl nicht zum Essen?«, bemerkte Henner und grinste dabei spöttisch, als sein Vater sich zu den anderen an den Tisch setzte. Franz zwang sich zur Ruhe.

»Deine Mutter ist krank«, gab er nur zurück.

»Meine Mutter und krank. Dass ich nicht lache«, höhnte der Älteste, »die ist besoffen, die Kuh, sonst nichts.«

»Sei still, Henner!«, wies Emma Kapphahn ihren Enkel zurecht. »Selbst wenn du Recht hättest, solltest du so über deine Mutter nicht reden.«

»Ich rede über die Schlampe, wie ich will«, erwiderte der junge Mann patzig.

»Ich glaube, Mutter ist wirklich krank«, griff Elisabeth die Feststellung ihres Vaters auf, und plötzlich brach es aus dem Mädchen heraus: »Und daran seid ihr alle schuld! Die Großeltern und du, Henner, und Vater und alle!« Ehe jemand auf diesen Ausbruch von Not und Verzweiflung reagieren konnte, sprang das Mädchen weinend auf, warf sein Besteck auf den Tisch und rannte aus der Küche schnurstracks die Treppe hinauf in sein Zimmer, wo es sich schluchzend auf sein Bett warf.

Am Tisch zurück blieb betretenes Schweigen. Franz blickte mit traurigen Augen einmal in die Runde und sagte nur leise: »Lieschen hat Recht.« Dann nahm er Sigrids Teller und bat das Kind, ihm nach oben zu folgen und dort zu Ende zu essen. Die beiden Jungen sollten folgen, wenn sie fertig waren.

Bis die Kinder später alle in ihren Betten lagen, wurde nicht mehr viel gesprochen, weder unten noch oben. Jeder machte sich wohl so seine eigenen Gedanken zu dem, was Elisabeth festgestellt hatte. Die beiden Alten und der Enkel in der Küche mochten sich wohl auch ihre machen.

Nachdem Franz nachgeschaut hatte, ob Clara weiterhin schlief, ging er an seine »Hausaufgabe«. Er fand die Bibel in einem der Schränke, entstaubte sie und begann den Psalm 103 zu lesen und darüber nachzudenken. Die Fragen, die er beantworten sollte, fand er nicht wieder. Hatte er den Zettel überhaupt eingesteckt? Egal, über den Text nachdenken konnte er auch so. Dabei blieb er hängen am Vers 13. »Wie sich ein Vater über Kinder erbarmt, so erbarmt sich der Herr über die, so ihn fürchten.« Die Aussage des Psalmisten schien ihm klar: Erst den Herrn fürchten, dann folgt sein Erbarmen.

So jedenfalls verstand Franz Kapphahn diese Stelle, und so beschäftigte sie ihn immer wieder während seiner Arbeit im Sägewerk, im Stall und in der Scheune, während er sich um seine Kinder kümmerte, während er sich immer wieder bemühte, Clara zu verstehen und zu verändern, während er gegen sich selbst kämpfte, um die Spannungen im Haus zu ertragen. Der innere Kampf, den der Mann auszufechten hatte, brauchte Zeit.

Diese »Hausaufgabe« seines Pfarrers schien ihm sehr schwer: Gott fürchten? Wie sollte das gehen? Sich vom Gesangverein abmelden? Das konnte ein Schritt sein, weil der ihn immer wieder zu schlechtem Verhalten verführt hatte. Also ließ Franz sich zunächst einmal vom Singen »beurlauben«. Er sei im Augenblick nicht in der Lage zu kommen. Dass diese »Beurlaubung« mit Unverständnis und Kopfschütteln kommentiert wurde, war ihm egal.

Die anderen »Hausaufgaben« kosteten eine andere Art von Überwindung. Franz war doch nie außerhalb der üblichen Anlässe in die Kirche gegangen. Er hatte schon gar nicht an solchen Veranstaltungen wie Bibelstunden und Passionsandachten teilgenommen. Und jetzt sollte er da hingehen? Was würden die Leute sagen? Hatte das etwas damit zu tun, den Herrn zu fürchten, damit der seine Barmherzigkeit zeigen konnte? Pfarrer Alemann hatte ihn in der Zwischenzeit ein paarmal darauf angesprochen, wenn er sich nach Clara und ihrem Befinden erkundigt hatte. Franz war den Fragen immer ausgewichen.

Dann gab es vor Karfreitag nur noch eine letzte besondere Andacht. Franz Kapphahn gab sich einen Ruck. Er ging hin, nicht zuletzt, weil seine Elisabeth ihn aufgefordert hatte, doch mit ihr hinzugehen. Sie hatte nämlich keinen der Abende versäumt.

Die beiden waren die Letzten, die die Kirche betraten. Nur Pfarrer Alemann fehlte noch. Heute galt hier keine Sitzordnung, deshalb drückte Franz sich in die letzte Bank unter der kleinen Empore. Elisabeth setzte sich weiter nach vorn zu den vielleicht fünfzehn oder zwanzig Leuten, alles Frauen, bis auf den Richter Josef, wie der Egerländer Maurer bei allen Dorfbewohnern hieß. Warum kamen sonst keine Männer hierher?, ging es Franz durch den Kopf.

Dann fiel ihm auf, dass vor dem Altar ein zusätzlicher Tisch stand. Auf diesem Tisch lagen ein schwerer, klobiger Hammer, ein Paar gekreuzte Balken, drei große, rostige Nägel, wie

Franz sie in seiner Zimmermannskiste liegen hatte, und ein kleiner Nagel, mit dem man Bretter zusammenheftete. Dann lag da noch ein kleines, ungehobeltes Brett, auf dem irgendetwas geschrieben stand. Das konnte Franz von hinten nicht lesen.

Nach wenigen Momenten betrat der Pfarrer von der Sakristei her die Kirche und begrüßte die Leute. Als er Franz Kapphahn hinten sitzen sah, ging ein Aufleuchten über sein Gesicht. Schön, dass er da ist, mochte er denken. Aber er soll ruhig hinten sitzen bleiben. Da fühlt er sich sicherer als vorn. So war es wohl auch.

Nach dem gemeinsamen Lied: »Herzliebster Jesu, was hast du verbrochen …«, das Franz allerdings nicht mitsang, und einem Gebet las der Pfarrer einen Abschnitt aus dem Evangelium des Johannes, Kapitel 19, die Verse 1 bis 16. Dann begann er diesen Text Vers für Vers zu erklären und auszulegen. Franz hörte aufmerksam zu. Als der Pfarrer bei der Stelle angekommen war: »Allda kreuzigten sie ihn«, griff er den dicken Hammer und die großen Nägel und demonstrierte, wie die römischen Soldaten mit diesen Hilfsmitteln den Heiland ans Kreuz genagelt hatten. Da waren wuchtige Schläge nötig gewesen, um die grob geschmiedeten, rostigen Nägel durch die Handwurzelknochen des Verurteilten in den Kreuzesbalken zu treiben. Das musste Schmerzen verursacht haben! Das musste Wunden gerissen haben!

Laut hallte es durch die kleine Kirche. Jedes Mal, wenn der Hammer den Nagel traf, zuckte Franz zusammen, als hätte der Schlag ihn selbst getroffen. Und dann plötzlich war ihm, als spräche der Gekreuzigte vorn am Altarkreuz ihn an: »Siehst du, Franz Kapphahn, diese Schläge erlitt ich für dich. Mit diesen Schlägen bringe ich dein Leben in Ordnung. Jeder Schlag ist ein Schlag gegen deine Gottlosigkeit. Gegen deine Lieblosigkeit. Gegen deine Ziellosigkeit. Franz Kapphahn, jeder Schlag ist ein Schlag von Gottes Barmherzigkeit für deine Freiheit. Franz Kapphahn, du darfst durch die Hammerschläge leben, weil ich durch die Hammerschläge gestorben bin, für dich!«

Dem Mann in der letzten Bank der kleinen Windenhausener Kirche rannen plötzlich die Tränen über das Gesicht. Wie Schuppen fiel es ihm von den Augen, als er begriff, dass er heute Abend hier der leibhaftigen Barmherzigkeit Gottes begegnete, die ihm auf einen Schlag alle seine Fragen beantwortete. Dieser gekreuzigte Jesus war die leibhaftige Barmherzigkeit Gottes! Auch für Franz Kapphahn, auch für ihn hatte der sich da annageln lassen!

Furcht überkam den Mann, nicht Furcht wie Angst, nein, Ehrfurcht vor diesem barmherzigen Gott, vor diesem Gott, der in unbegreiflicher Barmherzigkeit seinen Sohn an das Kreuz nageln ließ mit großen, groben, rostigen Nägeln. Blitzartig ging ihm auf, dass die Initiative ja von Gott ausgegangen war und er doch nur noch ... Ja, was denn nur?

Pfarrer Alemann sprach inzwischen über den vierten Nagel, den er auf seinem Tisch liegen hatte. Mit einem solchen Nagel hatte Pilatus sein höhnisches Bekenntnis am Kreuz anbringen lassen, um die jüdische Geistlichkeit zu ärgern. »Jesus von Nazareth, der Juden König.« Und dann stand die Frage im Raum, von Pfarrer Alemann deutlich gestellt: »Was fangen wir heute mit diesem vierten Nagel an? Welche Bedeutung hat dieser kleine Nagel für uns?«

Schweigen, Nachdenken, Zögern. Pfarrer Alemann wartete, ob da wohl eine Antwort käme.

Josef Richter, der fromme Katholik unter den evangelischen Windenhausenern, brach schließlich das Schweigen: »Wir sollten den Nagel neu verwenden. Da muss ein Schild mit unserem Bekenntnis an das Kreuz: ›Jesus von Nazareth, unser König.‹«

Kaum hatte der Maurer seinen Vorschlag ausgesprochen, da sprang Franz Kapphahn hinten in der Kirche aus seiner Bank und rief, indem er eilig nach vorne gehinkt kam: »Nein, Josef, lass mir den Nagel. Den brauche ich. Ich muss das Schild annageln: ›Jesus von Nazareth, mein König!‹ Er ist mein König! Ab heute ist er mein König!«

Alle Augen wandten sich Franz zu, der sich Nagel und Hammer vom Tisch nahm, um das Schild, auf dessen Rückseite genau dieser Text bereits stand – Pfarrer Alemann hatte sich ja vorbereitet –, an das große Kirchenkreuz über dem Altar anzubringen. Er hätte es tatsächlich auch getan, wenn ihn der Pfarrer nicht gebremst hätte. »Das ist gut, Franz«, sagte er freudig, »das ist sehr gut. Aber wir machen es anders. Schreib deinen Namen unter den Text, und dann hängen wir das Schild seitlich an den Haken.«

Franz zögerte einen Moment. Dann war er einverstanden. Das Schild auf dem großen Kreuz mit den vier Buchstaben »INRI« hätte ja zuerst abmontiert werden müssen. Es wäre ihm ja im Weg gewesen. Er nahm also den Stift und schrieb groß, so dass man es deutlich lesen konnte, seinen eigenen Namen unter die Aussage: »Jesus von Nazareth, mein König.«

Jetzt war es besiegelt. Ab jetzt sollte es gelten. Gott war ins Leben des Franz Kapphahn eingekehrt, Gottes Liebe hatte von ihm Besitz ergriffen, und es gab jetzt für ihn ein Ziel, auf das hin sich zu leben lohnte trotz aller Widerwärtigkeiten, die es gab und geben würde. Die wichtigste Frage dieses Mannes wurde in dieser denkwürdigen letzten Passionsandacht des Jahres beantwortet. »Jesus von Nazareth, mein König!« Unterschrift: Franz Kapphahn!

In dieser denkwürdigen Passionsandacht gab Franz Kapphahn sein erstes öffentliches Glaubenszeugnis seines heute zurechtgebrachten verpfuschten Lebens. An diesem Abend sprach er sein erstes öffentliches Gebet, und er wagte es, die anwesende Gemeinde zu bitten, für ihn und seine Familie um eine gründliche Erneuerung zu beten.

Wie gerne sang Franz am Ende dieser Versammlung die acht weiteren Strophen des angefangenen Liedes, besonders die elfte: »Ich werde dir zu Ehren alles wagen, kein Kreuz nicht achten, keine Schmach und Plagen, nichts von Verfolgung, nichts von Todesschmerzen nehmen zu Herzen.«

Gerne ließ Franz sich auch am Ende von seiner Tochter umarmen. »Vater, wie bin ich glücklich. Jetzt wird bei uns auch alles gut.«

Fest erwiderte er den Händedruck vom Richter Josef: »Willkommen zu Hause, Franz. Gott segne dich!«

Und dann hielt ihn auch der alte Pfarrer für einen Moment in seinen Armen. »So ist es recht, Franz. Ich habe lange für diesen Moment gebetet. Und jetzt ist er da. Gelobt sei Gott! Sein Segen geht mit dir.«

Franz blickte seinem Pfarrer in die Augen und drückte ihm fest die Hand. »Sehen wir uns am Karfreitag?«, fragte der noch.

»Wir sehen uns sicher, Herr Pfarrer. Ich weiß jetzt, wo mein Platz ist. Der vierte Nagel hat ihn mir gewiesen.« Dabei wischte er sich eine Träne aus dem Augenwinkel.

Beim Hinausgehen musste Franz noch mehrere Hände drücken, und er schaute dabei in die Gesichter. Nicht alle Frauen schienen sich über sein Bekenntnis zu freuen. Es waren auch zweifelnde Blicke darunter. Ob der bei seinen Lebensumständen seinen beschrittenen guten Weg durchhielt?

Der Richter Josef nahm Franz kurz am Arm: »Es wird nicht leicht für dich, Franz. Wenn du Beistand brauchst, gib mir Bescheid. Ich bin für dich da.«

»Danke, Josef«, freute der sich, »ich werde ihn brauchen. Ich komme sicher darauf zurück.«

Ein glücklicher Vater mit einer ebenso glücklichen Tochter machte sich auf den kurzen Heimweg. »Ich habe nicht gewusst, dass du ein gläubiger Mensch bist, Lieschen«, musste Franz zugeben.

»Du hast es auch nie bemerkt, Vater. Ich konnte das bei uns doch nicht so offen zeigen. Aber wenn ich Jesus nicht gehabt hätte, hätte ich es zu Hause schon lange nicht mehr ausgehalten.«

»Du musst mir verzeihen, Kind. Ich habe wirklich viel Mist gebaut und vieles versäumt«, gestand Franz ein. »Wir müssen jetzt beide zusammenhalten und mit Gottes Hilfe versuchen, zu ändern, was zu ändern ist.«

»Zuerst müssen wir Mutter helfen, den Fusel zu lassen und wieder auf die Beine zu kommen.«

»Das wird sicher nicht einfach sein und Zeit brauchen«, war sich der Vater sicher.

»Aber Jesus wird dabei helfen, Vater. Er ist größer als alles«, war Elisabeth sich sicher.

Sie sollte Recht bekommen, auch wenn sich der Weg als mühsam und weit herausstellte.

Als die beiden nach ihrem Weg durch die Dunkelheit des abendlichen Dorfes auf dem Hof angekommen waren, fanden sie dort alles ruhig. Nirgends brannte Licht, und selbst aus dem Stall waren keine Geräusche zu hören. Vater und Tochter begaben sich gleich in ihre Schlafstuben. Franz fand Clara allerdings wach. Sie saß ohne Licht im Nachthemd am Fenster und schaute mit leeren Blicken in die Dunkelheit. Ob sie auf Mann und Tochter gewartet hatte? »Kommst du endlich?«, bemerkte sie müde.

»Ich bin da, Clärchen.« Wann hatte Franz seine Frau zum letzten Mal Clärchen genannt? »Und ich komme anders zurück, als ich gegangen bin.«

Clara schien nicht zu verstehen. Sie blieb zum Fenster gewandt, während Franz sich hinter sie stellte und sanft ihre Schultern umfasste.

»Ich habe heute Abend mit Gott klare Sache gemacht. Ab heute beginnt ein anderes Leben, Clärchen.«

»Wenn es nur so wäre«, zweifelte die Frau.

»Doch, Frau, es muss ein anderes Leben werden. Und Gott wird dabei helfen. Kennst du noch unseren Trauspruch?«

»Den hab ich vergessen. Das ist so lange her«, gestand Clara. Sie ließ sich die Geste der Zuneigung ihres Mannes gefallen, zeigte aber keine Erwiderung.

»Aber er hängt doch immer noch an der Wand«, glaubte Franz und schaute sich im Zimmer um.

»Hinter dem Schrank, Franz, hinter dem Schrank, da, wo ihn keiner mehr lesen konnte.«

Franz ließ seine Clara los, rückte den Schrank ein Stück von der Wand und griff dahinter. Es war ein ziemlich verschmutztes Bild, das da zum Vorschein kam. Er blies den Staub vom Rahmen und wischte mit dem Ärmel über das Glas, so dass der Text aus dem Kolosserbrief wieder sichtbar wurde. Nach wie langer Zeit hatten die Eheleute diese Worte wieder vor Augen? Franz las den Text vor und wiederholte die Zeile »... und vergebt euch untereinander, wenn jemand Klage hat wider den andern.« Dann nahm er seine Clara wieder bei den Schultern, diesmal von vorne. Schlecht sieht sie aus, blass und krank, ging es ihm durch den Kopf, und doch immer noch schön. Laut sagte er: »Du musst viel Klage gegen mich haben, Clärchen. Ich habe vieles an dir versäumt. Kannst du mir verzeihen? Ich bitte dich, verzeih mir.«

Nach langer Zeit blickte der Mann seiner Frau wieder einmal tief in die Augen. Müde sahen diese Augen aus, sehr müde und gequält. »Clärchen, bitte, sag mir, dass du mir verzeihst.«

»Ach Franz, es ist alles so schwer«, gab die Frau fast flüsternd zurück, »so entsetzlich schwer.«

»Das glaub ich dir ja, mein Liebes«, Franz wurde richtig zärtlich. »Du hast viel durchgemacht, und an vielem bin ich schuld. Du musst mir verzeihen. Und dann kämpfen wir gemeinsam, Clara, bitte!«

Die Frau atmete schwer und seufzte laut auf. »Es ist gut, Franz, es ist gut. Ich verzeihe dir.« Dann blickte sie auf und fragte mit Tränen in den Augen: »Liebst du mich eigentlich noch?«

Dem Mann schnürte es bei dieser Frage den Hals zu, und die Stimme versagte ihm. Er konnte nicht antworten. Er nahm seine Frau endlich wieder einmal fest in die Arme und drückte ihr einen Kuss auf die Stirn. Das war Antwort genug. Zwei Menschen hatten einen neuen Anfang miteinander gemacht.

»Und wenn ich wieder zur Flasche greife?«, fragte Clara ganz unvermittelt.

Franz zuckte ein wenig zusammen. »Dann stehen wir das gemeinsam durch, Liebes. Du wirst davon loskommen. Mit Gottes Hilfe wirst du davon loskommen.«

»Glaubst du das wirklich?«, zweifelte Clara.

»Ich bin davon überzeugt. Und wir werden Dr. Wiesemann bitten, dass er hilft. Der weiß bestimmt Rat.«

»Ja, das machen wir. Und jetzt möchte ich schlafen«, hauchte die Frau, löste sich aus der Umarmung, legte sich hin und war auch sofort eingeschlafen. Franz schien es, als läge auf ihrem Gesicht ein schwaches Lächeln.

Am nächsten Tag tat Franz Kapphahn zwei bemerkenswerte Dinge. Er war kaum von seiner Arbeit nach Hause gekommen, als man ihn am Wohnhaus auf einer Leiter stehen sah, mit Farbtopf und Pinsel und mit einer Drahtbürste bewehrt. Er reinigte die alte, verwitterte Balkeninschrift und hob dann die Riefen mit weißer Farbe hervor. Danach war es wieder deutlich zu sehen: »Gott allein die Ehre!« Den anderen Teil der Balkeninschrift würde er später wieder hervorholen. Der wichtigste Teil war jedenfalls wieder lesbar.

»Gott allein die Ehre!« So war es wohl bei den Altvordern einmal gewesen. So sollte es in Zukunft wieder sein. Dass sein Vater diese Aktion als »Quatsch!« bezeichnete und er dafür ein paar noch dümmere Bemerkungen von Henner erntete, kümmerte Franz nicht. Dagegen meinte Anton, der seinem Vater die Leiter hielt: »Das sieht gut aus, Vater. Ich habe gar nicht gewusst, dass da eine Schrift im Balken ist.«

»Jetzt weißt du's, Junge. Die war ja auch verwittert und vergessen. Ab jetzt soll es aber wieder so sein bei uns«, bekam er von oben zur Antwort.

Das andere, was Franz tat, war, dass er zum Abendessen am Tisch die Bibel aufschlug und den Psalm 103 vorlas. Die Tischrunde war so überrascht, dass es zunächst wohl jedem die Sprache verschlug. Franz kam mit dem Lesen bis zum Ende und konnte auch noch ein kurzes Gebet sprechen. Das erste Tischgebet seit langer Zeit.

Aber dann ging's los. So etwas sei im kapphahnschen Haus noch nie da gewesen. Frommes Gewäsch am Tisch, was das denn jetzt solle? Ob er jetzt zum Betbruder werden wolle? Ob er denn noch richtig sei im Kopf? Auf solches Geschwafel könne man gerne verzichten ...

Der Protest kam von Henner und seinen Großeltern. Die Kleinen verstanden noch nicht recht, worum es ging, die anderen hielten sich aus der Sache heraus. Elisabeth freute sich über den Mut des Vaters, man sah es ihr an. Clara saß mit gesenktem Blick, schwieg und erwartete still die Erwiderung ihres Mannes. Der widersprach sachlich, aber bestimmt:

»Ich hatte mit eurem Widerstand gerechnet. Aber ich möchte von jetzt an nicht mehr leben wie bisher und wie die meisten Menschen es machen, die sich Christen nennen und es nicht sind. Ich möchte wirklich mit Gott leben. Und dazu gehört, dass ich sein Wort lese und dass ich mit ihm rede und dass ich ihm danke für das, was er uns gibt.«

Seinen alten Eltern und auch Henner stand der Mund offen. Sie wussten offenbar für den Moment nicht, wie sie sich weiter verhalten sollten. Henner reagierte als Erster. »Danken für Schnaps und Bier und Zigaretten«, spottete er, »und für Weiber und ...«

Sein Vater unterbrach ihn scharf: »Wenn du über die Sache spotten willst, tu's draußen, aber nicht hier vor uns anderen. Und wenn du das nicht ertragen kannst, kommst du halt zehn Minuten später zum Essen.«

»Oder gar nicht mehr«, erwiderte Henner sarkastisch, stand auf und verließ schimpfend und fluchend die Küche.

Jetzt meldeten sich die Großeltern wieder zu Wort. »Willst du den Jungen etwa vom Tisch vertreiben?«, rief die Großmutter empört. Ihr Mann dachte in anderer Richtung: »Wenn du unbedingt fromm sein willst, dann oben in eurer Stube. Aber nicht hier. Wir Alten brauchen kein frommes Gesülz.«

»Dass ihr euch da mal nicht irrt«, gab der Sohn immer noch sachlich zurück. »Ihr wisst nicht, wie viel Zeit ihr noch habt. Und dann ist es zu spät, das Leben mit Gott zu ordnen.«

»Da haben wir nichts zu ordnen!«, stellte August Kapphahn überzeugt fest. »Wir sind gute Christenmenschen, stimmt's, Emma?« Die nickte nur. »›Tue Recht und scheue niemand‹, war schon immer unser Prinzip. Damit haben wir gut gelebt, und damit können wir auch sterben. Die Kirche hat von uns immer gekriegt, was ihr zustand, dann wird sie uns auch unter die Erde bringen. Und Punkt!«

»Ich werde euch nicht vom Gegenteil überzeugen können«, gestand Franz zu. »Trotzdem werde ich das jetzt immer so machen«, beharrte er darauf, das gemeinsame Abendessen in Zukunft mit einem Bibeltext und einem Gebet zu beginnen. Wem das nicht passe, der könne eben später dazukommen. »Und Punkt!«, übernahm er die Wendung seines Vaters.

Na, wie das wohl künftig werden würde?

Es wurde einigermaßen gut sogar, mit gelegentlichen Ausnahmen, wenn die jeweilige Stimmung völlig dagegenstand. Franz besorgte sich bald bei seinem Pfarrer und Seelsorger einen Abreißkalender, hängte ihn in die Küche – unter Protest, versteht sich –, und las an jedem Abend den angegebenen Tagestext mit der kurzen Auslegung dazu. Dazu sprach er immer auch ein Gebet. Die alten Eltern ertrugen es murrend und knurrend. Henner meldete sich vom gemeinsamen Abendessen ab und war künftig nicht mehr dabei. Den anderen Kindern gefiel die neue Art mehr oder weniger, sie gewöhnten sich jedenfalls bald an die neue Sitte.

Clara taten die kurzen Andachten gut. Sie spürte immer wieder, wie sie daraus Kräfte gewann und Zuversicht, von ihrer Sucht loszukommen, die sie noch immer fest in ihren Klauen hielt. Sie freute sich einfach über den Mut ihres Mannes und über seine Standhaftigkeit. Endlich hatte er sich einmal in einer Sache durchgesetzt und nicht wieder der Kritik seiner Eltern und dem Protest von Henner nachgegeben.

Franz setzte für sich und seine Familie auch den sonntäglichen Kirchgang durch. Vater, Mutter und fünf Kinder besetzten nun wieder regelmäßig die kapphahnsche Bank. Wenn jemand fehlte, dann musste er schon krank sein. Dass Henner und die Großeltern einmal mitgingen, gab es nur an den besonderen Traditionssonntagen. Franz selbst besuchte nun auch regelmäßig die Bibelstunden. Manchmal begleitete ihn Elisabeth. Manchmal konnte er auch seine Clara mitnehmen, je nachdem, wie es ihr ging.

Das blieb auch so, als Pfarrer Alemann in den Ruhestand ging und sein Nachfolger, David Hungar, sein Amt übernahm. Der war zwar ein völlig anderer Mensch als der alte Pfarrer und mit seinem Temperament für die Leute auf dem Land gewöhnungsbedürftig, aber er meinte es auch gut und richtig, und seine Predigt beschrieb das Evangelium, das die Leute brauchten. Auch er kümmerte sich rührig um seine Schäfchen, auch um die Kapphahns. Er hatte es natürlich etwas leichter, weil er nicht mehr mit dem Fahrrad durch seine weitläufige Gemeinde zu fahren brauchte, sondern es mit dem Auto tun konnte, und das auf befestigten und geteerten Straßen. Denn auch diese Seite der Zivilisation hatte selbst die letzten Dörfer im Upland inzwischen erreicht.

Franz Kapphahn wurde dem neuen Pfarrer ein treuer Helfer in Windenhausen. Er und Josef Richter, mit dem ihn bald eine tiefe Freundschaft verband, begannen damit, regelmäßig einmal im Monat die Häuser ihres Dorfes mit einem Viererpack des gedruckten Sonntagsevangeliums zu versorgen, wie es ein christlicher Verlag für jeden Sonntag des Jahres als Traktat herausgab. So konnten auch die Dörfler, die den Gottesdienst nicht besuchten, den jeweiligen Predigttext und eine kurze Erklärung dazu lesen, wenn sie denn wollten. Dieses kleine Blatt wurde dann auch zur Vorlage der Lesung beim sonntäglichen kapphahnschen Abendbrot. Dadurch bekamen auch die beiden Alten mit, worum es im Gottesdienst gegangen war. Dass das alles nicht immer ohne Spott und Hohn im Haus und im Dorf abging, lag wohl in der Natur der Sache und gehörte zu den üblichen Lebenserfahrungen eines überzeugten und aktiven Christen. Wenn der dann auch noch einen völlig veränderten Lebensstil zeigte, wohl erst recht.

Clara Kapphahn tat die Veränderung ihres Mannes gut. Sie lebte nach innen und außen ein wenig auf, ging nicht mehr so häufig ans Grab ihrer Tochter und griff auch weniger zur Flasche. Und wenn es dann doch wieder einmal passiert war, dass sie sich nicht in der Gewalt hatte, mühte sich ihr Franz, sie gegen die Eltern und Henner abzuschirmen. In Elisabeth hatte er eine Verbündete, die auch einen guten Einfluss auf ihre jüngeren Geschwister ausübte. Die vier gaben sich auf ihr Zureden hin viel Mühe, mit der Situation klarzukommen. Jedenfalls stellten sie sich nicht offen gegen die Mutter, wie es Henner immer wieder tat. Im Gegenteil: Anton, Gernot, Sigrid und Michel ergriffen Partei gegen ihren ältesten Bruder und nahmen ihre Mutter in Schutz. Clara erkannte solche Augenblicke mit besonderer Wärme. Es tat ihr in der Kälte des Hauses gut.

So verging Monat für Monat mit allem, was die wechselnden Jahreszeiten für einen landwirtschaftlichen Betrieb und eine große Familie mit sich brachten an Arbeit und Einsatz, an Schweiß und Mühe, mit Saat und Ernte und Verarbeitung der Früchte. In diesen Jahren veränderte sich dabei manches. Der Einsatz von eigener und gemieteter Technik auf den Feldern und im Haus verringerte den Arbeitsumfang und schonte die menschlichen Kräfte. Die Mitgliedschaft im bäuerlichen Maschinenring und in der Gefriergemeinschaft entlastete die Menschen und förderte zugleich die dörfliche Gemeinschaft.

Windenhausen veränderte allmählich auch sein Gesicht. Das Wirtschaftswunder machte es auch hier möglich, dass die Bewohner ihre meist alten Häuser renovierten und modernisierten, zum Beispiel durch den Einbau von Bädern, Duschen und Wasserklosetts. Leider verschwand bei vielen Fassadenerneuerungen die schöne Fachwerkfront hinter Eternit, Kunstschiefer und Putz. Damit wurde leider auch manche schöne und ausdrucksstarke Balkeninschrift unsichtbar, die über Generationen hinweg auf die Bauherren und die Baumeister hingewiesen hatte, die »Gott vertraut und dieses Haus gebaut« hatten, die es noch erfahren hatten: »Gott hat geholfen, Gott wird weiter helfen, Gott hilft in Ewigkeit«, und die deshalb diesem Gott öffentlich und für jeden, der am Haus vorbeiging, lesbar die Ehre gaben: »Deo Gloria.« Schade, aber das war wohl Begleiterscheinung einer mehr und mehr um sich greifenden Verweltlichung der Zeit und der Leute. Das Leben funktionierte immer besser, wozu brauchte man da noch Gott? Auch in Windenhausen wurde die Schar der Menschen kleiner, die regelmäßig den Gottesdienst und die Bibelstunde besuchten.

Die letzten Wege durchs Dorf und sogar die Feldwege wurden mit Asphalt befestigt. Bei Dunkelheit brauchte man keine eigenen Lampen mehr mitzunehmen, da selbst der hinterste Winkel durch die neue Straßenbeleuchtung erhellt wurde. Die

Klärgruben auf den Höfen verschwanden nach und nach und wurden durch die Anschlüsse an ein neues Kanalnetz ersetzt. Ein Haus nach dem anderen bekam Telefonanschluss, und immer mehr Dörfler nahmen durch das Fernsehen teil an den Ereignissen der großen weiten Welt.

Diese Entwicklung machte auch vor den Kapphahns nicht Halt. Franz wurde Mitglied im Maschinenring. Das vereinfachte die Arbeit auf den Feldern und Wiesen. Clara benutzte bald ein Tiefkühlfach im dörflichen Gefrierhaus. Das verringerte die Mühe um die Vorsorge für den Winter. Auch mit dem Schlachtgut war jetzt einfacher umzugehen. Vorratsmieten für Rüben und Kartoffeln wurden übrigens nicht mehr angelegt, und die Kartoffeldämpf-Anlage fürs Schweinefutter kam schon lange nicht mehr. Das seltsame Gerät stand inzwischen in einem Technikmuseum.

Der Hofraum der Kapphahns wurde gepflastert und bekam Beleuchtung. In die Scheune bauten sie einen Heuaufzug, in den Stall kam die Melkmaschine, und das Haus selbst bekam ein richtiges Badezimmer und später auch eine Zentralheizung. Die Fachwerk-Front wurde renoviert und auf neuen, braunweißen Glanz gebracht. Franz hatte dabei Wert darauf gelegt, dass die vollständige Balkeninschrift sichtbar blieb. »Das Werk muss den Meister loben, doch der Segen kommt von oben. Gott allein die Ehre«, hatten die Altvordern vor bald zweihundert Jahren in das Holz geschnitzt. Das war zumindest wieder seine tiefe Überzeugung, die jedermann lesen sollte, auch wenn sich einige Hausbewohner über die Worte ärgerten.

Selbstverständlich wurden die Kapphahns auch alle älter. August und Emma näherten sich den Achtzigern. Da ging manches nicht mehr. Da wurde auch gelegentlich der Hausarzt gebraucht, der dieses Haus des Dorfes früher kaum besucht hatte. August Kapphahn mied Stall und Scheune immer mehr. An der Arbeit draußen beteiligte er sich schon länger nicht mehr. Mit den technischen Veränderungen kam er ohnehin nicht zurecht. Seine Frau gab endlich den Kochlöffel aus der Hand und den Herd frei. Jetzt durfte und musste Clara auch in der Küche Hausfrau sein. Frei war sie dabei deshalb aber noch lange nicht. Die Schwiegermutter wusste es aus ihrem Sessel heraus immer noch besser, wie was zu kochen und zu braten und anzurichten war. Das kostete Clara wie eh und je Seufzen und Tränen. Sie hatte in der Regel nicht die Kraft, sich gegen ihre Schwiegermutter zu wehren oder gar durchzusetzen. Dafür war sie einfach zu labil und blieb alkoholgefährdet.

Henner lebte sein freies Leben ohne feste Arbeit und ohne Verantwortung, aber mit vielen Forderungen an den wachsenden Wohlstand. Geld, um seine Ansprüche zu befriedigen, bekam er von den Großeltern und dadurch, dass er Gelegenheitsarbeiten nachging, die sich immer mal wieder irgendwo ergaben. Er hatte ja auf dem Bau gelernt, wenn er auch keinen Abschluss gemacht hatte. Gesund war er auch und arbeiten konnte er eigentlich schon immer. Nur konnte er das nicht im eigenen Haus. Da sollte doch sein Alter sehen, wie er klarkam. Und seiner »schlampigen und versoffenen« Mutter den Tag zu erleichtern, das fiel ihm schon überhaupt nicht ein. Die sollte gefälligst dafür sorgen, dass er sein Essen hatte und dass seine Klamotten in Ordnung waren. Dafür war sie schließlich da.

Die Geschwister interessierten Henner nur dann, wenn sie ihm nützlich waren. Dazu setzte er sie zuweilen auch unter Druck. Die »fromme Elisabeth« war in seinen Augen sowieso nur für das Kloster tauglich, Anton war ein »Spinner und Traumtänzer«, und die drei Jüngeren konnte man auch vergessen. Die hielten sich ohnehin lieber von ihrem ältesten Bruder fern. Der war ihnen zu laut und zu roh.

Und sein Vater? Dieser fromme Phantast hatte ja nicht mehr alle Tassen im Schrank und nur Geschwafel auf den Lippen. Den konnte doch keiner mehr ernst nehmen. Der sollte sich sein Bett doch gleich in die Kirche stellen, dann hätte er nicht immer so weit zum Pfaffen und zu seinen Bet- und Bibelfreunden.

Henner – dem gingen sie alle am liebsten aus dem Weg, seine Mitbewohner im Haus und im Dorf. Freunde hatte er keine. Wenn es irgendwo in Windenhausen oder einem der Nachbardörfer Handgreiflichkeiten gegeben hatte, war dieser junge Mann meistens dabei gewesen. Er schlug sich gerne. Dass er sich auch schon mit seinem Vater geschlagen hatte, wusste bisher niemand, auch niemand im Haus. Franz hatte die Attacke seines Sohnes erlitten und verschwiegen. Er hatte nur für einen Moment überlegt, ob er Anzeige erstatten sollte, es aber nicht getan. Henner beschäftigte die Polizei und das Ordnungsamt schon genug.

Henner hatte einen großen Anteil daran, dass der Genesungsprozess bei seiner Mutter sich so schwierig gestaltete. Für den herben Rückschlag, den die Mutter und die Familie erleiden mussten, wurde dann aber ein ganz anderer bedauerlicher Auslöser verantwortlich.

Filmriss

Nachdem Franz Kapphahn in jener Passionsandacht sein Leben völlig neu orientiert hatte, veränderte er sich nach und nach auch in seinem Wesen und in seinem Verhalten. Von seiner Natur her war er ja ein Kapphahn mit einer rauen und harten Schale. Er war zum »Realisten« erzogen worden. Den vielleicht vorhandenen Rest an Weichheit und Gefühl hatten die Kriegserfahrungen in dem damals sehr jungen Mann fast zerstört. Auch seiner Clara war er bei ihren ersten Begegnungen kaum als verliebter Romantiker begegnet. Gefühle der weichen Art zeigte man bei den Kapphahns nicht. Auch Franz hatte nie die rechte Ader dafür gehabt, zum Leidwesen von Clara. Dennoch hatten die beiden sich geliebt, vor der Heirat und dann auch in der Ehe.

Jeder Rest von warmer Zweisamkeit war allerdings bald der harten Realität gewichen, mit der die beiden jungen Leute im Haus der Eltern und Schwiegereltern hatten leben und umgehen müssen. Die häufigen Auseinandersetzungen und die regelmäßigen Niederlagen im Kampf der Generationen hatten Franz im Laufe der Zeit sehr hart werden lassen, und auch Claras Empfindungen waren verkümmert. Sie war ihrem Mann eine ergebene Frau und Mutter seiner Kinder. Die Tränen, die sie vergoss, unter dem Druck der Schwiegereltern und später unter dem, der von Henner ausging, hatte sie mehr und mehr nur noch allein für sich oder bei ihren eigenen Eltern weinen können. Aber dieser Zufluchtsort war ihr durch den Tod früh genommen worden.

Vorher schon hatte es diesen schlimmen Unfall gegeben, unter dem Clara zusammengebrochen war. Das Verhältnis zu ihrem Mann war noch weiter abgekühlt. Das bisschen Nähe, das noch existiert hatte, war zum großen Abstand geworden. Der Alkohol war Claras Ventil gewesen, wie längst vorher ja auch ihrem Mann, um allen Kummer und Jammer zu vergessen, wenigstens für eine Weile. Damit hatte ein Teufelskreis begonnen, aus dem sie aus eigener Kraft nicht mehr herauskam.

Aber dann hatte es diese Geschichte mit dem vierten Nagel gegeben, an dem Franz sein neues Glaubensbekenntnis öffentlich gemacht hatte. Der Prozess seiner Veränderung hatte begonnen. Orte, von denen er wusste, dass sie ihm schadeten, mied er seitdem konsequent. Der Gesangverein musste auf seinen Tenor verzichten, was viele nicht verstehen konnten. Mahles Gaststube war für den »jungen« Christen künftig nur noch ein Ort der bösen Erinnerungen. Er verzichtete künftig auf jeglichen Alkoholgenuss. Die Kirche wurde sein Zufluchtsort, Müllplatz seiner Seele und zugleich die Tankstelle für seine weitere Lebensfahrt. Die frommen Christen wurden seine Freunde, und die Pfarrer seine geistlichen Ratgeber. Zunächst war es Pfarrer Alemann gewesen, danach Pfarrer Hungar, der auch Franz' persönlicher Freund wurde.

Wie gut, dass es diese Männer gab, die zur Stelle waren, wenn sie gebraucht wurden! Franz hatte ihre Hilfe immer wieder in Anspruch genommen, wenn seine Clara mal wieder im Loch hing und zur Flasche griff, wenn sie größeres Verständnis und besondere Zuwendung nötig hatte. Ihn selbst kostete das viel Kraft und Liebe, um die er kämpfen musste. Aber dieser Kampf, der sich in unregelmäßigen Abständen wiederholte, hatte sich mit den Jahren gelohnt. Dr. Wiesemann war ein einfühlsamer und verständnisvoller Hausarzt. Claras Rückfälle wurden auch durch ärztliche Hilfe und mehrere Entziehungskuren seltener, und die Abstände zwischen den Attacken wuchsen. Damit wuchs auch die Hoffnung, dass Clara eines Tages völlig trocken bleiben würde.

Elisabeth war inzwischen fünfundzwanzig und schon seit einigen Jahren ausgebildete Krankenschwester, als sie eines Abends ihren Eltern eröffnete, dass sie demnächst nach Korbach umziehen wolle. Sie müsse einfach näher an ihrem Arbeitsplatz wohnen.

»Nein, das kannst du nicht machen!« Wie ein Aufschrei kam es von der Mutter. »Kind, das kannst du mir nicht antun. Ich brauche dich hier.«

»Das weiß ich doch, Mutter. Nach Korbach sind es doch auch nur dreißig Kilometer, ich kann doch immer mal nach Hause kommen, wenn ich dienstfrei habe.«

»Nein, Lieschen, nein, das kannst du nicht machen. Du kannst nicht ausziehen.« Clara geriet schier in Panik.

Franz legte ihr besänftigend die Hand auf den Arm: »Nun beruhige dich doch, Clärchen. Lieschen ist doch in Korbach nicht aus der Welt.«

»Aber sie ist dann nicht hier!«, widersprach die Mutter heftig.

»Ich bin doch schon jetzt nur noch stundenweise hier, Mutter«, versuchte Elisabeth ihre Entscheidung zu erklären. »Ich möchte nicht länger morgens mit dem ersten Bus fahren und abends mit dem letzten kommen und dann immer zu spät auf der Station sein oder früher gehen müssen. Die anderen müssen dann immer für mich mitarbeiten. Ich kann das nicht länger verantworten.«

Clara seufzte laut auf. Ganz blass war sie geworden, sie zitterte vor innerer Erregung. »Wann gehst du dann nach Korbach?«, fragte sie ein wenig stotternd.

»Ich kriege das Zimmer im Schwesternheim zum 1. Juli.«

»Zum 1. Juli schon? Das ist ja furchtbar. Das ist ja schon in zwei Wochen. Franz, nun sag doch auch was!«, entsetzte sich Clara.

»Nun beruhige dich doch, Clärchen«, wiederholte Franz seine Bitte von eben. »Das ist doch nur vernünftig von Lieschen, wenn sie das Zimmer da nimmt. Wir kommen hier schon zurecht.«

»Nein, kommen wir nicht«, wehrte die Mutter den Gedanken ab. Sie wurde immer aufgeregter. »Erst geht Anton, dann geht Lieschen, Gernot muss im Herbst zum Bund. Dann bleiben uns ja nur noch Sigrid und Michel.«

»Das ist der Lauf der Welt, Mutter«, versuchte Elisabeth zu erklären. »Sigrid wird auch irgendwann gehen. Und ob Michel auf dem Hof bleibt, weiß heute noch keiner. Kinder sind nur Leihgaben Gottes. Eltern haben sie gekriegt, und sie müssen sie wieder abgeben.«

»Nein, das darf nicht sein. Das halte ich nicht aus«, begann Clara jetzt zu weinen. »Das halte ich nicht aus. Und du sagst dazu gar nichts«, wehrte sie die Hand ab, die Franz noch immer auf ihrem Arm liegen hatte.

Vater und Tochter warfen sich einen ahnungsvollen Blick zu.

»Clärchen«, versuchte Franz noch einmal, das Verständnis seiner Frau für die Entscheidung der Tochter zu gewinnen, »es ist doch nur vernünftig, dass Lieschen das Zimmer nimmt. Sie kann wirklich nicht immer andere für sich arbeiten lassen, weil die Busse so blöd fahren. Und sie kommt ja an ihren freien Tagen auch her. Lieschen hat doch auch Recht: Kinder sind eine Leihgabe. Alle Eltern haben ihre Kinder nur auf Zeit und müssen sie irgendwann für ihr eigenes Leben abgeben.«

»Oder für den Tod. Ich kann das nicht! Und ich will das nicht!«, schluchzte die Mutter auf, erhob sich schwer von ihrem Stuhl und wankte aus der Stube.

Vater und Tochter hörten sie ins Schlafzimmer gehen. Die beiden schauten sich vielsagend an. Sie hatten wohl beide denselben Gedanken. Ob das gut ging? »Was machen wir jetzt?«, fragte Elisabeth.

»Wir müssen jetzt sehr auf sie aufpassen«, stellte ihr Vater nüchtern fest, »ich befürchte, der Abend hat ein Nachspiel. Es ist zu lange gut gegangen mit ihr.«

»Aber ich kann doch deshalb nicht …«

»Nein, Lieschen, das musst du auch nicht«, unterbrach der Vater die Tochter. »Du hast das Recht zu gehen, wie die andern auch, und du musst das Zimmer nehmen.«

»Mist, wenn Mutter doch nur stärker wär.«

»Ist sie aber nicht, Kind. Es war ihr schon schwer, Anton gehen zu lassen. Demnächst muss sie Gernot gehen lassen. Und jetzt gehst du. Du warst ihr ein guter Halt, weil du sie verstanden hast in ihrer Schwäche.«

»Darum habe ich immer kämpfen müssen, Vater«, gestand Elisabeth ein. »Und ohne Glauben und Gebet hätte ich das nie geschafft.«

»Gebet, ja, das brauchen wir. Hier muss Gott wieder besonders helfen. Lass uns noch zusammen beten, Kind.«

Vater und Tochter machten aus ihrer Sorge um die Mutter ein ernstes Gebet, ehe sie sich zur Nacht trennten. Franz fand sein Clärchen völlig aufgelöst im Bett, und es gelang ihm auch nicht, sie zu beruhigen. Schließlich schlief er ein, während seine Frau wohl die halbe Nacht mit Lieschens Auszug zu tun hatte, ehe sie dann vor Erschöpfung auch endlich einschlief.

Als Franz Kapphahn am nächsten Mittag vom Sägewerk nach Hause kam, war alles in heller Aufregung. Clara war nicht da. Sie hatte irgendwann am Vormittag das Haus verlassen. Wohin sie gegangen war, wusste niemand. Fragen in den Nachbarhäusern brachten keine Auskunft. Niemand hatte Clara gesehen. Wo konnte sie nur sein? Franz suchte mit Michel das Haus und die Scheune ab, während die beiden Alten in der Küche murrten und knurrten. Zum Glück war Henner nicht da. Der hätte wieder sein Fressen gehabt. Sigrid war noch nicht aus der Schule zurück.

Wo konnte Clara nur sein? Wenn sie im Dorf niemand gesehen hatte, war sie vielleicht auf dem Friedhof. Franz hinkte hinüber, so schnell ihn seine Beine trugen. Aber auf dem Friedhof, von wo sie Clara früher schon hatten nach Hause holen müssen, war sie nicht. »Wo sollen wir noch suchen, Papa?«, fragte Michel.

»Wenn ich das wüsste, Junge, dann wär ich längst da«, antwortete Franz und atmete schwer dabei. Dann fiel ihm etwas ein. »Wir haben doch vor ein paar Tagen die Wiese am Hagen gemäht und das Gras auf die Reuter gehängt. Auf der Wiese ist Doro gestorben. Deine Mutter hat gestern Abend zuletzt von Doros Tod gesprochen. Junge, komm, wir fahren an den Hagen. Vorher muss ich aber noch telefonieren.«

Franz eilte ins Haus, während sein Elfjähriger den Traktor aus dem Schuppen holte. Auf dem Hof durfte der Junge schon fahren, draußen freilich noch nicht. Franz Kapphahn rief seinen Pfarrer an, den er seit einiger Zeit duzte, er möge, wenn möglich, auf die Wiese am Hagen kommen. Er nehme an, dass sie Clara dort finden würden, und wenn, dann sicher in hilflosem Zustand. Auf dem Traktor könne er sie dann wahrscheinlich nicht nach Hause bringen. David Hungar versprach, er werde sich sofort auf den Weg machen.

Auf dem Weg zum Hagen holte der Pfarrer mit seinem Wagen den Traktor ein. So erreichten die beiden Fahrzeuge die Wiese gleichzeitig. Vom Rand aus war niemand zu sehen. Aber die Schwedenreuter versperrten ja auch den Blick. »Ich geh rechts, geh du links«, schlug Franz vor und hinkte schon los. »Du bleibst erst einmal hier, Michel«, ordnete der Vater an. Er wollte dem Jungen wohl einen vielleicht peinlichen Anblick ersparen.

Nach wenigen Momenten schon rief David von seiner Seite her: »Franz, komm rüber! Hier liegt sie.«

Franz war entsetzt, als er seine Clara im Stoppelgras auf der Seite liegen sah, mit aufgedunsenem Gesicht, verwirrtem Haar und in verdreckten Kleidern, als sei sie eben einer Schlammgrube entstiegen. Ein Schuh fehlte. Neben der völlig hilflosen Frau lag eine Flasche billigen Fusels, natürlich leer. Die musste sie in kürzester Zeit geleert haben. Ein furchtbares Bild. Beiden Männern verschlug es die Sprache. In einem solchen Zustand hatten sie Clara noch nie gesehen. War das eine Alkoholvergiftung? War das durch den Rausch bedingtes Koma? Es schien fast so. Dass diese Frau lebte, merkte man nur daran, dass sie atmete, allerdings sehr unregelmäßig. Ihr Puls war kaum zu fühlen. Franz stiegen die Tränen in die Augen. »O Gott, erbarm dich!«, brachte er nur hervor und: »Das darf der Junge nicht sehen.«

»Muss er auch nicht, Franz, ich nehme ihn mit ins Dorf und bestelle Arzt und Krankenwagen. Anders wird es nicht gehen. Unterwegs bete ich für dich und für Clara.«

»O ja, tu das, David. Ich warte hier, wie ich das auf dieser Wiese schon mal machen musste.« Das klang bitter und zeugte von unendlicher Traurigkeit und Enttäuschung.

Vielleicht eine halbe Stunde hielt Franz Kapphahn bei seiner Frau Wache, vielleicht auch eine Stunde. Er hatte keinerlei Empfinden für die Zeit. Clara lag unbeweglich, wie ganz weit weg von dieser Welt. Manchmal ging ein Zucken durch ihren Körper. Auf Berührungen kam keine spürbare Reaktion. Furchtbar! Hoffentlich war bald das ersehnte Motorengeräusch zu hören. Hoffentlich kam die Hilfe nicht zu spät.

Was ging dem Mann jetzt alles durch den Kopf. Die Gedanken jagten sich nur so, viele davon waren alles andere als fromm. Franz haderte mit sich und der Welt, mit seinem Geschick und seinem Gott. Warum musste das Leben so schwer sein? Warum gab es so böse Menschen, so egoistisch und auf sich bedacht? Warum konnte einer den anderen nicht ausstehen und annehmen, wie er war? Warum standen Alte gegen Junge und Junge gegen Alte, Väter gegen Söhne und Söhne gegen Väter? Warum waren die einen so hart und lieblos und die anderen so weich und empfindsam und ohne Durchsetzungskraft? Warum gab es Alkohol in dieser Welt, den der Teufel gemacht haben musste und den er benutzte, um die Menschen fertig zu machen? Warum ließ Gott so etwas wie dies hier überhaupt geschehen? Warum ließ er die Christen leiden, und den Spöttern ging es so gut?

Der Mann auf der einsamen Wiese litt in dieser Wartezeit so etwas wie Höllenqualen. Er kam sich vor wie Hiob in der Asche. Dabei hatte der, zugegeben, ganz anderes erlitten. Aber das hier reichte ihm schon. Bei seiner Frau sitzen zu müssen, die sich offenbar in einem tiefen Delirium befand, war ihm unendlich schwer.

Mit der Zeit aber wurde Franz dann doch ruhiger und es gelang ihm, seine Gedanken zu ordnen und sie zum Beten zu bringen, während er seiner Clara die schlaffe Hand hielt. »Kyrie eleison, Christe eleison, Kyrie eleison! Herr, halt den Nagel fest!«

Endlich – Franz erschien die vergangene Zeit wie eine Ewigkeit – hörte er von ferne das Signalhorn der Ambulanz. Das Fahrzeug kam wohl vom Kirchdorf her und musste erst noch den Bogen durchs Dorf fahren, um an den Hagen zu gelangen. Aber jetzt konnte es nicht mehr lange dauern, bis die Hilfe kam.

Wenige Minuten später hielten drei Fahrzeuge gleichzeitig am Wiesenrand an. Aus dem Krankenwagen sprangen zwei Sanitäter, die sogleich die Trage bereitmachten. Aus den anderen Fahrzeugen stiegen ein Arzt, den Franz nicht kannte, und Pfarrer Hungar. Im Laufschritt kamen die Männer an die Stelle des Geschehens, um sich um Clara und auch um Franz zu kümmern. Nach kurzer Untersuchung mit Lidkontrolle, Blutdruck- und Pulsmessung befand der Arzt, die Patientin müsse sofort in die Klinik nach Korbach gebracht werden. »Schwerer Alkoholrausch. Sie muss schnellstens auf die Intensivstation. Geben Sie das durch. Die sollen alles vorbereiten. Dr. Hartmann wird hoffentlich da sein. Nehmen Sie die Flasche mit, damit die wissen, was die Patientin getrunken hat.« Der Arzt gab Clara eine Spritze, die den Kreislauf stabilisieren sollte, und schickte die beiden Sanitäter mit ihr auf den Weg.

Franz Kapphahn und David Hungar hatten schweigend zugeschaut. Der Pfarrer hatte wohl still gebetet. »Hoffentlich geht das noch gut«, murmelte Franz vor sich hin.

»Ich denke schon«, versuchte der Arzt ihn zu beruhigen. »Es ist zwar höchste Zeit, dass Ihre Frau behandelt wird, Herr Kapphahn. Aber die kommt schon zurück. Es ist nur die Frage, was dann weiter geschieht.«

»Ich denke, sie muss wieder nach Zwesten«, mutmaßte der Pfarrer.

»Wird wohl das Beste sein. Aber das soll Dr. Hartmann entscheiden. Es geht auch nur, wenn die Patientin das selber will.«

»Das wird sie wollen. Es gibt einen unterschriebenen Revers von ihr, dass sie im Fall der Fälle wieder zum Entzug geht«, konnte Franz antworten.

»Das ist gut«, war der Arzt zufrieden.

»Das wird wohl jetzt eine lange Geschichte?«, vermutete Franz mit belegter Stimme.

»Davon können Sie ausgehen. Aber Ihre Frau muss da schon mitspielen, wenn Zwesten Erfolg haben soll«, meinte der Arzt und fragte dann: »Was ist eigentlich vorgefallen? Sind solche Exzesse öfter vorgekommen?«

Franz atmete tief ein: »Es hat sie gegeben, aber so schlimm noch nie. Zuletzt ging es lange gut mit meiner Frau. Und jetzt muss sie Elisabeth abgeben, die älteste Tochter, ihre große Stütze. Elisabeth bekommt ein Zimmer im Schwesternheim und wird in den nächsten Tagen umziehen.«

»Was für den einen gut ist, ist oft dem andern zum Schaden«, stellte der Arzt fest. »Die Reaktion Ihrer Frau ist offenbar die einer typischen Konfliktbetäubungs-Trinkerin. Vielleicht kann sie dieses Abgeben eines Kindes nicht anders verarbeiten. Nur, dass sie so heftig reagiert …«

»Ich verstehe das nicht«, zuckte der Pfarrer die Schultern. »Was hat sie daran so hart getroffen, dass sie dermaßen den Kopf verloren hat?«

»Elisabeth ist das zweite Mädchen, das sie abgeben muss. Das hat sie stark an den Tod von Dorothea erinnert, den sie noch immer nicht verkraftet hat. Deshalb die überzogene Reaktion und deshalb auf dieser Wiese«, erklärte Franz.

David Hungar und der Arzt schauten Franz fragend an. Der fuhr fort: »Hier auf dieser Wiese ist mir mein Kind unter den Traktor geraten. Da war nichts mehr zu machen.«

»O Gott, wie schlimm ist das alles«, entfuhr es dem Pfarrer. »Wenn du in den nächsten Tagen Hilfe …«

»Danke, David, ich werde sie brauchen. Und danke, Doktor. Bleiben wir in Verbindung?«

»Besser mit Dr. Wiesemann. Der ist doch Ihr Hausarzt, denke ich. Ich werde ihn informieren. Aber kann ich noch etwas für Sie tun, Herr Kapphahn?«

Franz wehrte ab: »Es geht schon, Doktor. Danke für Ihre Hilfe!«

Inzwischen hatten die drei Männer den Wiesenweg erreicht. Der Arzt bestieg sein Auto, wendete es und fuhr davon. Die beiden Zurückbleibenden blickten dem Fahrzeug einen Augenblick schweigend nach. Dann fragte David Hungar: »Darf ich heute Abend den Bibelkreis informieren? Wir müssen verstärkt für Clara beten.«

Franz war froh über diesen Vorschlag seines Freundes. »Tu das. Wenn ich kann, komme ich selbst auch. Aber das hängt von zu Hause ab. Das wird wieder ein Tanz werden mit meinen Leuten.«

»Auch das machen wir erst zum Gebet«, und der Pfarrer brachte die ganze traurige Angelegenheit vor den Thron Gottes, damit dieser sich selbst Claras und der Sache annähme. Dann bestiegen die beiden jeder sein Fahrzeug und fuhren dem Dorf zu.

Es wurde für Franz zu Hause der befürchtete »Tanz«. Clara konnte froh sein, dass sie nicht hörte, was ihr ältester Sohn und seine Großeltern alles von sich gaben über die Tragödie und ihre Hauptperson. Sie wäre vielleicht vor Schrecken aus ihrem selbst verschuldeten Koma aufgewacht. Da war keine Spur von Mitleid und Anteilnahme, nur Hohn und Spott. Die wurden auch über Franz ausgeschüttet. Jetzt sei es doch wohl an der Zeit, diese Frau endgültig davonzujagen. Er müsse doch völlig verrückt sein, wenn er sich mit dieser Schlampe auch nur noch in Gedanken beschäftigte. Aber verrückt sei er ja sowieso mit seiner frommen Tour. Sein Gott sei doch ein Schlappschwanz und habe auf ganzer Linie versagt. Sonst wäre diese Geschichte doch wohl nicht passiert.

Franz Kapphahn ertrug die Spotttiraden mit steigender innerer Erregung. Am liebsten wäre er dazwischengefahren in der Art, wie er das von Henner kannte. Kleinholz machen, nannte der das. Kleinholz mit Worten und Taten. Aber er riss sich mit aller Kraft zusammen, innerlich danach schreiend, dass Gott ihm die Zunge zähmte und die Hände festhielt. Als er für einen Moment dazwischenkam, sagte er nur: »Ihr solltet euch allesamt schämen, so zu reden. Ihr müsst eure Worte alle einmal verantworten. Und dafür auch eines Tages geradestehen, wie ihr euch Clara gegenüber verhalten habt.«

Dann verließ er den Raum und hinkte mit schweren Schritten nach oben. Gernot, Sigrid und Michel folgten ihm und saßen sehr betreten in der Stube, warteten wohl darauf, was der Vater ihnen jetzt sagen würde. Aber der sagte erst einmal gar nichts, setzte sich nur schwer atmend auf einen Stuhl, nahm den Kopf zwischen die Hände und stierte minutenlang ins Nichts. Dahin schienen sich seine Gedanken für den Augenblick auch zu verflüchtigen. Der Kopf war einfach leer.

Franz schreckte richtig auf, als er Gernot sagen hörte: »Ein Glück, dass ich bald zum Bund muss. Dann bin ich auch raus hier. Und dann bringt mich auch niemand wieder rein.«

Der Vater sah seinen Sohn an und bestätigte ihm mit einem Seufzer: »Kann ich verstehen, Junge. Mach deinen Weg beim Bund. Da bist du versorgt. Und vergiss das ganze Elend hier.«

»Ich werde auch gehen, Vater«, schlug das Mädchen in dieselbe Kerbe. »Ich bleib auch nur noch so lange, wie es eben sein muss. Vielleicht kann ich ja bei Lieschen wohnen, oder die besorgt mir was.«

Franz Kapphahn kommentierte diese Aussage nicht, er schaute nur Michel an, was der denn jetzt wohl beitragen würde. Der Jüngste der Geschwister gab mit fester Stimme seinen derzeitigen Plan bekannt: »Und ich bleibe hier. Einer muss doch bei den Eltern bleiben, wenn ihr alle geht. Ich lerne nach der Schule Landmaschinenmechaniker und Bauer und mache dann hier die Arbeit, wenn Papa nicht mehr kann. Dann hat der auch mehr Zeit, sich um Mama zu kümmern.«

Jetzt musste Franz Kapphahn doch ein wenig lächeln. Sein Jüngster, mit dem Kopf nicht der Hellste, aber mit den Händen sehr geschickt, hielt zu ihm und zu seiner Mutter. Wenn Michel bei dieser Meinung bliebe, dann gäbe es ja einen kleinen Hoffnungsschimmer für einen Neuanfang irgendwo anders. Hier im Haus war der wohl nicht möglich, solange die alten Eltern das Sagen hatten und dem nichtsnutzigen Henner in allem die Stange hielten. Aber darauf warten, dass die Eltern starben und Henner das Haus verließ? Oder gar dafür beten? Das durfte es ja wohl auch nicht sein.

Während ihm das durch den Kopf ging, sagte er laut: »Jeder muss seinen Weg finden und gehen und muss sich sein Leben aufbauen. Ich werfe euch keine Knüppel zwischen die Beine. Und wenn du, Michel, hier bleiben willst, würde ich mich sehr freuen. Und Mutter würde sich auch freuen, wenn sie wenigstens eines ihrer Kinder in der Nähe behielte. Die muss natürlich erst mal wieder auf die Beine kommen. Hoffentlich können die ihr helfen.«

»Was ist denn nun eigentlich mit Mutter?«, wollten die drei fast gleichzeitig wissen.

Der Vater gab Auskunft, soweit er es für gut und richtig hielt. Aus welchem Grund die Sache mit Clara auf der Wiese passiert war, wollte er ihnen dann aber doch nicht sagen. Das mussten sie auch nicht unbedingt wissen. »Wenn ihr beten könnt, dann betet darum, dass Mutter bald richtig gesund wird«, sagte er ihnen nur noch und ging dann wieder nach unten, denn das Vieh wollte versorgt sein. »Ich gehe mit«, sprang Michel vom Stuhl und folgte seinem Vater, um ihm beim Füttern, Ausmisten und Melken zu helfen. Der Junge war gerne mit seinem Vater bei der Arbeit. Er konnte nämlich nicht nur schon Traktor fahren, er konnte auch bereits die Melkmaschine bedienen und die Milch versorgen. Und Kühe und Schweine füttern war ja wohl ein Klacks für ihn.

Franz Kapphahn ging an diesem Abend nicht mehr in den Bibelkreis. Er telefonierte nur noch einmal mit der Klinik, um den Stand der Dinge zu erfahren – Clara war noch nicht wieder aufgewacht, aber ihr Zustand war stabil –, und er rief seinen Pfarrerfreund an, um ihm diese Nachricht weiterzugeben. Er selbst brauchte Abstand und Zeit zum Nachdenken über die Zukunft und zum Beten um den richtigen Weg. Eines stand für ihn auf jeden Fall fest: Er würde den Rest seines Lebens nicht unter diesem Dach verbringen und in diesen Mauern mit den Menschen, die hier noch lebten. Sollte das kapphahnsche Anwesen doch versorgen, wer wollte. Wie sollte ein kranker Mensch wie Clara in einem solchen Haus auch seine Schwäche aufarbeiten können und stark werden, wo der Wind immer von vorn kam und zuweilen beißende Eiskristalle mit sich führte?

Franz wusste zwar noch nicht, wie sein Vorsatz umzusetzen war, aber gefasst hatte er ihn. Bis seine Clara nach dieser Geschichte wieder zu Hause war, musste sich irgendeine Lösung zeigen. Ihr wollte er dieses Haus nicht länger zumuten.

Als Clara Kapphahn auf der Intensivstation in der Korbacher Klinik nach Stunden endlich die Augen aufschlug, wusste sie zunächst gar nicht, wo sie sich befand. Weiß getünchter Raum, Bildschirme, Apparate, Schläuche, Sichtschutzwände. Ein Mensch im weißen Kittel am Bett. Sie wollte sich über die Augen wischen. Das ging aber nicht. Beide Hände waren von Schlingen gehalten. Dann hörte sie wie aus weiter Ferne die Stimme ihrer Tochter. »Endlich bist du wieder da, Mutter.«

Clara erschrak. Ihr fehlte jede Orientierung. »Wo bin ich denn? Und du hier, Elisabeth? Warum bin ich angebunden?«

Tatsächlich saß Elisabeth an ihrem Bett. Sie war benachrichtigt worden, dass man ihre Mutter in jämmerlichem Zustand eingeliefert hatte, und war über Nacht in der Klinik geblieben. Einmal, um das Personal zu entlasten, vor allem aber, um einfach da zu sein, wenn die Mutter aus ihrer Bewusstlosigkeit erwachte. »Viele Fragen auf einmal, Mutter.« Elisabeth löste die beiden Armschlingen und erklärte: »Du bist in Korbach im Krankenhaus auf der Intensivstation. Damit du nicht aus dem Bett fallen konntest und dir nicht die Strippen abreißen, warst du angeschnallt.«

»Was ist denn passiert? Wieso bin ich hier? Wie bin ich hier hingekommen?«, fragte Clara erneut erschrocken. »Hab ich irgendwas angestellt?«

Elisabeth seufzte: »Du hast, Mutter. Du hast Blödsinn gebaut, furchtbaren Blödsinn. Nachdem ich zu Hause von meinem Zimmer im Schwesternheim erzählt hab, bist du völlig durchgedreht.«

Clara blickte ihre Tochter mit großen Augen fragend an. »Und weiter?«

»Du warst am nächsten Mittag einfach weg. Sie haben dich gesucht, und dann hat Vater dich schließlich gefunden.«

»Wo war ich denn?«

Elisabeth seufzte wieder: »Du hast auf der Wiese am Hagen gelegen, die Flasche noch im Arm. Völlig weggetreten. Da blieb nur der Transport hierher.«

»Das ist ja furchtbar. Ich weiß davon gar nichts.«

»Filmriss nennt man das oder auch Vollrausch«, erklärte die Tochter.

Jetzt war es Clara, die aufseufzte. »Da hab ich euch wohl wieder Kummer gemacht und Arbeit. Und wo ist Vater?«

»Der wartet auf meinen Anruf. Er wird froh sein, dass du wieder da bist.«

»Ich schäme mich so, Lieschen. Es tut mir so Leid«, gestand die Mutter leise und begann zu weinen. »Ob der Vater mir böse ist?«

»Weiß ich nicht. Er war jedenfalls sehr besorgt und wollte alle zwei Stunden wissen, wie es dir geht. Aber du brauchst deswegen jetzt nicht zu flennen.«

»Und wie geht es mir?«

Die Tochter lachte kurz auf. »Das musst du doch selbst wissen. Gestern ging es dir jedenfalls sehr schlecht. Die Flasche auf ex war ein bisschen zu viel. Wenn der Alkohol ganz abgebaut ist, wird es dir wohl wieder gut gehen.« Sie reichte ihrer Mutter ein Taschentuch.

»Und was wird dann, Kind?«, sorgte sich die und wischte die Tränen ab.

»Dr. Hartmann meint, du solltest für ein paar Wochen zum Entzug nach Zwesten gehen.«

»Zwesten? Nein, nicht wieder Zwesten. Gibt es keinen anderen Ort? Kann ich nicht doch lieber nach Hause?«, bat die Mutter mit flehender Stimme.

»Mutter«, holte Elisabeth tief Luft, »nach Hause bringt jetzt nichts. Du musst für eine Weile in Behandlung. Du hast dein Einverständnis doch unterschrieben, dass du gehst, wenn es einen Rückfall gibt.«

»Hast Recht, Lieschen. Ich hab das doch auch gar nicht gewollt. Ach, muss ich mich schämen.« Und nach ein paar Momenten der Besinnung: »Ruf den Vater an. Wenn er mir nicht böse ist, soll er kommen und meine Sachen gleich mitbringen. Dann will ich auch gar nicht erst nach Hause. Vielleicht kommen deine Geschwister mit. In Zwesten kann mich doch keiner besuchen. Das ist zu weit.«

»Das zeigt sich alles, Mutter. Jetzt ruh dich erst mal weiter aus. Die verlegen dich sicher erst noch für ein, zwei Tage auf Normal. Das muss ja alles noch geklärt werden.«

Clara gab sich zufrieden. Sie schloss die Augen und schlief tatsächlich sofort wieder ein. Diesmal war der Schlaf ein wirklicher, allerdings nur ein kurzer.

Eine ältere Intensivschwester kam, kontrollierte noch einmal die Monitore, nahm dann die Strippen ab und forderte Clara Kapphahn auf, sich zu erheben. »Sie können auf eigenen Füßen auf die Station gehen, Frau Kapphahn. Sie sind ja fast wieder voll da.«

Clara folgte der Aufforderung und stand auf, wobei sie erst jetzt feststellte, dass sie ein OP-Hemd trug. »Hab ich kein …?«, fragte sie.

»Ihr Kleid ist in der Wäsche. Anderes haben Sie nicht hier. Schuhe gibt's auch keine. Das wird Ihnen sicher alles gebracht«, beantwortete die Schwester die Fragen, ehe sie richtig gestellt waren. Das klang kühl und abweisend und tat der Patientin weh. Die Schwester nahm Clara am Arm, führte sie bis zur Schleuse der Intensivstation und übergab sie dort einer anderen, jüngeren Schwester. Die brachte die barfüßige Patientin in ein normales Krankenzimmer, wo sie ein Bett in der Mitte bekam. Schade, nicht das in der hinteren Ecke. In das freie Bett dort hätte sie sich lieber gelegt. Clara wäre ohnehin vor Scham am liebsten im Boden versunken. Hoffentlich hatte niemand den Begriff »Alki« gehört, mit dem sie im Dorf immer wieder bezeichnet wurde. Hoffentlich fragte sie keine von den anderen fünf Frauen, weshalb sie hier war. Die Antwort wäre ihr mehr als peinlich geworden.

Clara legte sich hin, zog sich die Decke bis dicht unters Kinn und schloss die Augen. Die anderen Frauen sollten denken, dass sie schlief. Dabei war sie hellwach, und alle möglichen Gedanken gingen ihr durch den Kopf.

Dass sie auch wieder so schwach gewesen war! Sie begriff es selbst nicht, wie das hatte passieren können. Das musste am Todestag von Dorothea gelegen haben. Die anderen zu Hause hatten dieses Datum gar nicht registriert. Aber sie hatte schon den ganzen Tag den grausamen Unfall vor Augen gehabt und das Bild, als ihr Franz das tote Mädchen ins Haus getragen hatte. Als dann Elisabeth ihren Auszug angekündigt hatte, war ihr gewesen, als trüge irgendjemand Lieschen aus dem Haus, weil auch sie gestorben war. Was für ein dummer Gedanke! Elisabeth wollte doch nur ausziehen und auch nur nach Korbach. Das stand ihr doch zu, darauf hatte sie ein Recht. Und Korbach war doch fast vor der Tür. Warum also diese Reaktion? Wie hatte Dr. Wiesemann einmal gesagt: »Clara, du bist eine Konfliktsäuferin.« Nein, so hieß das Wort nicht. Da war was mit »Betäubung« in diesem Wort. Richtig, jetzt fiel es Clara wieder ein. Sie war eine »Konfliktbetäubungs-Trinkerin«.

Was sie also besser lernen musste, war, Konflikte zu verarbeiten. Das hatte sie aber doch schon trainiert, auch in vergangenen Therapien. Dann hatte es ja auch immer lange Trockenphasen gegeben. Leider immer wieder auch kleinere Rückfälle. Sie musste einfach intensiver üben, Konflikte zu verarbeiten. Aber wie sollte sie das machen, wenn in der kapphahnschen Familie das ganze Leben ein riesiger Konflikt war? Das Haus mit den alten Schwiegereltern und mit Henner war doch ein einziges Konfliktfeld für sie und für alle anderen, auch für Franz. Nur kam der seit seiner Bekehrung viel besser damit zurecht. Und er zeigte den Kindern, wie man damit zurechtkommen konnte. Warum gelang es ihr nur nicht? Ob das daran lag, dass sie sich bisher nicht bekehrt hatte, dass ihr noch das richtige Schild am vierten Nagel fehlte, wie Franz das immer wieder einmal bezeichnete?

Mit ihrem Glauben war es schlecht bestellt, musste Clara zugeben. Sie betete nur in Notfällen, wenn sie es dann noch konnte. In Gottesdienst und Bibelstunde war sie zwar immer einmal mitgegangen, und sie mochte den neuen Pfarrer eigentlich auch wie vorher den alten. Aber mit dem Herzen war sie wohl nie so recht dabei gewesen. In jüngeren Jahren war das einmal anders gewesen. Da hatte sie ihren Trauspruch gekannt und ernst genommen. Da hatte sie sich bemüht, sich mit den anderen zu vertragen. Sie hatte immer wieder den Mund gehalten und geschluckt. Irgendwann war das aber dann nicht mehr gegangen. Da war der Hals voll und es ging nichts mehr hinein. Außer dem Alkohol, der das Schwere dann so schön leicht gemacht hatte …

Clara zuckte plötzlich zusammen. Da war doch was. Sie war über ihren Gedanken tatsächlich wieder eingeschlafen. Franz saß an ihrem Bett und hatte sie bei der Hand genommen. Elisabeth war auch da. Sie hatte ihren Vater wohl auf die Station geführt. Das war es also gewesen, was Clara geweckt hatte.

»Wie geht es dir, Clara?«, fragte Franz. Die Frau im Bett registrierte sofort, dass er »Clara« gesagt hatte und nicht wie in letzter Zeit wieder häufiger »Clärchen«. Deshalb antwortete sie auch nicht, sondern fragte ihrerseits: »Bist du sehr böse auf mich, Franz?«

»Du hast uns einen ganz schönen Schrecken eingejagt, Frau. Aber ich bin dir nicht böse«, beruhigte sie der Mann. »Aber jetzt sag mir, wie du dich fühlst.«

»Elend, Franz, hundeelend. Mir tut das alles so Leid, dass das passiert ist.«

»Gestern war Doros Todestag«, versuchte Franz eine Erklärung, »und am selben Tag Lieschens Umzugspläne, das wird dich umgehauen haben.«

Clara bestätigte, dass sie auch schon so gedacht hatte und dass es ihr Leid täte, wenn Elisabeth wegen dieser Geschichte vielleicht auf ihr Zimmer verzichten würde.

»Nein, nein, Mutter«, sagte Elisabeth dazu, »es bleibt dabei, dass ich das Zimmer nehme. Aber jetzt muss ich an meine Arbeit.« Sie strich ihrer Mutter über das immer noch wirre Haar. »Du musst dich gleich mal kämmen, Mutter. Und dann nicht wieder schwarz sehen. Aufsehen, Mutter! Jesus ist größer als die Probleme!«

»Wenn ich's nur glauben könnte«, beklagte Clara leise.

»Du musst es lernen und ausprobieren, Clara«, machte Franz seiner Frau Mut, den Rat der Tochter anzunehmen und zu befolgen. »Morgen gehst du erst einmal für sechs Wochen nach Zwesten. Da kennst du dich schon aus, und die Leute da kennen dich schon. Die kümmern sich. Die Therapie wird dir gut tun.«

Clara seufzte auf: »Ich weiß, es ist das Beste. Jetzt gleich wieder nach Hause wäre wohl nicht gut. Aber wie komme ich dahin?«

»Ich hab schon mit David gesprochen. Der fährt uns. Ich hab morgen Urlaub und bring dich mit hin. Ich bringe dann die nötigsten Sachen mit.«

»Und wie geht das zu Hause mit Kochen und so?«, sorgte sich die Frau.

»Da mach dir mal keine Gedanken drum. Das musste ja schon ein paarmal gehen. Wir kommen schon zurecht.«

»Was sagen deine Eltern und Henner?«

»Das wiederhole ich lieber nicht. Auch deshalb ist es besser, du gehst gleich von hier nach Zwesten und kommst nicht mehr erst nach Windenhausen. Und jetzt muss ich wieder gehen, David wird draußen schon warten.« Franz beugte sich über seine Frau und gab ihr einen Kuss auf die Stirn. »Es wird alles gut werden, Clärchen. Der ganze Bibelkreis betet dafür. Und du musst auch beten. Und jetzt nicht weinen.«

»Danke, Franz«, konnte Clara mit erstickter Stimme nur hauchen. »Clärchen« hatte er doch wieder gesagt, nicht »Clara« wie vorhin. Das war schön. Wenn sie doch nur wieder gutmachen könnte, was sie durch ihre Alkoholkrankheit in den letzten Jahren alles vermasselt hatte. »Jesus ist größer«, hatte Lieschen gesagt. »Du musst auch beten«, hatte Franz sie aufgefordert. Clara schloss wieder die Augen. »Ich will es versuchen«, sagte sie sich, »ich will es versuchen. Gott, hilf mir dabei!«

Am nächsten Tag brachten Pfarrer Hungar und Franz Kapphahn die Patientin zur Kur nach Zwesten. Da hatte Clara zwar nicht so gerne wieder hingewollt, aber in anderen Kliniken war so schnell kein Platz zu bekommen. Hier kannte man Clara schon von früheren Therapien, und wenn sie selbst bereit war, mitzuarbeiten, würden die sechs Wochen Erfolg haben können. Der neue Klinikpfarrer, der selbst auch eine Therapeuten-Ausbildung hatte, wollte sich der Patientin zusätzlich seelsorgerlich annehmen, wenn sie das denn wollte.

Nach sechs Wochen wurde Clara Kapphahn in recht stabilem Zustand und gutem Befinden aus der Therapie entlassen. Die Wochen in der Klinik hatten ihr gut getan. Die Ärzte und Therapeuten waren sehr zufrieden mit ihr, und der Pfarrer hatte manches gute Gespräch mit ihr führen können. Clara hatte auch geistlich wieder an Orientierung gewonnen.

Hoffentlich kam nur zu Hause nicht wieder irgendetwas, was erneut über ihre Kräfte ging und einen weiteren Rückfall auslöste!

Es ging tatsächlich auf Dauer gut. Clara kam damit zurecht, dass ihr Lieschen nicht mehr mit im Haus war und dass auch Anton bald nur noch selten nach Windenhausen kam. Er fühlte sich wohl an seinem Standort im Rheinland. Er versuchte auch gar nicht, nach der Grundausbildung irgendwo in die Nähe versetzt zu werden. Als Zeitsoldat blieb er sowieso nie für längere Zeit am selben Ort.

Clara kam auch damit zurecht, dass Sigrid im Jahr darauf die Familie verließ, um sich zunächst bei ihrer Schwester einzumieten und sich dann in Arolsen ein Zimmer zu nehmen. Im kapphahnschen Haus waren von den Kindern jetzt nur noch Henner und Michel. Henner freilich wie immer unten bei den inzwischen alten und gebrechlich werdenden Großeltern, Michel mit seinen Eltern oben. Seltener Treffpunkt war immer noch die gemeinsame Küche. Henner vermied die Kontakte zu den Eltern und zu Michel. Die waren ihm alle zu fromm und zu spießig.

Michel war völlig anders als Henner. Dieser Junge entwickelte sich gut und war für seine Eltern ein Lichtblick. Er war in der Landwirtschaft bald in allen Dingen firm, und er arbeitete gern mit seinem Vater Hand in Hand, wenn sie denn gleichzeitig zu Hause waren. Manches ließ sich auch arbeitsteilig erledigen, wobei sich Franz auf den Jungen verlassen konnte. Michels begonnene Ausbildung zum Landmaschinen-

Mechaniker würde bald der Pflege der Technik auf dem Hof sehr zugute kommen.

Mit diesem Gespann Vater und Sohn konnte die Landwirtschaft auf dem kapphahnschen Hof gerne noch eine Weile weitergeführt werden, während im Dorf immer mehr kleinere Betriebe die Arbeit mit dem Vieh und auf den Feldern und Wiesen reduzierten oder sogar ganz aufgaben.

Gut war, dass Michel sich von Henner fern hielt. Er blieb auch meistens ruhig, wenn sein ältester Bruder ihn wieder einmal provozieren wollte. Zum Beispiel, als er dem neu gegründeten Posaunenchor des Kirchdorfes beigetreten war. »Himmelsposaunist, dass ich nicht lache«, höhnte Henner immer wieder. »Lass nur nicht hier deine Tröte tönen, sonst stürzen noch die Mauern ein, oder das Jüngste Gericht bricht an.« Michel blieb in solchen Situationen gelassen. Er konnte seinem Bruder dann aber auch schon einmal sagen: »Pass auf, dass die Mauern dich dann nicht erschlagen«, oder: »Das Jüngste Gericht ist scharf auf Spötter. Gib nur Acht, dass es dich nicht frisst.« Ganz schön mutig zuweilen, der Kleine.

Wenn es im Zusammenleben doch immer einmal wieder kritisch wurde, zog Clara sich meist sehr schnell aus dem Geschehen heraus, indem sie unten alles stehen und liegen ließ und nach oben ging, bis Franz im Haus war. Dann fühlte sie sich ein Stück weit sicher. Sie ging jetzt auch regelmäßig mit ihrem Mann in die Gottesdienste und Bibelstunden und gewann richtig Freude daran. Sie war auch dabei, wenn einmal in der Woche Josef Richter mit seiner Frau zum gemeinsamen Bibellesen und Beten im Haus war. Das gab ihr Kraft, Widrigkeiten und Konflikte zu verarbeiten.

Das Testament

Nein, Clara wollte nie wieder Konfliktbetäubungs-Trinkerin werden. Dabei war sie das ja eigentlich noch, wenn sie auch trocken war. Der kleinste Anlass könnte sie umwerfen. Und natürlich jede Form von Alkohol, und wenn der nur aus einem alkoholgefüllten Bonbon bestand, das sie gelutscht hätte. Fast ängstlich achtete sie darauf, dass überhaupt nichts in der Wohnung war, das einen noch so geringen Alkoholanteil hatte. Ihr Mann lebte seit seiner Bekehrung ohnehin völlig abstinent. Michel hatte sich dem angepasst. Wenn Henner sich darüber lustig machte, wich Clara ihm sofort aus. Sie wollte sich nicht provozieren lassen. Dabei wuchs der Wunsch in ihr, mit Franz und Michel aus diesem Haus auszuziehen und irgendwo anders zu wohnen. Das würde ihr das Leben so erleichtern.

Eines Abends nahm sie ihren Mut zusammen und sprach Franz darauf an. »Ich weiß, Clärchen, dass das der beste Weg für uns drei wäre«, bestätigte Franz den Wunsch seiner Frau. »Ich möchte schon lange die Sache hier in den Sack hauen.«

»Und warum tust du's dann nicht?«, zweifelte Clara an der Aussage ihres Mannes.

»Weil das nicht so einfach geht, Frau«, erklärte der. »Was wird mit dem Vieh und der Arbeit draußen? Was wird mit den Eltern?«

Hier unterbrach Clara sofort: »Um die soll sich Henner kümmern. Die haben ihn hochgehalten, dann soll er es umgekehrt machen, wenn sie mal selber nicht mehr können.«

»Recht hast du«, pflichtete Franz seiner Frau bei, »aber ich bin trotzdem noch der einzige Sohn, der ihnen geblieben ist. Eigentlich müsste ich das hier ja auch mal alles kriegen.«

»Wenn du dich da mal nicht täuschst. Die werden das längst dem Henner überschrieben haben«, widersprach Clara.

»Das glaube ich nicht«, wehrte Franz die Vermutung ab. »Das können die doch gar nicht so einfach machen.«

»Und ob die das machen können. In einem Testament kann doch jeder festmachen, was er will.«

»Aber die Eltern haben doch gar kein Testament gemacht«, war Franz sich sicher, »davon müsste ich doch was wissen.«

»Ich glaub doch, sie haben, mein Lieber, und das musst du auch gar nicht wissen«, widersprach Clara. Sie wusste tatsächlich mehr dazu. »Vorige Woche war ein Notar aus Adorf hier. Ich sollte das zwar nicht mitkriegen. Aber ich hab's doch gemerkt.«

Franz wurde unsicher. »Und du meinst wirklich ...?«

»Ich bin mir fast sicher. Henner hat am selben Mittag irgendeine blöde Bemerkung gemacht: ›Das war's dann bald fürs fromme Volk‹, oder so ähnlich hat er gesagt und dabei komisch gelacht.«

»Soll ich die Eltern fragen, wie sie das Erbe geregelt haben?«

»Ich weiß nicht«, wehrte Clara ab. »Lass es lieber. Das gibt nur Streit. Stell dich doch einfach darauf ein, dass hier nichts mehr dir gehört.«

Franz schüttelte den Kopf: »Das kann ich mir einfach nicht vorstellen, dass meine Eltern das machen.«

»Ich schon«, war sich Clara sicher. »Du musst nur denken: Was du erbst, gehört vielleicht eines Tages mir, wenn du vor mir sterben solltest und es nicht anders geregelt hast. Und ehe ›die versoffene Kuh‹ auch nur einen Quadratmeter bekommt ...«

»Jetzt hör aber auf, Clara! So darfst du nicht reden.« Franz wurde ein wenig ungehalten.

»Aber Mama hat Recht«, mischte sich plötzlich Michel ein. Die Eltern hatten gar nicht bemerkt, dass er den letzten Teil des Gesprächs mitbekommen hatte. »Der Henner hat neulich bei mir auch so eine dämliche Bemerkung gemacht. Ich sollte mir bei Gelegenheit ein Zelt kaufen, hat er gesagt, aber eins für drei Personen. Und dann hat er noch gemeint, das könnten wir ja dann auf den Kirchplatz stellen.«

Jetzt erschrak Franz doch. Da schien tatsächlich was dran zu sein, dass seine Eltern ihr Erbe an Henner weitergegeben hatten. Dann bliebe ihm nur ein Pflichtteil. Das konnte ja was werden! »Auch das steht in Gottes Hand«, schloss Franz mit einem leichten Seufzer. »Wir werden sehen, was wird. Und dann müssen wir damit umgehen.«

Sie mussten schneller damit umgehen, als sie das bei jenem Abendgespräch erwartet hatten. Nur wenige Wochen später wurde August Kapphahn auf dem Dorffriedhof von David Hungar beerdigt. Der alte Mann hatte morgens tot im Bett gelegen. Das kam zwar sehr plötzlich, und das Erschrecken war groß. Aber die Trauer hielt sich im Haus in Grenzen. Und niemand mochte große Betroffenheit heucheln. Dafür waren die Beziehungen zwischen Alten und Jungen seit langem zu gestört.

Nur Henner traf die Sache sehr, aber er mimte den Starken. Dabei war ihm jetzt gar nicht wohl in seiner Haut. Der Großvater fehlte hinfort, der ihm in allen Dingen immer die Stange gehalten und ihm immer wieder finanziell unter die Arme gegriffen hatte. Die Großmutter ohne ihren Mann würde das nicht in gleicher Weise durchhalten. So stark war sie dann auch wieder nicht, und was der an Rente blieb, war nur ein besseres Taschengeld. Das reichte nicht für sie und für ihren anspruchsvollen Enkel. Außerdem hatte sie seit einiger Zeit merklich zu kränkeln begonnen. Dass die ihren Mann überlebte, war schon verwunderlich. Wie lange würde sie es wohl noch machen?

Sie überlebte ihren Mann nicht lange. Ihre körperliche Schwäche nahm rapide zu, und ehe ein Jahr vergangen war, lag Großmutter Emma in der anderen Hälfte des kapphahnschen Doppelgrabes.

Auch jetzt hielt sich die Betroffenheit im Haus in Grenzen. Trauer bestand bei Franz und Clara allerdings darin, dass die beiden alten Menschen in den vergangenen Jahren zwar dem gelesenen Evangelium zugehört hatten, weil sie ihm mehr oder weniger zuhören mussten, sich ihm aber nicht geöffnet hatten. Es war an ihnen heruntergelaufen wie das Wasser am Felsen. »Tue Recht und scheue niemand« – an diesem Lebensmotto hatte sich bei ihnen nichts geändert. Wobei es ja wohl dahingestellt blieb, ob das mit dem Recht-Tun immer so recht gewesen war. Die Wahrscheinlichkeit war groß, dass hier zwei Menschen ohne Gott gestorben waren. Und das Ende solcher Leute war in der Bibel deutlich vorgezeichnet. Pfarrer Hungar hatte sich bei beiden Beerdigungen auch nicht gescheut, die Trauergemeinde deutlich darauf anzusprechen und zu einem Leben in der Nachfolge Christi einzuladen. Nur so gewönne man das Leben für die Ewigkeit. »Heute, so ihr seine Stimme höret, so verstocket eure Herzen nicht!«, hatte er der Gemeinde die Mahnung aus dem Hebräerbrief zugerufen.

Nach dem Tod der Großmutter war Henner, inzwischen Mitte dreißig, nun allein. Wovon leben und nicht stehlen? Natürlich von den Eltern. Das war sein Anspruch. Die sollten jetzt gefälligst für ihn sorgen. Es kümmerte ihn gar nicht, dass sich bei ihr gesundheitliche Probleme einstellten, vor allem Leber- und Rückenprobleme, die ihre Ursachen wohl im übermäßigen Alkoholgenuss vergangener Zeiten hatten. Das hatte sich die »Säuferkuh« doch selber zuzuschreiben. Dann musste sie auch sehen, wie sie damit klarkam.

Einige Monate nach dem Tod von August Kapphahn war ein Brief vom Notar in Adorf gekommen mit der Nachricht, dass der vollständige Besitz der Eheleute Kapphahn zunächst auf den überlebenden Partner überginge. Spätere Regelungen seien bereits festgelegt und würden zu gegebener Zeit den Erben mitgeteilt. Emma Kapphahn war also jetzt die Alleinbesitzerin von Haus, Hof und allen Flurstücken gewesen. Eine schwierige Situation für den Sohn und seine Familie. Aber noch hatten sie mit dieser Lösung umgehen können.

Einige Monate nach dem Tod von Emma Kapphahn kam dann die Einladung in die Kanzlei zur Eröffnung des endgültigen Testaments. Henner kommentierte die Einladung an ihn mit der bösartigen Bemerkung: »Dann packt schon mal eure Koffer. In den nächsten Tagen könnt ihr ausziehen.« Sein Vater hatte darauf nicht reagiert, aber er fuhr doch mit einem gewissen Bangen nach Adorf. Er hatte sofort das Abendgespräch wieder im Kopf, in dem Clara und Michel ihm ihre Beobachtungen und die damaligen Kommentare von Henner erzählt hatten. Was würde er also gleich erfahren?

Dann saßen die beiden Männer dem Notar gegenüber in Erwartung dessen, was da in wenigen Augenblicken vorgelesen würde. Henner würdigte seinen Vater keines Blickes. Er war sich seiner Sache sehr sicher. Er würde so richtig abkassieren, und der Vater würde leer ausgehen. Dem blieb vielleicht irgendeines der Flurstücke draußen, mit denen doch kein Mensch etwas anfangen konnte. Mehr hatte der mit seinem versoffenen Weib auch gar nicht verdient.

Ganz so erquicklich wurde es dann aber doch nicht für Henner, und das überhebliche Grinsen des Sohnes gefror rasch zu einer starren Maske, die Ärger und Wut signalisierte. Franz dagegen wurde blass, als er hörte, was die Eltern für die Zeit nach dem Tod des überlebenden Ehepartners festgelegt hatten:

Das Hofgrundstück mit den darauf stehenden Gebäuden bekam der Enkel mit der Maßgabe, den Eltern das Wohnen und Wirtschaften im Haus zu ermöglichen.

Einrichtungsgegenstände, die nicht von Franz und Clara erworben waren, bekam der Enkel. Dasselbe galt für landwirtschaftliches Gerät und für die Tiere im Stall.

Die bewirtschafteten Flächen in den Flurstücken »Auf der Himecke«, »Am Hagen«, »Hinterm Hagen«, »Im Frieden« und »Am Kirchwege« waren im Einvernehmen aufzuteilen unter dem Gesichtspunkt der künftigen Bearbeitung.

Eventuell vorhandenes Barvermögen abzüglich der Beerdigungskosten, der notariellen Kosten und der Kosten für gerichtliche Regelungen und katasteramtliche Änderungen bekam der Enkel.

Der Notar beschloss die Testamentseröffnung: »So weit also das handschriftlich vorliegende und von mir beglaubigte Testament der Erblasser August und Emma Kapphahn. Die Kenntnisnahme wollen Sie bitte durch Ihre Unterschriften bestätigen.«

Beide Männer waren wohl doch ein wenig überrascht von dem, was die Altvordern da festgelegt hatten. Der Jüngere unterschrieb deutlich ärgerlich und verließ sofort den Raum. Der Ältere unterschrieb eher nachdenklich. Das Testament schien zwar recht moderat. Aber die Geschichte in eine sinnvolle Ordnung zu bekommen, würde nicht einfach sein. Und das Zusammenleben unter demselben Dach würde wohl jetzt noch schwieriger. Nur noch das Wohn- und Wirtschaftsrecht im Haus des eigenen Sohnes zu haben, der selbst keinen Finger zu krümmen bereit war? Das konnte nicht gehen. Nein, das würde auf Dauer nicht gutgehen. Da musste schnellstens eine andere Lösung her. Darüber hatten sie, Clara, Michel und Franz, ja bereits nachgedacht. Jetzt aber mussten die Überlegungen rasch konkret werden.

Der Notar schien Franz Kapphahns Gedanken gelesen zu haben. Er sagte: »Ich schicke Ihnen die Abschrift des Testaments in den nächsten Tagen zu. Wenn Sie Hilfe brauchen bei der Ausführung der Bestimmungen, dürfen Sie sich gerne an mich wenden. Ich kann dann als Rechtsanwalt tätig werden. Und als Notar brauchen Sie mich ja vielleicht auch wieder.«

»Vielen Dank für Ihr Angebot. Aber ich hoffe, wenigstens das eine kriegen wir alleine hin«, gab Franz Kapphahn zurück. Dabei klang seine Stimme nicht sehr überzeugt.

Vom Büro des Notars begab sich Franz gleich zur Gemeindeverwaltung, die schon einige Jahre lang nicht mehr in Windenhausen, sondern zentral in Adorf war. Als hätte er geahnt, dass er die Unterlagen über die verschiedenen Grundstücke in den Flurbereichen seines Dorfes brauchen würde, hatte er sie bei sich. So konnte er sich erkundigen, ob eines von ihnen vielleicht bebauungsfähig war. Da kam eigentlich nur der »Kirchweg« oder der »Frieden« infrage.

»Da könnten Sie Glück haben, Herr Kapphahn«, wurde ihm gesagt. »Der Flurbereich auf dem ›Bruch‹ unten an der Bicke ist, wie Sie wissen, vollständig erschlossen. Die ersten Häuser stehen schon. Ihr Grundstück im ›Frieden‹ grenzt unmittelbar an und ist durch eine kurze Zufahrt von der neuen Straße her zu erreichen. Das Problem wäre sicher leicht lösbar. Kanalanschluss wäre auch nicht schwierig. Ihr Grundstück liegt ja diesseits des Baches. Das müsste eigentlich gehen.« Der Beamte überlegte einen Moment. Dann fuhr er fort: »Wir könnten versuchen, eine Sondergenehmigung für die Bebauung zu bekommen.«

Franz griff diesen Gedanken sofort auf. »Wenn das möglich ist, bitte. Dann stellen wir doch den Antrag jetzt sofort. Ich bin einmal hier und muss nicht extra noch mal herkommen.«

»Können wir machen«, war der andere einverstanden und griff in den Schrank nach den Formularen.

Wenig später waren die ausgefüllt und konnten ihren Weg nehmen. »Hoffentlich kaut der Amtsschimmel nicht so langsam«, meinte Franz und freute sich, dass das hier schon einmal so problemlos abgelaufen war.

»Wir sind hier auf dem Land, Herr Kapphahn«, beruhigte der Mann und lachte, »hier weiß man noch, wie Pferde kauen. Ich mache ein bisschen Dampf.«

Mit freudigem Dank für die rasche Hilfe verabschiedete sich Franz und machte sich wenig später mit dem Bus auf den Heimweg. Die ersten Weichen für einen neuen Lebensabschnitt waren gestellt. Mal sehen, wie Henner darauf reagieren würde.

Das hätte der freilich schon im gemeinsamen Bus tun können. Aber der Vater unterließ es doch lieber, den Sohn schon jetzt zu informieren. Henner schien nicht in guter Laune zu sein, zumindest ließ sein finsteres Gesicht, das er hinten im Bus zur Schau trug, darauf schließen.

Clara und Michel reagierten am Abend doch ein wenig schockiert auf die testamentarischen Regelungen, die sie erfuhren. »Und was machen wir jetzt?«, fragte Clara ganz besorgt. »Wir können hier nicht wohnen bleiben. Als geduldete Gäste in Henners Haus bei seiner Meinung über mich – das stehe ich nicht durch.«

»Wir werden so schnell wie möglich sehen, dass wir unten im ›Frieden‹ bauen können. Den Antrag auf Sondergenehmigung habe ich bereits gestellt«, informierte Franz.

»Und wer macht uns die Zeichnung? Und wer baut nachher?«, wollte Michel wissen und schien ganz begeistert von dem Plan. Er hatte auch selbst sofort einen Vorschlag. »Wir können doch ein Holzhaus bauen. Du bereitest das Gebälk auf der Säge vor. Dann stellen eure Leute das Ding auf, und den Rest machen wir selber.«

»Keine schlechte Idee, Junge, aber …«

»Was aber?«, wollte Clara wissen.

»Denkt ihr, das geht so einfach und dazu vielleicht auch noch umsonst?«, wandte Franz ein.

»Natürlich nicht, Papa«, gab Michel zu, »aber an Geld ist doch zu kommen, oder glaubst du, der Henner will auch nur einen Quadratmeter bearbeiten?«

»Du denkst ans Verkaufen, stimmt's?«

»Was denn sonst. Du willst ja auf den ›Frieden‹ keinen Stall mitnehmen, also brauchst du kein Heu, also brauchst du keine Wiesen, also brauchst du keinen Mäher, keinen Wender, keinen Lader und so weiter.«

»Genau, Franz, Michel hat Recht«, pflichtete Clara ihrem

Jüngsten bei. »Wir machen nur noch Kartoffeln und ein bisschen Gemüse. Dafür behältst du den Traktor und das Gerät. Alles andere verkaufst du. Du kannst das. Du hast ja auch alles angeschafft.«

»Ihr macht es euch einfach, ihr zwei«, versuchte Franz die Begeisterung zu bremsen. »Erstens weiß ich nicht, ob der Verkauf von Land und Gerät so viel Geld bringt. Und zweitens denkt ihr wohl an mich überhaupt nicht? Ich bin schließlich auf den Feldern und Wiesen und mit dem Vieh und mit dem ganzen Zeug groß geworden.«

»Ich doch auch, Papa. Nur ohne Pferde. Die hast du früher selbst schon abgeschafft, also kannst du jetzt auch die Rindviecher abschaffen und die Schweine«, sagte Michel. »Dabei denk ich ja gerade an dich. Du bist nur den halben Tag zu Hause, und außerdem wirst du älter. Mama wird älter und ist sowieso angeschlagen. Ich hab meinen Beruf und bin noch weniger zu Hause. Und du kannst auch kein Feld mit in die Kiste nehmen.«

»Na, na, nicht so drastisch, Junge. Hast ja wohl Recht. Stall und Scheune will ich tatsächlich da unten nicht mehr bauen. Höchstens einen Schuppen.«

»Da muss allerdings der Traktor reinpassen.«

»Wenn Henner den rausrückt«, kam der Vater auf das eigentliche Problem zurück, »mit dem muss ich mich erst einmal zusammensetzen und die Dinge sortieren.«

»Wer hat den Traktor denn bezahlt, Papa? Doch wohl nicht der Henner und, so viel ich weiß, auch nicht der Großvater.«

»Das ist nur zum Teil richtig, Junge. Mein Vater hat einen Tausender draufgelegt.«

»Na und? Dann kriegt der Henner von mir den Tausender, und der Traktor gehört uns. Fertig! Außerdem«, Michel hatte noch einen Trumpf in der Tasche, »an den Baukosten werde ich mich beteiligen. Ich verdiene ja schließlich auch Geld.«

»Das freut mich, Junge, dass du so zu uns stehst«, lobte Franz seinen Jüngsten. »Wenn wir dein Geld brauchen, darfst du gerne mit einsteigen.«

Doch Michel hatte plötzlich eine ganz andere Idee: »Ich glaube, wir machen das sowieso anders. Ich baue das Haus und ihr zieht mit ein.«

Ganz erstaunt schauten die Eltern erst sich und dann ihren Jüngsten an. »Und das würdest du machen?«, fragten beide fast gleichzeitig.

»Ehrensache, ihr habt genug mitgemacht und genug gelöhnt an Geld und Kraft und Gesundheit und allem. Irgendwann muss Schluss sein damit. Ich bin jung und ich kriege auch Kredit, wenn ich will. Genau so wird's gemacht und keine Widerrede!«

Der Mutter kamen die Tränen, und auch der Vater schien schlucken zu müssen. »Dafür segne dich Gott!«, sagte Franz, während Clara ihren Jungen vor Bewegung in die Arme nahm.

»Aber erst muss ich mit Henner reden«, kam Franz Kapphahn zum schwierigsten Thema zurück.

»Henner wird froh sein, wenn wir gehen«, war Clara überzeugt, »der wird dir schon in manchem entgegenkommen, damit wir auch wirklich bald aus dem Haus sind.«

»Dieses Anliegen in Gottes Ohr, ihr zwei. Der da oben muss helfen, damit das klappt«, war Franz überzeugt.

»Nimm dir den Pfarrer zu Hilfe und den Josef«, riet Clara ihrem Mann, »das sind gestandene Beter.«

»Und was ist mit dir, Frau?«, kam die Frage zurück.

»Mein Gebet ist so kümmerlich. Ich weiß nicht, ob Gott das überhaupt hört.« Dabei legte sie die Hände ineinander, als wollte sie gerade zu beten beginnen.

Davon war Franz nun doch sehr überzeugt: »›Des Gerechten Gebet vermag viel, wenn es ernstlich ist‹, schreibt Jakobus, und du gehörst doch jetzt auch zu den Gerechten, oder immer noch nicht, Clärchen?«

Clara meinte: »Gerecht nicht, aber gerecht gemacht. Das Bekenntnis hängt am Nagel. Aber das richtige Beten muss ich noch lernen.«

»Sag Gott doch einfach, wie du es denkst. Der versteht auch Windenhausener Dorfchinesisch. Du brauchst keine pastoralen und schwülstigen Formulierungen wie die vom Josef, Mama. Die kann ich sowieso nicht leiden. Die braucht bei uns Bläsern auch keiner. Die reden da ganz locker.«

»Lass mir den Josef in Ruhe, Junge. Der meint es ernst«, gab Franz zurück und wandte sich dann wieder an seine Frau. »Michel hat Recht, Clärchen, sag Gott mit deinen Worten, was du ihm sagen willst. Dann hört er das schon. Und dann macht er es auch so, wie es richtig ist.« So legten sie denn zu dritt die ganze Angelegenheit um Teilung des elterlichen Erbes und um den Bau im »Frieden« in Gottes gute Hände. Er würde es schon wohlmachen.

Henner ließ sich ein paar Tage lang im Haus nicht sehen. Wo er sich aufhielt, wusste niemand. Das erhöhte die Spannung, die seit der Testaments-Eröffnung von den drei Kapphahns wieder verstärkt Besitz ergriffen hatte. Wenn doch diese Dinge nur bald geregelt werden könnten! Seitdem die Alten nicht mehr lebten, war Henner noch weniger zu genießen als vorher.

Am folgenden Sonntag wurden sie dann geregelt. Ob Henner sich den Tag und die Zeit bewusst ausgesucht hatte? Jedenfalls stand er morgens unten an der Treppe und rief nach oben: »Hallo! Hallo, ihr da oben!«

Michel schaute nach, wer da rief. Es hatte bisher niemand registriert, dass Henner überhaupt im Haus war. »Was willst du?«, fragte er nach unten.

»Ich muss mit deinem Alten reden«, herrschte Henner ihn von unten an, ohne nach oben zu blicken.

»Der ist mein Vater, merk dir das, und der geht jetzt in die Kirche«, gab Michel zurück.

»Das soll er sich heute abschminken. Ich muss mit ihm über die Teilerei reden.«

»Das geht doch wohl auch heute Nachmittag.«

»Das geht jetzt oder ...«, beharrte Henner, wobei das Oder wie eine Drohung klang.

»Lass gut sein, Michel«, ließ Franz Kapphahn sich von hinten hören, »er soll in der Küche warten. Ich komme gleich.« An Clara und den Jungen gewandt meinte er: »Ihr solltet gehen. Vielleicht ist es besser, ihr seid nicht im Haus, wenn ich mit Henner rede.«

»Aber lass es bitte gut gehen, Franz, und reg dich nicht auf«, bat Clara.

»Reg du dich doch nicht schon wieder auf, Mama«, versuchte Michel zu beruhigen. »Das kriegt Papa schon hin, mach dich fertig. Ich gehe schon vor. Wir blasen heute. Du kommst nach.«

»Nimm mich lieber schon mit, Michel«, bat die Mutter und nahm ihre Handtasche vom Tisch.

Als die beiden sich die Jacken überzogen, weil es draußen kühl war, hörten sie Franz telefonieren. Er sprach anscheinend mit Josef, oder vielleicht mit Pfarrer Hungar oder Elisabeth? Jedenfalls sprach er von dringend notwendiger Gebetsunterstützung, die er heute Morgen brauche. Er werde sich später wieder melden.

Wenige Minuten später saß Franz Kapphahn seinem ältesten Sohn und jetzigen Haus- und Hofbesitzer gegenüber. Vor sich hatte Henner die Abschrift des Testaments der Großeltern liegen. »Wie habt ihr drei euch das jetzt vorgestellt?«, kam der Jüngere der beiden ohne Vorrede zur Sache.

»Wir werden im ›Frieden‹ bauen, und dann sind wir dir nicht mehr im Weg. Ein paar Monate musst du uns schon noch aushalten.«

»Ihr und im Frieden bauen?«, lachte Henner spöttisch auf, »Das wird euch noch Ärger und Unfrieden genug bringen.«

»Mag sein, trotzdem bauen wir unten an der Bicke neben dem Bruch. Die Grundstücke wirst du uns wohl lassen, damit du uns loswirst.«

»Ach so, das ist der ›Frieden‹. Die Felder kannst du haben. Die sind eh nichts wert in dem nassen Loch. Wann fangt ihr an?«

»Sobald wir die Genehmigungen haben. Aber das wird wohl Frühjahr.«

»Elend! Ihr noch so lange hier! Und was ist mit dem Vieh?«

»Das ist von mir angeschafft, ich hab's versorgt, also werde ich es zur gegebenen Zeit verkaufen.«

»Und was bleibt davon mir?«

»Lies das Testament, da steht's drin.«

»Und das Gerät? Wender? Miststreuer? Ladewagen?«

»Das können wir genau sortieren. Was ich angeschafft habe und was ich später noch brauche, bleibt mir. Ich hab das auf einer Liste. Das andere kannst du haben, und du machst damit, was du willst.«

»Was machst du mit deinem Krempel?«

»Das zeigt sich. Ein bisschen Landwirtschaft werd ich schon noch machen. Der Traktor und einiges Gerät geht mit. Das andere wird verkauft.«

»Und was ist mit dem Tausender, den Großvater in den Trecker investiert hat?«

Henner wusste also Bescheid um die Kostenbeteiligung des Vaters an dem Fahrzeugkauf, registrierte Franz, und er war froh, dass er die Antwort parat hatte: »Keine Bange, den kriegst du von uns bar, auch wenn der sich in den paar Jahren schon sicher um die Hälfte abgenutzt hat.«

»Dann kommst du ja trotzdem noch ganz gut raus aus der Sache«, stellte mürrisch Henner fest und rechnete wohl in Gedanken nach, was für den Vater da wohl noch zu verdienen sei.

»Das ist meine Sache, wie ich da rauskomme, Henner. Deine Großeltern wollten das so.«

»Und Grund und Boden? Was du nicht bearbeitest, gehört mir.«

»Darüber müssen wir uns nicht streiten. Du kannst alle Wiesengrundstücke haben. Kein Vieh braucht kein Heu. ›Himecke‹ gehört dir, ›Hagen‹ gehört dir und die Wiesen am ›Kirchweg‹. Das andere bleibt unter dem Pflug, also mir.«

»›Hagen‹ will ich nicht, da klebt Blut und Schnaps dran«, wies Henner das Angebot mit spöttischem Grinsen ab.

»Danke für die Erinnerung«, gab der Vater auf diese Bemerkung bitter zurück. »Bleibt der ›Hagen‹ also auch mir. Noch was?«

»Ich will das alles schriftlich.«

»Kein Problem. Aber noch eins vorher«, bremste Franz, »was ist mit dem Konto?«

»Das gehört ja wohl mir«, stellte Henner mit deutlicher Genugtuung fest.

»Und wer übernimmt die Kosten für den Notar und die Umschreibungen? Steht im Testament. Lies nach.«

Hier wollte Henner allerdings die Regelung nur ungern akzeptieren. Er antwortete mit seinem eben verkündeten Verzicht: »Dafür behältst du den ›Hagen‹. Und damit Schluss mit der Diskussion!«

»Gut«, gestand der Vater zu, nachdem er einen Moment nachgedacht hatte, »ich will um die Kosten nicht streiten. Das lohnt nicht. Machen wir es schriftlich und dann sind wir quitt.«

»Moment«, setzte Henner jetzt die Bremse an. »Ich kriege Miete, solange ihr noch hier wohnt.«

»Das hättest du wohl gerne«, widersprach der Vater energisch, »lies das Testament, und dann weißt du, wie viel Miete du kriegst. Und jetzt sage ich: Schluss mit der Diskussion!«

Henner knurrte böse in seinen nicht vorhandenen Bart. Das passte ihm überhaupt nicht. »Wovon soll ich leben ohne Bargeld?«, wurde er hörbar ärgerlich.

»Das ist dein Problem, nicht meins. Ich denke, du hast Zugriff auf das Konto. Da wird ja wohl noch was drauf sein.«

Henner unterdrückte einen Fluch und knurrte nur: »Da komme ich erst dran, wenn alle Kosten beglichen sind.«

»Dann musst du dich wohl noch gedulden. Arbeite, dann hast du Geld. Außerdem kriegst du ja den Tausender, wenn ich ihn habe. Aus dem Stein schlagen kann ich den natürlich auch nicht. Und jetzt gehe ich und schreib alles auf. Dann kannst du unterschreiben. Danach sind wir, wie gesagt, quitt.«

Franz Kapphahn stand von seinem Stuhl auf und begab sich nach oben. Die Dinge sofort aufs Papier zu bringen war das Beste. Und dann möglichst schnell die Unterschriften drunter, damit Henner nicht doch noch auf andere Ideen kam.

»Vergiss den Durchschlag nicht! Und keine Tricks!«, rief der Sohn dem Vater noch nach. Die letzte Bemerkung war schon wieder ein wenig boshaft. Aber was sollte es, die Sache war gelaufen. Nein, Franz ging noch eins blitzartig durch den Sinn. »Die Unterschriften hätte ich in den nächsten Tagen gerne notariell beglaubigt«, rief er von oben noch hinunter.

»Also doch Tricks. Scheißkerl!«, kam es wütend aus der Küche.

»Danke für den Titel. Das dient nur zu deiner und meiner Sicherheit«, erwiderte Franz.

»Und wer zahlt?«

»Keine Sorge. Ich will das so, also zahle ich.« Damit war die Teilerei, wie Henner das genannt hatte, fürs Erste abgeschlossen.

Gott, du bist groß, ging es Franz Kapphahn beim Schreiben durch den Kopf. Dass die Angelegenheit so schiedlich-friedlich erledigt werden konnte, hatte er nicht erwartet. Hier hatten die Gebete wohl Gottes Arm bewegt und Henners Art gezügelt.

»Sollen wir Henner nicht zum Essen einladen?«, schlug Clara vor, nachdem sie erfahren hatte, welch guten Verlauf der Vormittag genommen hatte. Der Vorschlag an sich war ja gut, aber das wollte Franz ihr dann doch nicht zumuten. »Henner mag dich nicht, das weißt du. Ganz glücklich über das Testament ist der auch nicht. Ich glaube, der hat sich unheimlich zusammengerissen. Da müssen wir ihm keine Gelegenheit geben, seinen Unmut darüber und seine Abneigung gegen dich zu zeigen. Dem braucht doch nur die Suppe zu salzig zu schmecken, oder das Fleisch behagt ihm nicht. Nein, das ist gut gemeint von dir, Clärchen, aber das lassen wir lieber. Der kam sonst ohne uns zurecht. Da kommt er heute auch klar.« Franz hatte gesprochen, und seine Frau gab sich damit zufrieden. Ihr deutliches Ausatmen war sicher ein Ausdruck ihrer Erleichterung.

Michel hatte ohnehin ein wenig bedenklich dreingeschaut. Er kannte seinen Bruder zur Genüge. Auch ihm schien es besser, Henner nicht am Tisch zu haben.

Der vierte Nagel

Im Hause Kapphahn blieb es in der nächsten Zeit relativ ruhig. Henner hatte die notarielle Beglaubigung der Teilungsvereinbarung akzeptiert. Damit hatte er keine Möglichkeit des Widerspruchs mehr. Die Eigentumsverhältnisse waren geklärt. Die Klärung der Wohnverhältnisse nahm ihren Lauf. Solange die vier Personen unter demselben Dach lebten, war die Stimmung im Haus wechselnd. Tagelang konnte Henner friedlich sein. Dann ließ er sich kaum sehen und noch weniger hören. Er schien manchmal den ganzen Tag vor dem Fernseher zu sitzen oder im Bett zu liegen. Manchmal war er tagelang offenbar gar nicht da. Wo er sich dann aufhielt, wusste niemand. Im Dorf wurde schon von Arrest oder so etwas gemunkelt, als Folge irgendwelcher Schlägereien. Tatsächlich war immer wieder einmal Polizei auf dem Hof. Worum es dann ging, fragten Eltern und Bruder nicht. Michel erfuhr freilich hin und wieder etwas über die Eskapaden seines Bruders. Aber Henner war ein erwachsener Mann, der musste wissen, was er tat. Und das musste er auch selbst verantworten.

Dann gab es leider auch immer wieder Tage, in denen Eltern und Bruder dem Hauseigentümer aus dem Weg gingen. Seine schlechte Laune war dann im Haus zu hören. Da ging auch schon mal etwas zu Bruch, und jeder, der über den Flur kam, wurde mit unschönen Kommentaren belegt. Vor allem Clara zog es dann vor, ihrem Ältesten nicht zu begegnen. Der Titel »versoffene Kuh« gehörte noch zu den gemäßigten. Das musste sie sich nicht anhören. Wie gut, dass das Ende absehbar war.

In den Wintermonaten wurde in der oberen Etage in den freien Minuten fleißig und angestrengt geplant, gezeichnet, wieder verworfen und neu gezeichnet. Dazu wurde gerechnet und immer wieder gerechnet. Franz Kapphahn zitierte hierzu gerne den Herrn Jesus nach dem Lukasevangelium:

»Wer ist aber unter euch, der einen Turm bauen will, und sitzt nicht zuvor und überschlägt die Kosten, ob er's habe, hinauszuführen? Auf dass nicht, wenn er den Grund gelegt hat und kann's nicht hinausführen, alle, die es sehen, anfangen, sein zu spotten, und sagen: Dieser Mensch hob an zu bauen, und kann's nicht hinausführen.«

In den ersten Wochen des neuen Jahres waren die Pläne fertig, und auch die Finanzierung stand. Michel war nach vielen Diskussionen und Berechnungen der Baukosten mit seinen Eltern einig geworden, dass er den Neubau errichtete und Franz und Clara Kapphahn ein eingetragenes lebenslanges Wohnrecht erhielten.

»Das ist ein hohes Risiko für dich, Junge«, hatten die Eltern immer wieder gewarnt. »Wir können steinalt werden, und du willst einmal heiraten. Und eine zweite Frau im Haus muss uns dann auch mögen und vielleicht versorgen und pflegen. Wir möchten nicht, dass du dich dann einschränken musst und dass die Atmosphäre im Haus leidet. Diese Zeiten möchten wir für den Rest unseres Lebens gerne hinter uns lassen.«

Michel hatte den Eltern mit ihren Bedenken grundsätzlich Recht gegeben. Aber er wolle das so, und er werde sich entsprechend einrichten und verhalten. Seine erklärte Absicht war, an seinen Eltern ein wenig von dem gutzumachen, was andere in der Vergangenheit verdorben hatten. So war es jetzt, und mit Gottes Hilfe würde das auch gelingen. Und damit Punkt!

Die Wintermonate nutzten Franz und Clara auch, um auf dem Hof mit ihrem Teil der Landwirtschaft klar Schiff zu machen. Nach dem letzten Schlachten im Dezember wurden keine neuen Jungtiere mehr angeschafft. Der Schweinekoben blieb leer. Die Kühe wurden eine nach der anderen verkauft. Der alte Hille war hierbei behilflich. Der Viehhändler war zwar schon steinalt, aber er hatte immer noch seine Kontakte. So war der Stall im ausgehenden Winter leer. Heu und Stroh übernahmen andere Bauern im Dorf ebenso wie die eine oder andere Maschine. Was nicht im Dorf verkauft werden konnte, fand über Michels Arbeitgeber einen neuen Besitzer. Die Abwicklung dieser Dinge hätte kaum besser verlaufen können.

Henner sollte keinen Grund zu irgendeiner Beschwerde haben. Er versuchte zwar ab und an einen zu finden, aber sein Vater ließ sich auf keinen Einwand gegen irgendeine Maßnahme ein. Er verwies dann einfach auf ihre gemeinsame Teilungsvereinbarung, die Henner ja auch irgendwo liegen haben musste.

In all diesen Dingen schien Gott deutlich seine Hand im Spiel zu haben. Das förderte vor allem das stetig wachsende Vertrauen in die Liebe und Güte Gottes, aus dem Clara seit einiger Zeit auch zu leben versuchte. Sie war seit der schweren Attacke auf der Wiese am Hagen und der nachfolgenden Therapie und Rehabilitation nicht wieder rückfällig geworden. Das war wahrlich nicht immer einfach gewesen. Clara hatte da sehr viel ihrem Mann zu danken und Michel, die im Haus zu ihr standen und sie immer wieder ermutigten, vorwärts und aufwärts zu blicken, wenn die Rückwärtsgedanken kamen und die Schuldgefühle sich wieder meldeten und nach unten ziehen wollten. Der Klinik-Seelsorger in Zwesten hatte einen guten Grund für ein verändertes Denken gelegt. Pfarrer David Hungar hatte auf diesem Grund durch eine einfühlsame und gute geistliche Begleitung aufbauen können. Der Gemeindebibelkreis hatte seinen Anteil und der kleine Hausbibelkreis mit den Richters ebenso.

Clara hatte Glauben riskiert und war im Glauben Schritt für Schritt vorwärts gegangen. Der vierte Nagel war ihr ebenso lieb und wichtig geworden, wie Jahre zuvor ihrem Mann. Auch sie hatte ihn inzwischen gerne in Anspruch genommen für ihr eigenes Glaubensbekenntnis: »Jesus von Nazareth, mein König!«

Insgeheim hatte sie den Wunsch, das deutlich zu machen. Für den Flur im neuen Haus hatte sie da eine Idee. Manchmal befürchtete sie allerdings auch, sie könnte die Möglichkeit nicht mehr erleben. Sie fühlte sich in letzter Zeit zuweilen müde und schlapp, obwohl sie doch gar nicht mehr so schwer zu arbeiten brauchte und die täglichen Belastungen merklich geringer geworden waren. Nachts bekam sie schon einmal Schlafprobleme.

»Ihre Leberwerte sind nicht gut, Frau Kapphahn«, wurde ihr bei einer internistischen Untersuchung gesagt. »Verzeihen Sie, aber Sie haben so etwas wie eine Säuferleber, wie wir das schon mal nennen.«

»Da mögen Sie Recht haben, Herr Doktor. Ich bin trockene Alkoholikerin«, gab Clara unumwunden zu.

Erstaunt über diese Antwort fragte der Arzt nach: »Seit wann sind Sie trocken?«

»Noch nicht sehr lange, aber konsequent.«

»Dann gratuliere ich Ihnen, wenn Sie das durchgehalten haben und weiter durchhalten.«

»Von mir aus kann ich das nicht, Herr Doktor. Das verdanke ich der Gnade und der Hilfe Gottes und der Liebe und den Gebeten meines Mannes und seiner Freunde«, erweiterte Clara ihr offenes Bekenntnis.

Der Arzt wusste wohl nicht recht, wie er damit umgehen sollte. Er zuckte ein wenig mit den Schultern und riet ihr nur: »Diese Anzeichen einer Leberinsuffizienz können Sie beherrschen, wenn Sie sich weiter zurückhalten und Ihre Lebensweise den Problemen anpassen. Ich verschreibe Ihnen dazu ein Medikament und gebe Ihnen eine Diätanleitung. Wenn Sie sich daran halten, können Sie noch steinalt werden.« Dann schob er aber doch noch die Bemerkung nach: »Und verzichten Sie weiter auf jeglichen Alkohol. Der würde Ihnen nicht gut tun.«

»Da brauchen Sie keine Befürchtungen zu haben, Herr Doktor. Die Garantie dafür hängt an einem guten Nagel.«

Damit konnte der Mann nun wirklich nichts anfangen, aber er fragte auch nicht nach, stellte nur noch sein Rezept aus und entließ die Patientin. Clara Kapphahn freute sich über das bescheidene Glaubensbekenntnis, das sie soeben abgegeben hatte.

Pünktlich zum Frühlingsanfang brachte der Briefträger die Baugenehmigung für das Haus an der Bicke. Jetzt konnte es losgehen. Bereits nach einer Woche waren die Fundamente gelegt und die Grundplatte betoniert. Nach einer Woche der Ruhe, die dem Beton gegönnt werden musste, taten die Zimmerleute vom Sägemüller ihr Werk. Am Abend des zweiten

Aufbautages stand die vollständige Fachwerk-Konstruktion an ihrem Platz, und der Richtkranz konnte auf den Giebel gesetzt werden.

Das wurde ein fröhliches Richten des Hauses, wie es Windenhausen wohl seit Jahren nicht erlebt hatte. Dazu tauchte die Abendsonne das Gelände im ›Frieden‹ in wunderbares Licht. Hier wurde keine Schnapsflasche am Firstbalken zerschmettert, um einen vielleicht fragwürdigen Richtspruch zu besiegeln. Natürlich gab es auch hier einen Spruch der Zimmerleute, aber Franz Kapphahn hatte dafür gesorgt, dass der sich hören lassen konnte und zu dem anderen passte, den Pfarrer David Hungar, längst Freund der Familie, aus Psalm 103 von oben über die Leute ausrief – bevor er den vollständigen Psalm bis zum letzten Vers las:

»Lobe den Herrn, meine Seele,
und was in mir ist, seinen heiligen Namen!
Lobe den Herrn, meine Seele,
und vergiss nicht, was er dir Gutes getan hat …
Lobet den Herrn, alle seine Heerscharen, seine Diener,
die ihr seinen Willen tut!
Lobet den Herrn, alle seine Werke,
an allen Orten seiner Herrschaft!
Lobe den Herrn, meine Seele!«

Nachdem David Hungar noch ein paar persönliche Sätze angefügt hatte, intonierte eine kleine Gruppe Posaunenbläser oben im Gebälk das Traditionslied aller Richtfeste der Gegend:

»Nun danket alle Gott mit Herzen, Mund und Händen,
der große Dinge tut an uns und allen Enden,
der uns von Mutterleib und Kindesbeinen an
unzählig viel zugut und noch jetzund getan.

Der ewig reiche Gott woll uns bei unserm Leben
ein immer fröhlich Herz und edlen Frieden geben
und uns in seiner Gnad erhalten fort und fort
und uns aus aller Not erlösen hier und dort.

Lob, Ehr und Preis sei Gott, dem Vater und dem Sohne
und dem, der beiden gleich im höchsten Himmelsthrone,
dem dreimal einen Gott, wie es ursprünglich war
und ist und bleiben wird jetzund und immerdar.«

Das war ein starkes Glaubenszeugnis für die Leute des Dorfes. Franz und Clara Kapphahn und auch Michel, der eigentliche Bauherr, hatten deutlich gemacht, worum es ihnen ging. Hier unten an der Bicke, hier im »Frieden« neben dem Bruch, sollte Frieden herrschen und gelebt werden, nicht mehr die alte kapphahnsche Art, die nur Not und Elend gebracht hatte. Die hielt der letzte Hofbewohner aufrecht, dessen Beitrag zum Richtfest aus sicherer Entfernung, aber dennoch deutlich zu hören war. Nur störte sich niemand an den wütenden Kaskaden. Den Henner nahm im Dorf inzwischen keiner mehr für voll. Nein, bei diesem Richtfest sollte Gott die Ehre gegeben werden. Und das bleibend und auch später noch sichtbar.

Franz Kapphahn hatte zwar nicht das entsprechende Balkenstück am elterlichen Haus herausgeschnitten. Das hätte auch gar keinen Sinn mehr gemacht, denn Henner hatte den Schriftzug längst mit Farbe wieder unleserlich gemacht. Diesem Bekenntnis hatte er sich nicht aussetzen wollen, nachdem das Haus ihm gehörte. Sein Vater hatte dafür in stillen Winterstunden ein zusätzliches Balkenstück mit dem Schriftzug versehen: »Gott allein die Ehre!« Dieses Balkenstück setzte er nun gemeinsam mit Michel über der künftigen Haustür ein, damit es jedermann lesen sollte, der das Haus betrat. So sollte es sein im neuen Haus in neuer Nachbarschaft, und mit Gottes Hilfe würde es gelingen.

Nachdem die Familie im Sommer desselben Jahres ihr neues Haus bezogen hatte, rückte Clara mit dem Wunsch heraus, den sie seit den ersten Planungen im Stillen gehegt hatte. »Wir haben einen großen Flur mit einer großen Wand.«

Ihre beiden Männer blickten sie fragend an. »Was heißt das?«, fragte Michel.

»Auf dieser Wand ist Platz für ein bisschen Kunst am Bau, wie das so modern heißt.«

Franz und Michel verstanden noch immer nicht. »Nun sag schon, was du willst, Mama«, drängte der Sohn.

»Ich möchte, dass auf die freie Wand ein Kreuz angebracht wird.«

Jetzt wiegte Michel doch ein wenig bedenklich den Kopf. Ein richtiges Kreuz im Flur seines Hauses? »Wir haben kein Gemeindehaus gebaut, Mama. Du kannst dir gerne ein Kreuz in dein Zimmer hängen. Aber hier auf dem Flur?«

»Ich meine ja auch kein richtiges Kreuz«, erklärte Clara. »Ich meine so ein symbolisches Gebilde, das aus vier Nägeln besteht. Das kann vielleicht aussehen wie ein Kreuz. Der vierte Nagel ist mir der wichtigste. Da muss ein Schild dran.«

»In Ordnung, Mama, jetzt weiß ich, was du willst«, hatte Michel nun doch verstanden. »Sollst deine Nägel haben. Ich hab auch schon eine Idee, wie ich die arrangiere. Und an den kleinen oben, an den vierten, magst du dann dein Schild hängen. Ich weiß zwar noch nicht so recht, ob ich das selber für mich so akzeptieren kann. Aber du darfst es aufhängen.«

So geschah es, nachdem die neuen Zimmer einigermaßen eingerichtet waren und die Freunde und Nachbarn der Einladung zur Einweihung des Hauses gefolgt waren. Draußen, vor dem Haus, quasi unter dem Bekenntnis, das Franz angebracht hatte, wurden sie alle zunächst von Franz empfangen. Auch Elisabeth und Sigrid waren gekommen und mussten sich draußen gedulden. Dann wurden alle in den Flur gebeten. Hier standen sie nun dicht gedrängt und warteten auf Clara, die dann auch endlich kam. In der Hand hielt sie eine kleine, kunstvoll gestaltete Tafel. Und dann hielt Clara die wohl einzige Rede ihres Lebens. Sie hatte die Worte auf einen Zettel geschrieben und las sie ab:

»Ihr lieben Freunde, vor bald zweitausend Jahren wurde der Heiland Jesus Christus mit drei dicken Zimmermannsnägeln grausam an ein Kreuz genagelt, damit wir alle leben sollen. Dann hat Pilatus einem Soldaten einen vierten Nagel gegeben. Den sollte er oben in das Holz schlagen und damit ein Schild befestigen: ›Jesus von Nazareth, der Juden König.‹ Das Schild war von Pilatus gar nicht ernst gemeint. Wer es aber ernst meint mit Jesus, hängt ein anderes Schild an diesen vierten Nagel. Franz hat das vor einigen Jahren in einer Passionsandacht getan. Seitdem gehört er Jesus. Hätte er das nicht gemacht, hätte er mich sicher längst verlassen oder davongejagt. Er hat es nicht getan, sondern mir seinen Glauben vorgelebt und mich trotz meiner Sauferei geliebt. Ich kann ihm dafür nicht genug danken. Das mit dem Schild habe ich vor einiger Zeit auch getan, und seitdem gehöre ich auch Jesus. Wenn ich den nicht hätte, wäre ich wohl nicht mehr am Leben, weil ich mich längst totgesoffen hätte. Aber Jesus hat mich gerettet und gehalten, und das Bekenntnis an dem vierten Nagel hat mich auch gehalten. Deshalb hänge ich heute für alle sichtbar dieses Bekenntnis an den vierten Nagel dieses Kunstwerks hier auf dem Flur, das unser Michel vorbereitet hat. So ist es und so soll es sein: Jesus von Nazareth, mein König! Damit will ich leben, und damit will ich sterben. Amen.«

Für ein paar Augenblicke war es ganz still im Flur. So still, als hielte jeder den Atem an. Dieser feierliche Moment durfte durch nichts gestört werden. Dann brandete der Beifall auf, wie ihn kein noch so berühmter Redner besser hätte bekommen können. Nacheinander fielen die Freunde und Gäste der Hausherrin um den Hals und gratulierten ihr zu ihrem neuen Leben und ihrem neuen Zuhause.

Ja, Clara Kapphahn hatte wie vorher ihr Mann ein neues

Zuhause gefunden, freilich auch hier ein neues irdisches, eins im »Frieden«. Die Flurbezeichnung war hoffentlich wegweisend für das Leben im neuen Haus. Und sie hatte mit ihrem Franz ein ewiges Zuhause gefunden, eins im ewigen Frieden. Das kleine, kunstvolle Schild am vierten Nagel wies deutlich darauf hin.

Trotz Claras zunehmender gesundheitlicher Anfälligkeit hing das Schild noch für eine Reihe von ruhigen Jahren an seinem Platz. Michel ließ es hängen, bis er später das Haus allein bewohnte und dann seine eigene Familie gründete. In den Jahren bis dahin ging von hier mancher Segen in die Gemeinde des Dorfes aus, in die Freundschaft des Bibelkreises und in die neue Nachbarschaft. Leider konnte dieser Segen nur bedingt in die eigene Familie wirken. Für Franz und Clara Kapphahn blieb es eine immer wiederkehrende Anfechtung, dass nur Elisabeth und Michel ihren Weg mitgingen. Ihr eigenes Glaubenszeugnis schien ihnen zu schwach. Wie gerne hätten sie alle ihre Kinder auf den eigenen Weg im Glauben nachgezogen. Aber Gott hat keine Enkel. Er musste schon selbst wirken und retten, wie er sie gerettet hatte durch die Erkenntnis des vierten Nagels.

Peter und Gustchen

Hand in Hand durchs Leben

Inhalt

I. Der Sohn des Fiedlers

Dorf unterm Schnee 201
Glücklicher Ziegenhirte 209
Ein großes Talent 219
»Herr Kunstmaler« 234

II. Das Mädchen mit den dunklen Zöpfen

Ankommen in der Fremde 251
Schuljahre 269
»Fräulein Auguste« 282
Ein Sonntag im Sommer 294

III. Gemeinsames Glück

Hand in Hand 313
Am kleinen Exerzierplatz 327
Einquartierung 338
Kathi und »Fürst Ludwig« 351
Braune Saat 364
Stadt in Flammen 381
»Gast auf Erden« 395

Gustchen und Peter; Verlobungsfoto 1906

I.
Der Sohn des Fiedlers

Dorf unterm Schnee

Kalt war es, lausig kalt in diesen Januartagen des Jahres 1876. Ein eisiger Wind fegte durch das sanfte Tal. Er zauste die Weiden und Erlen am Bach, brach sich heulend und stöhnend an den Ecken der Häuser und trieb die Schneeflocken vor sich her, die aus einer tief hängenden Wolkendecke unaufhörlich herunterkamen. Großflächig legte er die weiße Pracht ab, um sie bald hier und da erneut aufzuwirbeln und dann wieder fallen zu lassen. Dabei wuchs die weiße Decke, die sich schon vor Tagen über das Land gelegt hatte, höher und höher. Bald erreichte sie im Dorf die Fenstersimse, und wo sich der Schnee in Ecken und Winkeln fing, sogar die niedrigen Traufen der Dächer, vor allem am Nordrand des kleinen pfälzischen Dorfes Oberhausen an der Appel.

Kaum ein Mensch war draußen zu sehen. Was hätte jemand auch im Freien tun sollen, außer gegen den Schnee zu kämpfen? Die Dorfstraßen und Verbindungswege von der schweren, kalten Pracht freizuhalten, wäre einer Sisyphusarbeit gleichgekommen. Also konnte das Zeug liegen bleiben, bis es sich zu räumen lohnte. Die Kinder trieb es auch nicht hinaus. Bei diesem Wetter draußen spielen? Lieber in der warmen Stube bleiben. Die größeren von ihnen wollten nicht einmal in die Schule, die ein paar Steinwürfe weit außerhalb des Dorfes südlich an der Appel stand – diesem Flüsschen, das durch das hügelige Land gemächlich nordwärts floss, um dann unterhalb von Bad Kreuznach in die Nahe zu münden. Der Dorflehrer hatte den Unterricht für die Tage dieses Wintersturms einfach abgesagt. Auch die kleinen Handwerksbetriebe des Dorfes, die Wilhelmsche mechanische Werkstatt, Krebs' Schmiede und die Drechslerei von Wilhelm Hölcker, hatten den Betrieb vorübergehend eingestellt. Selbst das Dorfgasthaus blieb geschlossen.

So spielte sich das Dorfleben im beschaulichen pfälzischen Oberhausen für ein paar Tage also nur in den Häusern ab. Freilich, die häuslichen Öfen mussten versorgt werden, und das Holz dafür lagerte draußen in Schuppen oder war unter den Dachtraufen an den Hauswänden aufgestapelt. Also musste immer einmal wieder ein Vater oder eins der größeren Kinder vor die Türe, um den Vorrat in der Holzkiste neben dem Küchenherd aufzufüllen. Das gab dann ein lautes Schimpfen, weil der Schnee sofort durch die offene Tür nach innen stob, weil die Nase kalt und die Hände klamm wurden und die Füße in den Holzschuhen lausig froren.

Konnte das denn nicht bald aufhören mit diesem Wetter? Der Winter konnte so schön sein. Aber das hier?! Nicht einmal die Hunde wurden nach draußen geschickt. Sie durften es sich im warmen Stall gemütlich machen. Weil auch die Raben und Elstern sich irgendwohin verzogen hatten und die kleinen Vögel nicht singen, zwitschern und tschilpen mochten, war in diesen Tagen im ganzen Dorf kaum ein Laut zu hören, der auf Leben hindeutete. Nur der Sturm heulte und jaulte und übertönte damit jedes andere Geräusch. Dazu waren die hellen Stunden des Tages sehr kurz und die dunklen durch Kerzenlicht und Petroleumlampen nur notdürftig erhellt.

Bei den Hölckers war das nicht anders als in den übrigen Häusern des Zweihundert-Seelen-Dorfes. Auch in ihrem Haus waren die Kinder zum Spielen auf die warme Küche angewiesen, und auch hier musste Heinrich, der Vater, das Holz von draußen hereinholen. Er heizte in diesen Tagen auch die Schlafstube, was nur in besonderen Ausnahmefällen geschah. Außer dem Sturm gab es noch einen weiteren wichtigen Grund dafür, denn Heinrichs Frau schickte sich an, ihr viertes Kind zur Welt zu bringen. In einer eisigen Schlafstube war das wohl nicht gut. Mutter und Kind durften nicht durch die Kälte gefährdet werden.

Wenn das mit der Geburt nur vorangegangen wäre! Seit ein paar Tagen schon spürte die junge Frau immer wieder einmal Wehen. Aber die bewirkten noch nichts. Hoffentlich ließ der angekündigte Erdenbürger nicht mehr lange auf sich warten!

Dann kamen die Wehen häufiger, und Sophie Hölcker wusste, dass sie wohl bald »die Kindsfrau« brauchen würde, wie sie hier sagten. Die drei Kleinen brachte der Vater durch Sturm und Schnee schon einmal hinüber zu Bruder und Großmutter auf der anderen Straßenseite. Sie sollten bei der Geburt möglichst nicht in der kleinen Wohnung sein. Nur ungern legte Heinrich dafür seine geliebte Fiedel aus der Hand, an der er irgendetwas zu reparieren hatte. Schon bald war er wieder zurück, um seine Beschäftigung erneut aufzunehmen. Die Wehen kamen inzwischen häufiger und heftiger, und es dauerte nicht lange, bis seine Sophie ihn anwies: »Heinrich, du musst dich auf den Weg machen. Die Anna muss kommen. Ich weiß nicht, ob ich das alleine schaffe.«

»Wie soll die denn bei dem Wetter hierher kommen? Du schaffst das schon allein, Frau. Ich bin doch auch da.«

»Was willst du mir denn helfen? Bitte, Heinrich«, drängte Sophie. »Wühl dich durch den Schnee. Ich brauch die Anna. Ich spür das. Leg deine Fiedel weg und mach zu.«

Heinrich brummte irgendetwas Unverständliches in den Bart, legte sein Instrument auf den Schrank, griff sich ein paar Lappen, wickelte sie sich knurrend und brummend um die Füße und zog die Filzstiefel darüber. »Und wie soll die Anna durch den Schnee kommen?«, versuchte er noch einmal, den Weg in den Nachbarort, nach Münsterappel, abzuwenden.

»Das soll doch wohl ihre Sorge sein. Die Anna ist noch bei jedem Wetter gekommen, wenn sie zu einer Geburt gerufen wurde. Die kommt auch heute. Geh nur endlich, dass sie Bescheid kriegt. In zwei Stunden könnt ihr hier sein. Aber trag der Anna die Tasche. Dann geht es für sie leichter.«

»Ja, ja, ist ja schon gut«, stöhnte der Mann vor sich hin und knöpfte die dicke Jacke zu. »Dann sag deinem Kind, dass es wenigstens so lange wartet, bis die Anna hier ist.«

»Ich geb mir Mühe«, gab seine Sophie zurück und hielt sich den Bauch, weil es gerade wieder so sehr zog.

Heinrich griff seinen Hut und die Fäustlinge, verließ das Haus und schlug den Weg ins Kirchdorf ein. Er musste ganz schön gegen den eisigen Wind und das heftige Flockentreiben ankämpfen. Der Schnee lag stellenweise kniehoch und höher. Schließlich erreichte Heinrich doch sein Ziel. Die Kindsfrau ließ sich nicht lange bitten, sondern packte sofort ihre Sachen. Ein Kind, das zur Welt drängte, nahm auch keine Rücksicht auf äußere Bedingungen.

Der Rückweg mit Anna war etwas einfacher, weil der Wind ihnen jetzt nicht ins Gesicht blies und das Atmen schwer machte, sondern von hinten schob. Doch am Ende waren es fast vier Stunden seit Heinrichs Aufbruch, bis er und die Hebamme endlich im Haus ankamen.

So lange hatte der kleine Mensch nicht warten wollen. Vor einer halben Stunde etwa hatte er den Weg ins Leben gefunden und begrüßte Anna und den Vater, noch an der Nabelschnur hängend, mit lautem Geschrei. Sophie lag auf einer Decke auf dem Stubenboden und hatte das Kind mit einem Kissen notdürftig zugedeckt.

»Ich konnte es nicht mehr halten«, meinte sie wie zur Entschuldigung, noch ein wenig mühsam atmend, als die beiden den Raum betraten. »Ich konnte es auch nicht losmachen. Gut, dass ihr endlich kommt.«

Anna hielt sich nicht lange mit einer Begrüßung auf. Sie gab Heinrich sofort Aufträge und griff selbst energisch und gekonnt zu. »Ist schon gut, Sophie«, war ihre einzige Bemerkung. Wenig später waren Mutter und Kind versorgt. Sophie hielt ihr Viertes endlich glücklich in den Armen.

Heinrich hatte kaum ein Wort gesagt. Gefühle zu zeigen, war nicht seine Sache. Der kleine Peter war da, Mutter und Kind waren wohlauf, der Weg durch den Winter nach Münsterappel hätte ja eigentlich gar nicht zu sein brauchen, und ansonsten konnte er sich jetzt endlich wieder um seine Fiedel kümmern. Damit war für ihn der Alltag eingekehrt. Das bisschen Veränderung durch den neuen Menschen in der Familie würde nicht viel ausmachen. Die Kinder waren für ihn Frauensache. Daran würde sich durch das Vierte nicht viel ändern.

»Dann sag doch wenigstens den Kindern und der Großmutter Bescheid«, bat Sophie, »oder brauchen die von dem Jungen nichts zu wissen?«

»Ist ja schon gut, Frau«, fügte sich der Mann, »dann muss ich halt noch einmal durch die Kälte.«

»Du wirst auf dem kurzen Weg über die Straße schon nicht erfrieren, Mann. Wenn du zu deinen Freunden und zum Spielen gehen könntest, würdest du nicht so ein Gedöns machen. Jetzt geh und komm schnell wieder. Die Kinder sollen für die Nacht noch einmal bei der Großmutter bleiben. Morgen können sie nach Hause kommen und Peterchen anschauen. Ich mach es erst einmal wie der Junge und schlafe ein bisschen.«

Heinrich ließ sein Instrument auf dem Schrank liegen und verschwand nach draußen. Anna machte noch Ordnung in der Stube und in der Küche und packte dann ihre Tasche. »Das habt ihr zwei sehr gut hingekriegt«, meinte sie nur, »ihr wärt wahrscheinlich auch ohne mich zurechtgekommen. Aber so war es doch besser. Du bleibst liegen, Sophie. Den Jungen anlegen kannst du alleine. Sauber machen muss die Oma oder Heinrich. Der muss sich jetzt sowieso ein bisschen um den Haushalt kümmern. Du hältst dich ein paar Tage aus allem raus, dass du wieder zu Kräften kommst. Und wenn was ist, muss mich jemand holen. Übermorgen komme ich wieder.«

Während dieser langen Rede hatte sich die Hebamme bereits für ihren Rückweg fertig gemacht. Sie reichte der Wöchnerin nur noch die Hand und war schon draußen. Die junge Mutter strich ihrem Peter noch einmal über die schwarzen Löckchen und versank in einen erholsamen Schlaf.

In den nächsten Tagen fand das Leben im kleinen Dorf an der Appel wieder zu seinem gewohnten Gang zurück. Der Wintersturm hatte sich beruhigt und einer stillen Kälte Platz gemacht. Die Wege draußen wurden freigeschaufelt und die Höfe vom Schnee geräumt, so dass das Dorfleben bald wieder seinen gewohnten Verlauf nehmen konnte. Die Männer reparierten Schäden an ihren Häusern und schadhaftes Feldgerät, die Frauen trafen sich reihum zum Spinnen und Stricken und zum Schwätzen. Der Dorflehrer sammelte wieder sein Schulvölkchen, und der Gastwirt öffnete seine Stube für die, die sich bei ihm aufwärmen wollten.

Sophie Hölcker ging es gut, sie konnte nach wenigen Tagen das Wochenbett verlassen. Klein-Peter gewöhnte sich an das Erdenleben mit ergiebiger Muttermilch, dicker Säuglingskleidung über der Windel und mit drei Geschwistern, die den kleinen Kerl am liebsten als Spielzeug überall herumgeschleppt hätten. Der Junge entwickelte sich gut. Seine Mutter hatte im Haus alle Hände voll zu tun, während der Vater Hausarbeit nicht so ernst nahm. Er arbeitete tags bei seinem Bruder gegenüber in der Drechslerei. Abends beschäftigte er sich meistens mit seiner Fiedel.

Als der Frühling kam, war Heinrich wieder häufig unterwegs, um mit ein paar Freunden die Leute im Dorfgasthaus und in den Gasthäusern der umliegenden Orte musikalisch zu unterhalten und zum Tanz aufzuspielen. An den Wochenenden war er fortan kaum noch zu Hause. Dass er am Sonntagabend immer wieder einmal angetrunken nach Hause kam, gehörte wohl zur Natur dieser besonderen Freizeitbeschäftigung. Dann ging er nicht freundlich mit seiner Sophie um, was ein gedeihliches Familienleben nicht gerade förderte. Seine Frau ertrug solche Ereignisse meistens ohne hörbaren Widerspruch. Gegen den chronischen Geldmangel in der ohnehin bescheidenen Familienkasse kämpfte sie mit dem einzigen Mittel, das ihr als Hausfrau zur Verfügung stand, und das hieß sparen, sparen und wieder sparen. Dass dabei zuweilen die kleinen und großen Bäuche nicht ausreichend gefüllt wurden, konnte nicht ausbleiben.

Zwischen den Eheleuten zog in diesen Monaten die Kälte ein, und der innere Abstand zwischen ihnen wuchs. Auch die Kinder wussten in der Folgezeit immer weniger mit ihrem Vater anzufangen. Er wurde ihnen mehr und mehr zu einem Fremden. Denn er kümmerte sich kaum noch um sie, geschweige denn, dass er sich mit ihnen beschäftigt oder mit ihnen gespielt hätte.

Wenn Sophie ihren Heinrich auf die Notlage ansprach, bekam sie meist nur ein »Kümmere du dich um deins, ich mache meins« zur Antwort. Damit war das Gespräch beendet, ehe es recht beginnen konnte. Ermahnungen des Bruders und Arbeitgebers und der alten Mutter halfen auch nicht. Heinrich ließ sich einfach nicht ermahnen. Schon gar nicht ließ er sich vorschreiben, was er zu tun und zu lassen habe. Noch sei ja niemand aus der Familie verhungert. Dass die Oma immer wieder einmal einen Topf Suppe über die Dorfstraße herüberbrachte, empfand der Mann sogar noch als eine willkommene Entlastung für sein Gewissen.

Das alles ging den Sommer über so weiter, wurde im nächsten Winter nicht anders und verstärkte sich im folgenden Jahr. Es kam immer häufiger vor, dass Heinrich nach Hause gebracht werden musste, weil er den Weg nicht mehr fand oder ihn nicht mehr alleine bewältigte. Vereinzelt wurde er auch irgendwo zwischen den Dörfern im Straßengraben gefunden und dann von barmherzigen Menschen auf einer Schubkarre oder einem Handwagen nach Hause gebracht. Heinrich hatte bald alle Würde verloren. Er war zum Trinker geworden, der nur dann zu gebrauchen war, wenn er seine Fiedel strich. Schlimmer konnte es kaum noch kommen. Arme Sophie! Arme Kinder!

Eines Samstags war Heinrich zum Aufspielen drüben in Alsenz. Losgegangen war er mit seinen Freunden am Nachmittag bei gutem Wetter in leichter Sommerkleidung. Dann hatte er sich wohl ein paarmal zu oft freihalten lassen. Auf dem Rückweg in der Nacht blieb er irgendwo unterwegs liegen. Vielleicht hatten ihn seine Freunde auch liegen gelassen. Sie waren wohl selbst nicht mehr in der Lage gewesen, ihn nach Hause zu tragen.

Über Nacht schlug das Wetter um und es begann zu regnen. Heinrich kam schließlich sonntags gegen Mittag völlig durchnässt und in einer üblen Verfassung nach Hause, so dass Sophie einen gehörigen Schrecken bekam. Dieser Zustand war anders als sonst. Wortlos legte der Mann sich, wie er war, ins Bett.

Er bekam starken Schüttelfrost und hohes Fieber. Sophie und ihre Schwiegermutter gaben sich alle Mühe, dem Mann mit Wickeln und Umschlägen, Kräutern und Tees und sonstigen Hausmitteln Linderung zu verschaffen. Vergeblich. Nach wenigen Tagen tat der Vierunddreißigjährige seinen letzten schweren Schnaufer. Der kleine Peter und seine drei Geschwister waren ohne ihren Vater.

Die Kinder – das älteste erst sieben Jahre alt – erfassten die Lage wohl kaum. Peter war gerade mal drei.

Für Sophie war der Tod ihres Mannes schlimm, und doch war er ihr auch so etwas wie eine Erleichterung. Sie musste Heinrich nicht mehr nachblicken, wenn er mit seiner Fiedel im Kasten grußlos das Haus verließ, ohne zu sagen, wann und wie er denn zurückkommen würde. Sie musste nicht mehr ängstlich zusammenschrecken, wenn sie ihn nachts oder gegen Morgen kommen hörte und nicht wusste, wie er sich gleich zu ihr verhielt. Irgendwie würde sie schon durchkommen, wenn sie in den hellen Jahreszeiten den Bauern auf Wiesen und Feldern half und hier und da jemandem eine Handreichung tat. Die kleine Dorfgemeinschaft würde sie mit ihren vier Kindern im Winter schon nicht verhungern lassen. Und dann war da ja auch noch die Großmutter mit Schwager Wilhelm gegenüber. Die würden ihr sicher beistehen, wenn es nötig war. Die junge

Witwe war in ihrem Leid doch auch erleichtert und getröstet. Es würde schon weitergehen.

Glücklicher Ziegenhirte

Es ging weiter. Sophie biss sich durch. Nach dem Trauerjahr bot ihr Schwager Wilhelm die Hand und die Vaterschaft für ihre vier Kinder. Wilhelm war schon immer anders gewesen als sein älterer Bruder. Er war ein ruhiger und fleißiger Kerl und dazu sehr häuslich. Nach dem Tod seines Vaters, der ihm das Drechseln beigebracht hatte, hatte er die Werkstatt übernommen. Er kümmerte sich um die Mutter und versorgte die kleine Landwirtschaft. Das konnte alles so bleiben. Sophie wäre mit ihren Kindern versorgt, und sie hätte neue Aufgaben. Sie würde gerne mit Hand anlegen.

Die junge Frau war also einverstanden und zog nach der feierlichen Trauung in der Münsterappeler Kirche und der bescheidenen Hochzeitsfeier mit Leuten der Dorfgemeinschaft im Gasthof mit ihrer wenigen Habe hinüber auf die andere Straßenseite. Dort herrschte zwar auch kein Überfluss, aber die Zufriedenheit, um die Sophie ihre angeheiratete Verwandtschaft schon oft beneidet hatte. Die junge Frau konnte aufatmen. Und mit ihr die Kinder, die den Unterschied schon bald begriffen.

Die vier hatten wieder einen Vater, und dazu einen, der sich um sie kümmerte, der sie mitnahm in die Werkstatt, in den Stall, auf die Wiesen und Felder, und der mit ihnen auf dem Hof Windräder aufstellte und am Bach hinter dem Haus kleine Wasserräder zu dem großen baute, das es zum Antrieb der Drechselbank gab. Er schnitt ihnen auch schöne Holzklötze, malte sie bunt an und baute damit alles Mögliche. Dann wieder schnitzte er Handpuppen, die er zum Sprechen brachte.

Das machte den Kindern riesigen Spaß. Am meisten dem kleinen, ein wenig schmächtig geratenen Peter. Dieser fünfjährige Junge war irgendwie ein besonderer, alles andere als ein Raubein, im Temperament seinen drei älteren Geschwistern kaum ähnlich. Peter war lieb und hatte Gemüt. Er hielt sich möglichst heraus, wenn die drei Älteren untereinander stritten oder wenn es Streit mit Nachbarskindern gab.

Peter versuchte eher, zu schlichten und zu beruhigen und Unterlegene zu trösten. Er hatte Mitleid mit allem, was zu leiden hatte, und mit allen, die über irgendeinen Schmerz klagten. Zwischen Mensch und Tier gab es da für ihn keine großen Unterschiede.

»Tust du dem Onkel auch nicht weh?«, war seine immer gleich lautende Frage, wenn jemand mit Zahnschmerzen zu seinem Vater kam. Wilhelm Hölcker war nämlich auch der »Zahnarzt« des Dorfes. Drei kleine Zangen genügten ihm als Werkzeuge, um gequälten Menschen zur Linderung zu verhelfen. Darin hatte der Mann offenbar Geschick. Manchem alten und jungen Dorfbewohner konnte er mit der einzig möglichen Methode der damaligen Zeit in seinem Zahnleiden helfen.

Peter war ein braver Bub. Er gab seinen Eltern kaum Anlass zum Ärger. Der Junge liebte den Frieden, die Ruhe und Beschaulichkeit, und er tat von sich aus alles, um den Frieden für sich und andere zu pflegen. Stundenlang konnte er sich allein mit einer Sache beschäftigen, mit dem Federvieh spielen, die Ziegen streicheln und am Strick herumführen, den Schweinen im Koben oder in der Suhle zuschauen oder ein Käferlein über seine Hände kriechen lassen. Jede Blume im Garten und jeder Halm auf dem Feld wurde ehrfürchtig betrachtet und in seiner Schönheit gewürdigt.

Peter hatte eine große Liebe für alles Lebendige, und er konnte keinem Lebewesen etwas zu Leide tun. Fliegen im Haus fing er mit der bloßen Hand und brachte sie nach draußen, ehe jemand aus der Familie sie erschlagen konnte. Mit Spinnen machte er es ebenso. Er verstand gar nicht, wie jemand sich vor diesen Tieren ekeln konnte, wie jemand überhaupt eine Abneigung gegen irgendwelche Tiere haben konnte. Die wollten doch auch alle leben. Dass die sich manchmal untereinander bekämpften und sogar auffraßen, war zwar schade, aber das gehörte zu ihrem Leben wohl einfach dazu. Dagegen konnte auch Peter nichts machen. Das akzeptierte er. Pflanzen durften für ihn nur zu einem wichtigen Zweck gepflückt oder abgeschnitten werden. Nicht einfach so. Er brauchte immer wieder die Erklärung seiner Eltern dafür, dass manches Kraut als Unkraut galt und gerupft werden musste, damit die Nutzpflanzen Platz zum Wachsen hatten.

Zum hölckerschen Hof und zur Drechslerei gehörte eine Zeit lang ein Eichhörnchen, ein sehr possierliches Tierchen. Peter nannte es »Hänschen«. Mit Hänschen freundete der Junge sich rasch an, so dass das Tier ihm bald aus der Hand fraß. Er konnte es locken, indem er das Geräusch nachahmte, mit dem sich Hänschen selbst bemerkbar machte. Das klang wie ein kurzes »kä kä«, wobei das »ä« verschluckt werden musste. Das possierliche Nagetier kam bald auf Peters Ruf herbeigesprungen und wurde so zutraulich, dass es dem Jungen auf die Hand sprang, auf die Schultern und gar auf den Kopf. Mit der Zeit verlor es auch die Scheu vor den anderen kleinen und großen Menschen auf dem Hof. Es fand sogar Eingang in die Familie, durfte mit ins Haus, sogar mit an den Küchentisch. Irgendjemand hatte dann immer eine Nuss, die der braune Eichkater gerne aus der Hand nahm, um sie auf einer Schulter zu knacken. Wer gerade der oder die Glückliche war, ließ es sich gefallen, dass die Nussschalen im Teller oder im Becher landeten. Alle liebten Hänschen, Peter freilich am meisten.

»Lass Hänschen lieber draußen, wenn du in die Werkstatt kommst, Peter«, hatte der Vater gewarnt. Der Junge hatte aber nicht darauf gehört. »Hänschen passt schon auf«, hatte er geantwortet und das Tier auf seiner Schulter mit in den Raum gebracht. Hier war es laut, denn die Treibriemen und die Maschinen quietschten und knarrten. Ob das Eichhörnchen verwirrt war von dem fremden Raum und den fremden Geräuschen? Es sprang jedenfalls dem Jungen von der Schulter und in der Werkstatt hin und her. Peter rief es sofort: »Hänschen, komm her! Komm sofort zu mir, Hänschen!« Aber Hänschen hörte nicht. Das sonst so sprungsichere Tier landete auf einem der Treibriemen und wurde einfach mitgenommen. Ob ihm das sogar noch gefiel? Dann war der Platz zwischen der Umlenkwelle und der Wand zu eng, und Hänschen schaffte den Absprung nicht mehr. Das arme Tier wurde eingeklemmt und stieß einen spitzen Schrei aus. Sofort hielt der Vater die Maschine an, und Peter befreite Hänschen aus seiner misslichen Lage. Aber irgendetwas stimmte nicht mehr mit dem Eichkater. Er hielt seinen Kopf merkwürdig schief und zuckte so komisch mit den Beinen und dem Schwanz.

»Vater, schau, was ist mit Hänschen?« Peter war dem Weinen nahe.

»Ich weiß es nicht«, musste der Vater zugeben. »Aber ich glaube, Hänschen ist schwer verletzt. Das arme Tier überlebt den Unfall nicht.«

»Hänschen darf aber nicht sterben«, jammerte der Junge. »Nein, Hänschen, du darfst nicht sterben, hörst du, Hänschen? Nicht sterben!«, streichelte er das Köpfchen.

Aber Hänschens Schicksal war nicht aufzuhalten. Peter hielt das Tier ganz vorsichtig in den Händen und musste zusehen, wie seine Bewegungen weniger wurden, wie ihm dann Blut aus dem Mäulchen floss und ihm nach ein paar Zuckungen die schönen braunen Augen brachen. Hänschen war tot, ganz leise in den Händen seines großen Freundes gestorben.

Peter konnte nichts mehr sagen. Heiße Tränen flossen über sein bleiches, erschrockenes Gesicht. Der Tod seines kleinen Freundes war wohl das Schlimmste, was der Junge in seinen wenigen Lebensjahren bisher erfahren musste. Er hockte sich in die Ecke der Werkstatt, hielt das tote Tier in den Händen und weinte eine ganze Weile still vor sich hin. Sein Vater bemühte sich sehr, den Jungen zu trösten, aber der hatte keine Ohren für gut gemeinten Zuspruch. Sein geliebtes Hänschen war tot, und das war nur schlimm.

Der Vater streichelte Peter und ließ ihn in der Werkstatt allein. Er ging hinaus, um den anderen von dem tragischen Ereignis zu berichten und ihnen zu erklären, dass der Junge jetzt einfach Zeit und Ruhe brauchte. Der würde später sicher von allein darauf kommen, was er mit dem Tier jetzt tun müsse.

So war es dann auch. Vielleicht eine Stunde später gab es auf dem Hof eine richtige feierliche Beerdigung. Peter selbst grub das Loch unter dem Birnbaum, in das er sein Hänschen vorsichtig hineinlegte. Dann klemmte er ein paar Hölzer in die Kuhle, damit die Erde nicht unmittelbar auf das schöne Fell des Tieres fallen konnte, als würde ihm das noch Schmerzen verursachen. Zuletzt schaufelte Peter das Grab sorgfältig wieder zu und stellte ein kleines Kreuz auf den Hügel. Das hatte er wohl während seiner Trauer in der Werkstatt schon vorbereitet.

Die Geschwister – inzwischen gab es zu den drei größeren auch schon ein kleineres –, die Eltern und die Oma standen ehrfürchtig schweigend dabei und trauerten mit. Peter war es dann selbst, der das Schweigen brach. »Wo kriege ich jetzt ein neues Hänschen her?«, fragte er mit belegter Stimme.

Das war das Signal für eine lebhafte Überlegung vor allem der älteren Brüder. »Wir fangen dir ein neues Hänschen, Peter. Wir wissen, wo ein Kobel ist mit Jungen drin.«

»Und wann macht ihr das?«, nahm der Junge die beiden sofort beim Wort.

»Gleich. Du kannst mitkommen. Wir brauchen nur einen Sack und ein paar Handschuhe.«

Selbstverständlich kam Peter mit. Er musste allerdings erleben, dass die Expedition scheiterte. Vater und Mutter Eichhörnchen waren nicht bereit, eins ihrer Jungen kampflos herzugeben. Sie wehrten den Angriff auf ihr Heim böse fauchend und mit Klauen und Zähnen zupackend ab. Die Brüder mussten das Feld räumen und ohne Beute wieder vom Baum hinuntersteigen.

Peter bekam nie wieder ein neues Hänschen. Dafür gab es anderes, das mit der Zeit sein Interesse in Anspruch nahm, und Hänschen blieb eine schöne Erinnerung.

Je größer der Junge wurde, desto mehr schaute er seinem zweiten Vater auf die Hände, um zu sehen, wie der was machte. Peter konnte stundenlang in einer Ecke der großen Drechselstube sitzen und sich mit ein paar Hölzchen beschäftigen. Der Junge war geschickt mit seinen kleinen Händen. Er verstand es auch vorzüglich, mit dem Pinsel umzugehen, um irgendwelche Teile anzumalen. Sogar das Schnitzmesser konnte er handhaben. Wenn seine Mutter oder der Vater ihn zur Vorsicht im Umgang mit gefährlichem Werkzeug ermahnte, wies er das zurück. »Lasst mich nur, ich kann das schon.« Er konnte es wirklich.

Als er in die Schule kam, mochte er seine Schiefertafel gar nicht gerne zum Schreiben von Buchstaben und Zahlen verwenden. Er benutzte den Griffel lieber zum Zeichnen aller möglichen Bilder. Peter brauchte eine zweite Tafel, damit er beides tun konnte, seine Bilder malen und seine Aufgaben schreiben. Nur schade, dass die Bilder auf der Schiefertafel so kurzlebig waren. Um ein Neues zu zeichnen, musste Peter das alte Bild immer auswischen. Ihrem Jungen Zeichenpapier zu kaufen, dazu hatten seine Eltern kein Geld. Es ging schon so recht knapp zu im hölckerschen Haus. Von der Drechslerei konnte Wilhelm Hölcker mit seiner wachsenden Familie nicht leben. Die kleine Landwirtschaft brachte auch nicht immer so viel, dass die acht, dann neun, schließlich zehn Personen immer satt wurden. Es gab Tage, da standen die Kinder vom Tisch auf und waren nicht satt geworden. Vor allem in ihren Wachstumsjahren war das so. Da konnten die Jungen schon einiges verdrücken, wenn denn genug in den Töpfen und Schüsseln war.

Peter wusste sich manchmal zu helfen, wenn er Hunger hatte, vor allem in Zeiten, wo es etwas zu ernten gab. Nicht dass der Junge aus dem eigenen oder aus Nachbars Garten etwas mitgenommen hätte. Nein, gestohlen wurde nicht. Doch eine Rübe vorsichtig aus dem Boden ziehen, sie seitlich am Kopf ein wenig reinigen und anbeißen musste doch möglich sein, wenn die Pflanze danach wieder sorgfältig in ihr altes Loch gesteckt wurde. Machten die Wühlmäuse das nicht auch so? Nur dass die die Rüben nicht aus dem Boden zogen und wieder hineinsteckten. Die fraßen die Feldfrüchte gleich von unten an.

Ähnlich machte Peter das mit Äpfeln und Birnen. Wenn er kein Fallobst fand, das er ohne Bedenken hätte essen können, pflückte er die Früchte nicht etwa ab und aß sie auf. Nein, er versuchte, so an die Früchte heranzukommen, dass er hineinbeißen und danach den restlichen Apfel oder die restliche Birne hängen lassen konnte. Die konnten doch dann weiterwachsen. Die Vögel machten das doch auch so. Die pickten doch auch das Obst an, während es noch an den Zweigen hing.

Dann ergab sich für Peter allerdings einige Jahre lang die Möglichkeit, wenigstens während der Sommerzeit täglich eine ausreichende Mahlzeit zu bekommen. Oberhausen war ein Ziegendorf. Beinahe in jedem Haus gab es ein oder zwei Ziegen. Manche Bauern hatten auch mehrere Geißen im Stall. Bei Hölckers war das nicht anders. Diese »Arme-Leute-Kühe« hütete lange Zeit der Ohm, ein alter Mann des Dorfes. Auf den Auwiesen entlang der Appel und entlang des Gutenbaches wurde kein Futtergras gemäht und kein Heu gemacht, und so wurden sie auf diese Weise für die Allgemeinheit genutzt. Der

Ziegenhirte bekam für seine Tätigkeit allerdings nichts bezahlt. Dazu hätten die Tierhalter nicht das Geld gehabt. Der Hirte erhielt bei ihnen eine Mahlzeit am Tag, in der Regel das Abendessen, und das jeweils so viele Tage, wie jemand Ziegen bei der Herde hatte.

Peter war zehn, als er in der Werkstatt seines Vaters ein Gespräch mitbekam, das der mit Hannes Krebs, dem Schulzen von Oberhausen, wie damals die Bürgermeister noch hießen, führte. Dabei ging es um dies und jenes und auch um Ziegen. Peter spitzte die Ohren, als er dieses Stichwort hörte. Er liebte Ziegen. Seit Hänschens Tod hatte er es gerne mit den weißen, gehörnten Vierbeinern zu tun, die manchmal so bockig sein konnten. Er kam mit den Tieren gut zurecht.

»Weißt du nicht jemanden, der unsere Ziegen hüten kann?«, fragte der Dorfschulze. »Der Ohm will aufhören. Er kann das nicht mehr, hat er gesagt.«

»Es sind doch genug Männer im Dorf, die Zeit dafür haben und das machen können«, gab Wilhelm zurück und zählte gleich ein paar Namen auf.

»Ich hab sie schon alle gefragt. Da will keiner. Die einen wollen nicht bei jedem Wetter draußen sein, die andern wollen Geld sehen. Der Freitisch ist ihnen nicht genug.«

»Aber mir ist der genug, Onkel Hannes«, mischte sich Peter mit heller Stimme ein. »Ich würde gerne die Ziegen hüten.«

»Du, Peter, und Ziegen hüten?«, fragte der Vater ungläubig zurück. »Du musst in die Schule. Da hast du keine Zeit zum Ziegenhüten.«

»Ich kann doch die Ziegen nachmittags hüten. Der Ohm ist doch auch immer erst nachmittags rausgegangen.«

»Und wann willst du deine Hausaufgaben machen?«

»Ph, Hausaufgaben. Das bisschen Schreiben und Rechnen mache ich aus dem Ärmel noch am Abend. Und das Lesebuch kann ich mit auf die Weide nehmen. Auswendiglernen kann ich auch draußen.« Peter redete sich richtig in Eifer. Er war begeistert von der Aussicht, Ziegenhirte des Dorfes zu werden.

»Aber nachmittags musst du mir und Mutter helfen. Du weißt, dass wir im Sommer auf unserem Land viel zu tun haben«, wandte der Vater ein.

»Dafür hast du doch die beiden Großen und das Mädchen. Die drei fassen doch auch schon mit an. Da kannst du den Jungen doch gehen lassen«, meinte der Schulze. »Ich würd's mit Peter versuchen. Überleg dir's, Wilhelm. Dann habt ihr abends einen Esser weniger.«

»Recht hast du, Hannes. Es geht manchmal wirklich sehr knapp zu, und der Boden im Topf leuchtet durch.« Der Vater schien einen Augenblick mit sich selbst um die richtige Antwort zu kämpfen. Sein Zehnjähriger als Ziegenhirte von Oberhausen? Ging das gut? Dann hatte Wilhelm Hölcker seine Entscheidung getroffen: »Wann macht der Ohm seinen Letzten?«

Peter hatte sofort begriffen, was der Vater mit der Frage meinte, und er ließ einen lauten Jauchzer hören. »Juhu, ich werde Ziegenhirte! Danke, Vater, danke! Juhu, ich geh die Ziegen hüten.« Er wartete die Antwort des Schulzen gar nicht erst ab und sprang gleich freudig ins Haus, um der Mutter die Neuigkeit zu melden.

Sophie freute sich mit ihrem Jungen. »Pass nur auf, dass dir kein Zicklein davonläuft oder in den Bach fällt, und benimm dich, wenn du bei den Leuten am Tisch bist«, meinte sie nur und hatte damit ihre Zustimmung schon erklärt. Die Großen aus der inzwischen auf sieben Köpfe gewachsenen Kinderschar lachten nur und machten ihre Witze über Peters Nachricht, während die Kleinen noch nicht begriffen, wovon ihr Bruder sprach. Der war jedenfalls heute der glücklichste Junge des Dorfes.

Wenige Tage später sah man den kleinen, schlanken Peter Hölcker selbstbewusst und ernsthaft durchs Dorf ziehen, barfüßig in knielanger Hose und weitem Hemd und auf dem Kopf ein kesses Hütchen, zudem bewehrt mit einem frischen Haselstock und einem großen Rindenhorn. Er musste sich doch bemerkbar machen, wenn er die Ziegen sammelte. Sein Vater hatte ihm einmal gezeigt, wie man aus der Rinde eines jungen Stammes und aus weichem Holz ein Signalhorn herstellen konnte, das dann auch laut genug tönte. Es war seine erste Handlung gewesen, nachdem seine Berufung zum Ziegenhirten besiegelt war, ein solches Signalhorn zu basteln. Also ließ der Junge das Ding vor den Häusern ertönen, damit die Ziegen herausgelassen wurden. Die Viecher wollten zwar in den ersten Tagen dem neuen Hirten nicht richtig gehorchen. Sie hatten die tiefe Stimme vom Ohm in ihren Ohren. Jetzt sollten sie auf die helle Stimme eines Jungen hören, woran sie sich nur schlecht gewöhnen konnten.

Aber Peter war ein geduldiger Hirte, der den Tieren immer gut zusprach und sie mit sanfter Gewalt in die richtige Richtung lenkte. Manche Wege kannten die Tiere ja ohnehin. Und neue Wege merkten sie sich bald und die Stellen, wo das gute Futter stand und die saftigen Kräuter und Sträucher, zum Beispiel am Bachlauf.

Zum Essen in den Häusern gab es für den neuen Hirten Quark und Pellkartoffeln, Salzkartoffeln mit Stipp oder Pfannkuchen mit Apfelmus oder andere leckere Sachen. Dazu anfangs auch viele gute Ratschläge, wie er denn richtig auf seine Geißen aufpassen müsse, wie er mit bockigen Tieren umgehen solle, und wie er dieses so und anderes so machen müsse.

Peter hörte sich die Ratschläge geduldig an und handelte, wie es die jeweilige Situation erforderte. Die etwa zwanzig Ziegen waren bei dem Jungen jedenfalls bestens aufgehoben. Dem machte es auch nichts, wenn es einmal regnete. Die Tiere rebellierten nicht dagegen, dass sie draußen sein mussten, da wollte Peter das gerne ertragen. Draußen sein in der Natur, Blumen und Gräser betrachten, den Vögeln zuhören, die Greifvögel am Himmel beobachten, die Wege von allerlei Krabbeltieren im

Gras und am Weg verfolgen, einfach in der Sonne liegen und dabei doch seine Tiere nicht aus den Augen lassen – das machte ihn glücklich.

Ein großes Talent

Irgendwann nahm Peter dann seinen großen Zeichenblock und einen Stift mit nach draußen und fing an zu zeichnen, was er an den Weideplätzen vor Augen hatte. Die Erlen und Weiden und das Schlehen- und Haselgestrüpp am Bach, Gräser und Blumen, seine Ziegen, Meisen, Finken und Sperlinge. Herrliche Bilder, die dem Jungen selbst Freude machten und über die die Eltern und Geschwister nur staunen konnten. Wenn er dann auch noch Farbstifte verwenden konnte, wurden seine Bilder noch schöner. Peter hatte offenkundig eine besondere Begabung, mit Stift und Papier umzugehen und das Leben im Bild festzuhalten. So etwas wie Ehrfurcht vor dem kleinen Künstler zog in seine Familie ein.

Ob aus diesem Talent etwas zu machen war? Wohl nicht mit den Möglichkeiten seiner Eltern oder des verträumten Dorfes. Ob es draußen in der großen weiten Welt Möglichkeiten gab, ein solches Zeichentalent zu fördern? Aber wer von den Dörflern kam schon weit über das Tal und die angrenzenden Berge und Hügel hinaus? Nach Münsterappel kamen die Leute häufiger. Da waren der Pastor und die Kirche. Die wurde allerdings nur zu besonderen Anlässen und dann auch nur von ganz wenigen Dörflern besucht. In die Nachbarorte kam man gelegentlich auch. Das ging alles noch zu Fuß. Aber in die großen Städte zu kommen, nach Kreuznach, Alzey, Rockenhausen oder gar ins ferne große Kaiserslautern, das bedeutete Tagesreisen mit dem Fuhrwerk oder der Kutsche. Der Dorflehrer und der Schulze waren beinahe die einzigen, die diese große Welt erlebt hatten.

Und dann war es der Dorflehrer, der sich um das künstlerische Fortkommen seines Schülers Peter Hölcker kümmerte. Der Herr Magister Lauterbach, wie ihn die Dörfler respektvoll nannten, war schon seit einiger Zeit auf das besondere Talent des Jungen aufmerksam geworden. Er hatte es gefördert, so weit ihm das im schulischen Rahmen möglich war. Manches Tafelbild für den Unterricht in der einklassigen Dorfschule, besonders solche zur Naturkunde, durfte Peter weiß auf schwarz zeichnen und manchmal auch bunt ausmalen. Es genügte ihm, wenn sein Lehrer ihm eine Skizze als Vorlage in die Hand drückte. Meistens war das eine aus dem »Orbis pictus«, dem »Gemalten Erdkreis«, einer Bilderfibel von Johann Amos Comenius. Danach fertigte der Junge dann das Tafelbild. Und er machte das immer sehr gut, besser, als es sein Lehrer konnte.

Magister Lauterbach erkundigte sich in Kaiserslautern, als er wegen einer größeren Lehrerkonferenz dort zu tun hatte. Kollegen, denen er die mitgebrachten Bilder seines Schülers zeigte, waren ebenso begeistert von dessen Begabung wie er selbst. Irgendjemand wies ihn darauf hin, dass doch die »Kreisbaugewerkschule« der Stadt eine Abteilung »Kunstgewerbliche Fachschule« hätte. Bei dem offenkundigen Talent dieses Jungen müsse für ihn dort doch ein Platz zu bekommen sein, wenn er in einem Jahr aus der Volksschule entlassen würde.

»Aber der Junge muss dann hier auch wohnen können«, wandte Lauterbach ein.

»Dafür gibt es ein Stipendium«, glaubte ein Kollege zu wissen.

»Und wie bekommt der Junge das?«

»Zunächst wahrscheinlich gar nicht. Der ist doch noch viel zu jung«, meinte ein anderer.

»Wie alt muss er denn sein?« Magister Lauterbach brauchte genaue Nachrichten für Peter.

»Er muss sechzehn sein, Herr Kollege. Aber Sie können vielleicht Genaueres erfahren, wenn Sie sich mit dem Kollegen

Thiel aus Waldmohr unterhalten. Der unterrichtet an dieser Fachschule. Suchen Sie ihn auf.«

»Der Junge hat wirklich Talent«, staunte Lehrer Thiel, als sein Kollege von der Oberhausener Dorfschule ihm die Bilder seines Schülers vorlegte. »Es wäre wirklich schade, wenn dieses Talent zwischen den Bauernhäusern im Appeltal verkümmern würde. Ich werde sehen, wie ich dem Jungen helfen kann. Wenn Sie das nächste Mal in der Stadt sind, kommen Sie doch einfach wieder herein. Vielleicht weiß ich dann schon einen Rat. Aber der Junge muss wirklich zunächst sechzehn sein. Vorher ist da beim besten Willen nichts zu machen.«

»Bis dahin gehen noch gut zwei Jahre ins Land«, sagte der Dorflehrer ein wenig enttäuscht halblaut vor sich hin.

»Das muss nichts bedeuten, Herr Kollege«, griff der Gewerbelehrer diese Bemerkung auf. »Ihr Peter muss halt die Zeit irgendwie überbrücken, wenn ich ihm denn ein Stipendium und einen Platz besorgen kann. Lassen Sie mir zwei oder drei seiner Blätter hier, damit ich sie vorlegen kann. Und geben Sie mir einfach Zeit.«

Lauterbach überlegte schon, wie Peter die beiden Jahre nach seiner Schulentlassung gestalten könnte, vorausgesetzt, er bekäme den Platz an der Kunstgewerblichen Fachschule. Dem Lehrer kam eine Idee. »Ich behalte den Jungen noch ein Jahr in der Schule, oder ich hole ihn mir ab und zu in den Unterricht«, dachte er laut für sich selbst. »Er kann mir beim Malunterricht helfen. Und für den Naturkundeunterricht kann er mir weiter die Tafelbilder malen. Dann ist er wenigstens ein paarmal in der Woche sinnvoll beschäftigt. Vielleicht kann ich ihm ja auch ab und zu ein paar Pfennige zustecken quasi als Entlohnung für seine Hilfe. Nachmittags sollte er vorläufig weiter die Ziegen hüten. Dann braucht sich das Dorf nicht schon wieder einen Hirten zu suchen.«

Lauterbach war sehr zufrieden mit seiner Idee, als er später aus dem Alsenztal nach Oberhausen hinüberwanderte. Hoffentlich nahm die Schule Peter auf und es fand sich ein Weg für ein Stipendium und einen Platz zum Wohnen.

Mit Wilhelm und Sophie Hölcker war der Dorflehrer bald einig. Peter war richtig begeistert von den Aussichten, die ihm eröffnet wurden, wusste er doch sowieso nicht, was er denn ab dem kommenden Frühjahr machen sollte. Der Dorfschulze hatte sicherlich ebenso wenig Einwände gegen den Plan. Mit ihm müsste gelegentlich auch noch gesprochen werden.

Der Junge würde es also machen, wie sein Lehrer es vorgeschlagen hatte. Nach der offiziellen Entlassung Ende März würde er für ein weiteres Jahr quasi als inoffizieller Achtklässler weiterhin die Schule besuchen und ihm als Assistent zur Verfügung stehen. Wenn es nichts zu assistieren gab, konnte der Junge sich selbst weiterbilden mit Büchern und anderen Mitteln, die ihm zur Verfügung standen. An den Nachmittagen würde er in den Hütemonaten dann weiterhin die Ziegenherde der Dörfler betreuen.

Die Antwort aus Kaiserslautern ließ lange auf sich warten. Der Herr Magister musste eine weitere Konferenz in der großen Stadt ohne Antwort verstreichen lassen, bis er endlich, ein ganzes Jahr nach seiner Anfrage, den Bescheid bekam, Peter Hölcker solle einen offiziellen Antrag zur Aufnahme am 1. April 1892 in die Kunstgewerbliche Fachschule stellen. Seinem Antrag solle er drei Beispiele seiner Kunst beilegen.

Lehrer Lauterbach half den Eltern, den Bewerbungsbrief aufzusetzen. Peter saß derweil und zeichnete. Schließlich waren seine drei Beispielarbeiten fertig: eine »Winterszene an der Appel«, »Vögel am Futterhäuschen« und ein »Portrait« seiner jüngsten Schwester, die freilich noch in der Wiege lag, übrigens das elfte Kind seiner Mutter. Der Platz im Haus war mit den Jahren knapp geworden, wenngleich in den vergangenen Jahren dreimal der Tod eingekehrt war und außer der alt gewordenen Großmutter auch zwei der kleinen Geschwister mitgenommen hatte. Das waren traurige Monate gewesen, die aber jedesmal bald wieder vom bunten Leben in der großen Familie eingeholt wurden. Der Tod von Hänschen war dem fünfzehnjährigen Peter deutlicher im Bewusstsein. Das war zwar merkwürdig, aber es war so.

Peter war nun sehr gespannt, wie der Bescheid aus Kaiserslautern aussehen würde. Er freute sich auf die mögliche Veränderung in seinem Leben und konnte es kaum erwarten, aus dem Haus und dem Dorf herauszukommen. Mit den älteren Brüdern verstand er sich in letzter Zeit immer weniger. Die waren richtige Flegel geworden und seine ältere Schwester eine richtige Zicke. Die Mutter sagte zuweilen, sie hätten ganz das Wesen ihres Vaters, was Peter allerdings nicht so recht verstehen konnte, weil er sich an den leiblichen Vater nicht erinnerte.

Die drei ältesten Hölcker-Kinder waren alle noch mit in der Familie, weil es für sie keine anderen Möglichkeiten gab, als zu Hause wohnen zu bleiben, dem Stiefvater in der inzwischen erweiterten Werkstatt und in der Landwirtschaft und der Mutter im großen Haushalt und bei der Versorgung der fünf kleineren Kinder zu helfen. Ein weiteres Kind hatte sich angekündigt.

Mit dem Vater verstand sich Peter weiterhin gut. Der war ein sanfter, stiller Mann, der seine Arbeit machte und möglichst jedem Ärger aus dem Weg ging. Auch dem Ärger mit den großen Söhnen, die ja seine Stiefsöhne waren, was diese Kerle immer wieder einmal herauskehrten. Auch dem Ärger mit der Mutter. Die hatte sich in den letzten Jahren merkwürdig verändert, besonders seit die Oma nicht mehr lebte. Sie war eine Grantel geworden, der kaum etwas recht zu machen war. Der große Haushalt war für sie wohl eine einzige Überforderung. Schimpfen und Fluchen kamen ihr schnell von den Lippen. Das war etwas, was Peter überhaupt nicht ertragen mochte. Solche Wörter, wie die Mutter sie zuweilen gebrauchte und wie die

Raubeine von Brüdern es ihr nachtaten, liebte er nicht und gebrauchte er auch nicht. Wenn es laut wurde, verzog er sich lieber in Vaters Werkstatt oder in den Stall zu seinen Ziegen oder in die Scheune, je nachdem, wo gerade die Luft am reinsten war.

Die fünfjährige Katharina, die mochte Peter besonders, mehr als alle anderen Geschwister. Eine Erklärung dafür hatte er selbst nicht. Das war einfach so. Dieses Mädchen mit seinem hübschen Gesicht und seinen blonden Locken war so lieb, sanft und anhänglich und ihm selbst von allen Geschwistern am ähnlichsten. Katharina war die Einzige, die er zum Ziegenhüten mitnahm. Die anderen hatte er nie dabei haben wollen, wenn er mit seinen Tieren draußen war, und erst recht nicht, wenn er abends in einem der Häuser zum Abendessen einkehrte. Wenn Kathi dabei war, verzichtete er sogar auf einen Teil seiner Portion. Kathi würde er gerne mitnehmen, wenn er in die ferne Stadt ziehen sollte. Aber das würde ja wohl nicht gehen.

Vor dem Wechsel war ihm nun doch ein wenig bange. Würde er in der fremden Welt zurechtkommen? Was erwartete ihn in einer vielleicht großen Schule, wo er doch nur die einklassige seines Dorfes kannte? Mit was für Menschen bekäme er zu tun? Ob er die Ansprüche der Ausbildung erfüllen konnte? Wo und mit wem würde er wohnen? Wer würde ihn versorgen?

Dann ging plötzlich alles ganz schnell. Am 20. März kam der Bescheid von der Schule. Am 1. April war der erste Schultag. Bis dahin musste ein Zimmer für ihn gefunden sein, möglichst mit Familienanschluss wegen der Kost. Ob das in den wenigen Tagen noch klappte? Und wer half ihm dabei? Alles stand plötzlich groß, dunkel und erschreckend vor Peter.

Wieder war es der Lehrer, der sich darum kümmerte. Er reiste mit Peter nach Kaiserslautern und war ihm dort bei der Wohnungssuche behilflich. Mit Unterstützung des Gewerbelehrers Thiel fanden sie ein bescheidenes Zimmerchen bei einer

Witwe ganz in der Nähe der Schule. Frau Berg, eine freundliche, weißhaarige alte Dame mit runzligem, aber hellem Gesicht und strahlenden Augen darin, die älter aussah, als sie vielleicht wirklich war, war gerne bereit, dem angehenden Herrn Kunstmaler Kost und Logis zu bieten. Der schlanke Junge mit seinen sechzehn Jahren und seinem dunklen Wuschelkopf erinnerte sie an ihren Sohn. Der war – ein paar Jahre älter – im deutsch-französischen Krieg bei dem Sturm auf die Spicherer Höhe bei Saarbrücken vor gut zwanzig Jahren, am 6. August 1870, für das Vaterland gefallen und lag dort im so genannten Ehrental begraben.

Das zierliche Mütterchen war auch bereit, erst einmal die Miete zu stunden, bis die Sache mit dem Stipendium geregelt war. Die Frau freute sich richtig, künftig nicht mehr allein in der Wohnung zu sein, sondern einen Schutz zu haben in den unsicheren Zeiten, wie sie sagte. Wie sie das nun genau meinte, konnte der Junge vom Dorf nicht deuten. Aber vielleicht war das ja einfach anders, als älterer Mensch allein in der Stadt zu leben, wo es so schrecklich viele und große Häuser gab und so breite, gepflasterte Straßen mit Bürgersteigen und so viele Menschen, wie Peter sich das vorher nicht hatte vorstellen können. Er würde sich schon an alles gewöhnen, wenn er erst mal bei Frau Berg eingezogen war.

Am letzten Märztag 1892 zog der Kunstmalerlehrling Peter Hölcker dann bei Frau Emma Berg in der Lichtenbrucher Straße in Kaiserslautern ein. Damit schlug der junge Mann ein neues Kapitel seines Lebens auf.

Auf der ersten Etappe dieses Lebensabschnitts fand sich ein Buch mit einem schwarzen Einband. Es lag auf dem Nachttisch neben dem blütenweiß bezogenen Bett. »Die Heilige Schrift« stand in verblassten Goldbuchstaben auf dem fein gemusterten Einband. Peter wusste, dass das eine Bibel war, aber er hatte noch nie ein solches Buch in den Händen gehalten. Darauf lag ein Zettel für ihn, auf dem in schöner Schrift ein Reim stand: »Suche Jesum und sein Licht, alles andre hilft dir nicht!« Was das wohl bedeuten sollte? Peter hatte keine Ahnung.

Er nahm das Buch in die Hand und schlug es auf. Auf dem ersten Blatt stand zu lesen: »Fritz Berg, Palmarum 1860«. Das Buch musste wohl dem gefallenen Sohn der Frau Berg gehört haben. Peter setzte sich auf die Bettkante und blätterte zur nächsten Seite. Da stand noch einmal »Die Heilige Schrift« und dann der Zusatz »Alten und Neuen Testaments übersetzt von Doktor Martinus Luther« und dann noch »Cansteinsche Bibelanstalt«.

In Peters Kopf begannen die Gedanken zu kreisen. Die Bibel hatte zu tun mit Gott und der Kirche und dem Glauben. Das wusste er, aber mehr darüber wusste er nicht. Nur ein einziges Mal in seinem Leben war er in Münsterappel in der Kirche gewesen. Er konnte sich gar nicht erinnern, wie die von innen aussah. Von frommen Sachen hatten die Eltern nichts gehalten. Die waren nie in die Kirche gegangen, und er hatte bei ihnen auch nie eine Bibel gesehen. Die meisten Leute im Dorf hatten sich so verhalten. Nur von dem Ohm fiel ihm ein, dass der jeden Sonntag nach Münsterappel in die Kirche gelaufen war. Die Mutter hatte sich darüber einmal abschätzig geäußert.

Sein Lehrer Lauterbach hatte ganz selten einmal Geschichten aus der Bibel erzählt und von Gott und Schöpfung und von Jesus und Wundern geredet.

Peter kamen plötzlich einzelne Erinnerungen. Der Pfarrer war nur zu den drei Beerdigungen bei ihnen im Haus gewesen. Was er da gesagt hatte, wusste Peter nicht mehr. Dass der viel von Gott oder auch von Jesus gesprochen hätte, daran konnte er sich nicht erinnern.

Der Lehrer hatte immer wieder davon gesprochen, dass das mit der Schöpfungsgeschichte in der Bibel nicht stimmen könnte. Ach ja, so war das gewesen: Die Erde sei nicht geschaffen worden, sondern habe sich entwickelt aus einer Urzelle oder so was Ähnlichem, und der Mensch sei ganz früher einmal ein Affe gewesen, der sich im Laufe einer sehr langen Zeit eben zum Menschen entwickelt hätte. Und das mit Jesus und der Erlösung sei auch Humbug. Der Mensch brauche nicht erlöst zu werden. Er sei gut. Er müsse halt nur auch das Gute wollen und tun. Und wenn es sich als nötig erwies, dann müsse man dem Menschen eben mit Strenge und Strafe zeigen, was gut war.

Wenn das stimmte, dann musste er, Peter Hölcker, ein guter Mensch sein, denn der Lehrer hatte ihn ganz selten strafen müssen, genau genommen eigentlich nie. Mit anderen Jungen des Dorfes hatte der Magister da ganz anders umgehen müssen. Manche hatten alle paar Tage den Rohrstock zu spüren bekommen.

»Suche Jesum und sein Licht, alles andre hilft dir nicht.« Peter las noch einmal den Zettel, der auf der Bibel gelegen hatte. Die kleine Frau Berg war wohl eine fromme Frau, die gedacht hatte, so ein Junge vom Dorf müsse auch ein frommer Mensch sein. Aber das war er nicht, und das mit dem Glauben musste ihn jetzt auch nicht sonderlich interessieren, ging es Peter durch den Kopf. Er steckte den Zettel irgendwo zwischen die Seiten des Buches und schob es in die untere Schublade seines Nachtschränkchens. Nein, das sollte er doch besser nicht tun, ging es ihm plötzlich durch den Kopf. Frau Berg könnte denken, er sei undankbar, wenn sie ins Zimmer kam und die Bibel nicht liegen sah.

»Herr Hölcker, kommen Sie bitte zum Essen«, hörte Peter seine Wirtin rufen. Rasch zog er das Buch wieder hervor und lehnte es auf den kleinen Tisch gegen die Wand. Da war es ihm auch nicht im Weg. Vielleicht würde er doch gelegentlich darin lesen.

Der schlichte Küchentisch war liebevoll gedeckt, »zwar nur bescheiden, aber zur Feier der Begrüßung mit einer bunten Decke«, wie Frau Berg erklärte, als wollte sie sagen, dass das nur in besonderen Fällen so sei. Aber so bescheiden sah das doch gar nicht aus, ging es dem jungen Untermieter durch den Kopf. Zwei hölzerne Brettchen und Messer darauf, frisches dunkles Brot in einem Körbchen, Quark in einer Schüssel, ein wenig Käse, Leberwurst im Glas, Gurken. Das sah doch sogar gut aus.

Während der Mahlzeit sollte der Herr Hölcker seiner Wirtin bitte Rede und Antwort stehen. Frau Berg wollte doch gerne wissen, wen sie denn für die kommende Zeit bei sich aufgenommen hatte. Vor dem Essen aber faltete sie die Hände und sprach ein längeres Tischgebet, in dem sie Gott für die Speisen auf dem Tisch dankte und dafür, dass sie ab heute nicht mehr alleine in der Wohnung sein musste. Auch betete sie für ein gutes Miteinander in der Wohnung und um Segen für alles und besonders für die morgen beginnende Ausbildung des Herrn Hölcker.

Als die Frau endlich Amen gesagt hatte – was dieses Wort auch immer bedeuten sollte –, atmete Peter innerlich auf. Er hatte nie erlebt, dass ein Mensch laut ein Gebet gesprochen hatte. Er wusste auch gar nicht, wie er sich dabei verhalten sollte. Wohin mit den Händen, wohin mit den Augen? In diesen Dingen hatte er überhaupt keine Erfahrung. Na ja, er würde es schon lernen, sich den Gegebenheiten am Bergschen Tisch anzupassen.

»Nun greifen Sie zu, Herr Hölcker, und genieren Sie sich nicht«, ermunterte die Frau ihren neuen Untermieter. »Ich hoffe, Sie sind zufrieden mit dem, was ich Ihnen bieten kann. Zu Hause auf dem Dorf war der Tisch sicher reicher gedeckt.« Was sollte er darauf antworten? Am liebsten würde Peter gar nichts sagen. Aber das wäre unhöflich gewesen. »Es ist alles gut und genug, Frau Berg«, hörte er sich antworten. »Es ist alles reichlich. Zu Hause war es oft sehr knapp für elf Personen.«

Das war jetzt das Stichwort für Frau Berg. Sie zog den jungen Mann in ein Gespräch, an dessen Ende sie einigermaßen Bescheid wusste über die Lebensbedingungen, aus denen ihr Untermieter kam. Der hatte ihr offen und ehrlich Auskunft gegeben und war dann richtig froh, als die gemeinsame Mahlzeit schließlich zu Ende war und er sich in sein Stübchen zurückziehen konnte. Nach irgendwelchen Glaubenssachen hatte Frau Berg übrigens nicht gefragt. Das war auch gut so. Jetzt aber nichts mehr reden und nichts mehr denken, nur noch schlafen und die neue Zeit erwarten, die mit dem Unterricht in der Malerklasse an der Kunstgewerblichen Fachschule morgen begann.

Es wurden gute Jahre für Peter an der Schule mit vielfältigem und abwechslungsreichem theoretischen und praktischen Unterricht an sechs Tagen in der Woche von morgens acht bis in den Nachmittag. Die Wege zur Schule legte der Kunstschüler zu Fuß zurück. Das tat gut, vor und nach dem langen Sitzen im Unterricht. Mit den Lehrern und den Mitschülern kam der Junge vom Dorf gut zurecht. Er war ja schon immer einer gewesen, der sich lieber unterordnete, als dass er sich vordrängte.

Sein Pensum Theorie über Werkstoffe und Werkzeuge, über Farben, ihre Herstellung, ihre Mischung, ihre richtige Verwendung in den verschiedenen Stilepochen auf den wechselnden Untergründen und gemeinsam mit anderen Materialien und über alles mögliche Sonstige, was ein Kunstmaler wissen muss, lernte er mit Fleiß und ohne Schwierigkeiten. Die Prüfungen bestand er mit Bravour. Sein heimischer Förderer, Magister Lauterbach, konnte stolz auf seinen ehemaligen Schüler sein. Und seine Familie auch. Wie die ganze Dorfgemeinschaft. Nur hatte die für solche weltfremden Dinge wie Kunst und Kunstmalerei kaum Verständnis. Der Junge sollte halt seinen Weg gehen und anständig bleiben in der Welt, in der er lebte.

Mit Begeisterung beschäftigte sich Peter auch mit den Werken großer und kleiner Künstler unterschiedlicher Zeiten. Wobei er der gegenwärtigen Kunst nichts Besonderes abgewinnen konnte. Aus der Zeit des Barock und des Rokoko gab es dagegen hervorragende Kunst in der Architektur und Bildhauerei. Am meisten aber in der Decken-, Wand- und Tafelmalerei. Die Fresken des italienischen Meisters Tiepolo faszinierten ihn. Die Bilder des Spaniers Velazquez ebenso.

Vor allem aber hatten es Peter Hölcker die großen Meister der Niederlande angetan. Stundenlang konnte er vor einem Rubens- oder einem Rembrandt-Gemälde sitzen und die üppige Farbigkeit oder das besondere Spiel von Licht und Schatten, von Hell und Dunkel in sich aufnehmen, den schier unendlichen Formen- und Figurenreichtum, die faszinierende Bildgestaltung mit ihrer erstaunlichen Tiefenwirkung aufsaugen. So müsste er malen können! Leider war er mit seinen Fähigkeiten davon unendlich weit entfernt, auch wenn ihm seine Lehrer immer wieder sein außergewöhnliches Talent bestätigten.

Ebenso begeistert war er von Rembrandts Zeichnungen und Radierungen. In manche vertiefte er sich lange und schaute sich die Linienführungen mit der Lupe an. Was hatte dieser Mann mit seinem Stift oder mit der Radiernadel für Kunstwerke geschaffen!

»Nicht neidisch sein, Peter Hölcker«, sagte er sich hin und wieder, »und auch nicht traurig. Du bist wohl eher ein guter Reproduzent als ein Produzent auf dem Feld der Malerei. Aber die muss es ja auch geben. Gute Restaurateure werden immer wieder gebraucht.« Ein solcher würde er wohl eines Tages sein. Darin war der Kunstschüler durchaus zuversichtlich und auch ein Stück weit von sich selbst überzeugt.

Die praktischen Anteile der Ausbildung waren ihm allerdings meistens lieber als theoretisches Lernen. Dabei musste man nicht sitzen, sondern man konnte in Bewegung sein. Dabei musste man auch nicht ernst und schweigend zuhören. Man konnte mit den Lehrern und den Kollegen reden, auch mal scherzen und lachen. Oder herauslassen, was man in seinem Inneren hatte, wenngleich die Arbeit an der Staffelei mit Stift oder Pinsel hohe Konzentration erforderte. Wenn dann der Lehrer mit dem Ergebnis wieder einmal zufrieden war, gab ihm das neuen Auftrieb für die nächste Aufgabe.

Mit Frau Berg kam Peter Hölcker immer sehr gut zurecht. Die liebenswürdige kleine Dame verwöhnte ihn, wie er in seinem Leben noch nie verwöhnt worden war. Das tat ihm einfach gut. Der Tisch war zwar nie besonders üppig, aber stets abwechslungsreich und ausreichend gedeckt. Das Zimmerchen war immer in Ordnung und sauber, und um seine Wäsche brauchte der Untermieter sich auch nicht zu kümmern. Die schmutzige brauchte er nur hinzulegen, nach zwei Tagen fand er die saubere ordentlich versorgt wieder vor. Besser konnte es nicht sein.

Ärgerlich war er darüber, dass die Regelung des Stipendiums so lange auf sich warten ließ und die gute Frau ihr Geld nicht bekam. Im Gegenteil, sie musste ihm immer wieder einmal ein paar Groschen Taschengeld leihen.

»Machen Sie sich da mal keine trüben Gedanken, Herr Hölcker«, meinte Frau Berg jedes Mal, wenn ihr Untermieter ihr wieder sagen musste, dass die Frage des Stipendiums immer noch nicht geklärt sei. »Ich weiß doch, dass ich mein Geld bekomme. Und Sie laufen mir ja auch so bald nicht weg. Also keine Sorge.«

»Nein, Frau Berg, ich laufe Ihnen sicher nicht weg«, gab Peter Hölcker dann jedes Mal zurück. »So gut wie bei Ihnen wird es mir nirgendwo anders gehen. Ich werde mir Mühe geben, Sie nie zu enttäuschen. Ich bleibe, solange Sie mich bleiben lassen oder bis meine Ausbildung zu Ende ist.«

»Daran darf ich gar nicht denken, Herr Hölcker«, kam es dann zurück. »Ich freue mich so, dass Sie hier sind. Ich mag mir nicht vorstellen, wie das wird, wenn Sie einmal wieder gehen.«

Das mochte sich der junge Mann freilich jetzt auch noch nicht vorstellen. Bis dahin floss ja auch noch eine Menge Wasser das kleine Flüsschen Lauter hinunter.

Peter Hölcker wohnte schon einige Monate bei seiner Frau Berg, wie er die alte Dame inzwischen nannte, wenn er mit jemandem über sie sprach, als er ihr endlich das geliehene Geld zurückzahlen konnte. Eines Abends kam sie mit fragendem Blick auf die Bibel zu sprechen, die ihren Platz auf dem kleinen Tisch in der Stube behalten hatte, ohne dass sie bisher aufgeschlagen worden war. Der Zettel steckte auch noch darin.

Der junge Mann wurde ein wenig verlegen, aber er gab zu, dass er bisher nicht in dem Buch gelesen hatte. »Bei uns zu Hause hat niemand nach Gott und dem Glauben gefragt. Ich weiß gar nicht, ob wir überhaupt eine Bibel hatten.«

»Sie müssen sich deswegen nicht entschuldigen, Herr Hölcker«, zeigte Frau Berg Verständnis. »Der Glaube ist nicht jedermanns Ding. Und manche Pfarrer kümmern sich wenig um das Seelenheil ihrer Schäfchen. Dennoch sollten Sie ab und zu in den Evangelien lesen oder in einem der Briefe des Apostels Paulus. Es wird Ihnen nicht schaden. Ich kann Sie dazu nur einladen und ermuntern.«

Peter Hölcker bedankte sich artig für den freundlichen Hinweis, ohne zu versprechen, dass er ihn auch befolgen würde. Im Inneren nahm er sich allerdings vor, der Frau zuliebe die Bibel doch gelegentlich aufzuschlagen und darin zu lesen.

»Hat es Sie eigentlich nie gestört, wenn ich bei den gemeinsamen Mahlzeiten meine Gebete gesprochen habe?«, wollte Frau Berg noch wissen.

Nein, das hatte ihn nie gestört, konnte Peter guten Gewissens antworten. »Manchmal hat mir das sogar gut getan, wenn Sie für meine Ausbildung gebetet haben«, fügte er hinzu.

»Beten Sie nie?«, fragte sie mit einem aufmunternden Blick weiter.

Der junge Mann wich dem Blick aus und umging eine direkte Antwort. »Bei uns zu Hause wurde nicht gebetet. In der Schule auch nicht. Ich habe vor Ihnen nie jemanden beten gehört.«

»Sie sollten es einfach probieren. Es lebt sich leichter, wenn man Gott sagen kann, was einen bewegt. Probieren Sie es aus.«

Peter Hölcker antwortete nicht darauf. Er bedankte sich nur noch für das Essen und die Freundlichkeit dazu und zog sich dann zurück. Das mit dem Beten war nicht seine Sache, aber das musste er seiner freundlichen Wirtin ja nicht so sagen. Nein, sollte sie ruhig weiter ihre Gebete sprechen und ihn auch darin erwähnen. Er selbst brauchte diese Frömmigkeit nicht.

Seiner Gastgeberin zuliebe las Peter vereinzelt mal hier, mal da im Alten oder auch im Neuen Testament. Was er da las, war mal mehr, mal weniger interessant, meistens für ihn unverständlich. Dabei ging es dem jungen Mann auch gar nicht um das Verständnis dessen, was er las. Er konnte gelegentliche Hinweise oder Fragen seiner Wirtin jetzt wenigstens positiv beantworten. Die freute sich und gab sich zufrieden.

Einige Jahre später war Peter Hölcker der Frau dann sogar dankbar, dass sie ihn nie mit Fragen des Glaubens bedrängt, aber ihn ab und an daran erinnert hatte, dass der Mensch Jesus brauchte, um glücklich zu sein.

»Suche Jesum und sein Licht, alles andre hilft dir nicht!« Wie oft der Kunstschüler das Zettelchen mit dem Reimvers gelesen hatte, konnte er später nicht sagen. Er hatte es immer als Lesezeichen benutzt.

»Herr Kunstmaler«

Nach Abschluss seiner Ausbildung blieb Peter Hölcker noch für eine Weile in Kaiserslautern. Er verdingte sich dort bei einem Maler, der sich auf »Restauration und Instandhaltung historischer Gemälde« spezialisiert hatte. Als examinierter Kunstmaler verdiente Peter nun sein erstes eigenes Geld, blieb zunächst noch eine Weile in seinem bisherigen Quartier wohnen und suchte sich dann ein Zimmer, das größer war und in dem er seine Staffelei aufstellen konnte. Er richtete sich am neuen Ort sozusagen ein kleines Atelier ein, zum Leidwesen seiner lieben Frau Berg, die sich doch tatsächlich bei seinem Auszug ein paar Tränen abwischen musste.

In seiner wenigen freien Zeit an den Abenden und an den Sonntagen zeichnete und malte der junge Künstler, was ihm wert war, es festzuhalten. Hier und da konnte er auch im Auftrag ein Porträt malen und verkaufen. Aber was durfte ein Bild kosten? Wie hoch sollte er den Lohn für eine Stunde Arbeit ansetzen? Wie sollte er seine Materialkosten in den Preis einrechnen? Wenn es dafür doch feste Vorgaben gegeben hätte! Peter Hölcker tat sich schwer, seine Arbeit zu berechnen und einen angemessenen Preis zu verlangen. Deshalb kam er auch finanziell auf keinen grünen Zweig. Aber so war der Künstler nun mal, er gab sich auch mit blassgrünen Zweiglein zufrieden. Hauptsache, er konnte seine Miete bezahlen und hatte darüber hinaus sein Auskommen. Seinen Kunden war es recht, wenn die Rechnungen niedrig ausfielen. Wer beklagte sich schon über zu geringe Preise?

Wenige Monate vor der Jahrhundertwende fand sich der Kunstmaler Peter Hölcker dann im fernen Mülheim an der Ruhr wieder. Er war jetzt dreiundzwanzig Jahre alt. Irgendwie war die Nachricht in die Pfalz gedrungen, dass im Schloss Styrum in Mülheim in nächster Zeit umfangreiche Restaurationsarbeiten an Wand- und Deckenfresken ausgeführt werden sollten. Dafür wurden Experten gesucht. Das klang interessant. Er war Experte, hatte sich durch ein gutes Examen qualifiziert und hatte inzwischen auch ein paar Jahre Praxiserfahrung. Warum also nicht an die Ruhr reisen und sich die Sache ansehen? Peter Hölcker nahm Urlaub. In einer Woche sei er wieder zurück. Danach werde er sehen, ob er in der Pfalz bleibe oder ins Rheinland umsiedle.

Zunächst machte er einen Abstecher in sein Heimatdorf, um die Eltern und Geschwister zu sehen, besonders Katharina, für die er immer noch viel Platz in seinem Herzen hatte. Seinen Dorflehrer hätte er auch gerne begrüßt. Der hatte sich aber an einen anderen Ort versetzen lassen. Schade.

Nach einigen Tagen ging es dann weiter mit der Bahn, umständlich und mit häufigem Umsteigen, nach Mülheim.

Es war Abend, als der junge Mann dort ankam und ein wenig unschlüssig im Bahnhofsgebäude stand. Wo unterkommen in dieser fremden Stadt, um nicht unter einer der Ruhrbrücken schlafen zu müssen? Doch wozu gab es seit einigen Jahren die Einrichtung der Bahnhofsmission, die sich um hilfsbedürftige Reisende kümmerte? Allerdings nur um Mädchen. Er war zwar kein Mädchen, aber zumindest heute war er hilfsbedürftig, dachte sich der Ankömmling und versuchte sein Glück bei der freundlichen Frau mit der Armbinde.

Nein, das ginge leider nicht, musste er hören. Sie hätte wirklich nur ein paar Plätze für weibliche Alleinreisende. Aber dort drüben, auf der anderen Seite des Bahnhofsvorplatzes befände sich eine kleine Pension »Bei Helga«. Die sei preiswert und dort könne er auch zu dieser späten Stunde noch ein Bett bekommen.

Peter Hölcker versuchte sein Glück und lag wenig später in einem schönen weichen Bett. Am nächsten Morgen bekam er von einer ebenso drallen wie energischen Frau Helga ein »gutes Mülheimer Frühstück«, wobei ihm unerfindlich blieb, was daran speziell »Mülheimer« sein sollte. Aber was machte es – er konnte sich frisch gestärkt auf den Weg nach Styrum machen, um sich dort nach der angebotenen Arbeit für Restaurateure zu erkundigen.

Weitere zwei Wochen später zog der Kunstmalergeselle und Restaurateur in ein nettes, kleines, möbliertes Zimmer mit Frühstück ein. Die Wirtin war nicht so schlicht und lieb wie seine Frau Berg, und es war auch wohl nicht so einfach mit ihr umzugehen. Die Dame wirkte sehr vornehm und war offenbar ein Pingel, wie man hierzulande Leute nannte, die es mit der Ordnung sehr genau nahmen. Unbedingte Sauberkeit, Ruhe, höfliches, anständiges Benehmen, Verzicht auf Zigarren und Zigaretten, natürlich keine Damenbesuche und so weiter und so fort.

Das alles bereitete dem neuen Untermieter keine Schwierigkeiten. Nur eine Bitte hätte er, wagte der Maler vorsichtig anzumerken. Ob er denn seine kleine Staffelei aufstellen dürfe. Er sei Maler und wolle auch gelegentlich, quasi zum Zeitvertreib, das eine oder andere Bild malen. Vor ihrer Entscheidung über die Frage wollte Frau Koschewski erst wissen, ob er denn auch die Kunst des Porträtmalens beherrsche. Sie habe adelige polnische Vorfahren, erwähnte sie so nebenbei. Die hätten sich allerdings früher mit »sz« in der Mitte und »y« am Ende geschrieben.

»Selbstverständlich bin ich auch Porträtmaler«, konnte Peter guten Gewissens versichern.

»Und würden Sie von mir ein Porträt malen?«, flötete die Dame.

»Sehr gerne, gnädige Frau«, nahm der Mann den Auftrag bereits an, als wäre er tatsächlich schon erteilt. Das schöne helle Zimmer wollte er unbedingt haben.

»Koschewski«, wiederholte sie ihren Namen polnischen adeligen Ursprungs. »Gut, Herr Kunstmaler. Wie ist doch gleich Ihr Name?«

»Hölcker, mit ›ck‹ in der Mitte.«

»Gut, Herr Hölcker, Sie können bei mir wohnen. Aber decken Sie den Fußboden ab, wenn Sie malen. Flecken auf den Dielen oder gar auf dem Teppich ertrage ich nicht.«

»Sie werden nicht unter Flecken auf den Dielen oder gar auf dem Teppich zu leiden haben, gnädige Frau«, versicherte er und trug sein Gepäck schon ins Zimmer. Hier konnte er bleiben. Die pingelige Frau Koschewski würde er schon gerne gelegentlich porträtieren, wenn sie ihm nur sonst seine Ruhe ließ. Und die Dielen und den Teppich wollte er gerne besonders schonend behandeln.

Die nächsten Wochen verliefen für Peter Hölcker wunderbar. Tagsüber stand er mit Lust und Freude zusammen mit Martin, einem jungen Mann aus der Kohle- und Stahlstadt Bochum, auf seinem Gerüst im Jagdzimmer des Schlosses. Später arbeitete er noch für eine Stunde am Porträt seiner Vermieterin, nachdem er vor dem Nachhausekommen in einer kleinen Gaststätte in der Nähe seine Abendmahlzeit eingenommen hatte. Mittags aß er nur ein Brot, das er sich vom Frühstückstisch mitnehmen durfte. »Denken Sie, Sie hätten das Brot noch hier gegessen«, gewährte Frau Koschewski diese besondere Gunst. Sie war ja auch sehr zufrieden mit dem netten jungen Künstler, der sie so wunderbar malen konnte. Ihre Freundinnen würden sicher sehr neidisch sein.

Dann kam eine Zeit, in der der Maler mit seinen Gedanken weniger mit seiner momentanen Aufgabe als mit einer ganz anderen Sache beschäftigt war. Da hatte ihm sein junger Kollege auf dem Gerüst eine Einladung zugesteckt. »Komm in den CVJM!«, stand auf dem Zettel, dazu nur noch eine Adresse und der Hinweis, dass es da dienstags und freitags Gruppenabende für junge Männer gebe. Und dann stand da noch ein Satz, sogar kalligraphisch gestaltet. Peter Hölcker hatte seinen Augen nicht getraut. »Suche Jesum und sein Licht, alles andre hilft dir nicht!« Den Satz kannte er doch. Den hatte er doch schon x-mal gesehen, damals bei seiner Frau Berg auf dem Lesezeichen für die Bibel, in der er so selten gelesen hatte. Was hatte das wohl zu bedeuten, dass ihm hier wieder dieser fromme Reim in die Hände kam?

»Wat hocks de Pfälzer den ganzen Abend auf deine Bude un quäls immer noch dein' Pinsel für deine Frau Koschewski, oder wie die heiß? Du solltes ma lieba mit mir inne CVJM gehn«, meinte sein Kollege Martin am nächsten Tag in der Mittagspause. Ob der auch richtiges Deutsch reden konnte?

»CVJM? Ich hab deinen Zettel gelesen. Was ist das, CVJM?«, offenbarte Peter seine Unkenntnis.

»CVJM kenns de nich? Is woll noch nich bis in die Pfalz vorjedrungen. Warte, ich erklär dir's. C steht für christlich, V steht für Verein, J steht für jung, und M für Männer. Christlicher Verein junger Männer. Dat heiß CVJM.«

»Christlicher Verein junger Männer?« Peter wurde neugierig. »Was macht ihr da einen ganzen Abend, wenn ihr zusammenhockt?«

Martin gab gerne Auskunft. »Wir singn zusamm, son richtigen Männergesang. Ich sach dir, dat tönt, mi'm Hans am Klavier. Dann lesen wir inne Bibel, un der Albert erklärt, wat da steht. Dann singn wir noch mal, un dann wird jebetet. Un dann isset meist spät un Zeit für nach Hause un ab in de Heia.«

»Ich bin aber doch gar nicht fromm.«

»Kannse aber werdn, Kumpel. Kann nich schaden.«

»Wann ist der nächste Abend?«

»Hört sich schomma gut an, wenne so frachs, Peter. Dienstach un Freitach is Jungmänneramd, haste doch jelesen. Heute is Donnerstach. Also morjen Abend. Ich hol dich ab. Kommse also mit? In Ordnung?«

»In Ordnung, Martin, ich komme mit. Weil du so ein guter Kollege bist, tu ich dir den Gefallen.«

»Kollege? Warum sachse einlich immer Kollege? Bei uns heiß dat Kumpel. Verstehste? Kollege is wat für höhere Leute.«

»Also gut, Kumpel«, gestand Kumpel Peter zu. »Das muss einem ja auch erst mal gesagt werden. Dabei sind wir doch eigentlich höhere Leute hier oben auf unserem Gerüst.«

»Haha, bis wohl 'n Spaßvogel. Ich mein dat wie bessere Leute vonne Behörde oder so.«

Peter Hölcker lächelte. Ein netter Kerl, dieser Kumpel Martin, musste er denken. Wir könnten Freunde werden.

Am nächsten Abend saß Peter im Kreis von vielleicht zwanzig jungen Männern zwischen sechzehn und sechsundzwanzig, wurde von Albert, dem Leiter, und den anderen freundlich und neugierig begrüßt, gab dann auch gerne Auskunft zu seiner Person und Geschichte und ließ sich in einen Abend hineinnehmen, wie er nie zuvor einen erlebt hatte.

Mit welcher Ernsthaftigkeit und zugleich Fröhlichkeit diese Burschen ihre christlichen Lieder sangen, mit welcher Wissbegier und Hingabe die an den Lippen ihres Leiters hingen und mit welcher Inbrunst die am Ende freie Gebete sprachen und sich dabei auch gar nicht von dem Neuen in der Runde stören ließen! Peter war beeindruckt.

Er fühlte sich an seine Frau Berg erinnert und ihre Art, vor dem Essen zu beten. Er erinnerte sich auch wieder an ihre sanften Ermahnungen, doch ab und zu in der Bibel zu lesen. Und ihm ging der Refrain dieses Liedes nicht mehr aus dem Kopf: »Suche Jesum und sein Licht, alles andre hilft dir nicht!« Das Lied war wohl so etwas wie die Hymne dieses CVJM-Kreises. Es wurde nämlich am Anfang und am Ende des gemeinsamen Abends gesungen.

Peter musste für sich selbst zugeben, dass er wohl ein Heide war. »Wer nicht nach Gott fragt, ist ein Heide«, hatte Albert gesagt. Er, der Junge aus dem Appeltal, hatte bisher nie nach Gott gefragt. War er eigentlich als Kind getauft? Er wusste es nicht. Konfirmiert war er jedenfalls nicht. In seinem Dorf waren Gott und Glaube kein Thema gewesen. Nicht in der Familie, nicht in der Schule, in seinem ganzen bisherigen Leben nicht. Was hatte der Pfarrer von Münsterappel eigentlich gemacht, wenn Gottesglaube in seiner Gemeinde kein Thema gewesen war? Den hatten solche Dinge offenbar nie wirklich interessiert, und deshalb hatte er auch kein Interesse bei seinen Gemeindegliedern dafür geweckt. Auch nicht bei ihm, Peter Hölcker, der wegen dieser Versäumnisse zum Heiden geworden oder ein Heide geblieben war. Der Ohm, der alte Ziegenhirte, musste eine Ausnahme gewesen sein, dass der immer wieder in die Kirche gegangen war. Was hatte der sich da wohl geholt?

Diese Gedanken ließen den jungen Mann nicht mehr los. Sie beschäftigten ihn am Samstag und Sonntag so sehr, dass er schon am Montag nach seinem ersten CVJM-Abend Martin nach einer Bibel fragte.

»Wat, du has keine Bibel? Dat kann doch nich wahr sein.« Martin war richtig entsetzt über Peters Frage. »Un dat daaf nich so bleim. Dat nächste Mal im Kreis kriechste ne Bibel, Kumpel. Dat sach ich dir. Versprochen!«

Peter bekam seine Bibel, und er las ab sofort in jeder freien Minute in diesem Buch, als gälte es einen Preis zu gewinnen. Zuerst las er nach dem Rat vom Leiter des CVJM das Evangelium nach Johannes und vor allem den ersten Brief dieses Jüngers. Um Texte aus diesem Buch des Neuen Testaments ging es nämlich zurzeit an den Abenden im »Verein«, wie die Teilnehmer ihren Kreis selbst bezeichneten. Und der Albert hatte eine feine Art zu erklären, was da stand über die Liebe Gottes und den Sohn Gottes und den Glauben an ihn.

Am nächsten Vereinsabend sollte es um das fünfte Kapitel dieses Briefes gehen, über die »Liebe Gottes und die Liebe zum Bruder«. Peter las schon einmal, was da stand. Gute Sätze, schwierige Sätze, die kaum zu verstehen waren, und dann wieder ganz einfache, die einem sofort einleuchteten: »Das ist die

Liebe zu Gott, dass wir seine Gebote halten; und seine Gebote sind nicht schwer.« – »Wer Gott nicht glaubt, der macht ihn zum Lügner.« – »Wer den Sohn Gottes hat, der hat das Leben; wer den Sohn Gottes nicht hat, der hat das Leben nicht.«

Glaubte er an Gott? Hielt er seine Gebote? Hatte er Leben? Hatte er keins? Er lebte doch, gesund, fröhlich und zufrieden. Aber hier war ja wohl von einer anderen Art Leben die Rede. Der Albert und die anderen im Kreis schienen dieses Leben zu haben. Brauchte er das auch?

Solche Fragen verfolgten Peter tags bei der Arbeit und nachts in seinen Träumen. Er konnte den nächsten Jungmännerabend kaum erwarten. Er brauchte Antworten, und er brauchte sie ganz dringend. Eher käme er wohl innerlich nicht wieder zur Ruhe.

Und dann dauerte es nicht einmal vom Freitag bis zum nächsten Dienstag, und Peter Hölcker hatte die Antworten auf seine Fragen erhalten und seine eigene Antwort gegeben.

Martin lud ihn am Samstag zu einem besonderen Gottesdienst in die Styrumer Kirche ein. Die Predigt würde ein gewisser Ernst Modersohn halten, ein junger Pastor von noch nicht einmal dreißig Jahren, der in christlichen Kreisen bereits einen besonderen Namen hatte. Den müsse er sich unbedingt anhören. Der Mann könne vielleicht predigen! Der hätte was zu sagen mit Feuer und Vollmacht. Was auch immer das war.

Warum sollte er nicht hingehen? Peter ließ sich sogar gerne einladen und von Martin abholen. Die beiden junge Leute setzten sich im Kirchenschiff der Kanzel gegenüber, damit sie gut hören und sehen konnten. »Dat Auge hört mit«, gab Martin zur Begründung an.

Was nach dem und für den Neuling beeindruckenden liturgischen Teil des Gottesdienstes mit seinen Gesängen und Lesungen dann in der Predigt kam, war schon sehr ungewöhnlich. Dieser Mann da oben auf der Kanzel in seinem schwarzen Gewand mit dem komischen weißen Kragen begann in feurigen und eindrücklichen Worten über 1. Johannes 5,12 zu reden: »Wer den Sohn Gottes hat, der hat das Leben; wer den Sohn Gottes nicht hat, der hat das Leben nicht.«

Das sollte doch das Thema im Verein am kommenden Dienstag sein. War das Zufall, dass der Text hier heute gepredigt wurde? Oder hatte Gott seine Hand im Spiel und ließ den Prediger ganz speziell für den Pfälzer Maler diese beiden Sätze auslegen? Sollte die lebenswichtige Einladung am Ende der Predigt nur für ihn ausgesprochen werden, und das auch noch mit dem bereits bekannten Liedvers? Peter in seiner Kirchenbank hing an den Lippen des Predigers.

»Seele, was ermüd'st du dich
in den Dingen dieser Erden,
die doch bald verzehren sich
und zu Staub und Asche werden?
Suche Jesum und sein Licht,
alles andre hilft dir nicht.

Sammle den zerstreuten Sinn,
lass ihn sich zu Gott aufschwingen,
richt ihn stets zum Himmel hin,
lass ihn in die Gnad eindringen.
Suche Jesum und sein Licht,
alles andre hilft dir nicht.«

»Darum, lieber Zuhörer«, schloss Ernst Modersohn seine Predigt, »bleib nicht im Tode, sondern wähle das Leben. Bleib nicht in den vergänglichen Dingen dieser Erde, sondern wähle Jesus. Er gibt dir Leben, ewiges Leben. Er selbst ist das Leben. Komm, junger Mensch, der du noch immer zögerst. Bleib nicht in der Finsternis, sondern wähle Jesus. Er gibt dir Licht. Er selbst ist das Licht. Komm! Komm jetzt! Gelobt sei Gott. Amen. Und der Friede Gottes, welcher höher ist denn alle Vernunft, bewahre eure Herzen und Sinne in Christo Jesu. Amen.«

Peter Hölcker fiel es wie Schuppen von den Augen: Diese Einladung war für ihn gesprochen, für ihn ganz persönlich. Und er musste ihr folgen. Er musste kommen. Er wollte kommen. Er wollte und musste diesen Frieden Christi haben. Noch hier und heute in dieser Kirche.

»Ich muss mit dem Pastor sprechen. Dringend«, flüsterte er Martin zu.

»Der steht gleich anne Ausgangstür. Kanns ihn ansprechen«, flüsterte Martin zurück. Dann setzte auch schon die Orgel mächtig ein, und Peter sang, innerlich sehr bewegt, die Strophen mit, die er aus dem Verein bereits kannte:

»Du verlangst oft süße Ruh,
dein betrübtes Herz zu laben:
eil zum Lebensquell hinzu,
da kannst du sie reichlich haben.
Suche Jesum und sein Licht,
alles andre hilft dir nicht.

Du bist ja ein Hauch aus Gott
und aus seinem Geist geboren,
darum liege nicht im Tod!
Bist du nicht zum Reich erkoren?
Suche Jesum und sein Licht,
alles andre hilft dir nicht.

Nahe dich dem lautern Strom,
der vom Thron des Lammes fließet,
und auf die, so keusch und fromm,
sich in reichem Maß ergießet.
Suche Jesum und sein Licht,
alles andre hilft dir nicht.«

Nach dem Segen drängte Peter Hölcker zum Ausgang, um den dort wartenden Prediger dieses wirklich besonderen Gottesdienstes ja nicht zu verpassen. Pastor Modersohn nahm sich auch gleich des jungen Mannes an, um ihm in der Sakristei dabei zu helfen, sein Leben in Gottes Hand zu legen, und ihn für einen guten Weg des Lichtes und des Lebens zu segnen. Danach verließ ein strahlender Peter die Kirche, um seine Freunde vor der Kirche zu suchen.

Wurde das ein Hallo der jungen Männer, die mit Martin draußen auf ihn warteten! Jetzt war Peter nicht mehr nur Kumpel, jetzt war er Christ und deshalb auch ihr Bruder. Das musste mit einem dreifachen »Hoch« und herzlichen Gratulationen gewürdigt werden. Halleluja!

Noch am selben Tag stellte Peter sich an seine Staffelei, um zur Erinnerung an diesen Tag eine Kalligraphie zu zeichnen. Das Predigtwort dieses Sonntags sollte ihm hinfort immer vor Augen stehen. Auch andere sollten es lesen und ihn nach seiner Bedeutung fragen können: »Wer den Sohn Gottes hat, der hat das Leben; wer den Sohn Gottes nicht hat, der hat das Leben nicht« (1. Johannesbrief 5,12).

Sein äußeres Leben brauchte Peter Hölcker, der demnächst vierundzwanzig wurde, nicht wesentlich zu ändern. Das war noch nie spektakulär gewesen, geschweige denn wild und ausschweifend. Leichtsinn und Oberflächlichkeit waren ihm fremd. Er hatte schon immer sehr einfach gelebt, zunächst schlicht bäuerlich, dann bescheiden bürgerlich und gediegen und immer ehrlich. Das sollte auch so bleiben.

Sein inneres Leben richtete er allerdings nach und nach neu aus. Vor allem zwei Dingen gab er viel Platz in seinem Denken und Empfinden. Das eine war die Frage nach dem, was Gott von ihm und für ihn wollte. Nach Gottes Willen sollten künftig seine Werktage und seine Sonntage gestaltet werden. Diese Frage nach Gottes Willen für ihn wurde zum ersten und wichtigsten Gebet nach dem morgendlichen Aufwachen.

Das andere war der Dank für alles, was er aus den Händen Gottes empfing und annahm, war es nun klein und unscheinbar oder auch groß und bedeutsam, schien es nach außen vorteilhaft und gut oder auch schlecht und eher von Nachteil. Gott machte es recht. Diese Denkweise bestimmte künftig seine Zeit vor dem Einschlafen.

Sein Denken, Tun und Lassen zwischen diesen Eckpunkten des Tages stellte der junge Christ damit unter die Herrschaft seines Herrn Jesus Christus. In der Abhängigkeit von ihm und in der Verantwortung vor ihm das irdische Leben zu gestalten, wurde für das neue von der Ewigkeit her bestimmte Leben am Ende des alten Jahrhunderts und dann im neuen sein wichtigstes Anliegen.

Vier Jahre blieb Peter Hölcker in Mülheim an der Ruhr. Vier Jahre wohnte er bei Frau Koschewski, die immer entgegenkommender wurde und ihre pingelige Art mehr und mehr ablegte. Die Porträts, die ihr junger Herr Kunstmaler für die Verwandtschaft polnischer adliger Herkunft anfertigte – meist ohne Entgelt, versteht sich, zuweilen aber auch gegen ein großzügiges Taschengeld –, taten das Ihre dazu, dass das Miteinander in der Wohnung an Offenheit, Freundlichkeit und Großzügigkeit zunahm. Die Einschränkungen blieben auf den Genuss von Zigarren und Zigaretten begrenzt, und Frauenbesuche gab es weiterhin auch nicht. Es gab aber auch kein weibliches Wesen, das Peter Hölcker zu sich hätte einladen wollen. Sein Herz war frei. Noch war es frei. Gott würde ihm zeigen, wer es einnehmen sollte.

Dafür kamen immer wieder einmal einige der Freunde vom CVJM zum gemeinsamen Bibellesen oder auch nur, um ein Schwätzchen zu halten und vielleicht ernsthaft über die Fragen der Zeit zu sprechen, wie man sie den Zeitungen entnehmen konnte.

An den Wochenenden taten sich häufig einzelne Jugendliche

zusammen, manchmal auch der ganze Verein unter Alberts Leitung, um zu Wasser und zu Land die Freizeit miteinander zu verbringen. Bootsfahrten auf der Ruhr und Wanderungen hinein in die Ruhr- und Rheinstädte oder ins Bergische Land bestimmten manches Wochenende, ähnlich den Aktivitäten der Wandervogel-Bewegung. Glückliche Zeiten einer fröhlichen christlichen Jugend.

Schade, dass alles einmal ein Ende hat, auch die Zeit für Peter Hölcker an dieser bisher wichtigsten Station seines Lebens. Der Auftrag im Schloss Styrum war abgeschlossen. Ein neuer tat sich im Ruhrgebiet für ihn als Kunstmaler und Restaurateur nicht auf.

Sein alter Lehrer und Ausbilder Thiel aus Kaiserslautern, mit dem er noch im brieflichen Kontakt stand, hatte ihm einen Zeitungsausschnitt mit dem Gesuch eines Malers in Saarbrücken geschickt. Ob das vielleicht etwas für ihn sei? Beim betenden Nachdenken, wie er damit umgehen sollte, kam Peter ein Vers aus dem 16. Psalm vor die Augen: »Das Los ist mir gefallen aufs Liebliche; mir ist ein schön Erbteil geworden«, stand da.

War es das? Ja, das war es. Peter Hölcker war sich plötzlich sicher, dass dieser Vers Gottes Antwort auf seine Frage war. In großer innerer Ruhe schrieb er einen Brief an die angegebene Anschrift und bat um Anstellung als »Maler und Restaurateur«. Abschriften seiner Zeugnisse und Beurteilungen legte er bei und gab ihn zur Post. »Gott, du machst es richtig. Wenn diese Stelle mein Platz ist, gehe ich nach Saarbrücken. Lass mich bitte nur nicht zu lange auf Antwort warten«, betete er und legte die Sache in Gottes Hand. Wie hatte doch dieser junge Pastor Ernst Modersohn kürzlich in einer Predigt gesagt? »Zur Stärke des Glaubens gehört, dass man den Ausgang einer Sache Gott überlässt.«

Vier Wochen später saß der junge Kunstmaler und Restaurateur mit all seiner Habe, die immer noch in zwei große Koffer passte, in der Bahn, um neuen Aufgaben entgegenzureisen. Um seine Freunde im Mülheimer CVJM und in der Gemeinde in Styrum tat es Peter Hölcker schon ein wenig Leid. Aber er würde auch am neuen Ort Freunde finden. Auch in Saarbrücken gab es Leute, mit denen er seinen Glauben teilen konnte. Da war er sich sicher.

Frau Koschewski musste sich nun jemand anderen suchen, der ihr die Geburtstags- und Weihnachtsgeschenke malte. Die vornehme Dame trauerte sicherlich ihrem Mieter mehr nach als der seiner Vermieterin. Vor einiger Zeit hatte er ihr eine Bibel geschenkt. Vielleicht würde sie in der Erinnerung an ihn ab und an darin lesen.

II.

Das Mädchen mit den dunklen Zöpfen

Ankommen in der Fremde

So trüb wie dieser Spätsommertag im Jahre 1893, so trüb war die Stimmung der elf Reisenden, die sich auf der gepflasterten Landstraße an der Saar entlang dem Ortsrand von St. Arnual näherten. Gott sei Dank, jetzt war es bis nach Saarbrücken und dem Ende ihrer Reise nicht mehr weit! Auf der Straße dorthin zogen zwei Kaltblüter einen großen Wagen, eine Art Kremser, der in der vorderen Hälfte hinter dem Bock mit einer grauen Plane überdacht, hinten aber offen war. Auf dem Bock saßen ein alter Kutscher, dem die Pfeife nicht ausging, und ein parfümierter junger französischer Gendarm, der den Rauch nicht leiden mochte. Den beiden konnte man es von den Gesichtern ablesen, dass sie gar nicht gerne nebeneinander unterwegs waren. Von Anfang an hatte ihr gemeinsamer Auftrag ihnen die Laune verdorben. Warum musste dieser Alte ständig seine Pfeife qualmen lassen? Und warum musste der Junge so penetrant nach Parfüm stinken? Das Wetter verbesserte ihre Stimmung auch nicht gerade. Es regnete zwar nicht richtig, aber in der Luft hing ein grauer, nasser Nebel. Ein Glück, dass die Fahrt wenigstens ohne Zwischenfälle verlief.

Die Ursache für den Missmut der beiden ungleichen Männer auf dem Kutschbock war ein Umzug. Sie hatten mit ihrem Wagen eine neunköpfige Familie vom lothringischen Saaralben auf deutsches Gebiet zu bringen. Weshalb das sein musste, hatte ihnen niemand erklärt. Auch ihre Fahrgäste nicht, für die sie unterwegs waren. Der Fuhrmann wusste nicht mehr als seinen Auftrag, die Leute und ihr Gepäck zu transportieren. Der Gendarm sollte die Reise begleiten und dafür sorgen, dass die Leute auch gut an ihrem Ziel ankamen und nicht unterwegs vielleicht den Fuhrmann zwangen, die Richtung zu ändern, oder es vorzogen, doch lieber ganz wieder umzukehren. Denn ihr Umzug war kein freiwilliger. Die Hintergründe dieser Geschichte aber kannte der Gendarm nicht.

So saßen die beiden Männer meistens einander stumm ertragend auf ihrer harten Kutscherbank und ließen den beiden grauen Wallachen die Zügel locker. Ganz selten wechselten sie ein paar Worte. Vielleicht lag das ja auch daran, dass der Kutscher Deutsch und der Gendarm Französisch sprach und ihre jeweiligen Nationen gut zwanzig Jahre nach dem deutsch-französischen Krieg und der Schlacht am Spicherer Berg nicht unbedingt befreundet waren. Zumindest nicht in dieser Gegend. Jetzt ausgerechnet noch am Fuß dieses Berges vorbeizufahren, weckte natürlich Erinnerungen, zumindest bei dem Älteren der beiden. Der Gendarm war damals noch ein Kind gewesen.

Ab und zu gab der Kutscher ein Kommando und ließ die Peitsche knallen, um seine Pferde anzutreiben oder sie in der richtigen Spur zu halten, obwohl es meistens sowieso nur geradeaus ging. Mit den Menschen hinter ihren Rücken sprachen sie noch weniger als miteinander, nämlich überhaupt nicht.

Dort unter der Plane befanden sich in der Mitte ein Lager aus Strohsäcken und an den Seiten schmale Sitzbänke. Der Platz war recht eng für die neun Personen der Familie. Der Vater war offensichtlich krank, die deutlich jüngere Mutter schwanger. Der Älteste der Kinderschar war vierzehn Lenze alt, seine sechs Geschwister folgten ihm im Abstand von jeweils etwa zwei Jahren. Streckenweise waren die größeren Kinder schon mal hinter dem Wagen hergegangen, jetzt aber, wo sie sich ihrem Ziel nach fast sechsstündiger Fahrt endlich näherten, mochte keins von ihnen mehr zu Fuß gehen. Sie waren zu müde und froh, dass die beiden Kaltblüter immer noch das Gefährt zogen.

Dicht gedrängt saßen jetzt alle neun auf Holz oder Stroh vorne im Wagen unter der Plane. Der übrige Teil war mit einer Reihe großer und kleiner Kisten und Koffer und einigen wenigen Möbelstücken beladen. Wenn das der gesamte Hausstand der Familie Wahrenberg war, konnten sie nicht zu den Reichen gehören. Es sei denn, sie hätten ihren übrigen Besitz vor dem Umzug verkauft. Hätten die Leute zu den Wohlhabenden gehört, wären sie sicher auch anders gekleidet gewesen. Die Armut und die Not schauten ihnen deutlich aus den Kleidern, die sie trugen. Und hätten die beiden Männer vorne auf dem Kutschbock hingehört, hätten sie manches Magenknurren von hinten vernommen. Denn wirklichen Reiseproviant hatten die letzten Vorräte in der verlassenen Wohnung in Saaralben nicht mehr hergegeben. Die hungrigen Mäuler mussten sich für die Reise mit ein paar trockenen Brotkanten zufrieden geben.

Beim ersten Tageslicht waren die Eltern Wahrenberg mit ihren sieben Kindern von dem Fuhrmann und dem begleitenden Gendarm abgeholt worden. Die beiden hatten angegeben, noch vor Dunkelheit wieder zurück sein zu wollen. Was sie auch schaffen konnten, wenn es in Saarbrücken für sie keinen besonderen Aufenthalt gab. Dort wollten sie bis kurz nach Mittag eintreffen.

Also fuhren sie fast ohne Aufenthalt bis Saarbrücken, auf den Platz vor dem Rathaus in der Nähe des Schlosses, und ließen unverzüglich absteigen und abladen. Ihren Pferden gönnten sie nur eine kurze Pause für eine Futterration aus den Hafersäcken unter ihren Mäulern. Dann tränkten sie die Tiere noch aus dem nahen Brunnen und machten sich sofort wieder auf den Rückweg. Der Gendarm drückte dem Vater der Familie zuvor noch einen Umschlag in die Hand mit der Maßgabe, sich im Rathaus zu melden und den Brief abzugeben. Die dort seien ab sofort für sie zuständig. Für ihn war der Auftrag damit erledigt.

Den Wahrenbergs blieb nur, mit Wehmut zuzusehen, wie der Reisewagen vom Platz fuhr und um die Südecke des Schlosses verschwand. Hier standen sie nun, von vielen jungen und alten Passanten begafft, und wussten für den Moment nicht, wie es für sie weiterging und woher sie etwas für ihre hungrigen Mägen bekamen. Auf dem Platz wurden gerade die letzten Marktstände abgebaut. Hier gab es also nichts mehr. Und wo sie für die nächste Nacht unterkommen konnten, wussten sie noch weniger.

»Was machen wir jetzt, Mutter?« Die so in die Ratlosigkeit hinein fragte, war die zwölfjährige Auguste Dorothee Luise, ein resolutes Mädchen mit dunklen Zöpfen, das seiner auffallend jungen Mutter wie aus dem Gesicht geschnitten war. Jetzt bestürmten die Kinder die Eltern mit vielen Fragen. Sie hatten Hunger und ihnen war kalt. Für ein paar Augenblicke hörte es sich in dem kleinen Haufen Menschen an wie in einem Hummelschwarm. Alle redeten durcheinander, so dass die Vorübergehenden erst recht stehen blieben, um zu erfahren, was mit diesen Leuten wohl los sei, die wie Strandgut an einem unbekannten Ufer zurückgelassen schienen.

Die Mutter – sie war offenbar die Tonangebende in dieser Familie – ordnete Ruhe an und erklärte: »Als Erstes danken wir Gott, dass wir jetzt hier sind. Dann bitten wir ihn, dass er uns weiterhilft. Dann gehe ich ins Rathaus und gebe den Brief ab und frage, wie es weitergeht. Ihr seid brav und haltet Ruhe und wartet. Denkt dran, euer Vater darf sich nicht aufregen. Verstanden?«

»Ja, Mutter!«, »Verstanden, Mutter!«, kam es aus mehreren Mündern gleichzeitig. Dann falteten alle wie selbstverständlich die Hände, auch der Vater, der vorher wie teilnahmslos auf einem Gepäckstück gesessen hatte, und die Mutter sprach laut ein Gebet. Alle bestätigten es mit ihrem lauten Amen, sogar die Kleinen schon.

Merkwürdige Leute, mochte mancher Vorübergehende denken. In einer solchen Situation ein Gebet? Und das mitten auf der Straße und laut gesprochen von einer Frau?

»Darf ich mitgehen, Mutter?«, fragte Auguste. »Vielleicht kann ich dir helfen?«

»Was willst du mir helfen, Kind? Bleib und pass auf Agnes auf«, erwiderte die Frau und änderte im selben Atemzug ihre

Meinung. »Du hast Recht, Auguste, komm doch mit und nimm Agnes auf den Arm und Henner an die Hand. Ich glaube, das kann hilfreich sein, wenn die Kleinen dabei sind. Frieder«, die Mutter schaute ihren Vierzehnjährigen an, »du passt auf die Sachen auf und auf die Kleinen. Vater braucht Ruhe. Wir vier gehen.«

Damit wandte sie sich zum Rathaus und ging mit festen Schritten die Stufen hinauf. Auguste mit der zarten und blassen Agnes auf dem Arm und mit Henner an der Hand folgte ihr. Wie würde es jetzt weitergehen?

Lange hielt der Mann in der Amtstube den Brief, den Luise Wahrenberg ihm übergeben hatte, in der Hand. Wortlos runzelte er die Stirn, verzog den Mund, zuckte mit den Schultern und schaute zwischen der Mutter und ihren drei Kindern hin und her, die plötzlich seine kleine Amtsstube füllten. Er schien darüber nachzudenken, wie er sich jetzt verhalten sollte.

Die Frau ergriff als Erste die Initiative. »Ich möchte den Herrn Bürgermeister sprechen«, verlangte sie mutig.

»Der Herr Bürgermeister Feldmann ist nicht für jeden zu sprechen«, gab der Beamte zurück. »Bestimmt nicht für solche hergelaufenen Leute wie Sie.« Der Mann schaute missmutig drein, seine Stimme klang barsch. Wie konnte die Frau eine solche Bitte äußern!

»Ich bin nicht jeder, mein Herr«, baute die sich vor dem offenbar Ratlosen auf, »und schon gar nicht eine ›solche Hergelaufene‹. Ich bin Luise Wahrenberg, verheiratet mit einem Mann, dem die Arbeit in der Fabrik die Gesundheit zerstört hat. Und ich bin Mutter von sieben Kindern. Wir brauchen ein Quartier, und meine Kinder haben Hunger. Oder sollen wir neun Menschen uns draußen vor dem Rathaus auf dem Pflaster niederlassen und die Leute anbetteln?«

Jetzt schien der Beamte überrascht. »Es hat Sie niemand gerufen. Warum sind Sie nicht in Saaralben geblieben? Da hatten Sie doch Ihr Quartier und sicher auch Ihr Essen. Warum gehen Sie nicht überhaupt zurück nach Westfalen, wo Sie ja wohl ursprünglich hergekommen sind?«

»Ihre Beschwerde richten Sie bitte an die Verwaltung in Lothringen. Wir haben uns dort nichts zu Schulden kommen lassen, außer dass wir Deutsche sind und …«

»… und dass Sie mit neun Personen den Leuten nichtsnutzig und faul auf der Tasche gelegen haben«, unterbrach sie der Mann ärgerlich.

Luise Wahrenberg wollte diesen Vorwurf natürlich nicht auf sich sitzen lassen. Der Zorn über die Bemerkung trieb ihr die Röte ins Gesicht. »Erklären Sie mir bitte, wie eine Familie leben soll, wenn dem Ernährer wegen der Salze und Dämpfe aus den Siedeöfen die Luft wegbleibt und der Körper kaputt ist und er nicht mehr arbeiten kann? Und erklären Sie mir bitte auch, wie eine Mutter von sieben Kindern …«

»Er muss das nicht erklären, Mutter«, mischte sich jetzt ihre Zwölfjährige ein. »Du wolltest doch den Herrn Bürgermeister sprechen. Der hat sicher ein Herz für arme Leute. Dieser Mann hat keins.«

Die mutigen Worte des Mädchens beeindruckten den Beamten, und er wurde plötzlich unsicher. »Warten Sie hier«, beschied er sie jetzt und verließ den Raum, den Brief in der Hand.

»Das hast du gut gemacht, Kind«, lobte die Mutter das Mädchen. »Der Mann spricht sicher jetzt mit dem Bürgermeister.«

»Und der gibt uns dann ein Quartier. Das hat Gott bestimmt schon vorbereitet«, war sich Auguste sicher, »und dann kriegen Agnes und Henner endlich auch was zu essen.«

»Du hast doch sicher auch Hunger, mein Kind«, sorgte sich Luise und nahm der großen Tochter Agnes ab. Die schlang ihre zarten Ärmchen um den Hals der Mutter und begann zu weinen. »Agnes will essen«, schluchzte sie, »und trinken. Henner hat auch Hunger, Mutter.« Aus Sympathie zu seiner Schwester fing der Vierjährige jetzt auch an zu weinen.

»Nun beruhigt euch mal wieder, ihr beiden«, versuchten Mutter und große Schwester zu trösten. »Ihr bekommt bald etwas zu essen und zu trinken. Passt auf, gleich kommt der Mann zurück und sagt uns, wie es weitergeht.« Die beiden hatten schon noch eine Weile zu tun, die Kleinen zu beruhigen und die Tränen abzuwischen. Schließlich gelang es ihnen aber doch.

Als der Beamte zurückkam, hatte auch das letzte Schluchzen aufgehört. Gespannt schauten ihm die vier Bittsteller entgegen.

Der Mann war wie umgewandelt. »Danken Sie Gott, dass der Herr Bürgermeister Feldmann ein großherziger Mensch ist«, begann er seine Rede. »Sie bekommen im Armenhospiz an der Ludwigskirche zwei Zimmer zugewiesen, die vor ein paar Tagen frei geworden sind. Ein Amtsdiener bringt Sie hin. Morgen Vormittag kommen Sie wieder hierher, damit Sie sich ordentlich anmelden können. Wenn es geht, sollte Ihr Mann mitkommen. Haben Sie Geld?«

»Nicht viel, aber etwas. Wir konnten in Saaralben ein paar Möbel verkaufen. Es reicht für ein paar Tage«, antwortete Luise Wahrenberg.

»Die Armenküche hat für heute schon geschlossen. Die befindet sich im selben Haus«, fuhr der Mann fort. »Von morgen an können Sie da mittags Ihr Essen holen. Sie haben vier Wochen Zeit, sich in der Stadt eine einträgliche Arbeit zu suchen, wenn das überhaupt geht.« Bei diesem Satz warf der Mann einen Blick auf den deutlich gewölbten Bauch der Frau. Das würde wohl eher nichts mit der Arbeitssuche, schoss ihm durch den Kopf. Dann fuhr er fort: »Wenn Ihr Mann wieder gesund ist, gilt das auch für ihn. Im besonderen Notfall hilft Ihnen auch die Stadt. Das Betteln auf der Straße ist in unserer Stadt nicht erwünscht. Der Amtsdiener wartet übrigens schon draußen bei Ihrer Familie.« Damit öffnete der Mann die Tür und bedeutete der Frau mit ihren drei Kindern, sie sollten gehen.

»Siehst du, Auguste«, nahm die Mutter die zarte Agnes wieder selbst auf den Arm, »so handelt der liebe Gott. Er hat uns das Quartier schon vorbereitet.«

»Der Vater im Himmel weiß, was wir brauchen, Mutter«, gab die Große ein wenig altklug zurück. »Wir haben ja auch vorher dafür gebetet.«

»Das wollen wir auch weiter so halten, Kind. Für alles, was wir brauchen, beten und für alles, was wir bekommen, danken. Das darfst du an keinem Tag vergessen.«

»Und der Vater? Der mag immer nicht laut beten.«

»Das ist ein bisschen schade, Auguste. Aber Vater lernt das bestimmt auch noch.«

»Vielleicht ginge es ihm ja besser, wenn er auch schon mal mit uns beten würde?«, überlegte Auguste.

»Vater betet im Stillen vielleicht mehr, als wir denken«, gab die Mutter nur zurück und wandte sich schon auf dem Rathausplatz an die drei Kinder. »Auf, Kinder, der freundliche Herr Amtsdiener wird uns zu unserer Wohnung bringen. Jeder nimmt, was er tragen kann.«

»Warten Sie, gute Frau. Das machen wir anders«, stoppte der Mann ihren Eifer. »Ich hole einen Karren. Dann wird der Transport Ihres Gepäcks leichter.«

Gesagt, getan. Nach ein paar Minuten kam der freundliche Mann mit einem zweirädrigen Karren für die Kisten und Koffer zurück. Dann setzte sich die kleine Karawane in Bewegung, um nach kurzem Weg den Ludwigsplatz und das Hospizgebäude zu erreichen.

»Das ist ja ein schönes Haus. Hier dürfen wir wohnen?«, staunte Auguste, als der Amtsdiener, der mit Frieder den Karren geschoben hatte, anhielt.

»Das ist ein Stengelbau, kleines Fräulein, wie alle Häuser an diesem Platz. Von außen schöner als von innen.«

»Und wo ist da der Stängel bei den Häusern?« Das Mädchen

schaute an der hell gestrichenen Fassade entlang. »Da sind doch nur Gesichter und Blumen in dem Streifen über den Fenstern. Ich sehe keine Stängel.«

Der Amtsdiener musste lachen. »Der Baumeister hieß Friedrich Joachim Stengel. Das war ein berühmter Mann. Der hat viele Häuser in Saarbrücken gebaut.«

»Hat der auch die Kirche gebaut? Die ist gar nicht so schön. So komisch braun.« Augustes Wissensdurst war geweckt, sie übersah die zurechtweisenden Blicke ihrer Eltern und des älteren Bruders. Sie sollte den Mann nicht mit ihren Fragen belästigen, hieß das.

»Das hat der Baumeister mit Absicht so gemacht. Das ist auch schön, nur anders.«

»Der hat bestimmt auch das Rathaus gebaut, wo wir eben waren«, bemerkte das Mädchen und wollte weiter wissen: »Warum ist unser Haus innen nicht so schön?«

»Das liegt an den Leuten, die da gewohnt haben. Die waren schmutzig und unordentlich. Ihr seid hoffentlich anders als die. Vielleicht könnt ihr euch eure Räume ja etwas herrichten und dann besser pflegen.«

»Das machen wir ganz bestimmt«, war sich Auguste sicher. Sie ergriff einen der Koffer und strebte der Haustüre zu. Die anderen Größeren taten es ihr nach.

»Eure Wohnung liegt im zweiten Stock nach hinten. Wartet, ich gehe voran.« Der freundliche Amtsdiener nahm auch ein Gepäckstück und ging als Erster hinein. Die beiden großen Kinder folgten ihm auf dem Fuß. Im Treppenhaus begegneten ihnen mehrere Kinder und Erwachsene, alles ärmlich erscheinende Leute, die wohl sehen wollten, wer denn bei ihnen einzog und künftig Hausgenosse war.

Luise blieb noch unten und kümmerte sich um ihren Mann und um die Kinder, die noch kein Gepäck tragen konnten. Die Kleinen waren erstaunlich friedlich, auch wenn sie immer dringender nach etwas zu essen verlangten.

»Kinder, noch ein bisschen Geduld«, mahnte die Mutter. »Wenn der Mann wieder runterkommt, frage ich ihn, wo wir etwas zum Essen kaufen können.« Das Völkchen gab sich für den Augenblick noch einmal zufrieden.

Dem Vater ging es nicht sehr gut. Die Reise auf dem elenden Kremser hatte ihn sehr mitgenommen, und er sehnte sich nach einem richtigen Bett. Hunger und Durst hatte er wohl auch.

»Wenn in der Wohnung ein Bett steht, kannst du dich gleich legen, Georg. Ein paar Minuten musst du noch durchhalten«, tröstete ihn seine Frau und strich ihm kurz über die Haare. Der Mann seufzte nur leise auf, rappelte sich hoch und begab sich auf den für ihn schwierigen Weg nach oben.

Eine halbe Stunde später war alles Umzugsgut mit den Wahrenbergs in ihrer neuen Wohnung, deren verdreckte und verrußte Wände tatsächlich unbedingt einen Anstrich brauchten, vor allem in der Küche. Die Dielen waren wohl auch lange nicht geschrubbt und die Fenster nicht geputzt worden.

Viel Platz gab es in den beiden Räumen ja nicht für die neun Personen. Aber sie würden mit der Enge schon zurechtkommen. Wohn- und Schlafraum waren wenigstens getrennt.

Neben der Küchentür befanden sich auf der einen Seite ein paar Kleiderhaken, auf der anderen stand ein Herd, auf dem gerade mal zwei Töpfe gleichzeitig stehen konnten. Das Ofenrohr kam nach oben heraus und nahm viel Platz von der Herdplatte weg. Warum konnte das verrußte Ding nicht an der Seite oder hinten angesetzt sein? Ein schmales Schrankbord stand in einer Zimmerecke und wartete darauf, das Küchengeschirr aufzunehmen. Einen kleinen Spülschrank hatten die neuen Bewohner aus Lothringen mitgebracht. Der hatte seinen Platz schon neben dem Herd gefunden. In seine Platte waren zwei große Schüsseln eingelassen. Unten hinein passten die Gefäße für das frische Wasser und für das verbrauchte. Das eine musste draußen am Brunnen geholt, das andere in den Abort geschüttet werden. Dann gab es in der Küche noch einen Tisch, der allerdings für neun Personen ein wenig klein war. Wenn alle gleichzeitig auf der Bank und den wenigen Stühlen saßen, würde es ganz schön eng werden.

Im anderen Zimmer befanden sich drei Bettstellen; unter zweien befanden sich Rollbetten, die man herausziehen konnte. Fünf Betten für neun Leute, das reichte für den Anfang. Aber die Familie besaß eh nur Decken für vier Betten. Für die Truhen mit der Wäsche reichte der Zwischenraum an den Wänden gerade hin. Einen Abstellraum gab es nicht. Aller Besitz musste in den beiden Stuben aufbewahrt werden. Auch in der Schlafstube wurde es dadurch ganz schön eng. Und wo sollten sie Vorräte aufbewahren? Das musste sich später zeigen.

Die Fenster der Wohnung gingen nach hinten auf einen kleinen Hof, auf dem ein paar Kinder spielten. Hinter einer Holztüre mit einem Herzchen befand sich offenbar die Toilette, die von allen Hausbewohnern benutzt werden musste. Das gab morgens sicher immer ein großes Gedränge. Gut, dass für die kleineren Kinder noch das Töpfchen und der Nachteimer reichte. Der Ausblick nach vorne auf den Ludwigsplatz wäre sicher der schönere und angenehmere gewesen. Andererseits waren die Kinder unter Aufsicht, wenn sie im Hof spielten.

Ob in die Zimmer wenigstens die Sonne hereinkam? Das würde sich zeigen, wenn sie wieder schien. Das trübe Wetter ließ noch keinen Schluss auf die Himmelsrichtungen zu.

In der Wohnung der Firma Solwei in Saaralben war das Leben komfortabler gewesen. Aber die Familie musste sich zufrieden geben mit dem, was sie hier vorfand. Zu neunt im Schlafraum würde man sich zusammenraufen. In Saaralben hatte die Familie zwei Schlafräume gehabt. Essplätze mussten notfalls an die Fensterbank oder das Spülschränkchen verlegt werden. Der Brennstoff für den Herd war sicher zu beschaffen, in einer Gegend, in der man Kohle förderte. Lagerraum dafür gab es in dem Schuppen neben der Toilette. Lebensmittel gab es in verschiedenen Läden und auf dem Markt, der dienstags, donnerstags und samstags auf dem großen Platz vor der Kirche stattfand. Die Kleidung für die großen und kleinen Familienmitglieder konnte auch künftig in der eigenen Wohnung hergestellt und ausgebessert werden. Die Nähmaschine hatte Luise Wahrenberg mitgebracht. Ihr Platz war dann auf dem Tisch. Luise verstand es vorzüglich, mit dieser Technik umzugehen. Selbst Auguste konnte schon gerade Nähte nähen. Was sonst zum Leben in dieser Stadt nötig war, würde sich ergeben. Gott mochte es schenken, dass sich die Wahrenbergs in der neuen Heimat einlebten.

Für heute galt es zunächst, noch etwas Essbares und Trinkbares aufzutreiben. Der Amtsdiener hatte ihnen ja schon ein paar Hinweise gegeben, wo sie günstig einkaufen konnten. Jetzt also ans Werk und das Beste aus der Situation gemacht. Vorher aber gab es die erste Sitzprobe aller neun Familienangehörigen in der Wohnküche. Die Kleinsten saßen auf der Bank, die anderen auf den wenigen Stühlen um den wackligen Tisch oder auf Koffern und Kisten, die ihren endgültigen Platz noch brauchten. Jetzt wollten sie den Einzug mit Gottes Wort abschließen.

Luise Wahrenberg nahm Bibel und Gesangbuch aus einem der Koffer und schlug den Psalm 30 auf. Es war für sie eine gute Gewohnheit, abends einen Abschnitt aus dem Alten oder Neuen Testament zu lesen, ehe die Kinder schlafen gingen. Die waren das so gewohnt. Vater Georg überließ diese Aufgabe gerne seiner Frau. Auch heute, wo sie früher als üblich ihre Andacht hielt, weil jetzt der passende Zeitpunkt war. Laut las Luise den sechsten Vers aus dem Psalm vor:

»Denn sein Zorn währet einen Augenblick, und er hat Lust zum Leben; den Abend lang währet das Weinen, aber des Morgens die Freude.«

Mit wenigen Sätzen erläuterte sie, wie sie diesen Text für die gegenwärtige Situation verstand. Ob der erzwungene Auszug aus Saaralben etwas mit dem Zorn Gottes zu tun hatte, wusste sie nicht zu sagen, aber dass Gott Lust zum Leben hatte, darin war sie sich sicher. Und das Weinen von gestern Abend und heute Morgen beim Abschied war ja inzwischen der Freude über die glückliche Ankunft gewichen, wenngleich einer noch ein wenig gedämpften. Es sei ja nun einmal so, dass die Menschen nur Gäste auf der Erde sind und hier keinen ewigen Stand haben. Luise las dazu ein paar Verse des Liederdichters Paul Gerhardt aus dem Gesangbuch, das sie immer bei ihrer Bibel liegen hatte:

»Ich bin ein Gast auf Erden
und hab hier keinen Stand;
der Himmel soll mir werden,
da ist mein Vaterland.
Hier reis ich bis zum Grabe;
dort in der ewgen Ruh
ist Gottes Gnadengabe,
die schleußt all Arbeit zu.

Was ist mein ganzes Wesen
von meiner Jugend an
als Müh und Not gewesen?
Solang ich denken kann,
hab ich so manchen Morgen,
so manche liebe Nacht
mit Kummer und mit Sorgen
des Herzens zugebracht.

So will ich zwar nun treiben
mein Leben durch die Welt,
doch denk ich nicht zu bleiben
in diesem fremden Zelt.

Ich wandre meine Straßen,
die zu der Heimat führt,
da mich ohn alle Maßen
mein Vater trösten wird.

Mein Heimat ist dort droben,
da aller Engel Schar
den großen Herrscher loben,
der alles ganz und gar
in seinen Händen träget
und für und für erhält,
auch alles hebt und leget,
nachdem's ihm wohlgefällt.«

Dann dankte die Frau für Gottes Hilfe während der ganzen Umsiedlung und für das Quartier, in dem sie nun erst einmal leben konnten, und sie betete um Hilfe und Kraft zum Einleben und zur Orientierung am neuen Ort.

Dem Gebet schloss Auguste ihr eigenes an, schlicht, aber sehr ernsthaft: »Lieber Gott, danke, dass du uns zwei Zimmer gegeben hast und wir hier wohnen können. Mach du Vater gesund und hilf ihm, dass er auch wieder Geld verdienen kann. Hilf uns auch, dass wir heute noch etwas zu essen kaufen können und dass das neue Kind bald gesund geboren wird. Amen.«

Auguste hängte immer ein paar Sätze an, wenn ihre Mutter betete. Das Kind hatte für sein Alter bereits eine erstaunlich tiefe Gottesbeziehung in einem kindlichen Glauben und einem festen Vertrauen in die Güte des himmlischen Vaters. Auch hierin war sie ihrer Mutter sehr ähnlich.

Später saß die Familie dann beim Abendessen, das durch einen raschen Einkauf beim Bäcker endlich möglich geworden war. Es gab Brot und Schmalz und ein paar Becher frisches Wasser, das Frieder in der Kanne vom Brunnen geholt hatte.

Draußen war es inzwischen heller und klarer geworden. Der Nebel hatte sich tatsächlich verflüchtigt, und sogar die Wolkendecke war dabei aufzureißen.

»Schaut mal alle, wie rot der Himmel ist!« Auguste war es, die ihre Eltern und Geschwister auf die besondere, unerwartete Lichterscheinung aufmerksam machte, die gerade noch durchs Fenster zu sehen war. Weil das Abendrot von ihrer Küche aus ganz schräg noch zu sehen war, zeigten die Fenster also nach Süden und würden bei entsprechendem Wetter die Sonne hereinlassen. »Morgen kriegen wir schönes Wetter«, stellte das Mädchen fest.

»So mag es werden. Das Abendrot soll uns ein gutes Zeichen sein, mehr als nur ein Wetterzeichen«, meinte Luise Wahrenberg.

»Wie meinst du das, Mutter?«, fragte Auguste.

Die Antwort gab der ältere Bruder: »Du kennst doch das Sprichwort: ›Abendrot – Gut-Wetter-Bot‹«.

»So sehe ich das auch, ein Bote für gutes Wetter«, bestätigte die Mutter, »aber das meine ich nicht. Ich meine das als ein gutes Zeichen für unser Leben an diesem Ort. Wir sind jetzt hier, und es wird alles gut werden. Morgen melden wir uns an und schauen, wo ihr Großen in die Schule geht. Und dann hoffen wir, dass Vaters Gesundheit sich bessert und dass wir Möglichkeiten finden, ein bisschen Geld zu verdienen, damit wir nicht auf fremde Hilfe angewiesen sind. Wir müssen alleine zurechtkommen. Ich möchte nicht auf die Almosen anderer Leute angewiesen sein.«

»Das schaffen wir schon«, war das Mädchen überzeugt. »Vielleicht kannst du für andere Leute nähen, ich kann irgendwo nach der Schule als Kindermädchen gehen, Frieder kann sich Arbeit als Laufbursche suchen, wenn Vater gesund ist, kann er …«

»Nicht so stürmisch, Kind. So einfach wird das wohl nicht sein. Wir werden sehen, was wird«, unterbrach Luise den begeisterten Redeschwall ihrer Tochter. »Wir müssen erst einmal richtig hier sein und die Stadt kennen lernen und schauen, wo es was gibt. Und dann muss ja auch erst das Kind noch kommen.« Daran hatte Auguste im Augenblick nicht gedacht. Das machte die Sache zunächst tatsächlich noch ein wenig schwierig.

»Ob es hier auch einen Pfarrer gibt, wo wir am Sonntag in die Kirche gehen können?« Auguste war mit ihren Gedanken schon beim nächsten Schritt.

Dieses Mal gab der Vater die Antwort. Der arme Mann mit seiner Atemnot und seiner körperlichen Schwäche hatte seit der Ankunft am frühen Nachmittag kaum ein Wort gesprochen. Der Schlaf und die Ruhe der letzten Stunden in einem richtigen Bett hatten ihm gut getan, er hatte sich erholt. »Wir wohnen doch gleich neben einer Kirche. Da wird es auch einen Pfarrer geben, der am Sonntag Gottesdienst hält.«

»Gehen wir dann dahin?«, fragte das Mädchen beharrlich.

»Heute ist erst Donnerstag. Bis Sonntag wissen wir, was los ist, und wenn es möglich ist, gehen wir in den Gottesdienst«, meinte die Mutter. »Ob Vater mitgehen kann, werden wir sehen. Möchte noch jemand ein Stück Brot?« Niemand meldete sich.

»Dann sprechen wir das Dankgebet. Danach können die Kleinen schon ins Bett. Die Großen helfen noch ein bisschen die Kisten und Koffer ausräumen und folgen dann später.«

Wie es die Mutter gesagt hatte, so geschah es. Meist nahm sie das Wort, wenn es etwas zu entscheiden gab. Der Vater war ein stiller und lieber Mensch. Er ließ seine Luise in allen Dingen gerne machen. Was die in die Hände nahm, das ging in Ordnung. Und Tochter Auguste Dorothee Luise trat mit ihren zwölf Jahren schon kräftig in Mutters Fußstapfen. Sie würde sich später auch behaupten.

Am nächsten Tag regelte sich manches, was für das Leben am neuen Ort in den kommenden Monaten notwendig war. Die

Familie meldete sich auf dem Rathaus ordentlich an, so dass alle Wahrenbergs hinfort Bürger der Stadt Saarbrücken waren. Ab dem kommenden Montag sollten die schulpflichtigen Kinder zwischen sieben und vierzehn Jahren die Volksschule in der Kronprinzenstraße besuchen. Das war von der Wohnung nicht einmal eine Minute Weg und betraf die vier älteren Jungen und Mädchen. Schulschwänzen war unter Androhung von Strafen verboten. Wegen der Zugehörigkeit zur Reformierten Kirche sollten sie sich im Pfarrhaus gleich neben dem Hospiz melden. Die Mutter hätte in einer Wollspinnerei in St. Johann auf der anderen Saarseite eine Arbeit bekommen können, wenn sie nicht wegen der drei Kleinen und dem erwarteten Vierten und wegen des kranken Mannes zu Hause bleiben müsste. Der Vater solle sich zunächst einmal richtig auskurieren. Vielleicht helfe ihm die gute Luft an der Saar ohne Chemiedämpfe und Solebrühe auf die Beine. Danach würde er sicherlich eine Arbeit finden, die seinen Kräften angemessen war.

Der wahrenbergsche Alltag in Saarbrücken konnte beginnen. Er begann und nahm seinen Gang mit den Wechselfällen, die das Leben einer großen und weiter wachsenden Familie immer wieder bot. Diese neuen Bürger der Stadt unterschieden sich allerdings von vielen anderen evangelischen Menschen darin, dass sie sich nicht lediglich in die Kartei der reformierten Gemeinde aufnehmen ließen, sondern auch tatsächlich und einigermaßen regelmäßig die Gottesdienste besuchten und am leider nur sehr spärlichen Gemeindeleben teilnahmen. Das lag aber nicht daran, dass der Weg zur Kirche nur wenige Meter weit war und lediglich auf die andere Seite der Straße führte. Der Unterschied lag im Inneren der Menschen.

Luise und ihr Mann wollten gerne das gepredigte Wort hören. Sie hatten als Kinder in ihrer fernen westfälischen Heimat den Heidelberger Katechismus gelernt und bewahrt. Die Antwort auf die Frage 1: »Was ist dein einziger Trost im Leben und im Sterben?«, war ihnen wichtig. Sie wollten so, wie es die

Väter dieses geistlichen Lehrwerkes vor Jahrhunderten formuliert hatten, im Leben und im Sterben nicht sich selbst gehören, sondern ihres »getreuen Heilandes Jesu Christi eigen« sein. Sie erklärten ihren Glauben auch gerne mit der Antwort auf die Frage 21: »Es ist nicht allein eine gewisse Erkenntnis, wodurch ich alles für wahr halte, was uns Gott in seinem Worte geoffenbart hat, sondern auch ein herzliches Vertrauen, welches der Heilige Geist durchs Evangelium in mir wirkt.«

Die geistliche Leitung in der Familie ging dabei von Luise aus. Sie war die, die die Bibel las und mit ihrer Familie betete. Lautes, freies Beten war nicht Georgs Sache. Er brauchte feste, vorgegebene und gelernte Formulierungen, und er verwendete, wenn er denn wirklich einmal laut beten musste, Gesangbuchverse, die er als Konfirmand einst in großer Zahl auswendig gelernt hatte.

Beide Eltern hatten sich auch in der lothringischen Stadt schon immer bemüht, ihren Kindern den reformierten Glauben vorzuleben und zu erklären, so gut sie das konnten ohne den Rückhalt einer reformierten Gemeinde. Die wenigen Evangelischen dort waren lutherisch. Noch folgten Frieder und Auguste dem Glauben der Eltern. Ob das so blieb, lag bei Gott. Die anderen waren noch zu klein, um vom Glauben viel zu wissen. Sie sahen, wie die Eltern ihn lebten, und das mochte später seine Auswirkungen haben.

Dass vor allem Auguste den Glauben tief in ihr junges Herz genommen hatte, machte sie selbst immer wieder deutlich durch ihre spürbare Beteiligung an den abendlichen Andachten und dem Verlangen, den Gottesdienst zu besuchen, obwohl sie vieles aus den Predigten nicht verstand. Der Prediger an der Ludwigskirche war leider ein akademischer mit viel Bildung und wenig Herz, dessen ausgefeilte Rede seine wenigen Gottesdienstbesucher kaum verstanden, auch die Wahrenbergs. Dennoch war ihr Platz sonntags in der schönen Kirche gegenüber. Schade, dass es keinen Kindergottesdienst für die Kleinen gab!

Schuljahre

Für Auguste waren es noch zwei Schuljahre in Saarbrücken. In Saaralben war Schule schöner gewesen als hier, fand sie. Die Klassen waren dort nicht so groß, nur ungefähr jeweils dreißig Kinder. Dagegen drängten sich in der großen Schule an der Kronprinzenstraße mehr als sechzig Jungen und Mädchen in einem Saal. In manchen Klassen mussten sich vier, fünf oder sogar sechs Kinder den Platz auf der Bank zum Arbeiten an einem Tisch teilen. Da konnte man gar nicht richtig schreiben. Da stieß einer den anderen ständig an. Wer an der Seite saß, hatte nur einen halben Platz auf der Bank und musste aufpassen, dass er nicht hinunterfiel. Wer mittendrin saß, wurde richtig eingeklemmt.

Welcher Lehrer konnte sich bei solchen Schülermengen um Einzelne kümmern und sie nach ihrem Vermögen fördern? Hier konnte Unterricht nur von vorne im Vortrag des Lehrers stattfinden und manche Frage nur im Chor beantwortet werden. Singen im Chor war ja in Ordnung, aber Lesen im Chor? Auswendiges Rezitieren und Rechnen im Chor? Dabei konnte sich mancher hinter dem Rücken seines Vordermanns verstecken und das Lernen an sich vorbeigehen lassen. Die Hauptaufgabe der Lehrer war bei solcher Schülerfülle, Disziplin zu halten und Ordnung einzuüben. Für manchen Lehrer war der Zeigestock eher das Mittel zur Disziplinierung. Für andere pädagogische Maßnahmen reichte die Zeit nicht; manchmal fehlte vielleicht auch die Liebe.

»Wo hast du denn deinen Platz?«, wollte Mutter Luise wissen, als ihre Tochter am Mittagstisch den Redeschwall über ihren ersten Schultag zum Luftholen unterbrach. Auguste war heute schon vor den anderen nach Hause gekommen.

»Mir hat Lehrer Gaul einen Platz an der Fensterseite ganz vorne an einem Fünfer-Tisch gegeben. Ich weiß manchmal gar nicht, wo ich meinen rechten Arm hintun soll. Der wird mir immer richtig eingequetscht. Die Sophie neben mir ist auch noch so dick und hat einen schrecklich breiten Hintern. Wenn ich mich quer auf das Bankende setzen könnte, wär das besser. Aber Quersitzen ist verboten. Dann kann man nicht richtig nach vorne gucken, hat der Lehrer gesagt.«

»Ist der Lehrer sehr streng?«, fragte der Vater.

»Das könnt ihr wohl glauben. Beim Lehrer Gaul darf sich keiner mucksen. Wenn einer zum Fenster rausguckt und der sieht das, dann wiehert der immer gleich, ich meine, dann kommt gleich die scharfe Rüge. Wenn einer ohne Aufforderung spricht, auch. Der Lehrer benutzt manchmal auch die Reitgerte. Der heißt Gaul und hat eine Reitgerte als Rohrstock. Hihi.« Auguste musste über ihren eigenen Satz kichern, dann fuhr sie fort: »Ein paar Jungen haben schon in der ersten Stunde Schläge bekommen, jeder drei, weil sie sich beim Reingehen auf der Treppe gerauft haben. Wir müssen uns nämlich draußen vor der Schultür aufstellen und in Zweierreihen hinter dem Lehrer her nach oben gehen. Dabei müssen wir den Mund halten.«

»Das war doch in Saaralben genauso«, erinnerte sie die Mutter.

»Das war aber nicht so streng. Da durften die Kinder beim Reingehen noch miteinander reden und lachen. Da haben wir uns immer an den Schürzenschleifen gezogen und haben Spaß gehabt. Da mussten wir erst im Klassenraum still sein.«

»Habt ihr hier keinen Spaß miteinander?«, fragte der Vater.

»Nur in der Pause und hinter dem Rücken des Lehrers. Wenn der was an die Tafel schreibt, fliegen schon mal Papierkugeln, und die Kinder reichen Pferdebilder herum. Und wenn er dann nicht weiß, wer Unsinn gemacht hat, dann schimpft er wie ein Rohrspatz auf alle. ›Ihr Saubande‹, hat er heute mal geschimpft, ›weh dem, den ich erwische.‹« Auguste musste wieder lachen.

»Aber du wirst doch keinen Unsinn machen, oder?«, sorgte sich die Mutter.

»Nur wenn es der Lehrer nicht merkt«, gab Auguste zu. »Ich möchte nicht von ihm angeschrien werden mit ›Schlamperliese‹ oder ›dumme Göre‹ oder so was. So hat er die Agathe aus der Reihe hinter mir angeschrien. Dabei war der nur ihr Buch und ihr Heft vom Tisch gefallen. Wahrscheinlich war sie angeschubst worden und konnte gar nichts dafür. Ich habe aber trotzdem heute schon ein Pferdebild gemalt und es den anderen gezeigt.«

»Aber doch wohl nur in der Pause?«, runzelte der Vater die Stirn.

»Natürlich nur in der Pause, Vater«, beruhigte ihn Auguste und musste dabei lächeln. »Ich will doch nicht, dass er wegen mir gaulpferdewild wird.«

»Gibt es denn auch etwas Gutes zu berichten?«, versuchte die Mutter das Gespräch in eine etwas andere Bahn zu lenken.

»Etwas sehr Gutes, Mutter«, freute sich Auguste. »Der Lehrer hat ganz am Anfang und am Ende gebetet. Das war gut. Die Gebete kennen wir auch. ›Das walte Gott, der helfen kann! Mit Gott fang ich die Arbeit an; mit Gott nur geht sie glücklich fort; drum sei auch dies mein erstes Wort: Das walte Gott. Amen‹. Und nach dem Beten und Hinsetzen musste ich sagen, wer ich bin.«

»Und, was hast du von dir erzählt?«

»Ich hab erzählt, dass wir am Donnerstag von Saaralben mit einem Pferdewagen hierhergezogen sind und am Ludwigsplatz im Haus neben der Kirche wohnen, bis wir eine andere Wohnung finden.«

»Und weiter?«

»Als ich gesagt habe, dass Vater krank ist und nicht arbeiten kann und wir sieben Kinder haben, haben ein paar Jungen dumm gelacht. Zum Kindermachen sei er aber wohl gesund genug. Da ist der Lehrer Gaul sehr böse geworden und hat die Lümmel sofort scharf gerügt und laut geschimpft. Dann hat er den Jungen noch gesagt: ›Lieber krank als ein Säufer und

Rabauke. Besser sieben Kinder, die anständig und wohlerzogen sind, als nur zwei oder drei, die solche Flegel sind wie ihr.‹ Da hat er Recht. Vielleicht sind die Väter von den Jungen ja Säufer und Raufbolde und haben weniger Kinder zu Hause als wir.«

»Es ist schlimm, wenn ein Mann nicht arbeiten kann«, fühlte der Vater sich angesprochen, und er sagte mitleidig: »Aber es ist wohl schlimmer, wenn er ein Säufer ist und ein Raufbold, der das Geld ins Wirtshaus bringt und dann seine Frau und die Kinder schlägt.«

»Und wie hieß dann das Schlussgebet des Lehrers?«, kam die Mutter auf das vorige Stichwort zurück.

»Das kennen wir auch. Das sind zwei Liedstrophen, die wir schon öfters gesungen haben.« Auguste legte ihre Hände wie zum Gebet zusammen und sagte den Text:

»Führe mich, o Herr, und leite
meinen Gang nach deinem Wort;
sei und bleibe du auch heute
mein Beschützer und mein Hort.
Nirgends als bei dir allein
kann ich recht bewahret sein!

Deinen Engel zu mir sende,
der des bösen Feindes Macht,
List und Anschlag von mir wende
und mich halt in guter Acht,
der auch endlich mich zur Ruh
trage nach dem Himmel zu.«

»Amen«, schloss die Mutter. »Das ist gut, wenn der Lehrer das dann auch so meint, wie er es betet, und wenn er seinen Schülern das weitergibt. Vielleicht kann das die Lümmel ja mit der Zeit bessern.«

»Das glaube ich nicht«, zweifelte die Tochter.

»Woher willst du das wissen?«

»Wenn der das glaubte, würde er nicht bei jeder Kleinigkeit schimpfen. Dann würde er mehr Verständnis haben und anders mit den Kindern umgehen«, war die Zwölfjährige überzeugt.

»Da magst du Recht haben«, gestand die Mutter zu, erhob sich vom Tisch und wandte sich zum Herd. »Jetzt muss ich mich aber um die Suppe kümmern. Wenn deine Geschwister gleich kommen, wollen wir essen. Ich habe heute lieber selbst gekocht, als das Essen unten zu holen. Es gibt Grumbeersupp, wie das hier heißt, Kartoffelsuppe. Du kannst schon mal die beiden Kleinen raufholen. Die spielen hinten im Hof. Agnes schläft ihren Mittagsschlaf. Sie wird sicher auch gleich wach.«

Auguste kam gut in der Schule zurecht. Sie hatte einen klugen Kopf, in den die Dinge, die im Unterricht gelehrt wurden, leicht hineingingen. Sie litt nicht unter der großen Schülerzahl. Rechnen, Lesen und Schreiben machten ihr keine Mühe, und im Auswendiglernen und Behalten war sie ein besonderes Talent. Was konnte dieses Mädchen am Ende ihrer Schulzeit nicht alles auswendig hersagen! Eine Menge lyrischer Gedichte von Emanuel Geibel, Gustav Schwab, Joseph von Eichendorff und anderen, kurze und lange Balladen der großen Klassiker Goethe und Schiller wie »Johanna Sebus« und »Die Bürgschaft«. Viele Lieder zu den Jahreszeiten und zu besonderen Ereignissen des Lebens sammelte sie in ihrem Kopf.

Die Lieder von Matthias Claudius und die des Pfarrers und Dichters Paul Gerhardt liebte sie besonders. Diese Liebe hatte sie von ihrer Mutter übernommen. Es machte ihr nichts aus, dass dessen Lieder manchmal dreizehn und mehr Strophen hatten. Wenn ihr danach war, sang sie alle Strophen von »Geh aus, mein Herz, und suche Freud«, ihrem ausdrücklichen Lieblingslied, hintereinander weg, ohne auch nur einmal stecken zu bleiben. Sie sang dieses Lied auch mitten im Winter, wenn die Bäume gerade nicht »voller Laub« standen, sich nirgendwo eine Lerche in die Luft schwang und auch kein Weizen »mit Gewalt« wuchs. Die meisten anderen Strophen passten sowieso immer. Die Dreizehnte war ihr die wichtigste. Die machte das Mädchen zum eigenen Gebet:

»Hilf mir und segne meinen Geist
mit Segen, der vom Himmel fleußt,
dass ich dir stetig blühe;
gib, dass der Sommer deiner Gnad
in meiner Seele früh und spat
viel Glaubensfrüchte ziehe,
viel Glaubensfrüchte ziehe.«

Es war Augustes großer Wunsch schon als Mädchen, zu Gottes Gefallen zu leben und einmal für ihn zu arbeiten. Wie das aussehen könnte, davon hatte sie freilich noch keine Ahnung.

Mit ihrem Lehrer kam die fleißige Schülerin meistens gut zurecht, nur ganz selten gab sie Anlass zu einer Zurechtweisung. Von ihren Mitschülern ließ sie sich nicht einschüchtern, wenn die ihr wegen ihres Glaubens, ihrer freundlichen Natur oder ihrer Hilfsbereitschaft etwas am Zeug flicken wollten. Mitschüler, die Mühe mit dem Lernen hatten, lagen ihr am Herzen, und sie setzte sich für sie ein. Deshalb war Auguste auch bei den meisten Mädchen und Jungen beliebt und geachtet.

Bei ihrem Lehrer genoss sie besondere Achtung, nachdem es einmal großen Ärger gegeben hatte. Denn eine ganze Woche lang war das Mädchen nicht zum Unterricht erschienen. Unentschuldigtes Fehlen galt als Schwänzen und wurde nach der Ordnung der Schule scharf geahndet, notfalls sogar mit Strafen gegen die Eltern, die ihre Aufsichtspflicht verletzt hatten. Was war passiert?

An dem Tag, als ihr jüngstes Geschwisterchen geboren werden sollte, war Auguste ganz rasch zum Unterrichtsbeginn zur Schule gelaufen und hatte ihrem Lehrer noch vor der Schultür, als die anderen schon alle angetreten waren, sehr aufgeregt mitgeteilt, dass sie sofort wieder nach Hause laufen müsse, denn ihre Mutter habe starke Wehen. Sie bekäme bestimmt heute Vormittag noch das Kind, sie könne sie unmöglich allein zu Hause lassen. Jemand müsse sich auch um die kleinen Geschwister kümmern. Ihr Vater könne das wegen seiner Krankheit nicht tun. Für ihre drei Brüder in der Schule sei das keine Aufgabe. Die drei seien zum Unterricht pünktlich erschienen. Also werde sie ganz rasch wieder nach Hause laufen.

Die Entschiedenheit und die Geschwindigkeit, mit der das Mädchen seine Rede vorgetragen hatte, hatten dem Lehrer die Sprache verschlagen. Ehe er überhaupt reagieren konnte, war Auguste bereits wieder um die Ecke des Schulgebäudes verschwunden, um ja schnellstens wieder bei der Mutter zu sein.

Zehn Tage später saß die Schülerin dann wieder wie gewohnt auf ihrem Platz, ohne sich ausdrücklich zurückgemeldet zu haben. Der Lehrer bemerkte Auguste natürlich sofort und rief sie nach dem Morgengebet an sein Pult. »Ich möchte von dir eine Erklärung, Auguste Wahrenberg, warum du mehr als eine Woche den Unterricht versäumt hast«, sagte er in scharfem Ton.

»Ich konnte nicht zur Schule kommen, Herr Lehrer, meine Mutter brauchte mich«, antwortete das Mädchen mit fester Stimme.

»Papperlapapp, was muss ein Mädchen wie du eine so lange Zeit der Mutter helfen, bitte schön?«

»Das hatte ich Ihnen gesagt, Herr Lehrer. Meine Mutter hat am selben Tag noch ein Kind bekommen.«

»Und was hattest du damit zu tun, Auguste Wahrenberg?« Lehrer Gaul nannte seine Jungen und Mädchen immer mit Vor- und Nachnamen, wenn er zornig war, sonst genügte ihm der Vorname, wenn er ihn überhaupt kannte.

»Sie sollten es wissen, Herr Lehrer, dass eine Frau, die ein Kind bekommen hat, mindestens acht Tage im Bett liegen muss und ihren Haushalt dann nicht versorgen kann. Das nennt man Wochenbett, Herr Lehrer, und eine solche Frau heißt Wöchnerin, Herr Lehrer. Aber Sie können das vielleicht nicht wissen, Herr Lehrer, Sie sind ja nicht verheiratet.«

Unter den Mitschülern entstand bei diesen mutigen Worten des Mädchens ein lebhaftes Tuscheln und Murmeln.

»Ruhe auf den Plätzen!«, forderte Lehrer Gaul und schlug mit der Reitgerte auf sein Pult, dass es knallte. Sofort wurde es wieder still. Nach einem strengen Rundblick über die Klasse wandte er sich wieder an Auguste, die offenkundig völlig unbeeindruckt vor dem Pult stand und mit offenem Blick zu ihrem Lehrer aufschaute. »Du bist ganz schön vorlaut, Auguste Wahrendorf, ganz schön vorlaut. Was bildest du dir ein, wie du dich benehmen darfst? Ein zwölfjähriges Mädchen vor seinem Lehrer?«

»Ich bitte um Vergebung, Herr Lehrer, ich glaube nicht, dass ich vorlaut bin. Ich habe nichts Falsches gesagt. Und ich habe auch nichts Falsches gemacht. Ich habe nur getan, was ich als Kind meiner Mutter und meiner Familie tun musste. Dennoch entschuldige ich mich für mein Fehlen. Darf ich mich jetzt wieder setzen?«

Der Lehrer war für einen Augenblick sprachlos. Wie trat dieses Mädchen hier vor ihm auf? Konnte er ein solches Verhalten durchgehen lassen? Auguste untergrub ja seine Autorität. Dabei hatte sie eigentlich wirklich nichts Verwerfliches getan, und was sie gesagt hatte, war der Sache nach auch in Ordnung. Nur hatte sie im Unterricht gefehlt, und es gab keine Entschuldigung dafür, zumindest keine schriftliche, und nicht von den Eltern. Musste hier nicht ein Exempel statuiert werden? In Lehrer Gauls Kopf arbeitete es fieberhaft. Man konnte es ihm ansehen. Dann war sein Entschluss offenbar gefasst. Es kam eine Antwort, mit der Auguste nicht gerechnet hatte.

»Ich nehme deine Entschuldigung an, Auguste Wahrenberg. Ich erteile dir lediglich einen mündlichen Tadel, weil du mir keine schriftliche Entschuldigung gebracht hast. Du kannst dich setzen. Wir fahren fort, wo wir gestern in der letzten Stunde geendet haben. Nehmt eure Bücher.«

Das wollten die Jungen und Mädchen wohl gerne tun. Vorher aber zollten sie ihrem sonst so strengen Lehrer Beifall durch Klatschen. Ihrer Mitschülerin war es tatsächlich gelungen, eine andere Seite ihres Lehrers zum Vorschein zu bringen. Der Mann hatte also auch so etwas wie ein Herz. Auguste kam an diesem Tag übersprudelnd vor Freude nach Hause.

Einige Zeit später wurde ihr junger Glaube dann auf eine harte Probe gestellt. Als sie eines Mittags aus der Schule kam, fand sie die Mutter am Korb der kleinen Schwester in der Küche völlig aufgelöst, weinend und klagend, die kleineren Geschwister drum herum und den Vater stumm und blass am Tisch. Die kleine Katharina lag in ihrem Kissen mit wie zum Schlafen geschlossenen Augen in einem bleichen Gesichtchen, die winzigen Händchen ebenso farblos und zu Fäustchen geformt auf der Decke. Was war nur los mit der Kleinen? Kathrinchen schlief doch nicht. Nein.

Auguste erschrak bis ins Mark, als die aufkommende böse Ahnung blitzartig zur Gewissheit wurde. »Ist sie tot?«, kam es wie ein spitzer Schrei aus ihrem Mund. »Warum ist Kathrinchen tot? Was ist passiert? Mutter, was ist passiert? Vater, warum ist sie tot?«

Die Eltern antworteten nicht. Luise nahm ihre große Tochter nur stumm in den Arm. Das hier musste für Auguste ein Schock sein. Nie zuvor war das Mädchen so unmittelbar dem Tod begegnet. Und nun gleich in dieser brutalen Grausamkeit.

Auch Auguste liefen jetzt die Tränen über die Wangen, und der Raum füllte sich erneut mit Weinen und Schluchzen. Erst nach einiger Zeit konnte die Mutter antworten: »Ich weiß nicht, was passiert ist, Kind. Sie lag einfach tot im Korb, einfach tot im Korb. Und heute Morgen hat sie noch so süß gelächelt und fröhlich gekräht.«

Nach einer Weile der Trauer an dem kleinen Sterbebett fragte Auguste zwischen zwei Schluchzern: »Wo ist Kathrinchen jetzt?«

Erst nach einem erneuten tiefen Seufzer konnte die Mutter antworten: »Sie ist wieder bei Gott, von dem sie gekommen ist.«

»Warum macht Gott so etwas, Mutter? Kathrinchen war doch erst ein paar Wochen alt. So lieb und so unschuldig. Warum nimmt er uns das Kind wieder?«

»Ich weiß es nicht, Kind. Gottes Wege sind heilig. Wir verstehen sie oft nicht. Auch das hier verstehen wir nicht. Gott weiß, warum so was passiert.«

Dann kam es vom Vater. Nur drei kurze Sätze brachte der Mann heraus, der seinen Schmerz wie viele Männer nicht in Tränen ausdrücken konnte. Diese Sätze hatten allerdings schweres Gewicht. Georg Wahrenberg mochte sich fühlen wie Hiob, der Mann Gottes, der mehr als ein Kind verloren hatte. Zumindest zitierte er dessen Bekenntnis, das in einer ungleich schwereren Situation gesprochen war: »Der Herr hat's gegeben, der Herr hat's genommen, der Name des Herrn sei gelobt.«

So sagte es der Vater auch denen, die zur Beileidsbekundung in die Wohnung kamen. Das waren freilich wenige, nur ein paar der Mitbewohner im Haus. Wer sonst hätte auch das Leid der Familie mit tragen wollen? Der Pfarrer vielleicht noch. Aber der wusste nicht viele Trostworte zu sagen, auch nicht bei der Beerdigung. Der schien eine ewige Heimat im Himmel nicht zu kennen, denn der auferstandene und lebendige Heiland Jesus Christus kam in seiner Predigt nicht vor.

Die Gewissheit, dass das kleine Menschlein Katharina für ewig in Gottes Händen aufgehoben war, und die innere Haltung, in der sie geglaubt und aus der sie gesprochen war, half den großen und kleinen Wahrenbergs, das Leid um den Verlust des Kindes zu verarbeiten und sich nach einer Zeit der Trauer wieder dem Alltag zuzuwenden.

Der vom Vater gesprochene Hiob-Satz prägte sich Auguste tief in ihre wunde Seele ein. Ihr Glaube nahm durch dieses besondere Ereignis keinen Schaden, im Gegenteil, das Mädchen kam dadurch dem heiligen Gott und Vater im Himmel eher noch ein Stückchen näher. Nach einigen Wochen hatte sie ihre Trauer überwunden, und die alte Freude beherrschte wieder ihr Wesen.

Die Freiheit, die Mutter Luise durch das tragische Ereignis wiedergewonnen hatte, brachte sie zum Nachdenken darüber, wie sie etwas tun konnte, um die zuletzt immer knapper bestückte Haushaltskasse aufzufüllen. Die eigenen Rückstände gingen trotz sparsamsten Wirtschaftens langsam, aber sicher zur Neige.

Beim Abendessen verkündete Luise dann ihrer erstaunten Familie den Plan: »Ich gehe morgen nach St. Johann zum Kaufhaus Fiedler.«

»Willst du da etwa arbeiten, Mutter?«, fragte Auguste.

»Nicht arbeiten, Kinder, einkaufen will ich da.«

»Was willst du denn da einkaufen? Und mit welchem Geld? Wir haben doch, was wir brauchen«, sagte Frieder.

»Was wir brauchen, ist ein bisschen mehr Geld in der Kasse.«

»Das musst du uns genauer erklären, Luise«, bat der Vater.

»Ich kaufe bei Fiedler in der Abteilung Großhandel Kurzwaren und kleinere Haushaltswaren. Vielleicht auch ein paar gängige Stoffe und Wäschestücke. Die Sachen lade ich mir in den Kinderwagen, den ich ja leider nicht mehr anders gebrauchen kann. Dann fahre ich damit auf die kleinen Dörfer rund um die Stadt und biete die Sachen den Leuten dort zum Kauf an.«

»Du willst hausieren gehen, Mutter?«, wunderte sich Auguste.

»Genau das will ich, Kind.«

»Und du glaubst, dir kauft jemand etwas ab?«

»Das glaube ich ganz sicher. Die Frauen auf den Dörfern sind froh, wenn sie wegen Nähseide und Knöpfen nicht bis nach St. Johann oder nach Saarbrücken müssen.«

»Darf ich mit zum Fiedler gehen, Mutter? Und darf ich dann auch mal mit dir auf die Dörfer gehen?« Auguste war begeistert.

»Und wovon willst du deinen Großauftrag bezahlen?« Frieder leuchtete der Plan noch nicht so recht ein. »Und wer kocht uns das Essen, wenn du unterwegs bist?«

»Langsam, eins nach dem anderen«, bremste Luise den Wortschwall aus den verschiedenen Richtungen. »Das Kochen kann Vater übernehmen. Dazu reichen die Kräfte, Georg, oder?« Georg antwortete erst einmal nicht. »Ich bin überzeugt, dass der Fiedler mir einen Kredit einräumt, den ich ihm nach und nach zurückzahle.«

»Dann kannst du doch auch gleich fragen, ob der Fiedler nicht einen Laufburschen oder Lagerarbeiter braucht. Wenn ich aus der Schule komme, will ich ja etwas Sinnvolles tun. Aber ich mag nicht Kumpel werden.«

»Das werde ich machen, Frieder. Das ist ein guter Gedanke. Und du, Auguste, magst gerne mit mir gehen zu meinem ersten Großeinkauf.«

»Gut, Mutter, wann gehen wir?«

»Wenn du morgen aus der Schule nach Hause kommst, Kind. Nur, zum Hausieren kannst du natürlich nicht mitgehen. Die Schule ist wichtiger. Und wenn du zu Hause bist, wirst du Vater helfen müssen bei unseren Kleinen. Aber jetzt werden wir die ganze Sache erst noch einmal dem Vater im Himmel sagen. Wenn der nicht will, dass ich als Hausiererin Geld verdiene, dann wird das morgen nichts. Wenn Gott es will, dann klappt das. Was denkst du, Georg? Kannst du mit dem Plan einverstanden sein?«

Georg Wahrenberg holte tief Luft. Es bedrückte ihn immer wieder, dass er wegen seiner Krankheit nicht zu irgendeiner Arbeit gehen konnte. Und dieses Gespräch um das Vorhaben seiner Frau machte ihm zu schaffen. Aber konnte er sich querstellen? »Wenn Fiedler dir Kredit gibt, dann will ich darin Gottes Willen sehen. Dann werde ich auch allein mit den Kindern hier zurechtkommen, während du mit deiner Ware unterwegs bist. Ich will nur hoffen, dass du dann auch wirklich Käufer findest und nicht an den Türen abgewiesen wirst.«

Anscheinend war Gott mit den Plänen von Mutter Luise einverstanden. Es gelang ihr, den freundlichen Kaufmann, der mit seiner Familie zur Synagogengemeinde von St. Johann gehörte, davon zu überzeugen, dass er ihr vertrauen könne. Sie sei Christin, und ihre ganze Familie glaube und vertraue dem Gott, der doch der Gott Abrahams, Isaaks und Jakobs sei, also auch ihr Gott. Sie sei überzeugt, Gott werde ihr helfen, dass sie nicht vergeblich in die Dörfer unterwegs sei und dass sie dort auch Umsatz mache.

Herr Fiedler überließ Luise Wahrenberg ein gutes Sortiment an Kurzwaren und einfachen Haushaltswaren, die von den Menschen auf dem Lande sicher gekauft würden. Der Kinderwagen als Transportmittel vermochte die Warenmenge gar nicht zu fassen. Wie gut, dass Luise Auguste mitgenommen hatte. Leider erhielten die beiden keine positive Antwort für Frieder, nur den Hinweis, er solle zur gegebenen Zeit noch einmal vorstellig werden.

»Das war jetzt gut, Mutter. Der Herr Fiedler ist ja ein richtig lieber Mann«, meinte Auguste auf dem Rückweg nach Hause.

»Und er glaubt an denselben Gott wie wir. Nur dass er noch immer auf den Messias wartet«, bestätigte die Mutter.

»Der Messias, das ist doch Jesus, oder nicht?«, wollte Auguste noch einmal bestätigt haben, obwohl sie das ja eigentlich wusste.

»Richtig. Irgendwann werden die Juden es erkennen, dass Jesus auch für sie in die Welt gekommen ist. Davon hat der Apostel Paulus schon geschrieben, und so wird das sein. Ich freue mich jedenfalls, dass ich ab Montag unterwegs sein kann und Geld verdienen. Vater wird das mit euch schon schaffen. Und ich bin ja auch abends immer zurück.«

»Glaubst du das wirklich, Mutter, dass du abends immer wieder zu Hause bist? Manche Wege sind doch sehr weit.« Auguste dachte wieder einmal erstaunlich umsichtig.

»Da hast du Recht, Kind. Es mag sicher schon mal sein, dass ich irgendwo um ein Nachtquartier bitten muss. Aber auch dann werdet ihr zu Hause zurechtkommen. Gott hat zu dem einen ja gesagt, also wird er das andere auch behüten und segnen.«

Die feste Zuversicht der Mutter machte Eindruck auf die Tochter und bewog sie zu der Äußerung, sie möchte auch immer so fest glauben können, dass Gott da sei und in allen Dingen immer helfen werde.

»Um diesen Glauben muss ich jeden Tag bitten, Kind. Der kommt nicht von alleine. Aber Gott schenkt ihn. Er schenkt ihn auch dir, wenn du ihn immer wieder bittest.«

»Fräulein Auguste«

Auguste erlebte in den nächsten Monaten, wie sich der Glaube der Mutter und ihr Vertrauen in die hilfreiche Nähe Gottes in allen Dingen bewährte. Ihrem eigenen Glauben tat das sehr gut und gab ihm zunehmend Kraft.

Die Mutter war lange Zeit bei jedem Wetter mit dem Kinderwagen fleißig und erfolgreich unterwegs. Was sie bei ihren Geschäften einnahm, reichte bald aus, den Kredit an Herrn Fiedler zurückzuzahlen, neue Ware vorzufinanzieren und zugleich die Familie zu versorgen. Bald reichte ihr Gewinn sogar so weit, dass die Familie an einen Umzug in eine andere Wohnung denken konnte. Sie zog dann auch um, vom Ludwigsplatz in die Lenzengasse, aus der Hospizwohnung in eine bequemere und schönere Mietwohnung.

Hier gab es eine Stube mehr und einen Wasseranschluss und einen Ausguss auf dem Flur. Wassertragen war also nicht mehr nötig. Das Plumpsklo im Schuppen auf dem Hof mussten sie nicht mehr mit allen Hausbewohnern teilen. Dazu bot der Schuppen Abstellplatz. Und es gab die Möglichkeit, in einem Gärtchen Gemüse und Kräuter anzubauen. Das kam dem Speisezettel zugute. Wunderbar!

Georg blieb zwar ein kranker Mann, aber seine Gesundheit festigte sich doch so weit, dass er leichte Gartenarbeiten verrichten konnte. Die schwerere Arbeit übernahmen Frieder und Auguste, denen diese Beschäftigung sogar Spaß machte. Auch die jüngeren Geschwister konnten sich hier und da schon ein bisschen Geld verdienen, beim Sammeln von Pferdemist auf den Straßen oder beim Unkrautjäten oder anderen leichteren Dingen.

Den Haushalt bewältigte der Vater meistens alleine, mehr oder weniger und manchmal ziemlich nervös. Die kleineren Kinder wurden älter und konnten mit der Zeit auch hier und da mit anfasssen. Da machte es nicht viel, dass die Mutter tatsächlich manchmal eine halbe Woche lang nicht nach Hause kam, weil sie sich zu weit von Saarbrücken entfernt hatte. Sie fand aber immer freundliche Gastgeber, die sie für eine Übernachtung mit Frühstück beherbergten.

Kaufmann Fiedler war sehr zufrieden mit seiner eifrigen fahrenden Kleinunternehmerin. Ebenso zufrieden wie ihr Mann und die Kinder und natürlich sie selbst. Leider hatte der Kaufmann für Frieder keinen Platz in seinem Geschäft. Er half allerdings mit, dass der Junge nach seiner Schulentlassung eine Lehrstelle bei einem Klempner und Installateur fand.

Auguste bekam nach ihrer Schulentlassung im Sommer 1895 als Mitarbeiterin im Kaufhaus Fiedler in der Bahnhofstraße von St. Johann einen festen Arbeitsplatz. Dass dieses nette und hübsche vierzehnjährige Mädchen zu gebrauchen war, hatte der Kaufmann für »Textil- und Haushaltswaren en gros & en détail« bei mehreren Besuchen in seinem Geschäft festgestellt, wenn sie mit ihrer Mutter wieder einmal einen Großeinkauf tätigte. Zudem war er sehr zufrieden mit Augustes Zeugnis. Sie war zuverlässig. Fleiß, Ordnung, Aufmerksamkeit und Betragen waren mit »gut« bezeichnet, ebenso die Kenntnisse in den meisten Fächern. Wo kein »gut« stand, war zumindest »ziemlich gut« zu lesen, was auch für die »Kenntnisse im Allgemeinen« galt. Dieses Mädchen wollte er gerne zur Gehilfin ausbilden.

»Fräulein Auguste«, wie das Mädchen ab jetzt für einige Jahre hieß, ging begeistert an ihre neuen Aufgaben, die ganz unkaufmännisch begannen. Wenige Tage nach ihrer Einstellung feierten die Städte an der Saar das fünfundzwanzigjährige Jubiläum der siegreichen Schlacht am Spicherer Berg vor den Toren Saarbrückens. Zu diesem Volksfest am 6. August 1895 wurden die Straßenzüge und Hausfassaden mit Ehrenportalen und Girlanden, mit Blumen und Fahnen geschmückt, um dem großen Umzug der Militärkapellen, der militärischen und zivilen Honoratioren und der Abordnungen verschiedener Vereine am Festtag einen würdigen Rahmen zu geben. Das Kaufhaus Fiedler stand da natürlich nicht zurück. Jeder Angestellte, der eben im Geschäftsbetrieb entbehrlich war, machte mit beim Winden und Binden des Fichtengrüns, dem Gestalten großer Papierblumen und der Herstellung von Stoffgirlanden in den Farben der Stadt und des Landes.

Auguste machte diese Arbeit großen Spaß. So lernte sie gleich auf gute Weise die Kolleginnen und Kollegen des Geschäfts kennen. An der fröhlichen Stimmung unter den Angestellten und Hilfskräften hatte das Mädchen großen Anteil. Ihr heiteres Wesen übertrug sich auf die anderen und öffnete die Herzen der durchweg älteren Frauen und Männer.

Auch in den vergangenen Jahren hatte Auguste die Feierlichkeiten zum 6. August erlebt, freilich nur als Schaulustige am Straßenrand. Jetzt war sie zum ersten Mal beteiligt an der Ehrerweisung für »Deutschlands Helden 1870/71«. Ein stolzes Gefühl für sie.

Zu dieser Ehrerweisung gehörte es, als Belegschaftsmitglied des angesehenen Kaufhauses Fiedler im dunklen Feiertagskleid mit weißer Schürze an der Straße zu stehen, sich dann als Gruppe dem Festzug anzuschließen und später auf dem Saarbrücker Rathausplatz an der zentralen Kundgebung teilzunehmen. Dort gab es vor Tausenden von Menschen mehrere Reden wichtiger Leute, die alle nur das eine Thema hatten, ein patriotisches Bekenntnis zu Preußen abzulegen und ein Hochlied zu singen auf das endlich geeinte Deutsche Reich und auf das strahlende Heldentum des Kaisers. Die Menschen an der Saar hatten ja auch allen Grund zu feiern, schließlich stand die Wiege der Einheit des Deutschen Reiches vor ihren Toren.

Die Begeisterung der Menge auf den Straßen und Plätzen und bei der Abschlusskundgebung sprang auch auf Auguste über. Zum ersten Mal in ihrem Leben fühlte sich das Mädchen als Saarbrückerin. Die Erinnerungen an Saaralben waren verblasst. Hier gehörte sie jetzt hin und hier wollte sie bleiben.

Nach der Kundgebung auf dem Rathausplatz schloss sie sich einer der Wanderungen an, die es immer zum 6. August gab. Drei Hauptziele hatten sie an diesem Sommertag, seit Jahren immer die gleichen: Bürger, die wenig gehen wollten, zogen hinauf auf die Bellevue-Höhe, um dort am »Lulustein«, am

»kleinen Exerzierplatz« der damaligen Ereignisse zu gedenken, freilich nicht im Stolz auf eine eigene Leistung, sondern eher im Spott auf die vergeblichen Bemühungen der Franzosen. Auf dieser Höhe hatten deren Truppen 1870 ein Geschütz postiert, von dem aus besonders die Bahnhofsregion und die neue Saar-Brücke beschossen wurden. Am 2. August war dann der französische Herrscher Napoleon III. mit seinem siebzehnjährigen Sohn Louis Napoleon persönlich dort oben erschienen, um die Beschießung zu überwachen. »Loulou«, wie der junge Mann auch genannt wurde, hatte selbst einen Schuss auf die Stadt gezündet, aber wohl ohne den gewünschten Erfolg. Warum sollte man also nicht mit ein wenig Spott auch das vergebliche Bemühen der damaligen Feinde feiern?

Die längste Strecke nahmen die unter die Füße, die hinauf ins damalige Kampfgebiet auf die Spicherer Höhe wanderten, um dort am Ort des Geschehens jenes mörderischen Sturmangriffs am 6. August 1870 zu gedenken. 800 Gefallene und 3000 Verwundete allein auf deutscher Seite hatte es damals gegeben.

Andere Gruppen, überwiegend Frauengruppen, wanderten nur über die Bellevue-Höhe hinüber ins »Ehrental«, um den dort begrabenen Soldaten Blumen auf die Gräber zu legen. Wer hierher wanderte, besuchte unbedingt auch das Grab der größten Heldin von damals, die als »Schultze Katrin« von den Saarbrückern heiß verehrt wurde. Diese Frau, Katharina Weißgerber, hatte sich als barmherzige Samariterin unerschrocken ins Schlachtgetümmel begeben, um die kämpfenden und verwundeten Soldaten aus großen Behältern mit erfrischendem Wasser zu versorgen und um zu helfen, Verwundete aus der Gefechtslinie zu bergen.

»Schultze Katrin« war vor neun Jahren bezeichnenderweise am 6. August gestorben und auch auf diesem Ehrenfriedhof beigesetzt. Ihr Grab glich am Abend dieses besonderen Jubiläumstages einem Meer von Blumen, an dem auch Auguste mit einem Strauß Nelken ihren Anteil hatte. Sie hatte sich natürlich den Kolleginnen angeschlossen und war mit ins Ehrental gewandert. Dieser Tag hatte in dem Mädchen das Bewusstsein vertieft, Bürgerin des Reiches zu sein. Sie war am Abend richtig froh über die Jubiläumsereignisse und ihre eigene Beteiligung daran.

Nachdem ein paar Tage später die Fahnen wieder eingerollt, die Girlanden abgehängt und die Blumengebinde eingesammelt waren, konnte die eigentliche Arbeit für Auguste beginnen. Im schicken Arbeitskleid mit Schürze – beides hatte sie unter Anleitung ihrer Mutter selbst genäht – war sie im Kaufhaus den ganzen Tag unterwegs, treppauf treppab, um hier Hand anzulegen und dort zu helfen. Mit den Kunden hatte das Mädchen zunächst nichts zu tun. Bedienung und Beratung waren späteren Abschnitten der Ausbildung vorbehalten. Zunächst musste sie ja auch das umfangreiche Warenangebot kennen lernen und wissen, zu welchem Zweck welches Haushaltsgerät gut war, welcher Stoff wie zu verarbeiten war und was man dazu alles brauchte.

Obwohl Auguste gerne und leicht lernte, rauchte ihr doch manchmal der Kopf von den vielen Bezeichnungen. Interessant war es auch, Preisschilder und andere Hinweise zu schreiben und zu zeichnen. Da konnte sie im Sitzen arbeiten; das Stehen an den Tischen und das Laufen durch das hohe Treppenhaus über vier Etagen ging ganz schön in die Beine.

Aber diese Arbeit machte ihr Freude und brachte ihr eine Menge Gewinn. Natürlich nicht für die eigene Geldbörse. Der Lohn für Lehrlinge war spärlich und ließ keine großen Sprünge zu. Aber Auguste war sowieso in allen Dingen sehr bescheiden und brauchte nicht viel. Außer in Sachen Arbeitskleidung. Die musste immer adrett und sauber sein und entsprechend häufig gewechselt werden. Herr Fiedler achtete sehr auf die Sauberkeit und das Aussehen seiner Leute. Der Waschzuber, die Wäscheleine und das Bügeleisen waren bei Wahrenbergs sehr viel häufiger in Gebrauch als früher. Deshalb ging die Mutter auch nur noch an höchstens vier Tagen in der Woche mit ihrer Ware auf die Dörfer. Die anderen Tage brauchte sie unbedingt für den Haushalt. Mit Wäscheangelegenheiten konnte sie ihren Mann nun doch nicht betrauen. Da streikte er.

Luise und ihre Tochter saßen häufig an der Nähmaschine, um den Vorrat an Arbeitskleidung in Ordnung zu halten und immer wieder neue zu nähen. Gut, dass sie die Stoffe dazu von Kaufmann Fiedler zu günstigen Konditionen beziehen konnten. Hierin war der Arbeitgeber seinen Mitarbeitern gegenüber sehr großzügig. Das blieb auch so in der ganzen Zeit, in der Auguste bei diesem Geschäftsmann arbeitete. Am Ende waren das beinahe fünfzehn Jahre. Wer hätte das bei ihrem Eintritt in die Firma gedacht?

Sonntags ging die Familie nach wie vor in den Gottesdienst der Ludwigskirche. Es lohnte sich inzwischen auch mehr, auf die Predigt zu hören, denn inzwischen war der junge Pfarrer Ebeling seinem akademischen Vorgänger mit der geschliffenen Rede und dem kühlen Herzen gefolgt.

Der neue Prediger brachte Wärme und Liebe mit. Vielleicht lag das mit daran, dass dieser Mann in seiner Familie die Last einer behinderten Tochter zu tragen hatte. Selma war seit ihrer Geburt körperlich schwer behindert und unfähig, sich selbst zu bewegen. Auch ihre sprachlichen Ausdrucksmöglichkeiten waren stark eingeschränkt. Das Kind musste in allen Dingen rund um die Uhr versorgt werden. Die Begrenztheit des Lebens und seine Vergänglichkeit immer vor Augen zu haben, prägten spürbar den Lebens- und Glaubensstil des Pfarrers und die Art seiner Verkündigung der Liebe und Barmherzigkeit Gottes. Seine Predigten richteten sich weniger an den Verstand der Leute als vielmehr an ihr Herz. Dieser Mann lud mit Wort und Tat zum Glauben ein und machte Mut, Glauben im Alltag auch zu leben.

Das war auch sein wesentliches Anliegen im neu belebten Konfirmandenunterricht und in der folgenden Christenlehre für die konfirmierten jungen Leute. Er bot sie sonntags vor dem Gottesdienst für die Jugendlichen an. Augustes jüngere Geschwister profitierten davon, obwohl sie nicht unbedingt die Frömmigkeit ihrer Schwester teilten. Mussten sie ja auch nicht. Wie jemand seinen Glauben gestaltete und lebte, musste er selbst entscheiden. Wichtig war nur, dass Jesus im Mittelpunkt stand.

Luise und Georg nahmen seit einiger Zeit auch an der wöchentlichen Betstunde teil, wenn es die Tagesarbeit erlaubte. Es tat gut, Gemeinschaft mit Menschen zu haben, die den Glauben ernst nahmen. So hatte die Familie bald einen besonderen Platz im Bewusstsein des Pfarrers.

Eines Sonntags im frühen Jahr 1900 sprach er Auguste nach dem Gottesdienst an der Kirchentür an. Dabei war er ein wenig umständlich. »Fräulein Auguste, ich habe eine Frage an Sie.«

»Fragen Sie, Herr Pfarrer, was kann ich für Sie tun?«, gab die Neunzehnjährige in ihrer offenen Art zur Antwort.

»Wir haben ein neues Jahrhundert begonnen. Eine neue Zeit mit neuen Herausforderungen. Wer weiß, was uns die neue Zeit bringen wird.«

»Ich würde es auch gerne wissen«, gab die Jugendliche zu, »aber eins bleibt doch auch im neuen Jahrhundert, Herr Pfarrer.«

»Was meinen Sie, Fräulein Auguste?«

»Ich meine das, wovon Sie gesprochen haben: ›Er ist der Herr, unser Gott, er richtet in aller Welt.‹«

»Ja, dieser Vers aus Psalm 105, Fräulein Auguste. Da haben Sie natürlich Recht. Gott bleibt derselbe. Seine Treue geht mit uns und bleibt bei uns.«

»Und danke für das schöne Paul-Gerhardt-Lied, das wir gesungen haben, Herr Pfarrer.«

»Ja, seine Lieder haben es in sich. Sie scheinen sie zu lieben.«

»Ich kann die meisten auswendig, und ich singe sie oft, wenn sie mir in den Kopf kommen. Sie tun der Seele gut.«

Pfarrer Ebeling seufzte leicht. Er hatte wohl für den Moment seine kranke Tochter vor Augen. »Aber jetzt sollte ich zu meinem Anliegen kommen, Fräulein Auguste. Also«, setzte er noch einmal an, »mit dem neuen Jahr im neuen Jahrhundert möchte ich eine neue Arbeit in unserer Gemeinde beginnen, und da hatte ich gedacht, dass Sie dabei helfen könnten, Fräulein Auguste.«

»Und welche Arbeit möchten Sie beginnen?« Auguste hatte eine leise Hoffnung, weil die Gemeindearbeit eigentlich nur eine wesentliche Lücke aufwies.

»Ich möchte möglichst bald mit einem Gottesdienst für die Kinder der Gemeinde beginnen. Da brauche ich Helfer. Möchten Sie da nicht mitmachen?«

Das war es also tatsächlich, schoss es Auguste durch den Sinn, und sie musste ihre Antwort nicht lange überlegen. »Wenn Sie denken, dass Sie mich bei dieser Arbeit gebrauchen können, Herr Pfarrer, dann bin ich gerne dabei.«

»Wenn ich Bedenken hätte, hätte ich Sie nicht gefragt, Fräulein Auguste.«

»Wann möchten Sie beginnen?«

»Am liebsten schon am nächsten Sonntag. Aber so rasch wird das nicht gehen. Die Familien wissen ja noch nichts davon. Und dann müssten wir uns auch erst einmal zusammensetzen und darüber sprechen, wie wir es machen wollen.«

»Also wann denken Sie anzufangen?«, wollte Auguste noch einmal wissen.

»Lassen wir uns noch etwas Zeit zur gründlichen Vorbereitung und beginnen wir mit dem Frühling. Das würde passen. Könnten Sie damit einverstanden sein, Fräulein Auguste?«

»Wunderbar. Macht noch jemand mit?«

»Wir sollten zunächst zu zweit beginnen. Sie mit den Mädchen, ich mit den Jungen. Wenn wir dann merken, dass wir mehr Mitarbeiter brauchen, dann sehen wir weiter.«

»Ich freue mich auf die Arbeit. Und dabei halten wir es mit Paul Gerhardt.«

»Jetzt weiß ich nicht, was Sie meinen, Fräulein Auguste.«

Die soeben ernannte Kindergottesdienst-Helferin zitierte: »Sprich deinen milden Segen zu allen unseren Wegen, lass Großen und auch Kleinen die Gnadensonne scheinen.«

»Richtig, so haben wir es gesungen, so wollen wir es halten«, bestätigte Pfarrer Ebeling und hatte soeben eine entscheidende Lücke im Leben seiner Gemeinde geschlossen.

Für Auguste begann eine interessante Zeit. Im Kaufhaus Fiedler war sie nun nicht mehr als Lehrling beschäftigt, sondern als Buchhalterin in der Verwaltung fest angestellt. Mit Zahlen war sie ja schon immer gerne und leicht umgegangen. Und schreiben konnte sie auch, sauber und nahezu wie gedruckt.

Hatte sie zuletzt noch alle Journale mit der Hand ausfüllen müssen, lernte sie nun mit moderner Schreibtechnik umzugehen. Das machte ihr Spaß. Herr Fiedler hatte sein Büro inzwischen mit Schreibmaschinen ausgerüstet und außerdem mit einer Fernsprech- und einer Rohrpost-Anlage.

Innerhalb kurzer Zeit lernte Auguste, die Tastatur mit zehn Fingern zu betätigen. Bald brauchte sie nicht mal mehr auf die Tasten zu schauen. Herr Fiedler war begeistert von seiner jungen, fähigen Mitarbeiterin.

Weniger begeistert war er allerdings von den Hemmungen, die die junge Frau gegenüber der Fernsprech-Anlage hatte. Die Rohrpost war für sie eine gute Erleichterung, wenn sie in Windeseile Schriftstücke durchs Haus transportierte. Aber die Fernsprech-Anlage mit ihren Apparaten auf jeder Etage des Hauses und der Möglichkeit, sogar mit Menschen an ganz anderen Orten zu sprechen, nein, die gefiel der Buchhalterin überhaupt nicht. Ihr war es einfach unangenehm, mit jemandem zu reden, den sie nicht sehen konnte.

Da lief sie doch lieber immer wieder einmal durch das große Haus, um sich die Information oder die Anweisung oder was auch immer durch dieses Gerät gesprochen war, persönlich abzuholen oder das eigene Anliegen persönlich abzugeben. Dabei konnte man dem Gesprächspartner wenigstens in die Augen schauen und sehen, wie der reagierte.

Herr Fiedler sprach seine Mitarbeiterin darauf an: »Fräulein Auguste, wozu haben wir diese neue Technik? Wenn Sie für jede Kleinigkeit immer noch durch das Treppenhaus springen, brauchen Sie doch viel zu viel Zeit für die Dinge«, sagte er, als Auguste wieder einmal bei ihm persönlich auftauchte, um sich eine Information zu holen. »Warum rufen Sie mich nicht einfach an?«

»Ich mag es nicht, wenn ich den nicht sehe, mit dem ich rede, Herr Fiedler. Das ist so … so unpersönlich. Die Stimmen sind durch diesen Apparat so komisch, gar nicht menschlich. Mir gefällt das nicht. Da springe ich doch lieber drei Etagen nach oben, wenn ich von jemandem etwas brauche.«

»Sie müssen sich einfach daran gewöhnen, Fräulein Auguste. Diese Anlage soll Sie nicht erschrecken, sondern Ihnen und uns allen die Arbeit erleichtern. Bitte, Fräulein Auguste, ich möchte Sie nicht mehr ständig durch das Haus flitzen sehen, wenn es dafür keinen Grund gibt. Nachrichten sind kein Grund mehr. Genauso wie Sie die Rohrpost benutzen, benutzen Sie bitte auch den Fernsprecher. Ich hoffe, Sie haben mich verstanden.«

Auguste hatte verstanden, aber die Gewöhnung an die unpersönliche Technik machte ihr noch eine ganze Weile Mühe.

Leicht fiel es ihr dagegen, sonntags mit den Mädchen ihrer Kindergottesdienst-Gruppe umzugehen. Hier hatte sie die großen, erstaunten, strahlenden, lachenden oder weinenden Kinderaugen vor sich. Hier erfuhr sie unmittelbares Echo auf die

Geschichten, die sie den Kleinen aus der Bibel erzählte und erklärte. Das war schön und machte ihr große Freude. Das Evangelium in die Herzen der Kinder zu pflanzen, hatte eine ganz andere Qualität, als Bestellungen, Rechnungen oder Überweisungen zu schreiben, die wöchentlichen Lohnabrechnungen zu machen oder Jahresabrechnungen vorzunehmen. Hierbei ging es im Grunde um vergängliche Dinge, mit denen es schnell einmal zu Ende sein konnte. In der Arbeit mit ihren Mädchen ging es um Ewigkeitswerte. Hier konnte sie nach ihrem Gebet handeln, das sie aus ihrem Lieblingslied immer wieder einmal betete:

»Hilf mir und segne meinen Geist
mit Segen, der vom Himmel fleußt,
dass ich dir stetig blühe;
gib, dass der Sommer deiner Gnad
in meiner Seele früh und spat
viel Glaubensfrüchte ziehe.«

Dass ihre Mädchen dieses Lied auch lernten und sangen, ergab sich fast von allein. Auch danach zu leben, lernten sie an manchem schönen Sonntagnachmittag, wenn sich Auguste mit einer Schar ihrer Mädchen traf, um mit ihnen auf dem Platz vor der Kirche zu spielen, an der Saar entlang spazieren zu gehen, auf den Halberg oder den Nußberg zu wandern oder auch einmal ins Ehrental zum Grab der barmherzigen Samariterin »Schultze Katrin« – und bei allem Gottes herrliche Schöpfung zu erleben und einfach Freude miteinander zu haben.

Schöne, glückliche und erfüllte Jahre für Auguste als Älteste der Geschwister im Haus in der Lenzengasse, als geachtete Buchhalterin im Kaufhaus Fiedler und als beliebte Mitarbeiterin der reformierten Gemeinde. Mit den Jahren war aus dem fröhlichen Mädchen mit dem hübschen Gesicht und den Zöpfen eine gut aussehende junge, aber auch ein wenig ernstere Frau geworden. Die Zöpfe trug sie jetzt als Kranz um den

Kopf. Immer wieder einmal bekam sie ein Kompliment zu hören, und mancher junge Mann drehte sich auf der Straße nach ihr um. Mit der einmal ausgehen zu können, das wäre was! So mag es manchem von ihnen durch den Kopf gegangen sein. Es hatte auch schon den einen oder anderen vorsichtigen Annäherungsversuch gegeben. Vergeblich, Auguste hatte die Bewerber jedes Mal abgewiesen. Ihr stand der Sinn nicht nach Männern. Noch nicht. Der Richtige musste erst kommen. Den würde Gott ihr schon zeigen, wenn die Zeit dazu reif war.

Ein Sonntag im Sommer

Es war an einem Sonntag während der Ferien im Sommer 1904. In der Ludwigskirche saß ein Mann im Gottesdienst, den zuvor niemand hier gesehen hatte. Er hatte ein schmales, feines, sonnengebräuntes Gesicht unter dunklem Lockenhaar. Er trug einen kleinen Schnauzer und einen Spitzbart und unter seinem Jackett ein weißes Stehkragenhemd mit dunkler Krawatte. Mehr war von dem Mann in der Kirchenbank vorerst nicht zu sehen.

Auguste war der Fremde zwar gleich aufgefallen, sie schenkte ihm jedoch zunächst keine weitere Beachtung. Seit sich die guten Predigten von Pfarrer Ebeling herumgesprochen hatten, kam es immer wieder vor, dass Menschen im Gottesdienst saßen, die nicht zur Gemeinde gehörten. Wer in dieser Kirche den Gottesdienst besuchte, konnte immer eine gute Portion geistlicher Nahrung aufnehmen, die ihm durch das Auf und Ab seines Alltags half.

Auguste fiel an dem Fremden auf, dass er ganz offenbar mit großer innerer Beteiligung der Predigt zuhörte. Während andere Gottesdienstbesucher entspannt und zurückgelehnt auf ihren Plätzen in der Bank zuhörten, saß dieser Mann nach vorne gebeugt und hing mit den Augen schier an den Lippen des Predigers, als dürfe er kein Wort versäumen.

Zentraler Vers der Ausführungen des Mannes auf der Kanzel über den 16. Psalm war Vers 6: »Das Los ist mir gefallen aufs Liebliche; mir ist ein schön Erbteil geworden.« Ein gutes Wort und eine gute Auslegung, in der sich auch Auguste wiederfinden konnte.

Nach dem Gottesdienst stand der dunkelhaarige junge Mann vor der Kirche, wo Pfarrer Ebeling die Menschen verabschiedete, mit dem ein und anderen ein paar Sätze wechselnd. Der Fremde wartete wohl auf den Gemeindehirten, um mit ihm zu reden. Auguste hatte die gleiche Absicht, hielt sich aber ein wenig an der Seite, um ihm den Vortritt zu lassen. Der Kindergottesdienst fiel während der Ferien aus. Dadurch hatte sie Zeit und konnte warten.

Gut sah der junge Mann aus, schoss es ihr für einen Moment durch den Kopf, direkt vornehm. Er könnte vielleicht ein bisschen größer sein und ein paar Pfund mehr haben. Seinen Händen nach war der kein Kumpel oder Fabrikarbeiter von der anderen Saarseite, auch kein Schlosser oder Metzger oder so was. Vielleicht war er Schneider? Oder Musiker? Vielleicht Buchhalter oder Beamter in der Verwaltung?

»Wieso interessiert dich das eigentlich?«, ging es Auguste durch den Kopf, und sie wunderte sich über ihre eigenen Gedanken.

Dann hatte Pfarrer Ebeling die letzten Gemeindeleute verabschiedet. Sofort ging der Fremde auf ihn zu. »Mein Name ist Peter Hölcker«, hörte Auguste ihn sich vorstellen, ging dann aber doch lieber ein paar Schritte zur Seite, um nicht den Anschein der Neugier aufkommen zu lassen. Dadurch bekam sie von der Unterhaltung der beiden Männer natürlich nichts mit. Dass die einen guten Verlauf gehabt hatte, schloss sie aus den Gesichtern der beiden und dem herzlichen Abschied.

Wieder erwischte sich Auguste bei einem Gedanken, den sie

selbst als ungehörig empfand: Sie hätte zu gerne gewusst, was den Pfarrer und den Fremden so froh gemacht hatte. Wenige Minuten später wusste sie es. Pfarrer Ebeling erzählte ihr von sich aus etwas von dem Gespräch. »Das ist ein netter Mensch, dieser Herr Hölcker. Er hat sich über meine Predigt gewundert und zugleich gefreut. Der Satz aus dem 16. Psalm, über den ich gepredigt habe, hat ihn von Mülheim an der Ruhr nach hier gebracht.«

»Wie kann ein Psalmvers einen Menschen von einem Ort zu einem anderen bringen, Herr Pfarrer?«

»Herr Hölcker ist Kunstmaler und Restaurateur. Sein Auftrag in Mülheim war zu Ende, und er bekam über einen alten Lehrer ein Angebot hier aus Saarbrücken. Er hat darum gebetet, ob dieses Angebot für ihn zum Auftrag werden würde, und da hat Gott ihm das Wort vom lieblichen Land und vom schönen Erbteil gegeben.«

»Danach war für den Mann die Frage beantwortet?«

»Sie war es, und jetzt ist er hier. Er wohnt vorne an der Ecke zur Kronprinzenstraße, und er hatte eine Frage.«

»Darf ich die Frage wissen?«

»Sie dürfen. Ich denke, Sie freuen sich darüber, wie ich mich gefreut habe.«

Machen Sie es doch nicht so umständlich, Herr Pfarrer, dachte Auguste.

»Herr Hölcker hat gefragt, ob es für ihn eine Möglichkeit der Mitarbeit in der Gemeinde gebe. Er meinte, er dürfe seinen Glauben nicht nur für sich allein leben. Er wolle gerne mithelfen, wo es eine Aufgabe für ihn gebe.«

»Und haben Sie eine Aufgabe für ihn?«

»Er wird mir nach den Ferien in der Jungengruppe des Kindergottesdienstes helfen.«

»Das ist ja wunderbar«, entfuhr es Auguste eine Spur freudiger als eigentlich gewollt. »Das freut mich. Und kommt der Herr Hölcker auch schon zur Vorbereitung?«

»Ja, er kommt am Donnerstag in einer Woche zum nächsten Treffen.«

»Danke für die guten Nachrichten, Herr Pfarrer. Dann bis nächsten Sonntag. Grüßen Sie Ihre Frau und Selma.«

Die beiden Menschen verabschiedeten sich und gingen ihrer Wege, jeder wohl mit seinen Gedanken zu dieser überraschenden Begegnung nach dem Gottesdienst.

Eine gute Woche später saßen sich die beide jungen Leute zum ersten Mal gegenüber. Pfarrer Ebeling hatte um einige Minuten Geduld gebeten, weil er bei der Versorgung von Selma noch gebraucht wurde. Daher hatten die beiden Gelegenheit, sich gegenseitig vorzustellen und schon ein wenig kennen zu lernen.

Auguste erschien die Situation ein wenig merkwürdig. Nie zuvor hatte sie sich in der Lage befunden, mit einem jungen Mann allein in einem Raum zu sein, und sie musste doch tatsächlich eine gewisse Verlegenheit überwinden. Ob ihr Gegenüber die leichte Röte bemerkte, die ihr ins Gesicht stieg? Der Peter Hölcker sah wirklich gut aus, er sollte nur nicht ein so ernstes Gesicht machen. Aber ihr eigenes war wohl auch etwas verkrampft. Und er sollte endlich das erste Wort sagen.

Aber der junge Mann wusste wohl auch nicht so recht, wie er sich in dieser Situation verhalten sollte. Was tun? Die Momente erschienen wie Ewigkeiten. Einer musste doch jetzt das erste Wort sagen. Und das sollte doch nicht die Frau sein. Das war doch Männersache. Nun, komm schon, ging es der jungen Frau durch den Kopf. Der Gedanke hatte Erfolg. Durch Peter Hölcker ging ein sichtbarer Ruck.

»Ihren Namen kenne ich, Fräulein Auguste. Den hat mir Pfarrer Ebeling schon genannt. Aber sagen Sie mir bitte etwas zu sich selbst. Wie leben Sie, was machen Sie?«

Noch etwas schüchtern gab die junge Frau Auskunft über sich und ihre Familie und auch über die schwere Krankheit ihres Vaters. Denn ihm ging es langsam immer schlechter. Dann berichtete sie in ein paar Sätzen über ihre Arbeit im Kaufhaus Fiedler in der Bahnhofstraße. »Jetzt wüsste ich gerne auch, wer Sie denn sind, Herr Hölcker.«

Nun lag die Aufgabe auf der anderen Seite des Tisches, und Auguste erfuhr in kurzen Zügen das Wesentliche aus dem bisherigen Leben des weit gereisten Künstlers mit den Stationen Oberhausen und Kaiserslautern in der Pfalz und Mülheim an der Ruhr. Vor allem erfuhr sie die Geschichte seiner Bekehrung durch die Predigt von Pastor Ernst Modersohn und die Bedeutung der Liedzeile: »Suche Jesum und sein Licht, alles andre hilft dir nicht!« Dies zu betonen war dem jungen Mann offenbar besonders wichtig.

Ebenso wichtig war ihm die Bedeutung des Psalmverses vom »lieblichen Land« und dem »schönen Erbteil«. »Wissen Sie, Fräulein Auguste, ich bin sehr gespannt, wie dieses Land aussieht, in das Gott mich geschickt hat, und welches Erbteil ich hier antreten soll. Ich glaube nicht, dass sich das nur auf meinen neuen Arbeitsplatz bezieht. Die Mitarbeit im Kindergottesdienst mag schon ein Steinchen in dem Mosaik sein, das sich hier im Laufe der Zeit zusammensetzen wird. Ich bin sehr auf die weiteren Steinchen gespannt.«

Leider ließ sich dieser Gedanke jetzt nicht mehr weiter verfolgen, denn Pfarrer Ebeling kam herein, und die drei Menschen konnten die Vorbereitung der nächsten Kindergottesdienste beginnen.

In den folgenden Tagen kam der Gedanke vom Mosaik Gottes für das Leben von Peter Hölcker Auguste immer wieder in den Kopf. Sie wusste selbst nicht, warum. Dabei fragte sie sich ein ums andere Mal, ob nicht vielleicht sie selbst zu einem Steinchen in diesem Mosaik ausersehen sei. »Was soll das, Auguste?«, wies sie sich selbst sofort wieder zurecht. »Der Mann ist dir gerade ein paarmal begegnet.« Dennoch, das Bild des jungen Mannes und sein Vergleich mit dem Mosaik hatte sich in ihrem Kopf und sogar in ihren Träumen eingenistet und war nicht wieder daraus zu vertreiben. Manchmal ärgerte sich Auguste darüber, manchmal war ihr das sogar recht.

Irgendwann gestand sie sich ein: »Der Mann gefällt dir, Auguste. Du bist verliebt. Den möchtest du haben und ein Stein werden im Mosaik seines Lebens.« Nur tat sich die große Frage vor ihr auf, wie sie mit diesen Empfindungen umgehen sollte. Als Frau auf den Mann zugehen – das war unschicklich. Nein, das kam nicht in Frage. Also geduldig abwarten, die Sache zum Gebet machen und sehen, wie Gott antwortete. Wie sang doch gleich ihr Lieblingsdichter?

»Befiehl du deine Wege
und was dein Herze kränkt
der allertreusten Pflege
des, der den Himmel lenkt.
Der Wolken, Luft und Winden
gibt Wege, Lauf und Bahn,
der wird auch Wege finden,
da dein Fuß gehen kann.«

So wollte sie es machen und dabei offen sein, falls Peter Hölcker von sich aus Andeutungen einer Empfindung machen würde. Dann würde sie sich allerdings nicht zieren, das wurde Auguste immer klarer. Nein, sie würde sich der Zuneigung dieses Mannes nicht verweigern.

Warum aber dauerte das nur so lange, bis Gott antwortete? Hatte sich Auguste in ihren Empfindungen doch getäuscht? Sie schien auf Peter Hölcker überhaupt keinen besonderen Eindruck zu machen. Der Mann war ihr gegenüber immer freundlich und zuvorkommend, aber ansonsten verhielt er sich eher schüchtern und zurückhaltend. Nur wenn er sonntags mit den Jungen des Kindergottesdienstes arbeitete, ging er aus sich heraus. Da konnte er auch lachen und scherzen. Auch wenn es gelegentlich gemeinsame Unternehmungen mit der Mädchengruppe gab. An den Vorbereitungsabenden bei Pfarrer Ebeling ging es immer sachlich zu. Da war für irgendwelche Gefühlsbezeugungen keine Gelegenheit. Die warmen Empfindungen blieben dort sehr einseitig. Für Auguste wurde das schon manchmal sehr schwer, und sie fühlte sich mit ihrem Liebeskummer sehr allein.

Dann kam endlich ein Zeichen dafür, dass Auguste dem stillen Mann wohl doch nicht ganz gleichgültig war. Das Zeichen kam in Gestalt eines Kondolenzbriefes an Mutter und Tochter Wahrenberg zum Tod von Georg. Peter Hölcker hatte Augustes Mutter als regelmäßige Gottesdienst-Besucherin kennen gelernt, und er hatte sich immer gerne mit ihr unterhalten.

Nun war Georg Wahrenberg gestorben, nachdem er noch eine Weile im Krankenhaus hatte zubringen müssen. Sein Sterben war für ihn eine Erlösung gewesen. Damit war er aus einem sehr schweren irdischen Leben hinein in ewiges Leben ohne Leid und Geschrei und ohne Schmerzen gegangen. Auch für Luise und für die Kinder, die noch in der Familie lebten, war sein Tod eine Erleichterung, denn sie hatten sein Leiden mitgetragen.

Peter Hölckers Brief mit seinen einfühlsamen geistlichen Worten half Luise Wahrenberg und ihrer Tochter dabei, in ihrer Trauer doch aufzuatmen und die veränderte Situation aus Gottes Händen anzunehmen. Für Auguste war es ein besonderes Zeichen, dass im Brief drei Paul-Gerhardt-Strophen zitiert waren. Der heimlich Verehrte hatte ihre Liebe zu diesem Liederdichter tatsächlich bemerkt.

»Warum sollt ich mich denn grämen?
Hab ich doch Christum noch,
wer will mir den nehmen?

Wer will mir den Himmel rauben,
den mir schon Gottes Sohn
beigelegt im Glauben?

Gut und Blut, Leib, Seel und Leben
ist nicht mein, Gott allein
ist es, der's gegeben.
Will er's wieder zu sich kehren,
nehm er's hin; ich will ihn
dennoch fröhlich ehren.

Schickt er mir ein Kreuz zu tragen,
dringt herein Angst und Pein,
sollt ich drum verzagen?
Der es schickt, der wird es wenden;
er weiß wohl, wie er soll
all mein Unglück enden.«

Das war lieb, richtig lieb von dem Herrn Hölcker. Auguste taten die mitfühlenden Worte gut, und sie nährten zugleich die Hoffnung auf ein deutlicheres Zeichen der Zuneigung dieses Mannes. Wenn es doch nur bald käme!

Pfarrer Ebeling war ein feinfühliger Mann. Er hatte längst gemerkt, dass Auguste Peter sehr mochte. Und er hatte auch beobachtet, dass die junge Frau darunter zu leiden begann, dass ihre Zuneigung nicht beantwortet wurde. Dabei wurde es für Peter Hölcker wirklich bald Zeit, sich eine Frau zu nehmen und eine Familie zu gründen. Der Mann war doch bereits dreißig. Da hatten andere Männer längst eine Familie mit mehreren Kindern. Eine bessere Frau als Auguste konnte er kaum bekommen. Und die war auch schon fünfundzwanzig Jahre alt.

War der Mann eigentlich blind? Oder musste ihm nur jemand in seiner Schüchternheit ein wenig nachhelfen? Der Pfarrer ergriff eine günstige Gelegenheit, als sie einmal über

Ehe- und Familienfragen redeten, um Peter vorsichtig anzusprechen.

»Wie ist das eigentlich mit dir?«, fragte er und blickte den Maler vielsagend an. Er duzte seine treuen Helfer seit einiger Zeit, weil die das so gewünscht hatten. Die beiden duzten sich untereinander inzwischen auch, ohne dass sich dadurch etwas zwischen ihnen geändert hätte.

»Was soll wie mit mir sein, Herr Pfarrer?«, fragte der zurück.

»Du bist inzwischen dreißig. Denkst du nicht schon mal daran zu heiraten? Oder möchtest du ewig Junggeselle bleiben?«

Peter lächelte verlegen. »Das hatte ich eigentlich nicht vor. Aber ...«

»... du hast noch nicht die Richtige gefunden, wolltest du sagen.«

Der Mann antwortete nicht, als warte er darauf, dass sein Pfarrer weitersprach. Der tat das dann auch:

»Ich weiß eine Person, die gerne heiraten würde, ehe sie an Jahren noch weiter zulegt und alt und verschroben wird.«

»Ich weiß nicht ...«

War der Mann denn so begriffsstutzig? »Mein lieber Peter«, Peter hörte einen leisen Vorwurf in der Stimme, »siehst du eigentlich nicht, wie Auguste leidet?«

»Auguste? Sie meinen Auguste Wahrenberg? Und die leidet?«

War Peters Erstaunen nun echt oder tat er nur so?

Dann gab er doch ein wenig kleinlaut zu: »Sie haben ja Recht. Auguste ist wirklich ein sehr lieber Mensch. Ich würde schon –, aber ich weiß einfach nicht, wie ich das anstellen soll, sie zu fragen. Ich bin nicht der Mann, der in solch lebensentscheidenden Fragen einfach so drauflosgeht.«

»Hat Gott dir nicht längst gezeigt, dass Auguste ein ›schönes Erbteil‹ für dich wäre?«, spielte Pfarrer Ebeling auf seine damalige Predigt an.

»Hat er, Herr Pfarrer. Und er tut es jedes Mal, wenn ich ihr begegne.«

»Also solltest du wissen, was du zu tun hast, mein Lieber. Und jetzt muss ich gehen. Viel Mut und viel Glück!«

Noch fehlte Peter Hölcker der Mut zur entscheidenden Frage. Allerdings suchte er in der folgenden Zeit doch immer häufiger die Nähe der hübschen jungen Frau. Nach dem Kindergottesdienst brachte er sie nach Hause, schaute auch schon einmal im Geschäft vorbei, wenn er gerade durch die Bahnhofstraße kam, oder er lud sie für den Sonntagnachmittag zu einem Spaziergang ein.

Auguste ließ sich ihre Freude zuerst nicht anmerken. Ihr war bange, ob es mit diesen Begegnungen nicht vielleicht bald wieder ein Ende hatte. Zuweilen ärgerte sie sich auch darüber, dass sie nicht nach seiner Hand greifen durfte, wenn sie nebeneinander hergingen. Das schickte sich nicht. Diesen Schritt musste zuerst der Mann tun. Sie würde ihre Hand schon nicht zurückziehen. Das erste Wort musste der Mann sprechen. Sie würde schon die richtige Antwort geben. Oder sollte es doch erlaubt sein, diese Anstandsregel zu durchbrechen? Sollte sie vielleicht doch dem schüchternen Mann entgegenkommen, ihm wenigstens den kleinen Finger reichen, damit er vielleicht die ganze Hand nähme?

Auguste bewegte diesen kühnen Gedanken eine Weile in ihrem Inneren. Dann fasste sie einen Entschluss. Wenn der geliebte Mann nicht von allein aus seiner Zurückhaltung herausfand, dann musste sie ihn dazu bewegen, dass er es tat. Ein wenig verwegen münzte sie ein neueres Lied, das Pfarrer Ebeling am ersten Advent in den Gottesdienst mitgebracht hatte, für sich selbst um:

»Ich klopfe an am heiligen Advent
und stehe vor der Tür.

O selig, wenn er meine Stimme kennt
und öffnet mir die Tür.
Ich werd Verlobung mit ihm halten,
ihm Liebe spenden, Treu entfalten.
Der ganze Himmel wird ihm aufgetan.
Ich klopfe an!«

Ja, das wollte sie tun, bei ihm anklopfen. So stand es bei der jungen Frau fest. Und als sie mit ihrer Mutter nach einem Gang zum Friedhof auf dem Nachhauseweg war, schickte sie Luise schon einmal voraus. Sie müsse noch etwas erledigen. Die Frage nach ihrem Vorhaben beantwortete die Tochter nur mit einem knappen: »Ich erzähl dir's später«.

Gut, dass Peter Hölckers Zimmer zu ebener Erde lag. Auguste konnte sich also von draußen bemerkbar machen. Sie musste sich dabei auf die Zehenspitzen stellen, denn sie zählte nun einmal nicht zu den Großen. Da sah sie den geliebten Mann im Schein einer Lampe an seiner Staffelei stehen. Er gestaltete offenbar gerade eine Schrift. Genaueres war von draußen nicht zu erkennen. Für einen Moment zögerte sie. Sollte sie klopfen? Sollte sie nicht? Durfte sie überhaupt?

Auguste verscheuchte die Bedenken, reckte sich wieder und klopfte dreimal kräftig an die Scheibe. Jetzt mussten die Dinge ihren Lauf nehmen. Ein Zurück gab es nicht mehr. Sie hatte sich nicht einmal eine Erklärung zurechtgelegt, was sie denn eigentlich wollte.

Peter Hölcker schaute durch die Scheibe, um zu sehen, wer ihm da geklopft hatte. Sekunden später öffnete er überrascht und erfreut die Haustür und bat Auguste herein. Zum ersten Mal betrat Auguste die Wohnung des bisher nur heimlich verehrten jungen Malers. Der ließ sie in ihrem dicken Mantel mit Pelzkragen gar nicht zu Wort kommen, sondern ergriff sofort selbst die Initiative. »Es ist gut, dass du kommst, Auguste. Ich freue mich. Ich weiß, ich hätte schon lange mit dir reden sollen. Aber …«

»… du warst einfach zu schüchtern.«

»Aber jetzt hast du den ersten Schritt getan, und ich spreche dafür das erste Wort.« Peter wartete einen Moment, wohl um die Wichtigkeit des Augenblicks zu unterstreichen. »In meiner Art konnte ich es dir bisher nicht zeigen, wie sehr ich dich mag, Auguste.«

Plötzlich ergriff er Auguste bei den Händen und schaute ihr tief in ihre schönen dunklen Augen. Die hielten diesem Blick eine ganze Weile stand.

»Ich möchte dir heute sagen, dass ich dich liebe«, hörte Auguste Peter sagen, und es klang ihr, als wäre es aus dem Himmel gesprochen. Wie lange hatte sie auf diese Worte gewartet! Wie hatte sie dieses Bekenntnis ersehnt! Jetzt war es heraus und war doch nur die Hinführung zu der noch wichtigeren Frage. »Ich möchte dich zugleich fragen, ob du bereit wärst, mein Gustchen zu werden und mich zu heiraten.«

Am liebsten hätte Auguste dem geliebten Mann ein vielfaches »Ja!« entgegengejubelt und wäre ihm um den Hals gefallen. Wenn sich das doch nur geschickt hätte! »Mein Gustchen« hatte er gesagt. Also hob sie den Blick und schaute Peter ihrerseits jetzt tief in seine ebenso dunklen Augen, ihre Hände immer noch in den seinen. Es kam eher vor freudiger Bewegung gehaucht als gejubelt: »Ja, Peter, ich bin bereit, dein Gustchen zu werden. Ich habe lange auf diese Frage gewartet. Du darfst mich heiraten.«

Die Antwort war kaum gesprochen, da lagen sich die beiden Menschen in den Armen, der Mann im weißen Stehkragenhemd und einer alten Strickjacke und die Frau im dicken Wintermantel mit Pelzkragen. Sie wollten sich schier nicht wieder loslassen, als befürchteten sie, der andere könnte seine Worte von eben widerrufen. Das wäre aber wohl keinem der beiden glücklichen Menschen eingefallen, auch nicht, nachdem sie sich endlich wieder losgelassen hatten.

»Möchtest du nicht deinen Mantel ausziehen, Gustchen?«,

fragte Peter. »Ich würde mich freuen, wenn du noch eine Weile hierbliebest.«

»Das geht leider nicht, mein Lieber, ich muss die Nachricht sofort meiner Mutter bringen. Sie weiß gar nicht, was hier soeben passiert ist und dass sie ganz plötzlich einen Schwiegersohn bekommen hat.«

»Was wird deine Mutter dazu sagen?«

»Die wird sich freuen. Sie hat schon lange festgestellt, dass der Peter Hölcker ein guter Mann für mich wäre. Und jetzt kann ich ihr sagen, dass er es wird.«

»Sehr gut und doch sehr schade. Aber ich verstehe dich. Sag deiner Mutter herzliche Grüße und melde meinen Besuch für die nächsten Tage schon einmal an. Ich muss sie ja offiziell fragen, ob sie überhaupt meine Schwiegermutter werden möchte und mir die Hand ihrer Tochter auch gibt. Dabei will ich nicht nur die Hand, sondern die ganze Tochter. Lass dich vorher noch einmal umarmen.«

Diesmal blieb es nicht bei der Umarmung. Diesmal gab es auch den längst überfälligen Kuss.

Die Nächste, die Auguste in die Arme nahm, war ihre Mutter. »Kind, ich freue mich für dich und mit dir. Ich bin sicher, du wirst glücklich werden mit Peter. Er wird mir ein lieber Schwiegersohn. Er ist ein so feiner Mann.«

Davon war Pfarrer Ebeling ja schon lange überzeugt gewesen. Auch seine Freude über die endlich offen erklärte Verbindung seiner beiden Mitarbeiter war groß. Gleich am folgenden Donnerstag fragte er die beiden: »Wann werdet ihr heiraten?«

»Woher wissen Sie?«, fragten Peter und Auguste fast gleichzeitig.

»Ich habe doch Augen im Kopf, ihr beiden. Glück verändert das Aussehen. Mitten im kalten Winter strahlt euch doch der warme Frühling aus den Augen. Endlich ist klar, was längst klar sein musste. Also wann ist die Hochzeit?«

»Nicht so stürmisch, Herr Pfarrer«, bremste Peter Hölcker seinen Eifer. »Erst wird es eine offizielle Verlobung geben.«

»Darf ich wissen …?«

»Dürfen Sie, damit Sie sich den Samstag vor dem vierten Advent schon einmal freihalten«, gab Auguste das Datum preis, und die Freude strahlte ihr dabei aus den Augen.

»Danke für dieses frühe Weihnachtsgeschenk. Ich werde mir den Tag freihalten. Ich bin an der Entwicklung ja wohl auch nicht ganz unbeteiligt«, lachte der Mann verschmitzt.

Auguste blickte den Pfarrer fragend an. Sie verstand diese Bemerkung nicht.

»Lass dir gelegentlich von Peter erzählen, wie ich das meine, Auguste. Gehen wir jetzt an unsere Arbeit mit den adventlichen Verheißungen des Propheten Jesaja. Halt, noch einen Rat am Schluss. Wartet nicht zu lange mit der Hochzeit. Und jetzt möchte ich unsere Arbeit mit einem Gebet beginnen.«

Wie angekündigt gab es am letzten Adventssamstag bei den Wahrenbergs eine fröhliche Verlobungsfeier im kleinen Kreis mit dem Ehrengast aus dem Pfarrhaus. Nur sechs Wochen später feierten sie schon die Hochzeit. In einem feierlichen Gottesdienst in der Ludwigskirche besiegelten Peter Hölcker und Auguste Dorothee Luise Wahrenberg ihren Ehebund. Zwei glückliche Menschen hörten eine wegweisende Predigt über Peters Lieblingspsalm:

»Bewahre mich, Gott, denn ich traue auf dich. Ich habe gesagt zu dem Herrn: Du bist ja der Herr … Der Herr aber ist mein Gut und mein Teil; du erhältst mein Erbteil. Das Los ist mir gefallen aufs Liebliche; mir ist ein schön Erbteil geworden … Du tust mir kund den Weg zum Leben; vor dir ist Freude die Fülle und liebliches Wesen zu deiner Rechten ewiglich.«

Natürlich bekam auch Augustes geistlicher Lieblingsdichter seinen Platz im Gottesdienst. »Du meine Seele singe …«, »Nun danket all und bringet Ehr ...«, »Ich singe dir mit Herz und Mund ...«, »Befiehl du deine Wege ...«

Sogar die letzten Strophen ihres Lieblingsliedes wurden von der Gemeinde als Gebet gesungen:

»Mach in mir deinem Geiste Raum,
dass ich dir werd ein guter Baum,
und lass mich Wurzel treiben;
verleihe, dass zu deinem Ruhm
ich deines Gartens schöne Blum
und Pflanze möge bleiben.

Erwähle mich zum Paradeis
und lass mich bis zur letzten Reis
an Leib und Seele grünen,
so will ich dir und deiner Ehr
allein und sonsten keinem mehr
hier und dort ewig dienen.«

Es war ein herrlicher Gottesdienst an diesem winterlichen Samstag im Februar 1907 in einer wunderschönen Kirche, auch wenn es recht kalt war und die Menschen in dicker Winterkleidung in den Bänken saßen. Danach erlebten sie eine bewegende Feier mit der Gemeinde und vor allem mit vielen Jungen und Mädchen aus dem Kindergottesdienst. Und daran schloss sich das fröhliche Fest im wenige Meter entfernten Gasthaus »Zum Adler« an, mit den Wahrenbergs, mit Peters Schwester Katharina, die leider als Einzige die hölckersche Verwandtschaft aus der Pfalz vertrat, und mit einigen Freunden aus Saarbrücken und dem benachbarten St. Johann.

Am Abend dann zog die junge Ehefrau in Peters kleine Wohnung im Eckhaus an der Ludwigskirche ein. Viel Platz hatten die jungen Eheleute wirklich nicht in der Wohnküche mit der Schlafkammer daneben. Aber das Glück kam auch ohne viel

Platz aus. Das Bett in der Kammer reichte für zwei, und der eintürige Schrank war bereits gegen einen zweitürigen getauscht, so dass Kleider und Mantel der neuen Bewohnerin ihren Platz fanden. Für Gustchens Truhe mit der Wäsche gab es auch noch ein Stück freie Wand.

Im der Küche reichten die Stühle um den Tisch sogar für vier Personen, das wenige Geschirr passte ins Regal. Auf dem kleinen Herd war Platz für einen zweiten Topf oder eine Pfanne. Die Garderobe neben der Tür hatte Haken genug für zusätzliche Kleidungsstücke. Die Staffelei und die Kiste mit den Pinseln, Farben und Leinwand konnten ihren Platz behalten. Es würde schon alles reichen, sie würden am ersten gemeinsamen Ort zurechtkommen.

Lange hielten sich die beiden glücklichen Menschen in den Armen, bevor sie sich für ein paar Minuten an den Tisch setzten, um ihren ersten gemeinsamen Abend zu beenden, wie es jeder aus der Zeit seines Alleinseins gewohnt war. So wollten sie es auch in Zukunft beibehalten.

Peter schlug die große Familienbibel auf, die ihnen Pfarrer Ebeling nach der Trauung überreicht hatte, »zum gesegneten Gebrauch und zum Andenken an den Tag ihrer Trauung, den 2. Februar 1907 dem Ehepaar Peter Hölcker und Auguste Dorothee Luise Wahrenberg von der Evangelisch-reformierten Gemeinde zu Saarbrücken«. So stand es auf der ersten Seite. Die nächsten Seiten sollten selbst ausgefüllt werden. Da ging es um den Stammbaum der Familien, die Großeltern und später um Kinder, Patenkinder und um »Sonstige wichtigere Familienereignisse«.

»Was werden wir wohl auf diesen Seiten alles eintragen können, mein Gustchen?«, meinte der junge Ehemann und legte den freien Arm um seine Frau.

»Ich denke, dass du das alles einträgst, mein Lieber, du bist der Künstler und du hast die schönere Schrift.«

»Darüber können wir uns gelegentlich streiten, wer die schönere Schrift hat, mein Schatz. Jetzt lesen wir noch einmal unseren Trautext und danken Gott für den herrlichen Tag. Und dann verschwinden wir hinter der Türe dort drüben. Dort steht ein wunderschön bezogenes Bett. Das wartet auf uns.«

Bei diesem Satz wurde es Auguste doch tatsächlich ein wenig warm. Hinter dieser Tür … Sie löste sich aus dem Arm ihres Mannes. Für die Andacht war das wohl besser.

III.
Gemeinsames Glück

Hand in Hand

Die ersten Ehemonate waren glückliche Monate, ungetrübt und heiter. Die beiden Hölckers gingen werktags weiter ihren Arbeiten nach, Gustchen als Buchhalterin im Kaufhaus Fiedler in der Bahnhofstraße, Peter als Retuscheur im Atelier Germania in der Sulzbachstraße, beide drüben in St. Johann.

Diese Stelle hatte er angenommen, nachdem die beiden im Dezember dort ein Verlobungsfoto hatten anfertigen lassen. Peter hatte den Arbeitsplatz im warmen Atelier dem in kalten Räumen oder im Freien vorgezogen und den Arbeitgeber gewechselt. Gustchen war es recht gewesen. Aber damals hatte sie auf die persönlichen Entscheidungen ihres künftigen Mannes auch noch keinen Einfluss nehmen wollen.

Da die beiden Arbeitsstellen dicht beieinander lagen, konnten die Eheleute ihre Wege meistens gemeinsam gehen. So sahen die Leute regelmäßig ein verliebtes Paar, das Hand in Hand oder Arm in Arm die Straße entlangging.

An zwei Abenden der Woche waren die beiden im benachbarten Pfarrhaus zur Betstunde bzw. zur Vorbereitung für den Kindergottesdienst. Die anderen Abende verbrachten sie meistens in ihrer kleinen Wohnung. Gustchen hatte dann meist irgendeine Hausarbeit zu tun, zu der sie tagsüber ja keine Zeit hatte, oder sie las Zeitung oder eine Zeitschrift oder ein gutes Buch, während ihr Peter an seiner Staffelei stand und malte.

Der Tagesabschluss war aber stets ein gemeinsamer. Dann saßen die beiden zusammen am Tisch, lasen einen Abschnitt aus ihrer Familienbibel, sangen oder sprachen ein paar Strophen eines Liedes und beschlossen den Tag mit Danksagung und Bitte, getreu der Weisung des Apostels Paulus an die Philipper: »Sorget nichts, sondern in allen Dingen lasset eure Bitte im Gebet und Flehen mit Danksagung vor Gott kund werden.«

Diese gute Sitte sollte sich als tragender Pfeiler ihres gemeinsamen Lebens in guten wie in bösen Tagen erweisen.

Sonntags besuchten sie den Gottesdienst und waren als Mitarbeiter im Kindergottesdienst dabei. An den Nachmittagen besuchten sie Mutter Luise oder eines der Geschwister, die auch nicht mehr zu Hause wohnten, oder gelegentlich Freunde. Manchmal gingen die beiden spazieren oder saßen bei schlechtem Wetter auch gemütlich bei Kaffee und Kuchen nur in ihrer Küche. Langeweile kam bei ihnen nie auf. Es gab immer etwas zu erzählen oder zu tun, ohne dass dies ihre Sonntagsruhe gestört hätte.

So konnte es gerne bleiben. Sollte einmal ein Kind zur Familie gehören, würde sich manches von allein ändern. Vor allem müsste dann eine größere Wohnung her. Manchmal träumten die beiden sogar von einem eigenen Haus, in dem viele Kinder Platz hätten, in dem sich ein richtiges Atelier einrichten ließe, zu dem ein Garten gehörte für Gemüse, Kräuter, Sträucher und vielleicht sogar ein oder zwei Obstbäume …

Träumen war erlaubt. Was daraus wurde, musste sich erweisen. Dass Peter nicht sehr geschickt war im Geldverdienen und -verwalten, wurde seiner jungen Frau bald deutlich. Dass ihr geliebter Mann keine Ersparnisse mit in die Ehe gebracht hatte, störte Gustchen nicht. Dass er mit dem Geld, das er verdiente, aber kaum sinnvoll umgehen konnte, das gefiel ihr gar nicht. Dass er seine Bilder meist zu Spottpreisen verkaufte, ärgerte sie. Das musste sich irgendwie ändern.

»Ich gebe zu, ich habe noch nie ein Bild teuer verkauft«, gestand Peter ein, als seine Frau ihn eines Abends darauf ansprach. »Ich kann den Leuten nicht das Geld aus der Tasche ziehen. Nein, das kann ich nicht.«

»Du hast deine Bilder verschenkt, mein Lieber«, behauptete Gustchen. »Wie willst du auf einen grünen Zweig kommen, wenn du nicht einmal deine Kosten wieder hereinbekommst? Was soll zum Beispiel diese schöne Saar-Ansicht kosten, die du gerade fertig gemacht hast?«

Die Eheleute Gustchen und Peter im Herbst 1907

»Ich weiß es noch nicht, Gustchen. Ich hab mir noch keine Gedanken darum gemacht.«

»Das musst du aber, mein Lieber«, versuchte die in Sachen Finanzen ausgebildete junge Frau ihrem Mann deutlich zu machen. »Du musst dir genau aufschreiben, wie lange du an der Staffelei stehst, welches Material du verbrauchst und wie viel du vorher dafür bezahlt hast. Du brauchst immer wieder neue Farbe, neue Leinwand, Zeichenpapier, Stifte, Pinsel und so weiter. Und am Ende muss etwas übrig bleiben. Nach diesen Werten musst du deinen Preis machen. Sonst kommen wir nie zu einer größeren Wohnung.«

Peter Hölcker sah seine Frau lange an, um dann ein wenig kleinlaut seine Schwäche zuzugeben. »Und, was soll ich jetzt machen?«, fragte er.

»Du bist ein guter Künstler, aber ein schlechter Kaufmann, Peter. Überlass mir die Sache. Lass mich die Preise machen und unser Geld verwalten. Ich kann das wirklich besser als du.«

»Wenn du meinst, mein Gustchen, dann übernimm das für uns beide«, trat er seiner Frau erleichtert die Verantwortung ab.

Die kam wieder auf das Bild auf der Staffelei zurück: »Also, was denkst du, was soll diese schöne ›Saar-Ansicht mit der Alten Brücke‹ kosten?«

»Vielleicht 20 Mark«, schlug der Künstler vor. »Mehr kann ich dafür nicht nehmen, denke ich.«

»Hast du diesen Preis schon bekannt gegeben?« Gustchen ging auf Sicherheit. Sie hatte in Gedanken bereits einen Plan.

»Nein, natürlich nicht. Das mache ich nie im Voraus.«

»Gut, mein Lieber, dann rechne ich morgen die Sache einmal durch. Dann sehen wir, auf welchen Preis ich komme. Gut so?«

»Gut so«, war Peter einverstanden und griff nach der Bibel, um mit seinem geliebten Gustchen den Tag abzuschließen.

Am nächsten Morgen schickte die junge Frau ihren Peter schon voraus zur Arbeit. Sie dürfe heute eine Stunde Mehrarbeit abfeiern und etwas später kommen. Das war richtig, aber nicht der wahre Grund für ihren späteren Aufbruch zur Arbeit. Gustchen wartete ein Weile, ging dann kurz vor die Tür, um zu prüfen, ob ihr Mann schon außer Sichtweite war. Dann packte sie die »Saar-Ansicht mit der Alten Brücke« vorsichtig in Packpapier und eilte zu einem Galeristen in der Nähe des Schlosses. Sie kannte den Mann zwar nicht, wusste aber von ihrem Peter, dass er ein ausgewiesener Kunstkenner war. Der sollte für sie das Bild schätzen. Was der Mann auch gerne tat.

Gustchen ließ sich ihre Überraschung nicht anmerken, als sie den Wert hörte. Sie packte ihr Bild rasch wieder ein und eilte nach Hause, innerlich den Kopf schüttelnd über den Unterschied in den Preisvorstellungen. Weshalb ihr geliebter Mann finanziell immer sehr knapp dran gewesen war, konnte sie sich jetzt erklären, und sie war fest entschlossen, diesen Zustand zu ändern. Schließlich kündigte sich der Tag schon an, an dem sie eine größere Wohnung brauchen würden. Davon wusste der werdende Vater allerdings noch nichts.

Auguste ließ sich noch ein paar Tage Zeit, um mit ihrem Mann über den Preis des Bildes zu sprechen und ihm die wichtige Neuigkeit vom zu erwartenden Nachwuchs zu erzählen. Als sie dann selbst volle Klarheit über die Schwangerschaft hatte, hielt sie es nicht mehr aus. Sie nahm am Abend das neu begonnene Werk über den »Stengel-Brunnen auf dem St. Johanner Markt« vorsichtig von der Staffelei und stellte die »Saar-Ansicht mit der Alten Brücke« auf und sich selbst daneben.

»Was machst du da?«, fragte Peter mit einem Anflug von Ärger.

»Geduld, mein Lieber, du wirst es gleich erfahren.«

»Nun mach die Sache nicht so spannend, Gustchen«, drängte der Mann.

»Also, dieses Bild wolltest du für 20 Mark verkaufen. Das heißt du wolltest es wieder einmal verschenken.«

Peter schaute seine Frau mit großen Augen an.

»Wir können uns das Verschenken in Zukunft aber nicht mehr leisten, mein Schatz.«

»Wie meinst du das, Gustchen?« Peter erhob sich von seinem Stuhl.

»Wir müssen uns demnächst nach einer größeren Wohnung umsehen, mein Lieber.«

»Nach einer größeren Wohnung umsehen? Ist es dir hier nicht mehr gut genug für uns zwei?«

Gustchen kam einen Schritt auf ihn zu und nahm seine Hände in die ihren. »Für uns zwei wäre es mir immer gut genug. Nur für drei wird es dann doch ein wenig eng.«

»Für drei?« Peter schien zu ahnen, wovon sie sprach. »Für drei, sagst du. Heißt das, wir bekommen ...?«

Jetzt hielt sich Gustchen nicht länger zurück und fiel ihrem Peter um den Hals. »Ja, mein Schatz, wir bekommen ein Kind. Freu dich, wir werden eine richtige Familie.«

»Eine richtige Familie«, wiederholte der werdende Vater und schloss die Augen. Er drückte sein Gustchen fest an sich, bedeckte dann ihr hübsches Gesicht mit Küssen und wollte damit schier nicht mehr aufhören.

»Jetzt gib mich mal wieder frei, mein Lieber«, löste sich die Frau aus der Umarmung, »erstens musst du mit mir in der nächsten Zeit sehr zart umgehen. Und zweitens müssen wir über die Kosten für das Bild sprechen.«

»Du hast Recht, Gustchen. Aber ich freue mich einfach so über unser Kind! Aber jetzt zum Bild. Wie teuer soll ich es verkaufen?«

»Für 200 Mark und keine Mark weniger.«

»Bist du gescheit? Gustchen, doch nicht für 200 Mark. Das ist mehr als ein Monatslohn.«

Peter schien richtig entsetzt.

»Dann eben für 250 oder, sagen wir, wenigstens 220«, beharrte die Frau.

Peter runzelte die Stirn. »Wie kommst du auf einen so hohen Preis, Gustchen?«

»Ich habe mich erkundigt, was das Bild kosten darf, Peter.« Auguste nahm die Hände ihres Mannes und blickte ihn mit bittenden Augen an. »Ich muss mich bei dir entschuldigen, Peter. Und du darfst mir nicht böse sein. Ich habe das Bild in der Galerie am Schlossplatz schätzen lassen.«

»Du hast was …?«

»Ja, ich habe das Bild schätzen lassen. Und der Mann dort hat mir sogar einen Preis von 250 Mark genannt. Das sei das Bild auf jeden Fall wert.«

Peter holte ein paarmal tief Luft. »Du bist ein Schlingel, Gustchen. Aber ich bin dir natürlich nicht böse. Ich weiß, dass ich meine Bilder meistens unter Wert verkauft habe. Und wir werden das Geld ja auch dringend brauchen.« Der Mann atmete noch einmal tief durch. »Ich werde also 200 Mark für die ›Saar-Ansicht‹ verlangen. Mehr kann ich wirklich nicht.«

»Tu das, mein Schatz. 200 Mark. Und danke, dass du mir nicht böse bist.« Damit war die künftige Verbesserung des Einkommens in gute Wege geleitet.

An diesem Abend lasen die beiden zum Tagesabschluss den 127. Psalm: »Siehe, Kinder sind eine Gabe des Herrn, und Leibesfrucht ist wie ein Geschenk …« Selbstverständlich würden sie an dieses erwartete Geschenk ab heute im abendlichen Gebet denken.

Während der Schwangerschaft konnte Gustchen weiter ihrer Arbeit nachgehen und auch den kleinen Haushalt versorgen. Peter nahm ihr verschiedene Handgriffe ab, was sie mit Freude wahrnahm.

Dadurch, dass Peters Bilder nun zu angemesseneren Preisen verkauft wurden, konnten sie mehr Geld auf die hohe Kante legen, sprich auf das Konto bei der Stadtsparkasse, die in Saarbrücken bereits ihr fünfzigjähriges Jubiläum feierte und bei der Gustchen schon länger Kundin war.

Was sich leider als sehr schwierig erwies, war, eine größere Wohnung oder gar ein kleines Haus zu finden. Es gab zwar größeren Wohnraum in verschiedenen Teilen der Stadt oder auch drüben in St. Johann. Aber erstens wollten die beiden Hölckers sich bei der Bequemlichkeit nicht verschlechtern; sie wollten schon gerne einen eigenen Wasser- und Stromanschluss haben. Und zweitens wollten sie lieber auf der linken Saarseite wohnen bleiben. Hier hatte Gott sie hergeführt, hier wollten sie bleiben.

Bis zur Geburt des Kindes im Frühjahr 1908 fanden sie noch keine neue Wohnung. Ihre abendlichen Gebete blieben hierzu einfach ohne Antwort. Wenn dann wenigstens die Gebete um eine gesunde Geburt des Kindes erhört wurden, dann wollten die beiden werdenden Eltern schon zufrieden sein und sich noch eine Weile behelfen. Eine Wiege oder ein kleines Kinderbett passte ja auch noch in die Kammer. In ihren eigenen Kindheitstagen war es auch sehr beengt zugegangen, und ihre Eltern waren mit ihren vielen Kindern auch zurechtgekommen.

Wenn nur das Kind gesund zur Welt käme! Je näher der Geburtstermin kam, desto häufiger wurde Gustchen von einer merkwürdigen Unruhe überfallen. Ihre Mutter hatte ihr ausgerechnet am ersten Hochzeitstag erzählt, dass ihr erstes Kind damals in Saaralben während der Geburt gestorben war. Sie, Auguste, war also gar nicht die Zweite in der Reihe der Geschwister gewesen, sondern eigentlich die Dritte. O Gott, ihr würde doch wohl nicht das gleiche Schicksal widerfahren wie ihrer Mutter vor dreißig Jahren?! Warum hatte Mutter ihr das nur erzählt? In Gustchen nistete sich die Angst ein, und ihr Peter hatte zunehmend Mühe, seiner Frau den Glauben an die Güte Gottes und die Zuversicht in seine guten und richtigen Führungen zu stärken. Dabei konnte er sich selbst immer weniger gegen die Unruhe und Angst seiner Frau schützen. Der Zweifel am glücklichen Ausgang der Schwangerschaft nistete sich auch bei ihm ein und lähmte ihn. Die Kraft, die die beiden Menschen aus dem Lesen und Bedenken des Wortes Gottes und aus dem Gespräch mit ihm sonst immer gewannen, wollte sich nicht mehr einstellen.

Da hatte ihnen auch der vom Leid geplagte Paul Gerhardt nichts mehr zu sagen mit seinem Mutmach-Lied: »Befiehl du deine Wege …« Sie hatten sie Gott »befohlen«, und sie taten es täglich und immer drängender. Aber innere Ruhe und Gelassenheit des Herzens wollten sich nicht wieder einstellen. Es war zum Weinen und zum Verzweifeln. Wo war Gott mit seiner Kraft? Wo war Jesus mit seiner Erquickung für Mühselige und Beladene? Wo blieb die Ruhe für die angefochtenen Seelen?

Es gelang auch Pfarrer Ebeling nicht, seinen beiden Freunden den Glauben zu stärken und sie aufzumuntern.

Und dann kam der Tag, der der bisher Schwärzeste in ihrer immer noch jungen Ehe wurde. Das Kind kam unter großen Mühen und heftigsten Schmerzen seiner Mutter zur Welt und war – tot. Das kleine Wesen – ein Junge, er hätte Johannes heißen sollen – musste sich während der schwierigen Geburt mit der Nabelschnur selbst stranguliert haben.

Gustchen brach unter der Last dieses tragischen Ereignisses zusammen. Körperlich war sie ohnehin durch die schwere Geburt sehr mitgenommen und schwach, aber jetzt gingen ihr die seelischen Kräfte im Nu völlig verloren. Das kleine, blaue, hässliche Bündel auf dem weißen Laken löste bei ihr einen spitzen Schrei und eine Ohnmacht aus. Die sei verständlich und nicht bedrohlich, beruhigte der Arzt, der als Geburtshelfer anwesend war. Die junge Frau komme schon bald wieder zu sich. Er versah trotz der traurigen Situation seine Aufgabe weiter, wobei Mutter Luise schweigend mit anfasste, wo sie konnte.

Als Gustchen wieder zu sich kam und mit großen, entsetzten Augen in der Kammer herumschaute, als suche sie etwas, war sie gewaschen und versorgt. Das Menschlein, das nicht leben durfte, ebenso. Es lag in ein Laken gehüllt in der Küche. Gustchen konnte es von der Kammer aus nicht sehen.

Der Arzt gab ihr noch ein Beruhigungsmittel, sprach ein paar mitfühlende Worte und verabschiedete sich. Den kleinen Leichnam nehme er mit, wie das üblich war; er werde sich darum kümmern.

In der Kammer zurück blieben nur der unglückliche Peter, die zutiefst bekümmerte Mutter Luise, die so gerne Oma geworden wäre, und Gustchen. »Warum? Warum?«, flüsterte die junge Frau nur angesichts der leeren Wiege, und die Tränen liefen ihr über das Gesicht. Peter suchte ihre Hand, sie aber entzog sie ihm. Er versuchte ein Wort des Trostes, sie drehte den Kopf zur Seite und fragte nur immer wieder mit erstickter Stimme: »Warum? Warum?« Dann begann das Beruhigungsmittel zu wirken, und Gustchen schlief ein.

Luise Wahrenberg erhob sich von ihrem Stuhl am Bett. »Ich gehe, Peter. Die Kinder warten«, sagte sie leise, strich ihrem Schwiegersohn über die Schultern und streichelte der Tochter die blasse Wange. »Gott wird ihr aufhelfen, und dir auch, Peter. Er wird euch durch diese schweren Tage tragen. Ich weiß es.« Die Frau wandte sich zum Gehen und musste sich dabei auch ein paar Tränen abwischen. Sie wusste, was dieser Tag für die jungen Leute bedeuten musste. Sie hatte ihn mit ihrem Georg vor vielen Jahren selbst erlebt. Gott hatte das Leben damals bei ihnen weitergehen lassen. Er würde das auch hier tun.

Es dauerte allerdings ein paar Wochen, bis das Leben für die jungen Eheleute wieder weiterging. Zunächst lag Gustchen tagelang nur teilnahmslos in ihrem Bett und trauerte um das verlorene Kind. Sie stand nur auf, wenn sie einmal hinaus musste. Danach legte sie sich sofort wieder hin. Wenn sie nicht schlief, stierte sie schweigend die Zimmerdecke an oder die leere Wiege, die immer noch in der Kammer stand. Mitfühlende Blicke ihres Mannes, ihrer Mutter, ihres Pfarrers oder irgendeines anderen Besuchers erwiderte sie nicht. Tröstende und hilfreiche Gesten und Worte erreichten sie nicht, oder sie wies sie zurück. Die junge Frau haderte, äußerlich stumm, innerlich laut schreiend, mit ihrem Gott und mit den Menschen um sich herum. Warum musste Gott ihr das antun? Warum nur?

Peter war dagegen offen für den Zuspruch der Schwiegermutter und des Pfarrers, für den Trost aus geistlichen Liedern und vor allem aus dem Wort der Bibel. Der sonst eher schwach wirkende Mann gewann an Stärke. Wenn sein sonst so starkes Gustchen das tragische Erleben nicht bewältigen konnte, dann musste doch wenigstens er das tun. Er musste nach vorne schauen, weil es ja auch einfach weitergehen musste. Die Zeit konnte doch nicht stehen bleiben. Seine geliebte Frau musste über den Schmerz auch hinwegkommen. Wie ihr zu helfen war außer durch alle erdenklichen Liebesbeweise, wusste der Mann freilich nicht. Ihm blieb nur, um das Wunder der Befreiung aus dem dunklen Loch des Schmerzes und der Trauer zu beten und der leidenden Frau weiter zuzureden, die traurige Wahrheit doch bitte anzunehmen.

Peter ließ seine Staffelei unbenutzt – ihm stand auch nicht der Sinn nach Bildern –, setzte sich nach der Arbeit an ihr Bett und las ihr aus der Bibel und aus dem Gesangbuch vor, manchmal auch aus einem der Bücher, die sie sonst gerne gelesen hatte.

Schließlich passierte tatsächlich das Wunder der Befreiung zu einem neuen Leben, während Peter seinem Gustchen ein Paul-Gerhardt-Lied vorsang, das eigentlich gar kein Trostlied war, sondern ein Lob- und Danklied. Peter sang dreizehn Strophen, die in ihr positive Erinnerungen wecken mochten. Warum er gerade dieses Lied aufgeschlagen hatte, wusste er selbst nicht:

»Ich singe dir mit Herz und Mund,
Herr, meines Herzens Lust,
ich sing und mach auf Erden kund,
was mir von dir bewusst.

Ich weiß, dass du der Brunn der Gnad
und ewge Quelle bist,
daraus uns allen früh und spat
viel Heil und Gutes fließt. …

Du zählst, wie oft ein Christe wein
und was sein Kummer sei;
kein Zähr- und Tränlein ist so klein,
du hebst und legst es bei. …

Wohlauf, mein Herze, sing und spring
und habe guten Mut;
dein Gott, der Ursprung aller Ding,
ist selbst und bleibt dein Gut. …

Er hat noch niemals was versehn
in seinem Regiment;
nein, was er tut und lässt geschehn,
das nimmt ein gutes End.

Ei nun, so lass ihn ferner tun
und red ihm nicht darein,
so wirst du hier im Frieden ruhn
und ewig fröhlich sein.«

Gustchen wandte sich plötzlich zu Peter um und griff nach seiner Hand. Über ihr blasses Gesicht ging ein leichtes Lächeln. »Das Lied hat die Gemeinde zu unserer Hochzeit gesungen. Sing mir bitte noch einmal die zehnte Strophe. Bitte, Peter.«

Gustchen kannte das Lied gut, Peter musste erst nachsehen, welche Strophe sie meinte:

»Was kränkst du dich in deinem Sinn
und grämst dich Tag und Nacht?
Nimm deine Sorg und wirf sie hin
auf den, der dich gemacht.«

»Danke«, flüsterte Gustchen, »so muss es jetzt wieder werden. Ich will meinen Gram und meine Sorgen wieder auf Gott werfen. Verzeih mir, Peter, dass ich es dir schwer gemacht habe. Gott wird mir meinen Kleinmut sicher auch vergeben.«

Gustchen richtete sich im Bett auf, zog ihren Mann näher und schlang ihre Arme um seinen Hals. Peter umschlang seine geliebte Frau ebenso fest. Nachdem die beiden dann ein paar Minuten lang gemeinsam geweint hatten, lösten sie sich voneinander, und Gustchen sagte mit erstaunlich fester Stimme: »Jetzt muss es genug sein mit der heftigen Trauer. Hilf mir auf, Peter. Ich weiß gar nicht, ob ich noch auf den Beinen stehen kann.«

Gustchen konnte, wenn auch nur mit der Unterstützung ihres Mannes. Dann saßen die beiden am Küchentisch, hielten sich die Hände wie in den ersten Tagen ihrer Ehe und lächelten sich an.

»Ist das schlimm, wenn ich ab und zu noch weine?«, fragte die junge Frau.

»Nein, mein Gustchen, du darfst immer weinen, wenn dich der Schmerz wieder überkommt«, tröstete Peter, »du darfst nur nicht im Weinen stecken bleiben. Das Leben geht weiter, auch für dich, Gustchen. Gott weiß, warum Johannes nicht leben sollte.«

»Ich will es auch wieder lernen und glauben, dass Gott es dennoch gut gemeint hat und dass die Sache ein gutes Ende nimmt, Peter.« Nach einer kurzen Pause fuhr sie fort: »Nächste Woche gehe ich wieder zur Arbeit.«

Peter legte noch einmal den Arm um sein Gustchen und drückte sie an sich. »Wenn es dir möglich ist, wäre das gut.« Dann griff er zur Bibel und schlug das Matthäusevangelium auf. Er las aus dem achten Kapitel:

»Und Jesus trat in das Schiff und seine Jünger folgten ihm. Und siehe, da erhob sich ein großes Ungestüm im Meer, also dass auch das Schifflein mit Wellen bedeckt ward; und er schlief. Und die Jünger traten zu ihm und weckten ihn auf und sprachen: Herr, hilf uns, wir verderben. Da sagte er zu ihnen: Ihr Kleingläubigen, warum seid ihr so furchtsam? Und stand auf und bedrohte den Wind und das Meer; da ward es ganz stille. Die Menschen aber verwunderten sich und sprachen: Was ist das für ein Mann, dass ihm Wind und Meer gehorsam ist?«

An diesem Abend konnten sich die beiden zum ersten Mal nach mehreren Wochen wieder über den Text unterhalten und dabei feststellen, dass Jesus doch mit ihnen im Boot gewesen war. Die Eheleute schlossen den Tag endlich wieder gemeinsam mit Gebet ab, in der neuen Gewissheit, dass Jesus aus den schweren Ereignissen der letzten Wochen das Richtige machen würde, nachdem er dem Wind und dem Meer endlich geboten hatte.

In den nächsten Tagen ging es Gustchen beinahe stündlich besser. Sie kam erstaunlich rasch zu Kräften und ging tatsächlich in der folgenden Woche wieder zur Arbeit.

Der Alltag kehrte zurück in die kleine Wohnung an der Ludwigskirche. Und mit ihm Glaube und Zuversicht in die Güte Gottes und in seine Führung auf den richtigen Wegen.

Am kleinen Exerzierplatz

Auch wenn es jetzt nicht so dringend war, blieben Peter und Gustchen auf der Suche nach einer größeren Wohnung oder nach einem Haus mit Garten. Irgendwann würde Gott wohl doch auch gnädig sein und ihnen ein Kind schenken. Dann hätte dieses Kind schon ein größeres Zuhause, und seine Eltern müssten sich nicht den engen Raum mit ihm teilen. Denn auch für sie beide wurde der Raum im Laufe der Zeit enger, weil sich ihre Schränke füllten, weil zur Förderung der Gemütlichkeit eine Chaiselongue angeschafft wurde ... Der Abstellraum im Schuppen hinter dem Haus war nun einmal sehr klein, dazu frei zugänglich.

Für die Veränderungen in ihrer Stadt interessierten sie sich nur am Rande. Weltliches Vereinsleben blieb ihnen fremd, und politische Betätigung war ihnen eher zuwider. Hier gab es in ihren Augen zu viel Großmannssucht und Gehabe. Ob die Städte an der Saar zu einer Stadt Saarbrücken zusammengeführt werden sollten oder nicht – worum es mehrere Jahre Diskussionen gab, wobei die mehr oder weniger offen ausgetragenen lokalen Rivalitäten eine wichtige Rolle spielten –, interessierte sie zwar auch, aber sie beteiligten sich in der Öffentlichkeit nicht daran.

Aber natürlich nahmen sie an den allgemeinen Feierlichkeiten zur Gründung der Stadt Saarbrücken am 1. April 1909 teil. Viele Festlichkeiten fanden ja vor ihrer Haustüre, auf dem Ludwigsplatz statt. Dem öffentlichen Bekenntnis zur preußisch-deutschen Nation und zu ihrem Kaiser Wilhelm II. in der fernen Reichshauptstadt Berlin konnten sie sich auch nicht völlig entziehen. Ein wenig Patriotismus und Bürgersinn besaßen sie ja doch. Und ein wenig stolz waren sie schon auch darauf, dass die neue 100 000-Einwohner-Stadt eine der fünfzig Großstädte im Kaiserreich wurde und nach ihrer Stadt benannt werden sollte. Dafür schmückten sie mit anderen auch gerne ihre Hausfassade und den Platz.

Es war den beiden Hölckers allerdings fremd, wie viele Menschen ihre Begeisterung für das Deutsche Kaiserreich, die Monarchie und alles Militärische zur Schau trugen. Seit Jahren gehörten Soldaten des Saarbrücker Infanterie-Regiments, der St. Johanner Ulanen und der Artilleristen aus St. Arnual in ihren Uniformen zu Fuß und zu Pferd zum Stadtbild. Denen besondere Ehre zu erweisen, das war nicht ihre Sache. Das schien ihnen auch nicht vereinbar mit ihrem Glauben an den Schöpfer und Erhalter und eigentlichen Herrscher dieser Welt, und auch nicht mit ihrem Verständnis von einem christlichen Leben. Nein, Peter und Gustchen hielten sich lieber in allem ein bisschen zurück und beobachteten den Lauf der Ereignisse eher aus einem gewissen Abstand.

Was sie dafür mit steigendem Interesse beobachteten, war das Angebot an Wohnungen und Häusern in der Stadt. Jeden Tag baten sie um den richtigen Blick für die Möglichkeit, die Gott ihnen zeigen würde.

Eines Sonntags im Frühjahr 1910 machten Gustchen und Peter wieder einmal einen Spaziergang hinüber ins »Ehrental«, wo die Gefallenen aus der Spicherer Schlacht 1870 beigesetzt waren. Sie wollten in den Wiesen um die Exerzierplätze ein wenig den Frühling genießen mit seinen blühenden Schlehenhecken und den leuchtenden Buschwindröschen darunter, sich freuen an Seidelbast, Forsythie und wilden Krokussen und was an den Böschungen, an den Wegrändern und Feldrainen grünte und blühte. Sie wollten schauen, wie Amsel, Drossel, Fink und Star ihre Nester bauten und ihre Eier ausbrüteten. Sie wollten feststellen, ob die Lerchen bereits von ihrer Winterreise zurückgekehrt waren. Schließlich hatte die »Lerchesflur« oben auf der Bellevue-Höhe von diesen braunen Sängern ihren Namen. »Geh aus, mein Herz, und suche Freud in dieser lieben Sommerzeit …«

»Hier oben zu wohnen wäre nicht schlecht«, sagte Gustchen

träumerisch, als die beiden den Dellengarten hinauf das Gelände am kleinen Exerzierplatz erreicht hatten. Sie schmiegte sich in den Arm ihres Mannes und schaute über den alten Friedhof hinweg ins Saartal, wo in nördlicher Richtung auf der anderen Seite des Flusses die Häuser von Burbach-Malstatt in der Sonne lagen, zwischen denen hohe Schlote qualmten. Dort drüben beherrschten Kohle und Stahl mit viel Dreck und Gestank den Alltag der Menschen. Hier auf der Höhe war die Luft so schön sauber und klar. Der leichte, laue Frühlingswind trieb Rauch und Staub in andere Richtungen.

»Hier oben möchtest du wohnen, Gustchen? Meinst du wirklich, mein Liebes, es wäre schön, immer das Gefängnis da drüben vor Augen zu haben?«, wies Peter auf die neuen Gebäude der Strafanstalt hin, auf der anderen Seite des Passes, über den die Metzer Landstraße aus der Stadt herauf und wieder ins Ehrental hinunterführte, um sich dann hinüber nach Frankreich zu wenden.

»Solange man es nur von außen vor Augen hat und nicht hinter den Gittern leben muss, mein Lieber. Es müsste ja auch nicht gleich daneben sein. Ein bisschen Abstand zum Gefängnis sollte schon sein.«

»Zu Gefängnissen sollte man immer einen möglichst großen Abstand halten, Schatz, am besten nie etwas damit zu tun haben.«

»Trotzdem würde ich gerne hier oben auf der Bellevue-Höhe wohnen. Ich werde mich einmal erkundigen, ob hier vielleicht ein Haus zum Verkauf steht.«

Gustchen nahm ihren Mann bei der Hand und zog ihn hinter sich her talabwärts. Sie wollten ja ins Ehrental.

Als sie wenige hundert Meter weiter gegangen waren, hielt Gustchen an. »Horch, da ist sie.«

Peter wusste nicht sofort, was seine Frau meinte.

»Na, hör doch mal hin. Eine Lerche. Schau, da drüben steigt sie in die Höhe. Herrlich!«

»Jetzt höre und sehe ich sie auch. Schön, wie sie sich in die Luft schwingt.«

»Und da drüben machen sich ein paar Tauben in die Wälder, schau, mein Schatz.«

»Fehlt nur noch die hochbegabte Nachtigall, wie Paul Gerhardt sie besungen hat.«

»Ob es hier in der Gegend Nachtigallen gibt? Ich würde gerne einmal hören, wie eine Nachtigall singt.«

»Ob wir das erleben, weiß Gott. Komm, lass uns weitergehen. Der Frühling ist hier so wunderschön.«

Die beiden genossen den Nachmittag, und sie genossen die Nähe des anderen wie zwei junge Verliebte. Sie freuten sich an den Menschen, die wie sie die erwachende Natur suchten. Sie freuten sich am jungen Grün, an den leuchtenden Blüten, an den Spielen und Liedern der Vögel in Hecken und Sträuchern, an den vielen kleinen und großen herrlichen Wundern der Schöpfung.

Auf dem Rückweg entdeckten sie ein Schild an einem Grundstück unweit der Gaststätte Bellevue: Da wurde doch tatsächlich ein Wohnhaus mit eineinhalb Stockwerken und einem großen Garten zum Verkauf angeboten!

Eine Weile standen die beiden Menschen am Zaun und schauten. Das Haus mit Erdgeschoss und ausgebautem Dach war offenbar nicht mehr bewohnt, und den Garten hatte in diesem Frühjahr offenkundig noch niemand bearbeitet. Die Beerensträucher zeigten grüne Spitzen, und die Obstbäume würden sicher in wenigen Tagen ihre Blüten öffnen. Das sah alles sehr einladend aus und kam den Wünschen der beiden Menschen am Zaun sehr entgegen.

»Wenn wir das hier kaufen könnten!«, schwärmte Gustchen.

»Schade, dass wir nichts zum Schreiben bei uns haben«, meinte Peter bedauernd.

»Den Namen Nerger in der Bahnhofstraße werden wir uns auch so merken können«, war seine Frau sich sicher. »Dieser Laden ist gar nicht weit von uns. Ich geh da morgen gleich hin und erkundige mich nach dem Preis. Oder willst du hingehen? Das ist doch bei euch gleich um die Ecke.«

»Ach nein«, wehrte Peter ab, »mach du das mal lieber. Du kannst das besser.«

»Und dann nehmen wir morgen zu Hause Stift und Papier.«

»Wozu denn das?«

»Dummerchen, wir müssen dann doch wohl rechnen, ob wir das Haus kaufen können oder nicht.«

»Auf diese Rechnung bin ich schon sehr gespannt. Komm, Liebes, lass uns nach Hause gehen und von unseren Wünschen träumen, die doch Wünsche bleiben müssen.«

»Sieh diese Geschichte doch einmal positiv, mein lieber Peter«, wehrte sich Gustchen gegen die wenig hoffnungsvolle Sicht ihres Mannes. »Ich habe eigentlich ein gutes Gefühl bei der Sache.«

»Und wer gibt dir das gute Gefühl?«

»Ich glaube nicht an Zufälle, Peter«, erklärte Gustchen. »Es sei denn an die Zufälle, von denen Jesus selbst spricht.«

»Du meinst diese Worte aus der Bergpredigt von dem, was den Leuten zufallen soll«, vermutete Peter.

»Genau die meine ich«, bestätigte Gustchen und zitierte: »Trachtet am Ersten nach dem Reich Gottes und nach seiner Gerechtigkeit, so wird euch solches alles zufallen.« Sie schlug vor, den Textabschnitt am Abend zur Andacht zu lesen. Was dann auch geschah. Dann beteten sie darum, dass Gott sie erhören möge, wenn er es für richtig hielt.

Am kommenden Abend saßen die beiden Hölckers an ihrem Tisch und rechneten, ob und wie sie mit ihrem monatlichen Einkommen von zusammen etwa 200 Mark und ihren Ersparnissen den Hauskauf finanzieren könnten. Es blieb ja nicht allein bei den Kosten für den Kauf. Eine vielleicht notwendige Renovierung würde Geld brauchen, auch wenn sie die Arbeit selber machen würden. Ein richtiger Wohnraum brauchte mehr Möbel, auch musste ein neuer, größerer Herd her. Für die Arbeit im Garten brauchten sie Werkzeuge, damit sie die Beete auch nutzen konnten. Und wer wusste schon, wofür es eine Reserve geben musste. Gar nicht so einfach, die Geschichte. Am Ende rauchten den beiden Möchtegern-Hausbesitzern doch ein wenig die Köpfe.

Schließlich legte Gustchen den Stift beiseite, streckte ihre Glieder, setzte sich ganz vergnügt auf ihren Stuhl und sah Peter mit zuversichtlicher Miene an. »Mein Schatz«, verkündete sie, »wir kaufen das Haus im Vertrauen auf Gottes Hilfe, wenn …«

»Wenn was?« Ihr Peter machte erstaunte Augen.

»Ich habe soeben in meinem Inneren mit Gott einen Handel gemacht.«

»Einen Handel?«

»Ja, habe ich. Ich habe ihn um zweierlei gebeten. Ich habe ihn gebeten, dass wir die beiden Bilder gut verkaufen, die du fertig hast, und dass er dir einen neuen Auftrag verschafft. Wenn das innerhalb von zehn Tagen möglich ist, dann ist das für mich das Zeichen, dass wir das Haus kaufen sollen.«

»Ich weiß nicht, Gustchen. Ob das so einfach geht? Und warum gerade dieser Handel?«

»Ich denke, alles ist eine Frage des Gebetes und des Vertrauens. Gott kann. Und die Sache mit deinen Bildern deshalb, weil wir die zusätzlichen Einnahmen brauchen.«

»Und wenn Gott nicht will?«

»Dann wird er uns das Zeichen nicht geben und uns einen anderen Weg zeigen, wie wir zu einer größeren Wohnung kommen.«

»Brauchen wir die denn schon dringend?«

Gustchen verstand, woran ihr Mannes dachte. »Nein, mein

Schatz, leider wieder nicht. Ich hatte ein paar Tage die Hoffnung. Aber die ist wieder dahin.«

»Schade«, sagte Peter dazu nur, hielt einen Moment inne und erklärte dann sein Einverständnis zu dem Handel mit Gott. Dann hing jeder seinen eigenen Gedanken nach.

Schließlich schlug Peter vor, den Tag wie üblich zu beenden. »Wir sollten das alles jetzt Gott in die Hände legen, damit er es richtet. Er mag uns das Zeichen geben, um das wir ihn bitten.«

So geschah es. Die beiden lasen wieder einmal den 127. Psalm, weil in ihm ihre beiden wichtigsten Fragen bedacht waren. Danach überließen sie ihr Anliegen ihrem Gott und legten sich schlafen. Ob es sich bewahrheitete, dass der Herr es seinen Freunden im Schlaf gab, wie es Salomo in seinem Psalm festgestellt hatte?

Gustchen und Peter Hölcker durften erleben, dass Gott sich auf den »Handel« einließ. Er erhörte ihre Gebete: Peter konnte die beiden Bilder tatsächlich verkaufen, und er bekam den Auftrag, ein Mitglied der Industriellen-Familie Seibert zu porträtieren. Die Dame wollte sich nicht mit einer Fotografie aus dem Atelier Germania zufrieden geben. Dieser Auftrag brachte gutes Geld und die Aussicht auf Folgeaufträge, wenn das erste Werk zur Zufriedenheit der Auftraggeber gelänge. Das war sogar mehr als die erbetene Antwort.

»Siehst du, mein lieber Peter, es lohnt sich zu glauben und zu hoffen«, freute sich Gustchen. »Manchmal will Gott anscheinend, dass wir unser Vertrauen an konkrete Zeichen knüpfen, damit es sich auch sichtbar bewähren muss. Glaube spielt sich nicht nur innen ab, wo keiner etwas davon sieht.«

»Das stimmt«, bestätigte ihr Mann nachdenklich. »Wir müssen unseren Glauben sichtbar und hörbar leben, damit die Menschen um uns herum erfahren, wer unser Gott ist, der uns trägt und versorgt.«

»Und jetzt packen wir es an und kümmern uns um den Vertrag. Das Haus steht ja leer und wir könnten sofort einziehen, wenn die Unterschriften vorliegen. Vielleicht tut Gott uns ja dann noch etwas Gutes.«

»Du hast wohl immer noch nicht genug, mein Schatz?«

»Doch, ich bin sehr glücklich, Peter. Aber ein Sprichwort sagt doch: In ein neues Haus gehört ein neuer Mensch. Den wünsche ich mir.«

»Schön wär's, Gustchen. Wir hätten dann ja auch den Platz im Haus und drum herum.«

In dieser Frage ließ Gott die zukünftigen Hausbesitzer allerdings noch auf seine Antwort warten.

Dem Kalender nach war es noch Frühling, aber die Tage waren eher frühsommerlich, als Peter Hölcker und sein Gustchen in mehreren Fuhren ihren bescheidenen Hausstand vom Ludwigsplatz über das holprige Pflaster des Hagens hinauftransportierten in ihr neues Haus. »Am kleinen Exerzierplatz 15« – so hieß jetzt ihre Adresse. Eine ganz andere, neue Zeit nahm für sie ihren Anfang. Jahre voller Arbeit und Mühe, aber auch voller Freude, sich abzurackern für das Eigene und dabei zu erleben, dass es sich lohnte.

Das Haus bot viel Platz im Keller, auf zwei Etagen – die obere freilich mit schrägen Wänden – und einem Spitzboden darüber. Dazu gab es in einem Anbau noch zwei Räume, die sie zum Wohnen herrichten konnten. Das Haus bot so viel Platz, dass sie Mutter Luise mit Henner und Agnes, Gustchens beiden jüngsten Geschwistern, heraufholen konnten. Nun konnten sie sich die viele Arbeit teilen.

Auguste sah sich bald gezwungen, ihre Arbeit in der Verwaltung des Kaufhauses Fiedler aufzugeben. Das ging einfach nicht, täglich den weiten Weg zur Arbeit zu gehen und zugleich Haus und Hof auf der Bellevue-Höhe in Ordnung zu halten. Herr Fiedler ließ seine Mitarbeiterin zwar sehr ungern gehen, aber sie wusste ja sicher, was gut für sie war.

Peter wechselte seine Arbeitsstelle. Die Zusammenführung der drei Saarstädte zur Großstadt Saarbrücken wirkte sich sehr belebend auf die Geschäftswelt und auf die Bautätigkeit vor allem unter den wohlhabenderen Bürgern aus. Nun wurden dekorative Wandbemalungen in den Wohnungen und in manchen Geschäftsräumen im »Jugendstil« mit seiner modernen Ornamentik wurden gewünscht. Außerdem wollte sich jedes Geschäft mehr und mehr auch nach außen präsentieren durch Hausaufschriften und Firmenschilder.

In einer Firma, die sich auf solche Arbeiten spezialisiert hatte, fand der Kunstmaler einen Arbeitsplatz, der ihm viele interessante neue Tätigkeiten in Häusern und im Freien bot. Die neue Arbeit brachte ihm zudem mehr Geld ein als die Retuschen im Fotoatelier. Seine Palette und die kleinen, feinen Pinsel verwendete er weiter an seiner Staffelei im eigenen Haus, nein, bald im eigenen Atelier im Gartenhäuschen, das er sich dafür einrichtete. Allerdings hatte er die Zeit dazu nur in den Wintermonaten, wenn es für ihn im Garten nichts zu tun gab. Aufträge hatte er stets genug, seit er jenes Porträt für die Seiberts gemalt hatte.

Der große Garten wurde vor allem Gustchens Reich und, solange es ging, auch das ihrer Mutter. Wenn sie Zeit hatten, halfen auch die beiden Geschwister mit.

Auf den Beeten zu arbeiten machte allen Freude und es lohnte sich zur Entlastung der Haushaltskasse. Der Garten brachte Abwechslung für den häuslichen Speisezettel. Jetzt konnten sie ja auch Kartoffeln, Kohlrabi und Karotten für den Winter einlagern, Kohl einstampfen, andere Gemüsearten und Beerenobst einkochen, Äpfel und Birnen lagern.

Beinahe zwei Jahre nach ihrem Einzug ins Haus erfüllte ihnen Gott den Wunsch nach dem »neuen Menschen im neuen Haus«. Elisabeth kam zur Welt, zur großen Freude ihrer Eltern und der Großmutter. Jetzt erwies sich die Entscheidung als besonders hilfreich, die Oma im Haus zu haben. Die begann zwar zu kränkeln, war aber doch in unmittelbarer Reichweite, um die kleine Enkelin zu versorgen. Den Weg herauf aus der Stadt hierher auf die Bellevue-Höhe hätte sie nicht mehr geschafft. Das hätten ihr Herz und ihre Beine nicht mehr mitgemacht.

Elisabeths Brüder Emanuel und Paul, die später geboren wurden, erlebte sie nicht mehr. Kurz vor Emanuels Geburt schloss Luise Wahrenberg für immer die Augen.

Es wurde Sommer 1914. Dass über den Staaten Europas ein Unwetter heraufzog, bekamen auch Peter und Auguste Hölcker mit, wenngleich sie sich nur am Rande für die politischen Ereignisse interessierten. Ab und an lasen sie die Saarbrücker Zeitung oder ein anderes Blatt. Und Peter brachte manche Nachricht aus den Gesprächen in der Stadt mit.

Da war in den Nachrichten immer wieder die Rede von bedrohlichen Entwicklungen auf dem Balkan und von möglichen Auseinandersetzungen, in die das Deutsche Kaiserreich wegen des so genannten Dreibundes zwischen Italien, Österreich und Deutschland eingebunden wäre. Wenn es zu kriegerischen Auseinandersetzungen käme, würde Frankreich die Gelegenheit nutzen, um Elsass-Lothringen zurückzugewinnen. Frankreich sei aber mit England und Russland verbündet, so dass die erhebliche Gefahr eines großflächigen Krieges heraufziehe. Das Land an der Saar sei dann als Grenzgebiet zu Frankreich eine besonders gefährdete Region.

Dann ging die Meldung von einem tödlichen Attentat in Sarajevo um die Welt. Diese Stadt gehörte zur Österreichisch-ungarischen Doppelmonarchie der Habsburger. Bei dem Anschlag kamen am 28. Juni 1914 der österreichische Thronfolger Erzherzog Franz Ferdinand und seine Gemahlin, die Herzogin von Hohenberg, ums Leben. Dieses tragische Ereignis schien die internationale Lage ganz erheblich zu verschärfen.

Wie mochte das werden, wenn sich die politischen Dinge tatsächlich in die Richtung kriegerischer Auseinandersetzungen entwickelten? Gustchen und Peter beteten inbrünstig darum, dass Gott einen Krieg verhindern möge. In den Betkreis in der Ludwigsgemeinde war zu ihrem Leidwesen ein nationalistischer Geist gekommen, der dem Kaiserreich huldigte und dessen Großmacht-Träumen mehr Gewicht zubilligte als geistlichen Dingen. Dass Christen für Soldaten beten sollten, war den beiden Hölckers selbstverständlich, dass sie aber dafür beten sollten, dass Gott sich des drohenden Krieges annehmen und Deutschland den Sieg über seine »Feinde« schenken solle, das ging ihren geistlichen Empfindungen nach dann doch zu weit. Sie verließen den Kreis. Und auch die Verbindung zu Pfarrer Ebeling wurde lockerer, seit dieser vormals geistliche Mann auch dieser Haltung verfallen schien. Ihre Aufgaben im Kindergottesdienst hatten die beiden schon vor einiger Zeit an jüngere Leute abgegeben.

Eine besonders bezeichnende Aussage von Pfarrer Ebeling in einem Gottesdienst in Anwesenheit des Kronprinzen über die zwei Seelen in der Brust eines jeden Deutschen machte Peter und Gustchen zusätzlich sehr betroffen: »Die eine weint um unsere Männer, Söhne, Brüder, aber die andere jauchzt und ist stolz, auf dem Altar des Vaterlandes opfern zu dürfen«, hatte der Mann in seiner Predigt vor 2000 Menschen gesagt. Dieser Satz, den die Saarbrücker Zeitung veröffentlicht hatte, ernüchterte die beiden Hölckers vollends. Sie brachen den Kontakt mit ihrem einstmaligen Seelsorger schweren Herzens ab. Wo sollte das mit der Kirche noch hinführen, wenn der Glaube einem solchen weltlichen Geist geopfert wurde?

Am Abend des 1. August brachte Peter die schlechte Nachricht aus der Stadt mit ins Haus auf der Bellevue-Höhe. Er betrat die Küche und ließ sich schwer auf einen Stuhl fallen. »Was ist los, mein Schatz?«, sorgte sich Gustchen, Elisabeth auf dem Arm.

»Die Mobilmachung ist ausgerufen. Es ist Krieg, Gustchen. Es ist Krieg!«

Auguste Hölcker wurde bleich vor Schreck, drückte das Kind an sich und schaute ihren Mann mit großen Augen an. »Das ist ja schrecklich, Peter. O armes Deutschland! Die armen Menschen, die da wieder sinnlos geopfert werden. Und was sagen die Leute?«

»Erst haben die Tausende auf dem Platz vor dem Zeitungshaus betroffen geschwiegen. Dann haben sie plötzlich gejubelt und gefeiert und Deutschland und den Kaiser hochleben lassen. Furchtbar, das ist einfach furchtbar, Gustchen. Es kommen sehr böse Zeiten auf uns zu.« Peter saß bekümmert am Küchentisch und stützte den Kopf in die Hände. »Und wir sitzen hier oben für die Franzosen wie auf dem Präsentierteller.«

»Gott wird uns beistehen, Peter«, versuchte Gustchen ihren Mann zu beruhigen. »Es bleibt uns geboten, mein lieber Mann: ›Ihn, ihn lass tun und walten, er ist ein weiser Fürst und wird sich so verhalten, dass du dich wundern wirst, wenn er, wie ihm gebühret, mit wunderbarem Rat das Werk hinausgeführet, das dich bekümmert hat.‹ Nimm bitte Elisabeth und spiel ein bisschen mit ihr. Ich will mich um das Abendessen kümmern.«

Einquartierung

Obwohl die Saar-Region während der Kriegsjahre 1914-1918 nie zum eigentlichen Frontgebiet wurde, bekamen die Menschen den Krieg doch in seinen Auswirkungen zu spüren. Die einen dadurch, dass sie durch ihre Arbeit für Rüstung und andere kriegswichtige Güter sogar profitierten. Die meisten aber doch eher dadurch, dass ihr Leben schwieriger wurde, nachdem der Bahnhof für den zivilen Personen- und Güterverkehr gesperrt wurde, und vor allem, indem sie ihre Arbeit verloren und in Not kamen. Das betraf Hunderte von Männern und Frauen. Auch bekamen die Menschen zunehmend die steigende Teuerung und eine wachsende Lebensmittel-knappheit zu spüren. »Hamsterkäufe« waren an der Tagesordnung, jedenfalls, solange es noch Vorräte gab. Die meisten Grundnahrungsmittel wie Brot und Milch mussten bald rationiert werden, anderes war nur noch auf dem Schwarzmarkt zu erhalten. Ungünstiges Wetter und schlechte Ernten verschärften die Lage. Da musste einer schon Bergmann sein, wenn er in der Versorgung etwas besser gestellt sein wollte. Mit dem Argument, dass »die Kohlen in der Welt heute so wichtig sind wie im Felde der Soldat«, wurde diese Bevorzugung der Bergarbeiter und ihrer Familien begründet, was in der übrigen Bevölkerung für erheblichen Unmut sorgte.

Gustchen und Peter ging es noch einigermaßen gut, dank ihres Gartens, auch wenn Peter inzwischen arbeitslos war. Wer wollte sich schon in diesen Zeiten die Wohnung renovieren oder die Geschäftsräume ausgestalten lassen? Peter war also meistens zu Hause und arbeitete im Garten, oder er malte in seinem Gartenhäuschen auf »Vorrat«. Irgendwie würden die drei schon auskommen mit dem, was sie hatten. Sie hatten das nötige Gottvertrauen und waren ja nie besonders anspruchsvoll gewesen.

Aber dann erregte ein unerwartetes Ereignis ihren Unmut. Eine Woche nach der Kriegserklärung Deutschlands an Frankreich, am 10. August, stand plötzlich ein junger deutscher Offizier des Artillerie-Regiments St. Arnual mit zwei Adjutanten vor der Haustür. Auguste öffnete und erschrak bis ins Mark. Sie blieb wie angewurzelt auf den Treppensteinen stehen und drückte ihre kleine Tochter an sich, als ob sie das Kind besonders schützen müsse. Elisabeth verbarg ihr Gesichtchen sofort ängstlich in der Schürze der Mutter. Was wollten diese Männer? Doch wohl nicht ihren Peter zum Militärdienst abholen!?

»Sie brauchen nicht zu erschrecken, gnädige Frau, Ihnen geschieht nichts«, bemühte sich der Offizier, die Mutter mit ihrem Kind zu beruhigen. »Wir müssen den Haushaltungsvorstand sprechen.«

»Mein Mann ist hinten im Gartenhäuschen. Aber können Sie nicht mit mir vorlieb nehmen? Meinem Mann geht es zurzeit nicht gut«, versuchte Gustchen ihren Peter herauszuhalten. Es war nicht gelogen, Peter ging es gesundheitlich wirklich nicht gut.

»Das können wir nicht. Was wir zu sagen haben, betrifft Sie alle«, antwortete der Offizier höflich, aber bestimmt.

»Dann warten Sie bitte einen Augenblick. Ich hole ihn sofort.«

Doch Peter kam bereits durch den Garten nach vorne. Er hatte die Soldaten schon gesehen.

Der Offizier hielt sich nicht mit einer langen Vorrede auf. Er teilte ihnen mit, als sei es das Selbstverständlichste der Welt: »Sie leben hier oben an einem exponierten Platz. Man kann wenige Meter weiter auf französisches Gebiet hinüberschauen. Wir werden ab morgen in Ihrem Haus einen Beobachtungsposten einrichten. Ihr Haus und Ihr Grundstück sind damit für Zwecke der Landesverteidigung konfisziert.«

Für einen Moment verschlug es den beiden Hölckers die Sprache. Das konnte doch wohl nicht wahr sein?! Auguste fing sich als Erste wieder: »Und wir? Was wird mit uns? Wir haben ein Kind, und ich bin schwanger. Sie können uns doch nicht …«

»Zum Wohle des Reiches und der Menschen können wir, gnädige Frau«, betonte der Offizier. »Und Sie wollen ja wohl auch nur das Beste für Volk und Vaterland und für Ihre Stadt.«

»Natürlich wollen wir das«, versicherte Peter, der sich inzwischen auch gefasst hatte, »aber Sie können uns doch nicht auf die Straße setzen mit dem kleinen Kind.«

»Das wollen wir ja auch gar nicht«, gab sich der Offizier

entgegenkommend. »Sie haben einen Anbau am Haus. Das haben wir bereits erkundet. Der muss Ihnen vorläufig zum Wohnen genügen. Die anderen Räume brauchen wir für unsere Leute. Der Krieg wird bald siegreich zu Ende sein, dann steht Ihnen Ihr Anwesen wieder zur Verfügung. Sie haben Zeit zum Umräumen bis morgen zwölf Uhr mittags. Dann beziehen unsere Männer hier Quartier.«

Was blieb Auguste und Peter anderes übrig, als der Weisung zu folgen. Sie waren ja schon froh, dass sie nicht ganz aus dem Haus gewiesen wurden. Die beiden legten die Sache am Abend ganz besonders in Gottes Hände und fügten sich ins Unvermeidliche. Am nächsten Vormittag räumten sie um, was sie im Anbau zum Wohnen benötigten und was aus den konfiszierten Räumen entfernt werden musste. Für diese Dinge musste leider das Gartenhäuschen herhalten. Anderes lagerten sie auf dem Speicher, damit es aus der Reichweite der Soldaten verschwand.

Mittags pünktlich um zwölf Uhr rückte die kleine Einheit Soldaten an und ergriff Besitz von Haus und Hof.

Das Zusammenleben der etwa zwölf Militärs mit den drei Zivilisten gestaltete sich dann doch erträglich, so dass die Parteien miteinander auskamen. Nur bei der Versorgung mit Lebensmitteln wurde es zuweilen kritisch. Die Soldaten verlangten immer wieder, dass die Hölckers ihnen den spärlichen Speisezettel erweiterten. Dabei war es für diese wahrlich selbst oft knapp. Der empfindsame Peter fand diese Ansprüche manchmal fast unerträglich, sagte aber nichts. Gustchen setzte sich eher zur Wehr und wies die Männer in die Schranken. Denen ging es doch meistens sowieso besser als den Zivilisten.

Mitten in diese Verhältnisse hinein wurde im Frühling 1915 Emanuel geboren. Als zwei Jahre später Paul dazukam, wohnte die Familie immer noch beengt im Anbau. Hinter ihnen lag die

Missernte des Sommers 1916, die ihnen großes Kopfzerbrechen bereitete. Und darauf folgte mit noch größeren Schwierigkeiten der »Steckrübenwinter«, der sie zum ersten Mal wirklichen Hunger erfahren ließ. Wie große Teile der Bevölkerung ernährten sie sich hauptsächlich mit Gerichten aus Steckrüben oder Kohlrüben. Was waren denn schon drei Pfund Kartoffeln, ein Brot, 30 Gramm Butter und 75 Gramm Fleisch pro Person in der Woche, dazu ein Ei pro Monat? Als sei das noch nicht genug, brachte der Winter auch noch ungewöhnlich starken Frost. Da musste die übereinander getragene Kleidung die Familie wärmen, denn der eine Zentner Kohlen, den es pro Woche für sämtliche Öfen des Hauses gab, war in dieser sibirischen Kälte rasch aufgebraucht.

Irgendwelche Kampfhandlungen am Boden erlebten die Hölckers während der ganzen Zeit mit den Soldaten im Haus nicht. Die wechselnden militärischen Beobachter hatten in der Regel wenig zu tun. Bodenbewegungen gab es nur von deutscher Seite über die Metzer Landstraße. Die Front befand sich etwa fünfzig Kilometer weiter im Westen auf französischem Gebiet.

Dann kamen aber feindliche Angriffe aus der Luft, womit kaum jemand gerechnet hatte. Am 9. August 1915 hatte es zum ersten Mal einen Luftangriff auf Saarbrücken gegeben. Das war für die Militärs wie für die Zivilbevölkerung eine völlig neue Erfahrung. Den Bomben, die vom Himmel fielen, und den Schüssen, die aus den kleinen Flugzeugen abgegeben wurden, war man wehrlos ausgeliefert. Irgendeine funktionierende Luftabwehr gab es noch gar nicht.

Die Angriffe der Doppeldecker-Maschinen galten in erster Linie der Kriegsproduktion und dem Schienenverkehr. Peter und Gustchen waren am Südrand der Stadt außerhalb der Gefahrenzone. Aber unten im Tal entlang der Saar und hauptsächlich auf der rechten Seite des Flusses gab es immer wieder Tote und Verletzte und mehr oder weniger große Sachschäden.

Die Luftangriffe wiederholten sich mit Fortgang des Krieges, mal seltener, mal häufiger. Irgendwann gaben die Soldaten endlich das hölckersche Haus wieder frei und rückten ab. Aufatmend nahm die Familie ihr Eigentum wieder in Besitz.

Schließlich, nach vier langen Jahren, war der Spuk dieses unseligen Weltkrieges vorbei. Am 10. November 1918 floh Kaiser Wilhelm II. ins Exil nach Holland. Am Tag darauf wurde im Wald von Compiègne der Waffenstillstand zwischen den feindlichen Mächten, zwischen Siegern und Besiegten, geschlossen. Für die Menschen an der Saar bedeutete dies, dass Frankreich nun wieder bis an die Stadtgrenze reichte. Deutschland musste Elsass-Lothringen an Frankreich zurückgeben und innerhalb von vierzehn Tagen räumen. Am 21. November kamen die letzten deutschen Truppen geschunden und müde über die Bellevue-Höhe und zogen über die Brücken der Stadt ostwärts weiter ins besiegte Reich. Da mochte keiner an den Straßen mehr jubeln.

Auch Peter und Auguste, die sich den Durchzug der heimkehrenden Truppen an der Metzer Landstraße anschauten, mochten keine Fähnchen schwingen und Hochrufe ausstoßen. Sie waren tief traurig und hatten herzliches Mitleid mit den Männern, die unrasiert und in zerschlissenen Uniformen mit schleppenden Schritten und hängenden Köpfen an ihnen vorbeizogen. Auch die, die noch auf ihren Pferden saßen, hatten allen Stolz verloren. So sahen gewiss keine Sieger aus. Nichts war es mehr mit »Deutschland, Deutschland über alles, über alles in der Welt …« Hatte Gott die Gebete um Sieg auf diese Weise beantwortet? Keine Siegesfeiern, dafür Strafgericht? Wer wollte das beurteilen? Auch Peter und sein Gustchen nicht. Sie waren einfach nur traurig über den Ausgang dieses selbstherrlichen deutschen Versuchs, Großmacht zu werden. Gott, erbarme dich über Volk und Land!, dachten die beiden.

Am 22. November begann für Saarbrücken und das Land an

der Saar zunächst die Herrschaft der Franzosen. Nach dem Frieden von Versailles – am 28. Juni 1919 wurde der Vertrag unterschrieben – ging die Macht im Land an eine Regierungskommission über, in der die Franzosen zwar noch eine Stimme hatten, und zwar die des Vorsitzenden, die aber dem neu formierten Völkerbund* als Treuhänder unterstellt war.

Die großen und kleinen Hölckers kümmerten sich um diese Dinge wenig. Sie kamen nur in die Stadt, wenn es nicht anders ging, und mieden die aufgeregten Versammlungen der Menschen in den Straßen und auf den Plätzen oder in irgendwelchen Räumen. Verlierer sollten nicht aufmucken, sondern sich in Demut beugen unter das, was ihnen auferlegt wurde, dachten Peter und Gustchen.

Mit dieser Einstellung beobachteten sie, was sie durch die Zeitung und auf den Straßen im Vorbeigehen erfuhren. Sie lebten ihr Leben am Stadtrand oben auf der Höhe und sorgten sich wie die meisten Menschen um ihr eigenes Wohl und Wehe.

Es dauerte einige Jahre, bis das Leben in Saarbrücken unter der fremden Herrschaft wieder in seine gewohnte Bahn fand. So lange die fünfköpfige Völkerbundskommission unter der Leitung des Franzosen Victor Rault das Sagen hatte, blieb es unruhig unter den Menschen der Region. Dieser Mann versuchte, in allen Lebensbereichen französische Denk- und Handlungsweisen durchzusetzen. Damit reizte er die Bevölkerung mehr, als dass er sie für die veränderten Zeiten einnahm. Schon 1919 waren Streiks und Unruhen unter den Bergarbeitern, der Arbeiterschaft vor allem der Burbacher Hütte und der Belegschaft der Eisenbahnwerkstätte an der Tagesordnung. Dagegen gingen die neuen Machthaber rigoros vor, wobei es Tote und Verletzte und erheblichen Sachschaden gab. Anschließend musste

* Der 1920 gegründete Völkerbund war der Vorläufer der Vereinten Nationen (UNO)

vieles in Ordnung gebracht, wieder aufgebaut oder renoviert werden.

Da gab es dann auch wieder Arbeit für den Kunstmaler und Restaurateur Peter Hölcker, der sich auch im allgemeinen Malergeschäft auskannte. Gustchen musste ihren Mann zwar erst ein wenig überreden, sich als Maler und Anstreicher zu verdingen, ehe er schließlich dazu bereit war. Aber der Familie kam es dann sehr zugute, dass der Vater wieder Geld verdiente. Seine Bilder brachten vorläufig noch nichts wieder ein. Wer wollte sich denn in diesen wirren Zeiten Kunst leisten oder sich porträtieren lassen?

Also ging Peter Hölcker wieder täglich hinunter in die Stadt, um Wohnungen und Geschäftsräume herzurichten. Dabei passierte es dann.

Peter sollte an einem Geschäftshaus in der Kaiserstraße sieben Meter über dem Boden eine große Firmenaufschrift auffrischen. »Seien Sie vorsichtig, Herr Hölcker, es ist sehr windig heute«, war ihm auf den Weg zu dieser Arbeit mitgegeben worden. »Ich werde aufpassen. Die Sache wird schon gut gehen«, hatte er zurückgegeben und sich mit Ausziehleiter, Farbeimern und Malerwerkzeug in die Kaiserstraße begeben. Die Arbeit auf hohen Leitern war er ja gewohnt, wenngleich ihm für diese Arbeit ein Gerüst lieber gewesen wäre. Da hätte er mehr Reichweite gehabt und sich vor seiner Schrift hin- und herbewegen können. So musste er immer wieder absteigen und die Leiter weiterrücken.

Es war wirklich sehr zugig an diesem Tag. Die Straßen wirkten zusätzlich wie Windkanäle und verstärkten einzelne Böen noch. Dazu herrschte reger Verkehr auf der Kaiserstraße. Eigentlich hätte Peter unter diesen Bedingungen einen Helfer gebraucht, der ihm die Leiter gehalten hätte, auch wegen der vielen Fußgänger, die in dieser belebten Geschäftsstraße im raschen Vorbeigehen leicht dagegenstoßen konnten. Zugegeben, ungefährlich war die Arbeit nicht. Aber was tun, wenn kein zweiter Mann zu Verfügung stand? Er musste die Sache alleine versuchen.

Peter richtete seine Leiter an der Hauswand auf, kontrollierte ein paarmal ihren Stand, sicherte sie auf dem Trottoir durch ein Signalband, griff zu Eimer und Pinsel und stieg hinauf. Eine ganze Weile ging die Sache gut, und Peter kam mit seiner Arbeit trotz der schwierigen Bedingungen voran. Ein paarmal hatte er die Leiter auch schon weitergerückt. Die Passanten nahmen Rücksicht. Doch dann kam plötzlich eine Windbö mit großer Wucht, ergriff die Leiter samt dem Mann, der keine Chance hatte, sich irgendwo festzuhalten, und warf beide auf den Bürgersteig. Die Passanten, die den Aufschrei des Malers hörten und herbeisprangen, konnten die Leiter nicht mehr festhalten und den Aufprall des Mannes auf das Pflaster nicht verhindern.

Peter landete seitlich auf der rechten Schulter. Zum Glück schlug sein Kopf nicht auf. Er blieb einen Moment benommen liegen, bis ihm herbeigeeilte Leute auf die Beine halfen. Seine Schulter schmerzte höllisch, und den rechten Arm konnte er nicht bewegen. Alles andere an ihm war offenbar heil. Der Kopf war klar, und die Beine trugen ihn.

Der Inhaber des Geschäftes bat ihn, sich im Laden erst einmal hinzusetzen, zu verschnaufen und den Schreck zu verdauen. Damit entfloh Peter dem Auflauf vor der Ladentür. Er mochte nicht der Mittelpunkt dieser Aufmerksamkeit sein. Im Geschäft waren zurzeit keine Kunden.

»Da haben Sie aber großes Glück im Unglück gehabt«, meinte einer der Verkäufer.

Peter schaute den Mann mit schmerzverzerrtem Gesicht an, schüttelte den Kopf und erwiderte: »Nein, nicht Glück gehabt, guter Mann. Gott hat mich vor Schlimmerem bewahrt. Einer seiner Engel hat mich aufgefangen.«

»Wie meinen Sie das? Glauben Sie etwa an Engel?«, fragte eine Verkäuferin, die mit einem Glas Wasser, einem feuchten

Lappen und einigen Tüchern dazugekommen war. Vielleicht brauchte der Mann eine Erfrischung, vielleicht konnte sie ihm den Arm in eine Schlinge legen.

Der Gestürzte biss die Zähne aufeinander, weil gerade wieder ein böser Schmerz durch Schulter und Arm ging. »Natürlich glaube ich an Engel«, bestätigte er dann mit Nachdruck, stöhnte einmal laut und fuhr fort: »Gott hat seinen Engeln geboten, seine Leute zu behüten. So steht es in der Bibel, und so ist es.«

»Aber er hat Sie doch gar nicht behütet.« »Hätte er Sie behütet, wären Sie nicht abgestürzt.« Das kam fast gleichzeitig von den beiden »Samaritern« im Laden.

Peter wollte das natürlich so nicht stehen lassen, obwohl ihm gar nicht nach Reden zumute war. »Das heißt doch nicht, dass nichts Böses passiert. Aber es hätte doch alles viel schlimmer sein können. Ich bin doch heil bis auf die Schulter und den Arm. Also hat Gottes Engel mich doch behütet und Schlimmeres verhindert.« Er stöhnte wieder auf. »Aber jetzt sollte ich doch zusehen, wie ich ins Bürgerhospital komme. Geben Sie meiner Firma Nachricht? Die müssen wissen, was passiert ist, und irgendjemand muss die Arbeit weitermachen.«

»Das machen wir schon. Aber können Sie denn alleine bis an den Reppersberg gehen?«

»Das schaffe ich schon. Danke für die erste Hilfe.« Peter Hölcker erhob sich, den rechten Arm in einer Schlinge, die ihm die Verkäuferin inzwischen umgelegt hatte. »Ich wünsche Ihnen, dass das wieder richtig gut wird«, meinte sie freundlich, während ihr Kollege eher ein wenig spöttisch meinte, er solle seinen Schutzengel aber mitnehmen. Vielleicht brauche er ihn noch.

»Haben Sie da mal keine Sorge. Gottes Engel geht mit. Da bin ich ganz sicher. Ich wünsche Ihnen, dass Sie die Erfahrung selbst machen. Ich habe noch eine Bitte: Sehen Sie eine Möglichkeit, dass meine Frau eine Nachricht bekommt? Ich werde wohl nicht pünktlich zu Hause sein. Dann muss sie sich nicht unnötig sorgen.«

»Wenn Sie uns die Adresse sagen, schicken wir einen Boten hin.« Der Verkäufer schrieb die Anschrift auf und gab dem Verunglückten noch gute Wünsche mit auf den Weg.

Die Ärzte in der chirurgischen Abteilung des Hospitals am Reppersberg behielten Peter jedoch erst einmal da. Mit der schweren Schulterprellung und dem komplizierten Armbruch konnten sie ihn nicht nach Hause gehen lassen.

Gustchen erschrak heftig, als der Bote ihr die Nachricht von dem Unfall brachte. Der junge Mann beschrieb dazu die Sache auch noch als dramatisch und schlimm. Da Auguste so schnell niemanden fand, der auf die Kinder aufpasste, konnte sie ihren Mann erst am nächsten Tag besuchen. Die drei ins Krankenhaus mitzunehmen, wäre ihr doch zu anstrengend gewesen. Wenn es sich ergab, passte sonst die neue Mieterin aus dem Anbau schon einmal auf die Kinder auf. Dazu wohnte jetzt auch noch eine Familie oben. Aber diese Leute hatten mit sich selbst genug zu tun. Mit denen kamen Gustchen und Peter auch nicht so gut aus wie mit der jungen Witwe und ihrem Kind hinten. Das war eine arme Frau, fanden sie, die ihren Mann für das Vaterland hergegeben hatte. Wegen der großen Wohnungsnot nach dem Krieg mussten sich Hölckers den Platz seit ein paar Monaten mit diesen Familien teilen.

Erst nach vier Wochen konnte Peter seine Lieben auf der Bellevue-Höhe wieder umarmen. Allerdings nur mit dem linken Arm. Der rechte lag immer noch dick verpackt in einer Schlinge. Der Maler schien sich gar richtig nicht über die Heimkehr zu freuen. Irgendetwas bedrückte ihn.

Gustchen fiel das sofort auf. Sie wartete aber mit Fragen, bis sie beide am Abend endlich wieder zur Andacht zusammensaßen. »Wirst du den Arm wieder richtig gebrauchen können?«, sorgte sie sich.

»Ich weiß es nicht«, antwortete ihr Mann und seufzte.

Das Haus am kleinen Exerzierplatz (später Lulustein); im Vordergrund Elisabeth und Emanuel

»Wenn nicht, dann wäre das sehr schlimm. Die Ärzte haben jedenfalls gemeint, ich müsse da Geduld haben.«

»Du Ärmster, das muss schlimm sein für dich, wenn du nicht mehr mit dem Pinsel arbeiten könntest.« Gustchen streichelte ihrem Mann vorsichtig und liebevoll den kranken Arm.

»Ich will mir das gar nicht ausmalen. Das wäre schrecklich.«

»Dann werden wir um Geduld beten, mein Lieber, und um Heilung – und dann das Vertrauen in Gottes Hilfe nicht wegwerfen«, schlug die Frau vor.

»Und immer wieder dafür danken, dass ich nicht schlimmer verletzt bin«, ergänzte Peter mit bekümmertem Gesicht, seufzte wieder und schlug mit der gesunden Hand umständlich den

Hebräerbrief auf. »Ich müsste es schon annehmen, wenn Gott mir die Möglichkeit nimmt, weiter zu malen.«

»Aber vielleicht könntest du den Pinsel ja mit der linken Hand ...«, versuchte Gustchen, eine mögliche Lösung anzudeuten, wenn denn der rechte Arm nicht mehr zu gebrauchen sein sollte.

»Mit links? Gustchen, mit links? Ich kann keinen Pinsel mit links führen. Das kriege ich ja nicht einmal mit dem groben Quast hin, geschweige denn mit dem feinen Haarpinsel.« Peter holte noch ein paarmal tief Luft. Dann las er den Text aus Hebräer 10:

»Denn ihr habt mit meinen Banden Mitleiden gehabt, und den Raub eurer Güter mit Freuden erduldet, als die ihr wisset, dass ihr bei euch selbst eine bessere und bleibende Habe im Himmel habt.

Werfet euer Vertrauen nicht weg, welches eine große Belohnung hat.

Geduld aber ist euch not, auf dass ihr den Willen Gottes tut, und die Verheißung empfanget.

Denn noch über eine kleine Weile, so wird kommen, der da kommen soll, und nicht verziehen.

Der Gerechte aber wird des Glaubens leben. Wer aber weichen wird, an dem wird meine Seele keinen Gefallen haben.

Wir aber sind nicht von denen, die da weichen und verdammet werden; sondern von denen, die da glauben und die Seele erretten.«

An diesem Abend sprachen die beiden Menschen lange miteinander. Wenigstens hatten sie noch einer den anderen und waren wieder zusammen, nach der langen Trennung. Sie zählten auf, was ihnen hier auf Erden alles gegeben und geblieben war, im Gegensatz zu ihren Mietern zum Beispiel. Und sie freuten sich über das, was ihnen verheißen war, auch im Gegensatz zu ihren Mietern, die vom Glauben an einen liebenden Gott nichts wussten und auch nichts wissen wollten. Und dann sollten Peter und Gustchen vor den Misslichkeiten des Lebens erschrecken und aufgeben? Nein, das wollten sie nicht. Sie wollten bei ihrem Herrn bleiben und auch künftig zu denen gehören, »die da glauben und die Seele erretten.«

Freilich wollten sie sich auch wieder auf die Suche nach einer neuen geistlichen Heimat machen. In Dingen des Glaubens nur auf sich selbst gestellt bleiben, das konnte auf Dauer nicht gut sein. Nur konnte die Kirche ihnen zurzeit kein Zuhause bieten. Die war ihnen zu weit von Christus weg. Also mussten sie bei den Freikirchen suchen. Und eine Arbeit für das Reich Gottes wollten sie auch wieder finden. Glaube musste auch zur Tat werden, hatte Jesus doch seine Jünger auf den Weg geschickt: »Gehet hin ...!« Eine Vorstellung, welcher Weg das für sie sein konnte, hatte allerdings an diesem Abend noch keiner von den beiden.

Kathi und »Fürst Ludwig«

Mit Peters Arm wurde es nur langsam besser. Er konnte ihn lange Zeit nicht voll bewegen. Es stellte sich heraus, dass er ihn wohl nie wieder so frei wie früher würde gebrauchen können. Der Ellenbogen ließ sich nicht mehr voll strecken, und die Hand war nicht mehr vollständig beweglich. Mit den Fingern einen feinen Pinsel zu führen, blieb für ihn sehr schwierig. Selbst großflächiges Arbeiten machte Peter Mühe. Ebenso schwer war es für ihn, zu Hause geduldig den Arm zu trainieren und abzuwarten, wie sich die Dinge weiter entwickelten. Das stellte auch Peters Glauben auf eine harte Probe. Immer wieder kam Verzagtheit in ihm hoch und so etwas wie Anfechtung. Sein Gustchen musste ihn häufig aufmuntern und daran erinnern, dass Gottes Wege heilig seien und der Mensch sich ihnen fügen müsse.

Dass sein Gustchen den großen Garten jetzt überwiegend allein versorgen musste, bekümmerte den Mann zusätzlich. Elisabeth war ein sehr anstelliges Mädchen und half der Mutter bei der Arbeit draußen schon tüchtig. Das freute den Vater, tröstete ihn aber wenig.

»Du musst es annehmen, mein Schatz. Ich muss es doch auch. Dann wird es leichter«, sagte Auguste immer wieder zu ihm. »Nur wer zu Gottes Handeln ja sagt, kommt zurecht und lebt zufrieden.«

Peter gab sich viel Mühe, brachte auch viele Male am Tag seine Lage vor Gott. Dennoch wurde sein Gesicht immer düsterer und freudloser, und er wurde immer mürrischer. Auch körperlich fühlte er sich immer schlapper. Sein Rücken begann ihn zu schmerzen. Dann fing er an zu husten, zunächst so, als kratzten ihn Krümel im Hals. Bald wurde der Husten stärker und war mit Auswurf verbunden. Dazu kam, dass es Peter zunehmend den Appetit verschlug und ihm immer häufiger heiß wurde, als hätte er Fieber. Vor allem gegen Abend traten solche Schübe auf. Das war mehr als eine Sommererkältung, die nach einigen Tagen Schwitzen und Behandlung mit Wadenwickeln, Tee und Zwiebelsaft wieder behoben gewesen wäre.

»Du musst zum Arzt gehen, Peter«, riet ihm Gustchen. »Ich befürchte Böses.«

»Wenn du meinst, Liebes, sollte ich mich auf den Weg in die Stadt machen«, gestand Peter zu.

»Du gehst am besten gleich zur Tbc-Fürsorgestelle. Ich denke, der Arzt schickt dich sowieso dorthin.«

»Das bedeutet Sonnenberg«, ahnte er.

»Aber besser ein paar Wochen auf dem Sonnenberg, als die Sache schlimmer werden lassen. Am Ende stecken wir uns alle noch an. Und dann haben wir gar nichts gewonnen.«

»Hoffentlich habe ich euch nicht bereits angesteckt«, sorgte sich Peter und zog den Mantel über. Trotz der sommerlichen Temperaturen fror er. Er nahm sein Gustchen noch einmal in den Arm. »Ich hab dich lieb, mein Gustchen. Gott sei mit uns allen.«

»Danke, mein Schatz, ich hab dich auch lieb. Aber du tust gerade so, als wolltest du nicht wiederkommen«, wunderte sich die Frau.

»Wissen wir, was Gott will? Erst nimmt er mir meine Handfertigkeit, vielleicht nimmt er mir ja auch noch ...«

»Hör sofort mit dem Jammern auf, Peter.« Augustes Worte klangen plötzlich scharf. »Du musst nicht so schwarz sehen. Es wird schon nicht gleich ans Sterben gehen. Wenn Gott dich wieder für eine Weile aus dem Verkehr zieht, dann hat er seine Absicht dabei. Und diese Absicht ist gut. Du wirst es erleben, mein Lieber. Und jetzt geh und komm mit einer guten Nachricht wieder.«

Peter Hölcker strich seiner Frau noch einmal über die Wange. »Es ist gut, dass du so stark sein kannst. Ich wünschte, ich könnte die Dinge so sehen wie du.«

Am Nachmittag kam Peter Hölcker aus der Stadt wieder herauf. Er schnaufte und schaffte es nur mit Mühe bis zum Haus. Seine Familie fand er im Garten. Auguste legte das Gerät aus der Hand und kam ein paar Schritte auf ihren Mann zu. Die beiden kleineren Kinder hingen bereits an seinen Armen. Elisabeth arbeitete weiter und rief nur: »Vater, schau, wie ich schon das Gras schneiden kann.«

»Was bringst du für Nachrichten?«, fragte Gustchen und schaute ihren Mann erwartungsvoll an. Der schickte seine beiden Jungen zum Spielen zurück und wischte sich erst einmal den Schweiß vom Gesicht. »Du hattest Recht, Gustchen. Sie besorgen mir einen Platz auf dem Sonnenberg.«

Obwohl die Frau diesen Bescheid ja geahnt hatte, erschrak sie doch. »Für wie lange?«

»Das konnte mir keiner sagen. Das hängt vom Verlauf der Geschichte ab.«

»Und wie schlimm ist die fortgeschritten?«

»Zum Glück noch im Anfang. Aber eben offene Tuberkulose. Ich soll sehr vorsichtig sein und Abstand von euch halten. Und ihr sollt vorsichtshalber noch in dieser Woche ebenfalls zur Untersuchung kommen. Die wollen sehen, ob ich euch vielleicht schon angesteckt habe.«

»Haben die etwas gesagt, wo du dich angesteckt haben könntest?«

»Die haben vermutet, ich hätte mir den Bazillus im Krankenhaus eingefangen. Und der hätte bei mir dann gleich zugeschlagen. Vielleicht, weil ich sowieso keine stabile Gesundheit hätte.«

»Dann freu dich auf den Sonnenberg, Peter. Der wird dir gut tun. Da bist du an der Luft und hast Ruhe. Die päppeln dich dort einmal richtig auf. Und nachher wirst du ganz neu ans Leben herangehen.«

Peter musste lachen. »Du verstehst es, einen aufzumuntern, Gustchen. Aber anders wird es nicht gehen. Also versuche ich, gerne zu gehen. Ihr müsst dann halt wieder einmal eine Zeit ohne mich auskommen.«

»Das wird uns zwar schwer fallen, vor allem den Kindern. Aber wir haben das ja schon geübt.« Gustchen gab ihrem Mann einen Kuss auf die Wange und ging wieder an ihre Arbeit. Peter setzte sich auf die Bank in die Sonne. Er musste erst einmal richtig verschnaufen, ehe er vielleicht doch ein bisschen half, wie das eben mit seinem verletzten Arm ging.

Den ganzen Rest des Jahres 1920 und auch noch ein paar Wochen des folgenden Jahres verbrachte Peter in der Lungenheilstätte auf dem Sonnenberg bei Saarbrücken. Er hatte zuvor nicht geahnt, dass die Krankheit, die auch ihn hierher gebracht hatte, so sehr verbreitet war. Die 120 Betten des Hauses waren ständig belegt. Manche Patienten waren schon hier, als er kam, und waren noch da, als er im Frühjahr 1921 endlich als geheilt entlassen wurde. Eine böse Geschichte, diese Tuberkulose. Viel Ruhe, frische Luft bei jedem Wetter und liebevolle Pflege zeigten aber auf die Dauer die gewünschte Wirkung. Die Krankheit war dann gottlob glücklich überstanden, und die Familie blieb verschont.

Zu Peters Rückkehr gab es auf der Bellevue-Höhe ein kleines Fest. Es musste gefeiert werden, dass der gütige Gott und Vater im Himmel in den zurückliegenden Monaten die Familie getragen und bewahrt hatte, dass Peter wieder gesund war und zudem seinen rechten Arm wieder besser gebrauchen konnte. Dass man ihm geraten hatte, künftig vorsichtiger zu leben, nicht zu rauchen, nicht mit Kohle zu arbeiten, wenn er malte, und sich ansonsten eine Arbeit zu suchen, bei der er viel an der frischen Luft sein konnte, trübte ihre Wiedersehensfreude nicht. Kaffee, Kakao und Kuchen schmeckten trotzdem allen. Und das Lob des 95. Psalms erfreute auch schon die Kinder:

»Kommt herzu, lasst uns dem Herrn frohlocken und jauchzen dem Hort unsers Heils. Lasst uns mit Danken vor sein Angesicht kommen, und mit Psalmen ihm jauchzen. Denn der Herr ist ein großer Gott und ein großer König über alle Götter.«

Dann waren es zwei Fragen, die die Eheleute beschäftigten. Die eine steckte in einem Brief, der schon seit ein paar Wochen auf dem Schrank lag, die andere war gerade ein paar Tage alt.

Peters Familie hatte aus Oberhausen geschrieben und gefragt, ob Peter wohl eine Möglichkeit sähe, sich seiner zehn Jahre jüngeren Lieblingsschwester Katharina anzunehmen, die seit einer Hirnhautentzündung geistig ein wenig eingeschränkt war und deshalb unter den Dorfbewohnern einen schweren Stand hatte. Sie würde nicht angenommen, stand in dem Brief, und käme häufig weinend nach Hause, weil sie gehänselt und verspottet würde. Seit dem Tod der Eltern sei sie oft irgendwie komisch. Es könne sich auch niemand recht um sie kümmern. Es sei einfach besser, wenn sie aus dem Dorf hinauskäme.

Die andere Frage ergab sich daraus, dass die junge Witwe aus dem Anbau demnächst wieder heiraten und ausziehen würde.

Ob die beiden Dinge etwas miteinander zu tun hatten? Peter und Gustchen machten sich ernsthafte Gedanken darüber.

»Sollten wir Kathi vielleicht zu uns holen?«, überlegte ihr Bruder laut. »Wir könnten ihr ein wenig Geborgenheit bieten. Hier kennt sie niemand, der sie verspotten könnte. Hier kann sie sich sicher im Garten beschäftigen und schon mal auf die Kinder aufpassen. So weit, wie sie in der Lage ist. Was meinst du, Gustchen, sollten wir das machen?«

»Ich denke, dass wir Kathi hierher holen sollten. Nicht umsonst wird die Wohnung gerade jetzt frei. Gott hat das sicher so gelenkt.« Damit war die Frage eindeutig beantwortet, und Kathis Umzug konnte in die Wege geleitet werden.

Wenige Wochen später zog Kathi im Haus am kleinen Exerzierplatz ein. Selbstverständlich genoss sie vollen Familienanschluss. Elisabeth, Emanuel und Paul schlossen sie schnell ins Herz. Die Dreißigjährige wurde von ihnen wie eine große Schwester akzeptiert.

Kathi war auch einfach eine liebe Frau und hübsch dazu. Warum wohl hatte Gott diesem Menschen durch die tückische Krankheit das Leben so merkwürdig eingeschränkt, fragten sich Peter und Gustchen, so dass sie in vielen Dingen auf das Wohlwollen anderer angewiesen war? Dabei war sie eine große Hilfe in Haus und Garten. Freilich konnte sie einer anspruchsvollen selbständigen Arbeit in einem Geschäft oder Büro nicht nachgehen. Eigenverantwortung konnte man kaum von ihr verlangen. Aber im Garten arbeitete sie sehr gerne. Da kannte sie sich aus. Landwirtschaftliche Arbeit hatte sie in jungen Jahren bei den Eltern gelernt, und auch jetzt noch, mit ihrem kranken Kopf, wusste sie Wildkräuter von Nutzkräutern zu unterscheiden.

Auguste gewann ihre Schwägerin bald richtig lieb. So wurde Kathi gar nicht zu der erwarteten Belastung der Familie, eher zu einer Entlastung, obwohl sie ja nichts mitbrachte, was die Versorgung der jetzt sechs Personen erleichtert hätte.

Entlastung für die Haushaltskasse konnte nur eine Arbeit für Peter bringen. Aber woher die nehmen, wenn der Mann keine schwere Arbeit mehr tun sollte, und wenn er etwas brauchte, bei dem er seinen verletzten rechten Arm mit einsetzen konnte?

Peter hatte gar keine Ideen, was das sein könnte. Sich bei der Stelle für Arbeitslose zu melden, gefiel ihm nicht. In der Korbflechterei arbeiten? Das war mit dem etwas steifen und verstellten rechten Arm wohl schwer möglich. Außerdem sollte er viel an der frischen Luft sein. Als Papiersammler in den Straßen wäre er das. Aber das konnte es wohl auch nicht sein.

Da entdeckte sein Gustchen in der Saarbrücker Zeitung eine Annonce, in der die »Elektricitäts- und Gasvertriebsgesellschaft Saarbrücken (SVG) von 1912«, die seit dem Völkerbundmandat »Saarland-Lothringen Elektrizitäts AG« hieß und unter französischer Leitung stand, einen Kontrolleur suchte, der in den Haushalten der Stadt die Strom- und Gaszähler ablas und die Gebühren an Ort und Stelle kassierte. Der Bewerber musste also ein zuverlässiger Mensch sein, der auf Leute zugehen und in kritischen Situationen auch einmal unerbittlich sein und sich durchsetzen konnte.

»Glaubst du denn, dass das für mich eine Aufgabe sein könnte?«, zweifelte Peter. »Ich kann doch mit Geld gar nicht umgehen. Das weißt du doch ganz genau, Gustchen.«

»Du sollst das Geld ja auch nur kassieren und in den Sack stecken. Du sollst damit ja nicht kalkulieren und es wieder ausgeben.«

»Ich weiß nicht recht.« Peter war nicht von seiner Eignung für diese Aufgabe überzeugt.

»Du liest die Zähler ab, mein Lieber, trägst die Zahlen in die

Listen ein, kassierst das Geld und lieferst es später bei der SVG ab. Außerdem hätte eine solche Arbeit für uns drei Vorteile.«

»Drei Vorteile, meinst du?«

»Du bekommst erstens ein festes Gehalt, mit dem wir gut rechnen können. Zweitens bist du zugleich in einer der neuen Krankenkassen versichert und wir anderen mit dir.«

»Und drittens?«

»Du suchst doch auch eine Möglichkeit, etwas für die Verbreitung des Evangeliums zu tun, oder?« Ein verschmitztes Lächeln ging über Gustchens Gesicht.

»Ich verstehe dich nicht.«

»Die Sache ist doch ganz einfach, mein Lieber. Du bekommst Kontakt zu vielen Menschen. Denen kannst du das Evangelium ins Haus bringen.«

»Aber doch nicht, wenn ich zum Ablesen und Kassieren komme. Das werde ich nicht dürfen.«

»Natürlich nicht. Du kassierst aber nur an Werktagen. Dann kannst du die Leute fragen, ob du ihnen vielleicht am Sonntag gute Schriften ins Haus bringen kannst.«

»Gustchen, du bist ein Schatz. Wenn ich dich nicht hätte, was wollte ich machen!«, begeisterte sich der Mann für die Möglichkeiten, die sich ihm da auftaten. »Wann gehe ich zur SVG, damit ich mich vorstellen kann?«

»Gleich morgen gehst du hin, mein Lieber«, griff Gustchen sofort die Zustimmung ihres Mannes für die Arbeit auf. »Hoffentlich war da nicht schon jemand schneller als du.«

»Wir sollten es machen wie immer bei solchen Fragen«, schlug Peter vor. Jetzt wusste seine Frau für einen Augenblick nicht, wovon er redete.

»Na, mein Gustchen, wir beten darum, dass Gott mir diese Stelle reserviert. Und wenn wir ihm sagen, dass ich die amtliche Arbeit gerne mit der missionarischen verbinden möchte, erhört Gott unser Gebet ja vielleicht noch lieber.«

Wie gesagt, so getan. Am selben Abend noch das Gebet um

die Angelegenheit, und am nächsten Tag ging Peter hinunter in die Stadt zur Verwaltung der SVG.

Der Bewerber machte seine Sache beim Vorstellungsgespräch sehr gut. Die Mitarbeiter der SVG bekamen einen guten Eindruck von dem Einundvierzigjährigen und stellten ihn ein. Gott hatte die Gebete vom Vorabend umgehend erhört. Und er hatte die Möglichkeit vorbereitet, das gedruckte Evangelium in die Häuser zu bringen.

Einen weiteren Vorteil hatte Peters neue Arbeit auch noch. Er brauchte sich erst vormittags um 10 Uhr auf den Weg zu machen und hatte Feierabend, wenn er seine Tagesliste abgearbeitet hatte. Wenn er die Leute antraf und sich nicht zu lange in den einzelnen Haushalten aufhielt, konnte er nachmittags fertig sein. Wenn es einmal nicht so gut ging oder er Haushalte mehrmals besuchen musste, wurde es später. Vielleicht musste er auch schon einmal abends unterwegs sein. Das konnte er sich alles selbst einteilen. Wichtig war, dass er das kassierte Geld mit den zugehörigen Listen jeweils bis sechs Uhr abends im Amt ablieferte. Das sollte wohl alles möglich sein. Auch mit der Umstellung auf den Französischen Franc als Währung würde er sicher zurechtkommen. Mit dieser Regelung blieb immer noch Zeit für Arbeiten in Haus und Garten.

Peter war also für die kommende Zeit versorgt. Sein Gustchen hatte bis jetzt einen ausgefüllten Tag gehabt, mit Kindern, Haushalt und Garten. Aber seit Kathi in der Familie war, gab es plötzlich für sie Zeit, die sie doch eigentlich mit einträglicher Arbeit füllen konnte. Auch Kathi verlangte nach weiterer Beschäftigung. Nichtstun konnte sie nicht leiden. Da bot es sich an, zum Garten noch eine kleine Landwirtschaft als Nebenerwerb dazuzunehmen. Das war nicht einmal schwierig.

Peter und Auguste pachteten für wenig Geld ein Feld von Melchiors Ilse, einer Bäuerin, die ihren Hof nahe der Metzer Landstraße am Hang hinunter ins Ehrental hatte. Auf diesem

Hof war Auguste schon länger bekannt, weil sie dort immer wieder einmal Milch oder Eier holte. Ilse Melchior kam dem Wunsch nach einem Stück Land gerne entgegen.

Mit einem Viertel Hektar Land war es nun aber nicht getan. Die Hölckers bauten im Garten einen kleinen Stall und kauften einen starken Ziegenbock. Wenn dieses Tier nur nicht so gestunken hätte! Aber als Zugtier war es zu gebrauchen. Ein vierrädriger Handwagen wurde besorgt, und das Geschirr für den weißen, gehörnten Bartträger, den die Kinder bald »Fürst Ludwig« nannten. Wenn es also künftig hinüber auf das Feld an der Südseite der Bellevue-Höhe ging, dann zog »Fürst Ludwig« den Wagen. Meistens zog er ihn auf dem Weg nach Hause lieber als umgekehrt.

Mit Kathi und Elisabeth freundete sich das Tier besonders an. Mit Gustchen kam es auch einigermaßen gut aus. Vielleicht lag das daran, dass die drei weibliche Wesen waren. Der Bock war ja ein »Mann«. Mit den beiden Jungen und auch mit Peter konnte er es nicht so gut, als mochte er keine Leute, die Hosen trugen. Wenn die mit ihm unterwegs waren, dann bockte er gerne. Sollten doch die großen und kleinen Mannsbilder den Wagen selber ziehen oder wenigstens schieben, damit er es leichter hatte! Was sie auch meistens taten, zumindest bis auf die Höhe. Wenn »Fürst Ludwig« dann seinen Stall witterte, zog er den Wagen gerne, und die Menschen mussten sehen, wie sie nachkamen.

Der Ziegenbock blieb übrigens nicht allein. Er bekam ein paar Geißen zugesellt, damit es bald auch Zicklein gab. Gustchen musste das Melken lernen.

Dazu baute Peter mit der Hilfe von Kathi und seinen beiden Söhnen ein kleines Hühnerhaus mit Auslauf, einen Verschlag für Gänse und einen Kaninchenstall.

Das Grundstück füllte sich so richtig mit Leben, das mit viel Liebe gehegt und gepflegt wurde. Jedes Familienmitglied hatte seine Aufgaben.

Kritisch wurde es nur, wenn eins der Tiere im Kochtopf landen sollte. Niemand im Haus brachte es fertig, einem Tier den Garaus zu machen. Peter blieb dann nichts anderes übrig, als den nächsten Nachbarn zu bitten, das Tier zu schlachten und küchenfertig zu machen. Dafür bekam dieser Nachbar dann ab und an ein Tier für seinen eigenen Kochtopf geschenkt.

Durch das gute Miteinander mit verschiedenen Nachbarn am Hagen und am Dellengarten konnte Peter deren Kinder ins Haus einladen. Er erzählte ihnen Geschichten aus der Bibel und sang mit ihnen geistliche Lieder. Das machte allen Freude. Ob diese Saat aufging und Frucht brachte – das war Gottes Sache.

Glückliche, sichere Jahre waren das für die Familie, trotz des Währungswechsels von Reichsmark auf Franc, trotz zeitweiser Lebensmittelknappheit im Land und aufkommender Weltwirtschaftskrise. Gott hielt deutlich seine Hand über sie. Was sich in diesen Jahren in wirtschaftlicher, kultureller und gesellschaftlicher Hinsicht in atemberaubendem Tempo in Saarbrücken entwickelte und änderte, bekamen die Hölckers lediglich am Rande mit. Natürlich war Peter in der Stadt unterwegs, um die Zähler abzulesen, das Geld für Wasser, Strom und Gas einzutreiben und abzuliefern, und dabei bekam er vieles mit, was sich in der Stadt änderte. Aber das vermochte ihn nicht sonderlich zu begeistern. Dass Strom-, Wasser- und Gasleitungen bald auch die Bellevue-Höhe erreichten und das Leben dort angenehmer machten, nahmen sie im Haus von Peter und Auguste natürlich gerne an.

Aus den Debatten um den Status des Saargebietes hielten sie sich wie aus allem Politischen möglichst heraus. Für Peter und seine Familie waren die gegenwärtigen Verhältnisse gottgegeben. Nach dem, wie es der Apostel Paulus in seinen Briefen geschrieben hatte, waren sie Untertanen dieser Obrigkeit und beauftragt, sie zu achten und für sie zu beten. Was die beiden auch regelmäßig taten, und in letzter Zeit auch Kathi und die Kinder, so weit sie schon alt genug waren. Die Abendandacht war immer noch fester Bestandteil des hölckerschen Tages. Zum Segen für alle, wie sie fest überzeugt waren.

Zum Segen für alle war es wohl auch, dass die Familie für die Sonntagvormittage wieder einen Ort gefunden hatte, wo die Großen und die Kleinen im Glauben gestärkt wurden. Sie besuchten seit Peters Rückkehr vom Sonnenberg die Baptistengemeinde drüben im Ortsteil St. Johann. Das war ein fröhlicher Kreis, der die neuen Besucher gerne aufgenommen hatte. Mitglieder werden konnten sie freilich nicht, da sie immer noch in den Büchern der Ludwigs-Gemeinde standen und auch nicht vorhatten, aus der Kirche auszutreten. Es mochte ja doch sein, dass die richtige geistliche Orientierung auf die Mitte des Evangeliums an den Ludwigsplatz zurückkehrte. Die Möglichkeit der Rückkehr in ihre ursprüngliche Gemeinde wollten sich die Hölckers gerne offen halten.

Den Heimweg nach dem Gottesdienst nutzte Peter dann häufig, um das gedruckte Evangelium in viele Häuser der Stadt zu tragen, jeden Sonntag auf einem anderen Weg. Die Haushaltskasse erlaubte die Ausgabe für kleine Schriften über das Leben der Menschen in dieser Zeit und darüber, was Jesus und sein Vater damit zu tun hatten. »Wer den Sohn Gottes hat, der hat das Leben; wer den Sohn Gottes nicht hat, der hat das Leben nicht.« An dieser Wahrheit hatte sich nichts geändert. Deshalb musste der Sohn Gottes den Leuten bekannt gemacht werden.

Außerdem gehörte der Zehnte des Einkommens doch sowieso Gott. Warum also nicht einen Teil davon für gute Schriften ausgeben? Die biblische Regel hatten Peter und Gustchen schon lange praktiziert, wenn es nur eben möglich gewesen war. Die damit verknüpfte Verheißung aus dem Propheten

Maleachi hatte sich immer wieder bewahrheitet. »... und prüfet mich hierinnen, spricht der Herr Zebaoth, ob ich euch nicht des Himmels Fenster auftun werde, und Segen herabschütten die Fülle.«

Ja, die Hölckers betrachteten sich als eine reich gesegnete Familie. Manche Not der Bevölkerung sonst war weitgehend an ihnen vorbeigegangen, zum Beispiel in den Jahren der Inflation in Deutschland, die auch im Saargebiet zu spüren gewesen waren, und zuletzt während der schlimmen Weltwirtschaftskrise der ausgehenden Zwanziger Jahre. Manche Not und Entbehrung, die Peter und Gustchen in früheren Jahren erlebt hatten: die schlechte Versorgung mit Lebensmitteln, die Totgeburt ihres ersten Kindes, die Anfechtungen ihres Glaubens, zuletzt durch Peters Unfall und seine Krankheit, standen dazu nicht im Widerspruch.

Auch Kathi empfanden sie in der Familie als Segen. Diese Frau mit ihrer stillen Fröhlichkeit brachte immer wieder Licht ins Haus. Als Kathi im Herbst 1931 nach nur kurzer Krankheit plötzlich starb, hinterließ sie eine große Lücke. Erst jetzt merkte Auguste so recht, was sie an ihrer Schwägerin gehabt hatte. Nicht nur, dass die immer in ihrer Nähe gewesen war, während die Kinder in der Schule und Peter bei seiner Arbeit waren, nein, Kathi hatte ja einen großen Arbeitsbereich im Garten und bei den Tieren übernommen und weitgehend selbständig erledigt. Das mussten jetzt Gustchen und Elisabeth zusätzlich zu den eigenen Pflichten übernehmen. Ein wenig erleichterte ihnen das die Tatsache, dass Elisabeth wegen ihrer schwachen Lunge – sie litt an chronischer Kurzatmigkeit – keinem Beruf nachging. Aber das Mädchen hatte ja auch vorher schon einen guten Anteil an Arbeit getan. Die Neunzehnjährige noch mehr belasten? Ob das ging?

Es gelang ihnen tatsächlich für eine Weile, alle Arbeiten bei den Tieren, auf dem Feld und im Garten neu zu verteilen und zu bewältigen.

Da kündigte sich eine weitere Veränderung an. Die Stadt Saarbrücken brauchte Wohnungen. Da die Talebene an der Saar nicht viel Platz für weitere Häuser bot, sah man sich an den Rändern der Stadt nach neuen Baugebieten um. Der Feldweg entlang dem kleinen Exerzierplatz wurde bei der Erschließung des Geländes zur Zeppelinstraße, der Parallelweg unterhalb zur Lilienthalstraße. Hier sollten geschlossene Stadtrandsiedlungen mit vielen Doppelhäusern entstehen. Melchiors Ilse musste dafür einen großen Teil ihrer Ackerflächen abtreten, sie bat daher die Hölckers um die Auflösung des Pachtvertrags.

Da passte es gut, dass die Hölckers gerade ihre Arbeit draußen verringern wollten. Emanuel und Paul gingen noch zur Schule und waren natürlich nachmittags mit ihren Hausaufgaben beschäftigt. Sie wollten ja gute Abschlüsse machen. Emanuel hatte vor, nach der Schule das Lehrerseminar in Ottweiler zu besuchen. Peter kam nachmittags meist so spät zurück, dass ihm für die Arbeit im Garten nicht viel Zeit blieb. Deshalb verkauften sie die Ziegen und behielten nur Kaninchen, Gänse und Hühner.

Braune Saat

Vielleicht gehörten die folgenden Monate zu den glücklichsten für die Familie. Es war ein friedliches Miteinander zwischen den Generationen. Sie hatten jetzt zu fünft genug Platz, nachdem die letzten Mieter auch ausgezogen waren. Die Tätigkeit des Vaters brachte ein regelmäßiges Einkommen, und alle waren dankbar für den bescheidenen Wohlstand.

Peter zog sich ab und an wieder in sein Gartenhäuschen zurück und malte. Freilich musste er sich von seiner bisher geliebten naturalistischen Malweise trennen. Es ging nicht mehr mit den dünnen Haarpinseln und feinen Strichen. Das ließ der rechte Arm nicht mehr zu. Peter arbeitete jetzt eher großflächig und mit großzügigeren Strichführungen im Stile des Kubismus oder auch des Expressionismus, die in den ersten Jahrzehnten des Jahrhunderts die Malerei bestimmten. Die ganze Familie freute sich über seine neuen künstlerischen Aktivitäten.

Bald aber kündigte sich neues Unheil im Land an. Die Agitation der Kommunistischen Partei auf der einen Seite und die wachsende Propaganda der Nationalsozialisten auf der anderen wurden in Saarbrücken immer lauter und erreichten auch die letzte Ecke der Stadt. Wenn eine der beiden Gruppen zu einer öffentlichen Versammlung aufrief, konnte man sicher sein, dass die andere nicht tatenlos blieb. Häufig kam es zu gewalttätigen Auseinandersetzungen. Die Ordnungskräfte der Stadt hatten immer wieder zu tun, die kämpfenden Parteien auseinander zu bringen und die Ruhe wieder herzustellen.

Nach der »Machtergreifung« Adolf Hitlers am 30. Januar 1933 im Deutschen Reich war dann auch im Saargebiet bald nichts mehr, wie es vor diesem Tag gewesen war. Vor allem bekamen die Diskussionen um die Zukunft des Landes ganz neue Dimensionen. Im Januar 1935 sollte die Bevölkerung darüber abstimmen, ob das Saargebiet bleiben sollte, was es seit 1920 war, also dem Völkerbund unterstellt, ob es Frankreich angeschlossen werden sollte oder ob es »heimkehren wollte ins Reich«. Wie würde die Abstimmung der Bevölkerung wohl ausgehen?

Inzwischen hatte die NSDAP des Saargebiets rasch an Größe und Einfluss gewonnen und machte sich im Saarbrücker Stadtbild breit. Hakenkreuzfahnen und »Führer«-Bilder waren immer häufiger an Fassaden und in Schaufenstern zu sehen. Die noch gar nicht alte Lilienthalstraße wurde schon wieder umbenannt, als erste Saarbrücker Straße. Sie hieß jetzt symbolträchtig Andreas-Hofer-Straße, benannt nach dem Tiroler Freiheitshelden, der am Anfang des 19. Jahrhunderts gegen Bayern und

Franzosen aufgestanden war, nach mehreren Siegen aber verraten wurde und auf Befehl Napoleons 1810 in Mantua erschossen wurde.

Wem imponierte eigentlich dieser braune Haufen?, fragten sich nicht nur Peter und Auguste. Der NS-Landesleiter Spaniol war ein übler Schreihals. Er machte von sich reden, indem er einem schwedischen Journalisten gegenüber doch tatsächlich Adolf Hitler als »neuen, größeren, gewaltigen Christus« bezeichnete. So war es in der Saarbrücker Landeszeitung nachzulesen.

Bisher hatte sich Peter in den Diskussionen zur politischen Entwicklung am Abendbrottisch sehr zurückgehalten. Nachdem er dieses Zitat in der Zeitung gelesen hatte, konnte er sich nicht mehr bremsen. »Das ist Gotteslästerung, pure Gotteslästerung!«, empörte er sich. »Den Hitler als ›neuen, größeren, gewaltigen Christus‹ zu bezeichnen, das ist eine große Frechheit und Gotteslästerung. Das wird sich rächen. Das lässt Gott sich nicht gefallen. ›Irret euch nicht, Gott lässt sich nicht spotten‹, sagt die Schrift.« Der sonst so ruhige Mann war erregt wie lange nicht mehr.

»Was regst du dich eigentlich so auf, Vater?«, gab der siebzehnjährige Emanuel darauf zurück. »Das sind sicher starke Worte, aber du wirst noch sehen, dass der Spaniol Recht hat. Hitler ist ein ganz Großer! Der weiß, was er will. Der sorgt dafür, dass das Saargebiet wieder Reichsgebiet wird.«

»Dafür braucht das Saargebiet keinen Hitler, mein Junge, schon gar keinen, der sich als Christus fühlt.«

»Ob der sich als Christus fühlt, weißt du doch gar nicht. Der Spaniol hat ihn doch nur so genannt«, verteidigte der Junge seine Meinung.

»Glaubst du etwa, Junge, dass der sich das einfach aus den Fingern saugt? Glaubst du etwa, dass einer, der seine Porträts überall in die Fenster und an die Wände hängen lässt, ein friedlicher und harmloser Politiker ist, der von einer bescheidenen

Position aus seine Regierungsgeschäfte betreibt? Glaub das nur nicht! Du wirst es noch erleben, dass dieser Mann dem deutschen Volk nicht nur Gutes tut! Sei wachsam, mein Junge, und leih dieser braunen Propaganda nicht zu sehr dein Ohr.«

»Aber was die Nazis sagen, klingt doch alles gut«, versuchte Emanuel noch einmal einzuwerfen.

Peter Hölcker seufzte leicht auf und schaute seinem Sohn ernst in die Augen. Der wich dem Blick aus. Gustchen übernahm die Antwort, die der Vater sicher hatte geben wollen: »Dein Vater hat Recht, Junge, sei wirklich wachsam, und nimm das Propagandageschrei bitte nicht zu ernst.«

»Das kann man doch gar nicht ernst genug nehmen«, wollte sich der Junge nicht zurechtweisen lassen.

»Lass es jetzt gut sein, Emanuel«, versuchte die Mutter, das Gespräch, das Elisabeth und Paul mit großen Augen verfolgten, zu beenden, »du solltest Vater nicht weiter herausfordern. Warten wir doch ab, wie die Zeit weitergeht und ob der Spaniol sich nicht doch sehr weit vergriffen hat mit dieser Beschreibung.«

Bei ihren Worten nahm der Vater seine Bibel vom Regal und schlug das Buch Josua auf. Er las aus dem letzten Kapitel das große Bekenntnis dieses Gottesmannes:

»So fürchtet nun den Herrn und dienet ihm treulich und rechtschaffen, und lasset fahren die Götter, denen eure Väter gedienet haben, jenseits des Wassers, und Ägypten, und dienet dem Herrn. Gefällt es euch aber nicht, dass ihr dem Herrn dienet, so erwählet euch heute, welchem ihr dienen wollet; dem Gott, dem eure Väter gedienet haben jenseits des Wassers, oder den Göttern der Amoriter, in welcher Lande ihr wohnet. Ich aber und mein Haus wollen dem Herrn dienen.«

Peter Hölcker schlug seine Bibel wieder zu und wiederholte mit großem Nachdruck den letzten Satz: »Ich aber und mein Haus wollen dem Herrn dienen! Amen!« Gustchen wiederholte ebenso nachdrücklich: »Amen!«, und Elisabeth tat es ihr nach.

Paul hielt sich zurück. Ihm hatte der ältere Bruder zwar imponiert, er wollte ihm aber doch nicht Recht geben. Emanuel blickte nur vor sich hin und schwieg.

Einige Monate später bekam das Dritte Reich einen neuen Saarbevollmächtigten, den pfälzischen »Gauleiter« Josef Bürckel. Der sorgte dafür, dass der Schreihals Alois Spaniol abgelöst und die saarländische NSDAP aufgelöst wurde.

»Da könnt ihr euch ja jetzt wieder freuen«, spöttelte Emanuel abends am Tisch. »Der Spaniol ist weg und die Partei auch.«

»Hast du schon einmal etwas von einem trojanischen Pferd gehört, Junge?«, gab Peter Hölcker darauf zurück. Emanuel wusste nicht sofort, was sein Vater damit meinte.

»Was glaubst du denn, wer sich hinter der ›Dritten Deutschen Front‹ verbirgt? Na?«

»Die Nazis können das nicht sein. Da ist doch ein Pastor mit im Führerrat. Der kann ja wohl nicht Nazi sein«, gab sich Emanuel überzeugt.

»Dass du dich da mal nicht schon wieder irrst«, meinte der Vater. »Die Kirche hat sich vor gar nicht langer Zeit auch vor den politischen Karren spannen lassen, ohne es zu merken, und das Kaiserreich verherrlicht. Später hat sie dann einen Weltkrieg gesegnet. Selbst wenn dieser Pfarrer Wilhelm seine Ideen aus der alten Zentrumspartei in diese Dritte Deutsche Front bringen könnte, würde er sehr bald überstimmt oder mundtot gemacht. Ich befürchte, die Kirche lässt sich auch hier wieder vor den Karren spannen. ›Dritte Deutsche Front‹ ist doch nur ein neues Firmenschild für altes Gedankengut.«

»Wäre ja auch schade, wenn die Braunen nichts mehr zu sagen hätten«, hielt Emanuel ihm trotzig entgegen.

»Sie haben viel zu viel zu sagen, Junge«, mischte sich seine Mutter jetzt ein. »Was die im Reich zu sagen haben, vertreibt ihnen die Leute.«

»Wie meinst du das, Mutter?«, fragte Elisabeth.

»Seid wachsam, Kinder, und achtet auf die Zeichen der Zeit, kann ich euch nur bitten. Seit Hitlers Machtergreifung in Berlin sind hier im Saargebiet schon mehr als 20 000 Leute aus dem Reich angekommen. Das sind Flüchtlinge und Vertriebene. Die werden schon Gründe haben, weshalb sie an ihren Orten nicht mehr leben konnten.«

»Wahrscheinlich selber schuld«, meinte Emanuel unbekümmert.

»So ähnlich selber schuld wie du bei deinem Rauswurf aus der Lehrerbildungsanstalt«, warf Paul ein. »Deine Dozenten in Ottweiler blicken da vielleicht weiter, dass sie einen wie dich nicht Lehrer werden lassen, der dann die kleinen Kinder mit brauner Soße vergiftet.«

»Die sind doch alle hinterm Mond. Die sollte man von ihren Posten vertreiben«, empörte sich Emanuel.

»Paul wird da schon Recht haben, Bruder. Hättest du dich anders verhalten und nicht so hitlerisch herumgetönt, könntest du demnächst dein Lehrerexamen machen«, mischte sich Elisabeth ein. »Du bist deinen Rausschmiss selbst schuld. Die Leute, die als Flüchtlinge das Reich verlassen haben, sicher nicht.«

»Ich glaube das auch nicht«, meinte Auguste. »Das sind Leute, die Hitler und seinen Ideen widersprochen haben. Und Widerspruch duldet dieser Mann nicht.«

Peter ergänzte: »Und es sind Leute, die Hitler nicht in den Kram passen. Er wettert gegen Sozialisten, und er hetzt die Leute auf gegen Katholiken, gegen Zigeuner und gegen Juden. ›Am deutschen Wesen soll die Welt genesen.‹ Unmöglich, eine solche Denkweise! Wenn die Nazis sich hier bei uns breit machen sollten, werden wir noch unser blaues Wunder erleben.«

»Wohl eher unser braunes.« Emanuel grinste spöttisch.

»Das möge Gott verhindern!« Mit diesem Seufzer beendete die Mutter das Gespräch am Tisch. Es war nur eins von vielen zum Thema Nazis. Mit Sorge dachten die Eltern an Emanuels offene Parteinahme für die Braunen. Der Junge würde doch wohl nicht …

Das Abendgebet der Eltern für die Kinder und ihr Seelenheil wurde seit diesen Tagen dringlicher. »Gott, erbarme dich, kümmere dich und bewahre.«

Langsam, aber sicher wurde Emanuel seiner Familie auf der Bellevue-Höhe fremd. Seine Besuche in der Gemeinde wurden immer seltener, bis er ihr schließlich völlig fernblieb, zum Unverständnis auch seiner Geschwister, die sich nicht von den NS-Parolen hatten infizieren lassen. Dafür suchte er jede mögliche Gelegenheit, an Versammlungen der »Dritten Deutschen Front« teilzunehmen, und kam von Mal zu Mal begeisterter zurück. Seinen Eltern verweigerte er bald den Gehorsam. Er ließ sich den Besuch der »Deutschen Abende« nicht mehr verbieten und auch nicht den Gasthausbesuch am 6. Mai 1934, um wie Tausende andere einer Göbbels-Kundgebung in Zweibrücken zuzuhören, die über den Rundfunk übertragen wurde. »Wir leben in einer neuen Zeit. Da möchte ich den Anschluss nicht verpassen. Ihr könnt ja im ewig Gestrigen versauern«, rechtfertigte er sich. Das Argument, dass sich die Richtigkeit und der Wert von Menschen und ihrer Sache erst an den Früchten erkennen ließe, akzeptierte er nicht.

Den »deutschen Gruß«, den Emanuel sich auch angeeignet hatte, durfte er allerdings zu Hause nicht zeigen. Sein Arm musste unten bleiben. Hitlers »Mein Kampf« blieb aus dem Haus verbannt. Das Buch vertrug sich nicht mit der Bibel auf dem Regal. Und auch das gottlose Hakenkreuz wurde im Haus nicht geduldet. Das passte einfach nicht zum reformierten Kreuz an der Küchenwand.

In diesen Fragen war Emanuel doch lieber noch gehorsam, wenngleich wortreich widerstrebend. Er wollte es sich nicht ganz mit seinen Eltern verderben. Mit allem Frommen hatte er allerdings inzwischen gebrochen. Deshalb tat er deren Hinweis auf das Bekenntnis des Apostels Petrus zu Jesus Christus: »Und ist in keinem andern Heil, ist auch kein anderer Name den Menschen gegeben, darinnen wir sollen selig werden«, nur kurz und bündig mit der Bemerkung ab: »Dummes Judengeschwätz!«

Peter und Auguste stockte dabei schier der Atem, aber sie antworteten nicht darauf. Die bösen Worte zeigten ihnen, dass ihr Sohn schon stärker von braunem Gedankengut angesteckt war, als sie es bisher hatten wahrhaben wollen.

Am Sonntag vor der Volksabstimmung über den künftigen Status der Saar-Region erlebten Saarbrücken und das Land umher die größte Massenkundgebung ihrer Geschichte. 300 000 Menschen fanden sich zum »letzten Appell« auf dem Wackenberg zusammen – Emanuel begeistert mittendrin –, und ließen sich selbst vom heftigen Schneegestöber nicht abschrecken.

»Ewig deutsch die Saar!«, »Der deutsche Aar über der Saar!«, und: »Zurück zum Reich!« waren die Parolen der Deutschen Front, deren Redner mit ihren aufstachelnden Worten die Massen begeisterten. Das ließ für die Abstimmung am folgenden Sonntag nichts Gutes erahnen.

Gut 90 Prozent der Bürger waren es dann, die am Wahltag ihre Stimme für die Rückkehr des Saargebietes ins Deutsche Reich abgaben. Dass kaum jemand zu Frankreich gehören wollte, war schon immer klar gewesen, aber dass nur gut zehntausend Bürger den Status quo erhalten wissen wollten, um der drohenden braunen Diktatur im Saargebiet zu entgehen, war beängstigend für die, die für diese Lösung geworben hatten. Sie waren ja öffentlich bekannt und mussten jetzt wegen ihrer Meinung Konsequenzen fürchten.

Vielen blieb nur die Möglichkeit, bis zur offiziellen Gebietsübergabe an das Deutsche Reich am 1. März 1935 die Koffer zu packen und so schnell wie möglich das Land zu verlassen, wie es andere zuvor im Reich hatten tun müssen. Für die, die sich von dort ins Saargebiet abgesetzt hatten, hieß es nun noch einmal, ins Ungewisse aufzubrechen, wollten sie ihr Leben retten.

Die anderen Bürger würden versuchen, das Beste aus der neuen Lage zu machen. Das galt auch für Peter und Auguste. Sie erwarteten für die kommenden Jahre nichts Gutes für ihre Stadt und die Menschen.

Als das Amtliche Abstimmungsergebnis am 15. Januar bekannt gegeben wurde, war der Jubel der Saarländer schier unbeschreiblich. Die Prozentzahlen übertrafen die kühnsten Erwartungen dieser Bewegung. Das Ergebnis wurde auf den Straßen und in den Lokalen der Stadt laut und überschwänglich gefeiert. Überall hingen schwarz-weiß-rote Fahnen – die Fahnen der nationalen Rechten – und große rote Hakenkreuzflaggen. Überall prangten Hitlerbilder und hingen Siegeskränze, Girlanden und Spruchbänder mit braunen Losungen.

Die Straßen tönten von Hurra- und Heil-Hitler-Rufen und von Hohnreden auf die Verlierer der Abstimmung und – von ersten deutlich antisemitischen Parolen. In der Bahnhofstraße wurden Särge getragen mit Aufschriften wie: »Hier ruht der Status quo«, und: »Hier ruht Matz Braun«. Mit diesem Namen war Max Braun gemeint, der SPD-Vorsitzender gewesen war und sich vehement für den Erhalt des Status quo ins Zeug gelegt hatte. Dieser Mann tat sicher gut daran, die Stadt möglichst bald in Richtung Ausland zu verlassen.

Angewidert wandten sich Peter und Auguste von diesem Treiben ab, das sie sich für eine Weile angesehen hatten, und machten sich auf den Heimweg. Sie wären wohl besser gleich oben auf der Bellevue geblieben und hätten sich dem hier nicht ausgesetzt. Wie waren diese Menschen doch alle schon verblendet! Wohin ließen die sich noch ziehen? Armes Deutschland! Armes deutsches Volk! Arme Menschen, die in den Augen der neuen Machthaber nicht deutsch genug waren! Was kam da nur auf Land und Leute zu?

Im Hause Hölcker herrschte in diesen Tagen eine große Niedergeschlagenheit. Außer bei Emanuel. Der warf sich stolz in die Brust, rühmte lauthals die kommenden Veränderungen und ließ seine Genugtuung über die wunderbare Entwicklung seine Familie deutlich merken. »Jetzt wirst du wohl auch bald schlau«, versuchte er seinen siebzehnjährigen Bruder auf seine Seite zu ziehen.

Paul war jedoch nicht für diese Sache einzunehmen. »Lass mich in Ruhe mit dem braunen Geschwafel. Wenn du meinst, du müsstest mit diesen Wölfen heulen, dann heul ruhig, bis du heiser bist. Ich mache meine Arbeit, und das reicht mir.«

»Und was ist mit dir, meine fromme Schwester? Hier gibt es demnächst auch den Bund Deutscher Mädels. Der ist doch sicher was für dich.« Emanuel schaute Elisabeth verächtlich an.

»Der wird mich aber nicht interessieren, mein verehrter Herr Bruder«, erwiderte die Dreiundzwanzigjährige. »Ich halte es weiter wie die Eltern, bleibe bei Jesus und in der Gemeinde. Adolf Hitler soll mich nicht kümmern. Geh du deinen Weg, wenn du meinst, der führe dich ins Paradies. Ich gehe meinen. Der führt mich hin. Es wird sich bestimmt bald herausstellen, wer den besseren Weg geht.«

»Da hast du Recht, Schwesterchen. Der bessere Weg ist der deutsche. Den gehe ich. Notfalls auch allein. Und übrigens: Alles, was nicht deutsch ist, wird es sowieso bald nicht mehr geben.«

»Was redest du da eigentlich für einen Unsinn, Emanuel?«, mischte sich der Vater, der gerade in die Küche kam, in das Gespräch der drei Geschwister ein.

»Kennst du das Programm deines Kollegen eigentlich immer noch nicht, Vater? Der ist ein wahrer Deutscher. Der hat richtig erkannt, dass Sozialisten, Juden, Zigeuner, Freimaurer und …«

»Du hältst sofort deinen Mund, Emanuel«, unterbrach der Vater seinen Ältesten scharf, »solche Reden will ich in meinem

Haus nicht mehr hören. Und sag nicht, dass ich mich auch nur ganz entfernt als Kollege dieses so genannten Kunstmalers sehen könnte. Dieser Mann ist eine Gefahr für Land und Leute, sonst gar nichts. Dieser selbst ernannte Führer wird uns alle ins Verderben führen und dich mit. Werde wach, Junge, ehe es zu spät ist!« Peter geriet bei seiner Rede in starke Erregung. Seine Stimme zitterte.

Gustchen legte die Hand auf seinen Arm. »Bleib ruhig, Peter. Wenn der Junge in sein Verderben rennen will, können wir ihn nicht aufhalten. Da kann nur Gott helfen. Und wir können auch nur beten, dass wenigstens die anderen beiden standhaft bleiben.«

Bei diesen Worten sprang Emanuel in heftiger Bewegung auf. »Ihr seid ja …« Wutentbrannt verließ er die Küche. »Passt nur auf, dass ihr als Fromme mit dem Juden Jesus nicht auch noch auf die Abschussliste geratet«, tönte er noch von der Tür her und war draußen. Am Schlagen der Haustür wenige Augenblicke später merkten sie, dass Emanuel das Haus verlassen hatte.

Schweigend saßen sie am Küchentisch. Mutter und Tochter rannen ein paar Tränen über die Wangen. Der Vater musste offenbar erst seine Gefühle und Gedanken sortieren. Eine ganze Weile starrte er auf die Tischplatte, ehe er seine beiden anderen Kinder mit einem Seufzer fragen konnte, was denn mit ihnen sei.

»Mich interessiert das alles nicht, Vater. Ich möchte damit nichts zu tun haben und halte mich da raus«, gab Paul zur Antwort.

»Mir geht es genauso, auch wenn ich für Emanuel eine Volksverräterin bin, wie er das ausdrückt«, sagte Elisabeth. »Das wird mich aber nicht stören, bei dem Juden Jesus zu bleiben. Ihr könnt da ganz ruhig sein.«

Peter und Auguste atmeten hörbar auf. Wenn es doch nur so blieb!

Danach war Emanuel, wenn er denn mit am Tisch saß, sehr verschlossen. Durch seine Anwesenheit verhinderte er jedes politische Gespräch. Er hätte schon gerne seine Familie hier und da mit Sticheleien herausgefordert, aber er ließ es dann doch lieber sein. So drehten sich die Gespräche um Alltäglichkeiten des Haushalts und des Gartens.

Sie erwähnten selbst die Übergabe des Saargebietes an das Reich am 1. März 1935 in Anwesenheit des Innenministers Dr. Frick und die Einsetzung des »Reichskommissars für die Rückgliederung des Saarlandes« nicht. Bürckel hieß der Mann, der sich vorgenommen hatte, als treuer Vasall seines großen »Führers« zum wichtigsten Mann des Reiches zwischen Ludwigshafen und Metz zu werden.

Über den Besuch des Propagandaministers Dr. Joseph Goebbels und des »Reichsführers SS« Heinrich Himmler schon am Vormittag und die überraschende Visite des »Führers« persönlich samt seinem Stellvertreter Hess am Nachmittag wurde im Haus der Hölckers nur in Abwesenheit von Emanuel gesprochen. Umso mehr brachten die Einzelnen die neue Zeit im Gebet vor Gott und baten um Weisheit, mit ihr richtig und verantwortungsvoll umzugehen.

Einmal noch gab es im hölckerschen Haus eine hitzige Debatte zwischen den Eltern und ihrem Sohn, der inzwischen in die SS eingetreten war. Gauleiter Bürckel hatte bei einer der häufigen Massenveranstaltungen davon gesprochen, er werde seinen Gau »judenfrei« machen. Peter und Gustchen hatten sich furchtbar darüber aufgeregt, und sie sprachen ihren Sohn darauf an, wie sich ein Mensch in dieser Weise über das Volk Gottes äußern könne. »Judenfrei, was heißt das, Emanuel? Was hat der Bürckel vor?«, fragte Peter.

»Juden sind undeutsch, sie haben keinen Platz in der deutschen Volksgemeinschaft«, bestätigte Emanuel die Aussage des Gauleiters.

»Und dem kannst du zustimmen? Junge, bist du denn von allen guten Geistern verlassen? Juden sind Menschen wie du und ich und wir alle«, ereiferte sich der Vater.

»Bleib bitte ruhig, Peter«, versuchte Gustchen die steigende Erregung ihres Mannes zu dämpfen.

»Ich kann dabei nicht ruhig bleiben, Frau. Die Juden sind das Volk Gottes. Verstehst du, Emanuel, das Volk Gottes!«

»Ph, Volk Gottes! Dass ich nicht lache! Bastarde, Läuse und Wanzen sind das, Parasiten, die ausgetreten und beseitigt gehören.«

Peter wäre seinem Sohn am liebsten an den Hals gegangen. So aufgebracht hatte Gustchen ihren Mann noch nie erlebt.

»Ausgetreten, beseitigt? Gottes Volk ausgetreten und beseitigt? Und du machst da mit? Mein Sohn macht da mit? Emanuel, wo bist du hingekommen? Wer hat dich verblendet?«

»Die Frage ist nicht beantwortet, wer hier verblendet ist«, gab der junge SS-Mann kalt zurück.

»Und was hat der vor, der Bürckel, um das Volk Gottes zu zertreten und zu beseitigen?«, wollte die Mutter wissen.

»Das wird sich zeigen. Der hat seine Pläne. Ihr werdet es sicher rechtzeitig erfahren, wenn der Gau judenfrei ist und keiner dieser Bastarde mehr deutschen Lebensraum verunreinigt.«

»Jetzt reicht es! Emanuel, jetzt reicht es!« Gustchen hatte alle Mühe, ihren Mann davon abzuhalten, handgreiflich auf seinen Sohn loszugehen. Mit vor Erregung zitternder Stimme fuhr der Vater fort: »›Wer euch antastet, der tastet meinen Augapfel an‹, sagt die Schrift. Wehe jedem, der sich am Volk Gottes vergreift, Emanuel. Wehe dir, wenn du bei irgendwelchen Aktionen des Bürckel mitmachst. Wehe dir, Junge.«

»Willst du mir drohen, Vater?«

»Nenn mich nicht Vater, Emanuel. Einer, der sich am Volk Gottes vergreifen will, kann nicht mein Sohn sein. Verstehst du? Gott erbarme sich. Und jetzt geh mir aus den Augen. Geh und verlass mein Haus!«

Emanuel zögerte. Sein Gesicht war kreideweiß. Erregt wog er die Worte des Vaters ab. Musste er das als Rausschmiss verstehen? Verweis aus Haus und Familie? Er wusste es nicht recht. »Gut, ich gehe«, sagte er dann kalt. »Aber ich warne euch. Haltet euch zurück mit allem, was sich gegen die neue Zeit richtet. Ihr könntet es sonst bereuen.« Als letzte Provokation knallte er die Hacken zusammen, hob die Hand zum »deutschen Gruß« und verließ mit einem »Heil Hitler!« den Raum. Einige Minuten später war er aus dem Haus, um es vorläufig nicht wieder zu betreten.

Lange saßen Peter und Gustchen erschüttert schweigend in der Küche und bemühten sich, ihre Fassung wiederzufinden. Was hätten sie sagen sollen? Die Tränen liefen ihnen die Wangen hinunter. Schließlich griff Peter zur Bibel und schlug den 31. Psalm auf. Er las die ersten Verse:

»Herr, auf dich traue ich, lass mich nimmermehr zuschanden werden; errette mich durch deine Gerechtigkeit.

Neige deine Ohren zu mir, eilend hilf mir. Sei mir ein starker Fels und eine Burg, dass du mir helfest.

Denn du bist mein Fels und meine Burg, und um deines Namens willen wollest du mich leiten und führen.

Du wollest mich aus dem Netze ziehen, das sie mir gestellet haben; denn du bist meine Stärke.

In deine Hände befehle ich meinen Geist; du hast mich erlöset, Herr, du treuer Gott.«

Peter verharrte einige Augenlicke und sprach dann noch ein ganz persönliches Gebet, wobei er besonders Emanuel der Gnade Gottes anbefahl. Wenn Gott sich nicht selbst um den Sohn kümmerte, konnten sie als Eltern nur schwarz sehen. Wobei sie sich wünschten, dass Emanuel nie in der schwarzen SS-Uniform das Haus betreten möge.

Dieser »deutsche Weg« des Sohnes machte seinen Eltern auch in den folgenden Jahren viele Sorgen. Dass Emanuel in seinem Denken und Handeln so widerspruchslos auf die Linie der Nazis einschwenken konnte, war ihnen ein Rätsel, dessen Lösung ihnen unerfindlich blieb.

Dass die Nazis Regimegegner ohne großes Federlesen mundtot machten, war schon schlimm. Wie sie aber mit den Juden umgingen, erschien den Hölckers weit schlimmer.

In der Nacht vom 9. auf den 10. November 1938 zündeten auch in Saarbrücken Männer des SS-Sturms die Synagoge an – sie stand in der Kaiserstraße –, zerrten die männlichen Juden bis fünfundsechzig Jahren aus den Häusern, setzten sie dem Gespött, den Beschimpfungen und auch Handgreiflichkeiten der Leute aus und trieben sie wie Freiwild durch die Straßen. Auch in der Saarstadt wurden jüdische Wohnungen demoliert und verwüstet, Frauen und Kinder bedroht und gedemütigt. Viele Männer wurden anschließend wochenlang im Gefängnis in der Alexanderstraße oder oben auf der Lerchesflur inhaftiert und bösem seelischem und körperlichem Terror ausgesetzt. Dann wurden etliche in die Konzentrationslager Dachau und Buchenwald deportiert, von wo aus sie nie zurückkehrten. Anderen gelang es nach ihrer Freilassung aus der Haft, mit ihren Familien nach Frankreich zu fliehen. Viele verschwanden einfach nach unbekannt.

Als im Sommer 1940 die letzten fünf jüdischen Menschen der Stadt auf Befehl des Gauleiters Bürckel gemeinsam mit saarländischen, pfälzischen und badischen Juden deportiert wurden, hatte sich die Ankündigung dieses Unmenschen erfüllt: die Region war »judenfrei«.

Für Peter und Auguste Hölcker war jede einzelne Nachricht über das Schicksal ihrer jüdischen Mitbürger wie ein Angriff auf ihr eigenes Leben. Dass solche Dinge überhaupt möglich waren, wollte ihnen nicht in den Kopf gehen. Dass Menschen sich selbst zu Herrenmenschen erklären konnten und aus dieser Haltung mit anderen Menschen umgingen, als wären die das übelste Ungeziefer, überstieg ihre Vorstellungskraft. Nicht auszudenken, dass der eigene Sohn an solchen Aktionen beteiligt sein mochte ... Dass sie selbst als Christen und als Menschen mit anderer Denkart keine Möglichkeiten sahen, irgendetwas dagegen zu tun, raubte Peter und Gustchen immer wieder den Schlaf.

Tage schlimmer Nachrichten über Menschen des Volkes Gottes waren für sie immer Trauertage und zugleich Gebetstage. Dabei drehten sich die Gebete nicht nur um die Tagesereignisse und um die Kinder und ihre Bewahrung vor schlimmen Dingen. In den Dreißiger Jahren drehten sie sich auch zunehmend um die nahe Zukunft, die mit hoher Sicherheit den Krieg bringen würde. Aus welchem Grund sonst hatte Hitler die Wiederbewaffnung Deutschlands durchgesetzt und mit der neuen Wehrmacht per Vertragsbruch sogar die linke Rheinseite besetzt? Weshalb trat Hitlerdeutschland aus dem Völkerbund aus? Aus welchem Grund ließ Hitler die Westgrenze des Reiches durch den so genannten Westwall befestigen? Wieso ließ er auch in und vor der Stadt Saarbrücken umfangreiche Sicherheitsbauten errichten, riesige Panzersperren, umfangreiche Bunkeranlagen?

Das Kriegsgespenst stand vor den Augen derer auf, die die Zeichen der Zeit wachsam beobachteten. Schon 1938 zogen die ersten Familien ihre Konsequenzen aus dieser Entwicklung und verließen die Stadt. Dass sie wegen ihres mangelnden Vertrauens zum »Führer« getadelt und als »Kofferpatrioten« verspottet wurden, störte sie nicht.

Das hätten sich die Hölckers durchaus auch sagen lassen. Sie hatten überhaupt kein Vertrauen in den »Führer«, aber großes Vertrauen in ihren Gott. Deshalb kamen sie gar nicht auf die Idee, die Stadt zu verlassen. Hier waren sie zu Hause und auch versorgt. Hier würde Gott sie tragen und bewahren, auch wenn sie nichts Gutes ahnten für das Reich und seine Zukunft. Schon deshalb nicht, weil es sich am Augapfel Gottes vergriffen hatte.

Peter und sein Gustchen trösteten und stärkten sich immer wieder mit Zusprüchen Gottes aus der Bibel.

Paul suchte sich hier keine Hilfe mehr. Er hielt inzwischen nicht mehr viel vom Glauben an Gott und an Jesus und von einer Gemeinde-Zugehörigkeit. Innerlich hatte er sich schon länger von christlicher Denkungsart gelöst, jetzt stand er auch nach außen dazu. Zum Glück ließ er sich nicht von den Nationalsozialisten einfangen. Er wollte frei sein, auf gar keinen Fall Nazi werden. Dafür aber Soldat! Saarbrücken war ja längst wieder Garnisonsstadt. Die Wehrmacht interessierte ihn, und der würde er sicher eines Tages beitreten. Hier wollte er seinen Mann stehen, auch wenn es tatsächlich zum Krieg kommen sollte.

Für die Eltern war das eher zu ertragen, auch wenn sie schon jetzt um das Leben des Sohnes bangten. In ihrer Not erwuchs ihnen immer wieder starker Zuspruch aus den Worten des 124. Psalms:

»Wo der Herr nicht bei uns wäre, so sage Israel, wo der Herr nicht bei uns wäre, wenn die Menschen sich wider uns setzen, so verschlängen sie uns lebendig, wenn ihr Zorn über uns ergrimmete; so ersäufte uns Wasser, Ströme gingen über unsere Seele; es gingen Wasser allzu hoch über unsere Seele.

Gelobet sei der Herr, dass er uns nicht gibt zum Raub in ihre Zähne.

Unsere Seele ist entronnen wie ein Vogel dem Strick des Voglers, der Strick ist zerrissen und wir sind los.

Unsere Hülfe stehet im Namen des Herrn, der Himmel und Erde gemacht hat.«

Stadt in Flammen

Gut, dass das Leben auch immer wieder seine hellen Stunden hatte. Dass sie sich gegenseitig hatten, war für Peter und sein Gustchen immer wieder wie ein besonders gesegneter Sonntag. Füreinander da zu sein, sich einander Zuneigung und Liebe zu zeigen, einer für den anderen einstehen zu können, einander zu helfen in kritischen Situationen, zu erleben, dass Gott Peter die Gesundheit doch geschenkt und erhalten hatte, zu erfahren, dass er seine eigentliche Lebensberufung in der Gabe des Zeichnens und Malens nicht völlig aufgeben musste, zu wissen, dass wenigstens Elisabeth ein Kind Gottes geworden war und hier ihren Weg ging – das alles erfüllte Peter und Auguste immer wieder mit Freude und Dankbarkeit. Sie waren materiell versorgt und hatten ihren Glauben bewahren können. Durch Gottes Gnade waren sie inzwischen immerhin schon um die Sechzig. So alt wie sie waren ihre Eltern nicht geworden. Gott war ihnen sehr gnädig gewesen. Ob er sie noch Enkel erleben ließ? Das wäre noch eine besondere Gnade.

Elisabeth hatte mit fünfundzwanzig von einem Ausflug mit dem Gemeindechor eine Freundschaft mitgebracht, aus der bald Liebe wurde. Mit ihrem Wilhelm war sich das Mädchen bald einig. Wenn die Eltern keine Einwände hatten, wollten die beiden gerne im Haus die obere Wohnung renovieren und dann bald heiraten und einziehen.

Peter und Gustchen hatten keine Einwände gegen den jungen Mann aus dem Hunsrückdorf Budenbach, und sie ließen die beiden gewähren. Wilhelm Klump war Schreiner und handwerklich vielseitig begabt. Gerne sollten sich die beiden ihr Nest bauen.

Bis zum Jahresende 1939 sollte die Renovierung beendet sein, und dann wollten die Verlobten heiraten. Doch wie so viele wurde Wilhelm Klump in diesem Jahr zur Wehrmacht einberufen. Am 28. August hatte er sich zur Grundausbildung in Rüdesheim am Rhein zu melden. Was tun? Peter und Gustchen rieten ihrer Elisabeth, wenn möglich, ihren Wilhelm vorher zu heiraten. Sie gehörten doch zusammen.

Noch am 27. August gingen die beiden jungen Leute zum Standesamt und anschließend in die Gemeinde, um den Segen Gottes für ihre Ehe zu empfangen. Zum Feiern blieb leider keine Zeit. Gerade einmal die Hochzeitsnacht war den beiden vergönnt, dann trennten sich ihre Wege schon wieder. Nein, doch nicht ganz. Elisabeth begleitete ihren Wilhelm an den Rhein und suchte sich in Rüdesheim ein Zimmer, um in der Nähe ihres Mannes zu sein. Die Eltern hatten ihr ausdrücklich dazu geraten. »Eheleute gehören zusammen«, hatte die Mutter gesagt, und der Vater hatte dem zugestimmt. Wer wusste denn, was auf die beiden zukam?

Am 1. September überfielen deutsche Truppen den östlichen Nachbarn Polen. Am selben Tag noch ordnete Frankreich die Generalmobilmachung an. Als Hitler seine Truppen aus Polen nicht zurückrief, wie es Frankreich und Großbritannien ultimativ gefordert hatten, erklärten die beiden Staaten aus Gründen ihrer Bündnisverpflichtungen Deutschland den Krieg.

Es herrschte Krieg! Und Saarbrücken lag unmittelbar im Feuerbereich französischer Geschütze drüben auf dem Spicherer Berg. Die alten und neuen Wohngebiete auf der Bellevue würde es zuallererst treffen. Dass Saarbrücken längst Pläne zur Evakuierung der Bevölkerung in der Schublade liegen hatte, war den Bürgern mehrfach durch die Presse mitgeteilt worden.

»Was wird jetzt, mein Gustchen?«, fragte Peter bekümmert.

Die atmete schwer auf. »Gott weiß es, mein lieber Mann. Emanuel bei der braunen Elite irgendwo, Paul bei der Wehrmacht und sicher bald mit Marschbefehl, und Elisabeth bei ihrem Wilhelm …«

»… der sicher auch bald seinen Marschbefehl bekommt. Dass wir alten Leute das noch erleben müssen.«

»Erstens sind wir noch nicht alt, Peter. Und zweitens sollten wir nicht klagen«, versuchte Gustchen ihren Mann aufzumuntern, und sie zitierte wieder einmal zwei ihrer immer noch geliebten Paul-Gerhardt-Strophen:

»Dein ewge Treu und Gnade,
o Vater, weiß und sieht,
was gut sei oder schade
dem sterblichen Geblüt;
und was du dann erlesen,
das treibst du, starker Held,
und bringst zum Stand und Wesen,
was deinem Rat gefällt.

Und ob gleich alle Teufel
hier wollten widerstehn,
so wird doch ohne Zweifel
Gott nicht zurücke gehn;
was er sich vorgenommen
und was er haben will,
das muss doch endlich kommen
zu seinem Zweck und Ziel.«

»Ob Gott das Reich in diesem Krieg demütigen wird für seine Gräueltaten an den Menschen seines Volkes und am ›lebensunwerten Leben‹, wie die Nazis das nennen?«, sorgte sich Peter.

»Ich befürchte, so wird es sein. Aber was auch immer kommt – wir sind und bleiben in seiner Hand, mein Lieber. Gott ist treu …«

»… auch wenn wir untreu sein sollten.«

»Warum sollten wir, Peter? Wir nehmen Gott natürlich mit, wohin wir zu gehen haben.«

»Du hast Recht, mein Schatz. Ich bin ein wenig verzagt«, gab Peter zu. »Aber ich will mich schicken und jetzt noch beten und dann den Tag mit dir beschließen, mein Gustchen, und dann werden wir sehen, was morgen wird.«

Am nächsten Morgen fanden die beiden ein Flugblatt unter der Haustüre, in dem sie aufgefordert wurden, sich bis zum Mittag um ein Uhr am Hauptbahnhof für die Evakuierung bereit zu halten.

»Jetzt wird es Ernst, mein Schatz«, stellte Peter sachlich fest und seine Stimme klang gar nicht verzagt wie am Vorabend.

»Also packen wir, für jeden zwei Koffer«, befand Gustchen und begab sich schon nach hinten zum Anbau, wo die Koffer standen.

Drei Stunden später machten sich die beiden Menschen, trotz Sommerwetters in Mantel und Hut, jeder mit zwei Koffern in der Hand und einem Rucksack auf dem Rücken auf den Weg hinüber in den Stadtteil St. Johann, um dort Platz in einem Zug zu bekommen, der sie und viele andere ältere Menschen nach Osten tief ins Reich bringen sollte.

Vor der Straßenbiegung den Hagen abwärts stellten die beiden ihr Gepäck noch einmal ab und schauten zurück auf ihr Haus. Neunundzwanzig Jahre lang hatten sie Freud und Leid dort oben miteinander geteilt. Ob ihnen weitere Jahre vergönnt waren? Das lag in Gottes Hand. Ob sie als Familie dort jemals noch einmal zusammen sein konnten, ebenso. Gott mochte Haus und Hof unter seinen besonderen Schutz nehmen, wie auch die Häuser der Nachbarn, die sich erst in zwei Tagen auf den Weg nach irgendwo zu machen brauchten, weil sie noch nicht zu den Alten zählten. Die ganze Stadt mochte Gott vor Schlimmem bewahren.

»Wir haben hier keine bleibende Stadt, sondern die zukünftige suchen wir«, zitierte Peter mit einem leichten Seufzer ein Wort aus dem Hebräerbrief.

»Und das im doppelten Sinne, mein Lieber«, ergänzte sein Gustchen und musste dabei sogar ein wenig lächeln. »Wer weiß, wo diese Stadt liegt. Komm, wir müssen weiter. Der Zug wird nicht warten.«

Viele Stunden später hatten die beiden ihr fernes Reiseziel erreicht: Merseburg an der Saale, ihren Wohnort für die nächsten elf Monate. Ein kleines Zimmer mit Bett, Tisch, zwei Stühlen und einem Schrank. Eine Waschgelegenheit gab es im Badezimmer, Kochgelegenheit in der Küche der Gastgeber, die gar nicht erfreut waren über die Zwangseinquartierung der beiden älteren Menschen. Aber sie mussten sich in dieses Geschick fügen. Es fiel ihnen leichter, als sie merkten, dass diese Leute aus dem Saarland wie sie selbst gläubige Leute waren. Auf dieser Grundlage ließ es sich zusammen leben. So konnte man auch die bescheidene Haushaltsführung gemeinsam gestalten. Gott war gnädig gewesen, dass er gerade sie zusammengeführt hatte.

Hoffentlich war er auch gnädig mit Elisabeth, von der die Eltern nicht wussten, wo sie geblieben war. Nach Saarbrücken hatte sie ja wahrscheinlich nicht zurückgekonnt. Die Stadt war weitgehend evakuiert. Nur wenige Menschen waren zurückgeblieben, weil sie für die Aufrechterhaltung der Ordnung und des restlichen städtischen Betriebs unabkömmlich waren.

Die Sorge der Verantwortlichen, die Saarstadt werde zur besonderen Zielscheibe für den Kriegsgegner Frankreich, erwies sich in den folgenden Monaten allerdings als unbegründet. Im Sommer konnten die Evakuierten in ihre Häuser zurückkehren.

Und so sah man Anfang August 1940 Peter und Auguste Hölcker den Hagen hinaufwandern, trotz hochsommerlicher Temperaturen mit Mantel und Hut und mit dem Gepäck, mit dem sie seinerzeit hatten abreisen müssen. Unterwegs konnten sie bereits verschiedene Nachbarn begrüßen, die auch schon wieder da waren. Und dann standen die beiden Menschen endlich wieder im Garten vor ihrem Haus. Alles war da, nichts war beschädigt oder zerstört, nur das Unkraut war wild gewuchert.

»Gelobt sei der Herr täglich. Gott legt uns eine Last auf, aber er hilft uns auch«, zitierte Peter ein Bibelwort, als er mit seinem Gustchen Hand in Hand einen ersten Gang durch den großen Garten machte.

»Wir haben einen Gott, der da hilft, und den Herrn, der vom Tode errettet«, ergänzte Gustchen die Worte aus dem 68. Psalm. »Ist das nicht schön, mein Schatz, dass wir wieder zu Hause sind?«

»Das ist sehr schön«, bestätigte der Mann und nahm seine Frau in den Arm, »aber wir haben viel Arbeit, das alles hier wieder herzurichten.«

»Das werden wir schon schaffen, Peter. Schau, Erdbeeren können wir noch ernten und anderes Obst. Vielleicht kann ich ja noch ein wenig Kopfsalat und Feldsalat säen oder Endivien. Samen müsste noch im Keller sein. Aber jetzt lass uns erst einmal ins Haus gehen und sehen …«

Gustchen brach ab. Das konnte doch nicht wahr sein!? »Vater, Mutter, wie schön, dass ihr da seid!« Elisabeth kam aus dem Haus ihren Eltern freudig entgegen. Auf dem Arm hielt sie ein kleines Bündel Mensch.

»Elisabeth, Kind, du bist hier?« Auguste Hölcker lief ihrer Tochter mit offenen Armen entgegen. »Wie schön, wie schön! Gott sei Dank! Du bist hier!« Dann lagen sich Mutter und Tochter in den Armen, so weit das mit dem Säugling dazwischen ging. »Und du hast ein Kind! Ich bin Oma. Peter, komm her, du bist Opa.« Gustchen strömte schier über vor Wiedersehensfreude und vor Glück über das Enkelkind, das sie hier auf den Armen halten durfte.

»Komm, Vater, schau dir Hildegard an. Sie sieht ganz aus wie ihre Mutter.«

Dann hielt auch Peter die junge Mutter lange im Arm. »Gott

sei Dank!«, war das Einzige, was er für den Moment herausbekam. Vor Bewegung hatte es ihm die Sprache verschlagen. »Schön, dass du da bist, dass ihr da seid«, konnte er dann doch seiner Freude Ausdruck geben.

Dann saßen Eltern und Tochter lange in der Küche mit dem Säugling mitten auf dem Tisch und erzählten ihre Erlebnisse der vergangenen Monate, fragten sich, wo Wilhelm denn wohl jetzt sei, wo Paul und Emanuel. »Sie sind in Gottes Hand, dem wir jetzt erst einmal danken für seine Bewahrung in den vergangenen Monaten.« Zum Dank kam selbstverständlich die intensive Fürbitte für den jungen Vater und seine beiden Schwäger.

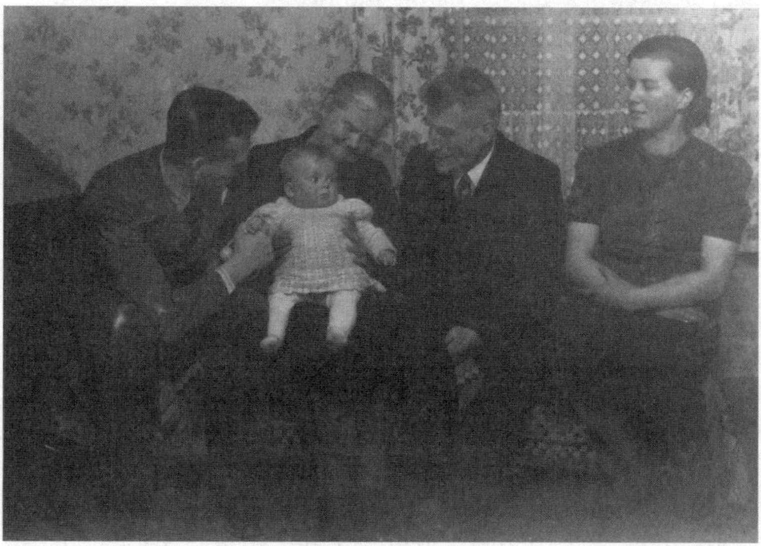

Die Großeltern Peter und Gustchen mit Tochter Elisabeth, Schwiegersohn Wilhelm und Enkelin Hildegard; Anfang 1941 (vermutlich an Peters Geburtstag 15. Januar 1941)

Die nächsten Wochen waren für die drei mit viel Arbeit drinnen und draußen sehr ausgefüllt. Der Krieg ging noch weitgehend an ihrer Stadt vorbei. Die kleinen Attacken mit wenigen Opfern und recht geringen Schäden aus der Luft vermochte die Bevölkerung von Saarbrücken kaum ernsthaft zu beunruhigen. Aus anderen Regionen des Reiches und von fernen Frontabschnitten sickerten ganz andere, teilweise sehr erschreckende Nachrichten durch.

Im Frühjahr lernte Wilhelm bei einem Kurzbesuch seine kleine Tochter kennen. Danach war Elisabeth mit ihrem zweiten Kind schwanger. Sie und die Großeltern waren allerdings nicht sehr glücklich darüber, ab Dezember mit zwei Kleinen den Krieg überstehen zu müssen. Denn dass es so ruhig blieb in Saarbrücken wie bisher, damit war wohl nicht zu rechnen.

Die Lage änderte sich dann Mitte des Jahres 1942 erheblich. Edith war zur Welt gekommen, und seit einiger Zeit lebte eine Frau mit im Haus, die auf der anderen Saarseite ausgebombt war. Saarbrücken geriet mehr und mehr ins Fadenkreuz der alliierten Luftflotten. Die nächtlichen Angriffe nahmen zu. Die scheußlichen Fliegeralarme riefen die Menschen immer häufiger in die Bunker und Schutzanlagen. Die Notkoffer mit den wichtigsten persönlichen Unterlagen und Habseligkeiten blieben gepackt.

Nur einige Steinwürfe weit vom Haus der Hölckers wurde am Lulustein eine Batterie der Luftabwehr aufgestellt. Ob das Schutz bedeutete oder eher Gefahr für die Menschen und ihre Häuser auf der Bellevue? Die Anwohner waren nicht gerade begeistert von der Geschützstellung. Am 11. Mai 1944, einem Donnerstag, bekam diese Stellung dann auch tatsächlich einen Volltreffer ab. Sechzehn Jungen, Luftwaffenhelfer im Alter von sechzehn und siebzehn Jahren, verloren dabei ihr Leben. Die Menschen der umliegenden Häuser kamen mit dem Schrecken davon.

Dann kam der 6. Oktober. Peter und Gustchen hatten den ganzen Tag Kartoffeln ausgehackt. Elisabeth hatte geholfen, soweit sie das mit ihren beiden kleinen Mädchen konnte. Dankbar für die gute Ernte und recht müde saßen die Erwachsenen abends noch am Tisch, während die beiden Kleinen schon schliefen, als gegen acht die Sirenen wieder einmal ihr furchtbares Geheul anstimmten, was sie länger nicht hatten tun müssen.

»Ich geh heute nicht in den Bunker, Gustchen. Jetzt noch rüber zum Nussberg? Ich bin einfach zu müde. Es wird schon nicht schlimm werden.« Peter strich seinen grauen Bart und rieb sich über die Augen. »Ich möchte eigentlich gleich schlafen gehen.«

»Wenn du nicht gehst, bleibe ich auch hier«, beschloss seine Frau. »Du solltest dich aber auf den Weg machen, Elisabeth. Du musst mit den Kindern in den Bunker. Ich komme und helfe dir, dass ihr bald wegkommt.«

»Ich bin schon unterwegs, Mutter. Ich möchte kein Risiko eingehen. Vielleicht überlegt ihr euch ja doch noch, ob es richtig ist, was ihr macht.«

Wenige Minuten später verließ Elisabeth mit ihren beiden Mädchen im Kinderwagen und dem Notkoffer als Rucksack auf den Rücken geschnallt das Haus, um möglichst bald den Schutzstollen unten im Nussberg zu erreichen.

Ihre Eltern saßen wieder am Tisch, um noch ein Gotteswort zu lesen und den Tag wie üblich zu beschließen. Während sie noch beteten, setzten die Sirenen zum zweiten Alarm ein. Peter und sein Gustchen sprachen ihr Amen und schauten sich fragend an. Dann hörten sie die Mieterin von oben herunterkommen. Die Frau hatte vielleicht beobachtet, dass Elisabeth mit ihren Kindern das Haus ohne die Eltern verlassen hatte. Deshalb wohl klopfte sie an die Küchentür. »Kommen Sie und beeilen Sie sich, oder wollen Sie etwa nicht mit in den Schutzraum?«

»Wir bleiben hier«, gab Peter Hölcker zurück. »Wir vertrauen auf den Schutz Gottes.«

»... den Sie allerdings nicht herausfordern dürfen, Herr Hölcker. Sie sind nichts anderes als andere Leute, die weniger an Gott glauben«, mahnte die Frau.

»Da hat sie eigentlich Recht, Peter«, griff Gustchen diese mahnenden Worte auf. »Komm, lass uns lieber mitgehen. Die Sirenen heulen nicht umsonst so kurz hintereinander zum zweiten Mal.«

»Wenn es denn sein muss«, stöhnte Peter und ging mit deutlichem Widerwillen in die Schlafstube, um die beiden Notkoffer zu holen. Jacken, Mäntel und Hüte hingen an der Garderobe auf dem Flur.

Augenblicke später verließen auch diese drei Menschen das Haus und eilten mit vielen anderen Bewohnern der Bellevue-Höhe über die Lerchesflur in Richtung Nussberg, um bald ihren Schutzraum unter diesem Berg zu erreichen. Die armen Strafgefangenen und Wachleute in der Haftanstalt, an der sie vorbei mussten! Ob die auch Schutzräume in ihrem Gefängnis hatten?

Die Nacht wurde sehr unruhig. Den Geräuschen nach, die von draußen in den unterirdischen Bunker drangen, musste dort die Hölle los sein. So ein Lärm war zuvor bei keinem Alarm nach drinnen gedrungen. Kaum einer von den Erwachsenen konnte ein Auge zutun. Manche stierten ängstlich vor sich hin, andere weinten still in sich hinein, wieder andere schrien bei jedem neuen Schlag vor Schreck und Entsetzen auf, um dann eine Weile laut zu klagen und zu weinen. Was mochten den Einzelnen – die meisten waren Frauen, Kinder und ältere Männer – durch den Kopf gehen?

Die Hölckers und ihre Tochter hockten in einer Ecke auf Pritschen zusammen, äußerlich recht ruhig. Aber in ihrem Inneren tobte es ähnlich wie bei den anderen Leuten. Nur dass ihre Gedanken immer wieder in Gebete mündeten. Als dann auch noch das Licht ausfiel, wurde das Klagen, Jammern und Schimpfen auf die, die diese Zeiten heraufbeschworen hatten, lauter. Zum Glück schliefen die kleineren Kinder weiter, als wäre die Welt in schönster Ordnung.

Da sagte Gustchen in fester Glaubenszuversicht in die Unruhe hinein laut: »Leute, klagt und weint nicht und schimpft nicht, betet! Gott hört unsere Gebete.

›Er hört die Seufzer deiner Seelen
und des Herzens stilles Klagen,
und was du keinem darfst erzählen,
magst du Gott gar kühnlich sagen.
Er ist nicht fern, steht in der Mitten,
hört bald und gern der Armen Bitten.
Gib dich zufrieden!

Lass dich dein Elend nicht bezwingen,
halt an Gott, so wirst du siegen;
ob alle Fluten einhergingen,
dennoch musst du oben liegen.
Denn wenn du wirst zu hoch beschweret,
hat Gott, dein Fürst, dich schon erhöret.
Gib dich zufrieden!‹«

Für den Rest der Nacht wurde es draußen tatsächlich etwas ruhiger. Schließlich herrschte eine gespenstische Stille. Oder die Geräusche drangen nicht unter die Erde. Auch drinnen wurde es ruhiger. Vielleicht hatte sich doch der eine oder andere Gustchens Worte zu Herzen genommen und seine Gedanken Gott zugewandt, der auch im schlimmsten Chaos Ruhe schenken konnte. Das mochte vorbereiten auf das, was am hellen Morgen nach Öffnung des dunklen Schutzraumes draußen auf sie zukommen würde.

Als die Leute dann am nächsten Morgen ins Freie traten, bot sich ihnen ein schreckliches Bild. Die vielen britischen Bomber hatten ganze Arbeit geleistet. Das alte Saarbrücken stand an vielen Stellen in hellen Flammen. Der Blick über das Schloss, den Ludwigsplatz und weiter nach Nordwesten zu trieb auch den Hölckers die Tränen in die Augen. Bis hinüber an die Saar und auf der St. Johanner Seite nur brennende Gebäude und rauchende Trümmer.

Wie sah es wohl auf der Bellevue-Höhe aus? Mit bangen Herzen machten sich die Bewohner dorthin auf den Weg. Die Häuserzeilen an den Straßen nach oben waren weniger betroffen als die unten im Tal, wenn es auch hier recht wüst aussah. Manchen Häusern fehlten die Dächer, anderen ganze Wände, wieder andere schienen unbeschädigt. Noch weiter oben gab es dann nur geringe Schäden an den Häusern. Noch einmal davongekommen?!

Peter und Gustchen und die anderen Bewohner vom Hagen und dem kleinen Exerzierplatz schöpften Hoffnung, dass ihre Häuser verschont geblieben sein könnten. Umso schlimmer war die Wahrheit, die sich bald vor ihnen auftat. Die Tragödie war schon von der Lerchesflur aus zu sehen. Gerade hier oben musste es einen Volltreffer gegeben haben. Etliche Häuser am kleinen Exerzierplatz und am Hagen waren in Rauch gehüllt oder standen noch in Flammen.

Zu löschen und zu retten war für die Bewohner nur noch wenig, vielleicht gar nichts mehr. Da half es nichts, die Lerchesflur hinunterzulaufen. An ihren Häusern blieb den Leuten nichts anderes, als weinend und schreiend oder auch stumm leidend, zornig oder traurig vor ihrer zerstörten Habe zu stehen und zu sehen, wie ihr Lebenswerk oder jedenfalls ihr bisheriges Zuhause mit allem Hab und Gut Opfer eines sinnlosen Krieges geworden war.

Peter, Gustchen, Elisabeth mit den beiden Mädchen, dazu die Mieterin standen auch eine ganze Weile fassungslos vor den

Resten ihres Hauses. Gott, was war das? Wozu das? Den vier Erwachsenen rannen die Tränen über ihre blassen Gesichter, die Frauen schüttelte heftiges Schluchzen. Peter nahm sein Gustchen in die Arme. Sie mochte gar nicht mehr hinsehen, während er seine Augen nicht von dem traurigen Bild vor ihm abwenden konnte. Elisabeth murmelte etwas von der Schuld Hitlers und der Nazis für das Drama dieses Krieges. Peter Hölcker sagte mit einem tiefen Seufzer nur einen einzigen Satz: »Der Herr hat's gegeben, der Herr hat's genommen, der Name des Herrn sei gelobt!« Dann wandte er sich an die Mieterin und sagte: »Danke, dass Sie uns zum Mitgehen überredet haben. Wir würden wohl sonst nicht mehr leben.« Und dann: »Komm, Gustchen, lass uns in den Garten gehen. Das Häuschen dort steht noch und die Bank davor auch.«

Da saßen Eltern, Tochter und Enkelinnen dann bis zum Mittag nahezu wortlos, still trauernd über den Verlust des Hauses, von dem nur der Anbau noch einigermaßen brauchbar aussah. Später rafften sie sich auf, um den Schaden in Augenschein zu nehmen.

Vom Haus standen die Außenmauern und Reste der Innenwände. Den Dachstuhl und das Treppenhaus gab es nicht mehr. Reste brannten noch im Inneren der Ruine. Vielleicht hätten ja rechtzeitige Löschversuche etwas retten können. Aber wer hätte die unternehmen sollen? Und womit? Hier oben waren nur ein paar Häuser betroffen. Wenn irgendwo gelöscht wurde, dann sicher unten in der Stadt. Und die Leute von hier oben waren doch alle in den Schutzräumen gewesen.

Den Hölckers blieb nichts anderes als abzuwarten, bis die Glutnester von allein erloschen. Ein kräftiger Regen wäre da vielleicht hilfreich gewesen. Aber der kündigte sich nicht an. Das war ja auch gut so. Wo hätten sich die Ausgebombten zum Schutz vor der Nässe hinwenden sollen? Wohin sollten sie sich überhaupt wenden? Es wurde ja auch einmal Nacht. Und dann brauchten zumindest die Kinder ein Dach über dem Kopf. Da schien guter Rat teuer. Es mussten ja Tausende in der Stadt sein, die keine Bleibe mehr hatten.

Die Menschen im Garten machten aus ihrer Sorge ein Gebet. »Gott im Himmel, zeige uns eine Lösung in dieser Frage.« Dabei hatte Gott das Gebet bereits erhört, ehe es gesprochen war. Im Laufe des Nachmittags kamen immer wieder Leute aus dem neuen benachbarten, unzerstörten Wohngebiet, um zu schauen, Betroffenen ihr Bedauern und ihr Mitgefühl auszudrücken und Hilfe anzubieten. Unter diesen Leuten war auch eine Frau Scharnhorst, die mit den Hölckers eine gute Bekanntschaft pflegte. »Ihr könnt für die nächsten Tage zu uns kommen. Wir rücken zusammen, und dann geht das«, bot sie an.

»Dich schickt der Himmel, Emma«, freute sich Auguste und nahm die Frau dankbar in die Arme. »Gott weiß, in was für einer Not wir im Augenblick sind.«

»Und er weiß auch, wie das hier wieder aufzubauen ist. Der Hiob hatte viel mehr wieder aufzubauen«, fügte Peter hinzu. »Wichtig ist, dass wir leben und selbst keinen Schaden genommen haben.«

»Und was wird mit Wilhelm sein? Und mit meinen Brüdern?«, fragte Elisabeth, »Was werden die sagen, wenn die das hier sehen?«

»Wilhelm wird sich freuen, wenn er dich sieht, wenn er wiederkommt, und seine Kinder.« Peter legte seiner Tochter tröstend den Arm um die Schulter.

»Wird er wiederkommen, Vater?«, fragte die junge Frau, und ihre eigene Frage trieb ihr die Tränen wieder in die Augen.

»Ich weiß es nicht, Kind. Gott weiß es. Aber ich bin zuversichtlich, dass er eines Tages einfach vor der Tür steht und dann Hand anlegt, dass in diese Ruine wieder Leben kommt.«

»Deine Zuversicht in Gottes Ohren, Vater. Manchmal ist mir richtig bange. Wilhelm hat sich so lange nicht gemeldet.«

»Alle unsere Sorgen in Gottes Ohren, Elisabeth. Und Gott wird machen, was richtig und gut ist.«

»Ist das hier richtig und gut?«, wies Elisabeth auf die immer noch rauchende Ruine.

»Wenn Gott das deutsche Volk ins Gericht nimmt wegen der Überheblichkeit seiner Regierenden und wegen ihrer Gräueltaten gegen sein Volk und gegen das ›lebensunwerte Leben‹, wie die das genannt haben, dann kann er uns nicht verschonen, Kind. Aber Gott wird uns hindurch- und heraushelfen. Ob er das bei den Nazis tut, weiß ich nicht. Das siehst du am Schicksal vom Gauleiter.«

Elisabeth wusste nicht, wie ihr Vater das meinte.

»Der Bürckel ist tot. Todesursache unklar. Man munkelt etwas von erzwungenem Selbstmord. Ob es seinem Nachfolger, dem Stöhr, eines Tages besser ergeht, bezweifle ich. Aber jetzt lass uns hinübergehen zu Emma. Mutter ist mit ihr schon vorgegangen. Morgen schauen wir hier, ob irgendetwas Brauchbares übrig geblieben ist.«

»Gast auf Erden«

Erst nach Monaten, am 20. März 1945, endete die Leidenszeit der Saarbrücker Bevölkerung mit dem Einmarsch der Amerikaner. Da war die schwer zerstörte Stadt durch erneute Evakuierung fast menschenleer. Jetzt kamen die Bewohner nach und nach zurück, richteten sich in den Ruinen ein und begannen mit dem Aufräumen der Schuttmassen. Später lösten die Franzosen die Amerikaner als Besatzer ab. Aber auch sie wollten so schnell wie möglich für die Menschen wieder ein Dach über dem Kopf und eine Versorgung mit dem Lebensnotwendigsten.

Als dann die Alliierten das besiegte Deutschland in Besatzungszonen aufteilten, wurde das Saarland erst einmal wieder französisch und vom übrigen Deutschland abgetrennt.

Noch im Jahr 1945 kam Elisabeths Mann nach Hause. Eine längere Gefangenschaft war ihm erspart geblieben. Wilhelm zog zunächst in der Lilienthalstraße – die hatte inzwischen ihren alten Namen zurückerhalten – bei Emma Scharnhorst mit ein, obwohl es im Haus dadurch noch enger wurde.

Der junge Mann war ein geschickter Handwerker und begann gleich mit dem Wiederaufbau des Hauses am kleinen Exerzierplatz. Jetzt hieß die Straße »Am Lulustein«. Auch nachdem Wilhelm Klump Arbeit bei der Bahn bekommen hatte, war er unermüdlich am Haus tätig, nach Kräften unterstützt von seinem Schwiegervater, der seines Alters wegen keine neue Arbeit mehr anzunehmen brauchte. Sein Gustchen half vor allem im Garten, wo sie bald wieder ernten konnten, was die Versorgung der Familie deutlich verbesserte.

Als dann wenigstens der Anbau fertig war, konnten die beiden Hölckers und die vier Klumps wieder auf das eigene Grundstück zurückkehren, auch wenn der Platz hier zunächst ebenso begrenzt war wie bei Scharnhorsts. Aber das Ende dieser Enge war ja in Sicht. Und meistens vertrugen sich die Menschen aus den drei Generationen auch recht gut.

Sie verband der gemeinsame Glaube. Täglich hielten sie zusammen ihre Andachten und besuchten sonntags gemeinsam die Gottesdienste der Methodistengemeinde. Der hatten sie sich angeschlossen, seitdem sich ihre alte Baptistengemeinde schon vor dem Krieg an Erkenntnisfragen zerstritten hatte. Geistlich zu Hause fühlten sie sich in der Evangelischen Gemeinschaft, in deren Haus die Methodisten bis 1953 zusammenkamen.

Als Nächster kam dann Paul nach Saarbrücken zurück. Er war lange in Norwegen eingesetzt gewesen. Nach Kriegsende hatten ihn die Engländer monatelang in einem Internierungslager in Norddeutschland festgehalten und schließlich zu seiner Familie entlassen. Eine Zeit lang lebte er mit am Lulustein, bis er sich mit seiner Frau, die er bald heiratete, eine eigene Bleibe suchte.

Emanuel war zu seinem Glück den Russen entkommen und bei den Amerikanern gelandet, die ihn als SS-Mann lange gefangen setzten. Er verstand die Welt nicht mehr. Dass die NS-Herrschaft Deutschland in den Ruin geführt hatte und schließlich in sich zusammengebrochen war, wollte er auch viele Jahre danach noch nicht wahrhaben. Die bösen Nachrichten über die vielen Konzentrationslager, in denen Millionen Menschen umgebracht worden waren, wollte er einfach nicht akzeptieren. »Alles Lüge, alles erstunken und erlogen!«, war und blieb sein Widerspruch, wenn die Sprache darauf kam. Dass er selbst als SS-Mann diese Dinge mit zu verantworten hatte und die Amerikaner ihn deshalb zu Recht drei Jahre lang gefangen gehalten hatten, wies er immer weit von sich. An die neue Zeit musste er sich dann aber doch anpassen. Er tat es, indem er die Vergangenheit verdrängte. Erst im Alter meldete sich sein Gewissen zu Wort und ließ ihm keine Ruhe mehr. Nach einer stundenlangen Generalbeichte mit einem Seelsorger fand er schließlich doch noch seinen inneren Frieden und konnte am Ende im Frieden mit Gott und Menschen sterben.

Das Bauen am Lulustein zog sich über viele Jahre hin. Ein ganzes Haus am Feierabend wieder aufzubauen, kostete Zeit. Die einzelnen Baumaterialien immer gerade dann zu haben, wenn sie gebraucht wurden, erforderte in den Nachkriegsjahren viel Geschick und Organisationstalent. Dazu mussten die Männer häufig zu den Orten fahren, wo es gerade etwas gab. Opa Peter Hölcker hatte dieses Talent nicht. Aber da gab es ja Wilhelm, den Schwiegersohn. Was der für den Bau so alles herbeischaffte an Steinen und Platten, an Rohren und an Holz, das war schon erstaunlich. Das Bauholz besorgte er zum Beispiel nach Absprache mit dem Forstamt direkt im Wald, schlug es dort, holte es mit Hilfe eines Nachbarn nach Hause und bearbeitete es mit Maschinen, die er selbst konstruierte, zusammenbaute und auch wartete.

Ein geschickter Bursche, dieser Wilhelm! Zuweilen hätte er ein wenig mehr Geduld mit seinem alten Schwiegervater aufbringen sollen. Lange am Tisch sitzen, lag ihm nicht. Aber der Opa musste doch immer nach dem Essen seine Tischandacht halten. Alle in der Familie hatten sehr viel Grund, Gott für seine Güte, Treue und Hilfe zu danken. Dafür musste täglich Zeit sein, und das mehr oder weniger umfangreich nach jeder gemeinsamen Mahlzeit. Der Opa ließ da nicht mit sich reden.

Wilhelm begann manchmal zu grummeln, wenn die Andacht wieder lang wurde und er noch etwas vorhatte. Die vielen Gebetsanliegen, die der Opa dann jeweils nannte, waren doch jedes Mal dieselben. Es ging ihm immer um seine Kinder und Schwiegerkinder, um die Enkel, die Nachbarn und Freunde, um Kranke und Notleidende. Dazu um das Volk Israel und um die Wiederherstellung eines geeinten Deutschlands.

Jung und Alt kannte das Gebet des Ältesten der Familie bald auswendig. Es hätte doch zuweilen wirklich kürzer sein können. Wenn sie dann aber eine deutliche Gebetserhörung erlebten, musste auch ein besonderer Dank sein. Das galt zum Beispiel für den Tag der Staatsgründung Israels am 15. Mai 1948, der für Peter Hölcker ein besonderer Freudentag war, ebenso wie später für die Eingliederung des Saarlandes in die Bundesrepublik Deutschland.

Bald nach der Rückkehr ins Haus am Lulustein ordneten Peter und Gustchen die Eigentumsverhältnisse an Gebäude und Grundstück. Sie wollten als älter werdende Menschen nicht das Sagen behalten. Den Jungen gehörte die Zukunft, also sollten sie sie auch gestalten können, wie es ihren Vorstellungen entsprach.

Wilhelm wurde also mit seiner Elisabeth schon im ersten Jahr nach dem Krieg Eigentümer des Hauses und eines angemessenen Teils des Gartengrundstücks. Für ihre beiden Brüder wurde das übrige immer noch große Grundstück einmal halbiert, so dass jeder Platz genug hatte, wenn er selbst einmal bauen wollte. Elisabeth würde allerdings auch die Eltern im Alter pflegen. Ob das immer leicht sein würde, konnte noch niemand wissen.

Das Zusammenleben war jetzt nicht immer einfach. Wilhelm bekam bald Grund, sich über seinen Schwiegervater zu ärgern. Der alte Peter entwickelte sich mit der Zeit zum Altwarensammler. Er brachte von seinen Gängen in die Stadt und von seinen Spaziergängen zu den Halden, auf denen der Kriegsschutt gelagert wurde, immer irgendetwas mit, von dem er glaubte, dass es beim Bauen oder für den Garten verwendet werden konnte. Mal war es ein Brett, mal alte Leitungsrohre, mal ein Stück Leiter, mal eine verrostete Schubkarre, eine Handvoll Nägel oder Schrauben, mal dieses und mal jenes. Manchmal fuhr er sogar mit dem Handwagen durch die Straßen, um alle möglichen Dinge irgendwo aufzusammeln. Der Platz auf dem Grundstück wurde mit der Zeit knapp und knapper, das überflüssige Gerümpel türmte sich immer höher.

Alt geworden und dennoch fröhlich: Peter Hölcker im winterlichen Garten Ende der 50er Jahre

Anfangs konnten sich Gustchen und die Kinder noch über Opas Sammelleidenschaft amüsieren. Manchmal war ja wirklich ein verwendbares Stück dabei. Aber mit den Jahren nahm die Sammelwut doch beängstigende Züge an. Aber was tun dagegen? Alles Schimpfen und Dagegen-Angehen der jungen Leute half nicht. Auguste gab sich alle Mühe, ihrem Mann seine Marotte auszureden.

»Peter, mein Lieber, musst du denn alles auflesen, was andere liegen lassen?«

»Ich kann die Sachen doch nicht liegen lassen, Gustchen. Wilhelm hat doch vieles schon verwendet. Und Emanuel wird auch einmal bauen und kann bei seinem Neubau manches gebrauchen.«

»Aber wir sind doch mit dem Bauen bald fertig. Da braucht Wilhelm doch gar nicht mehr so viele Sachen.«

»Aber Emanuel wird noch bauen.«

»Das dauert noch, Peter. Der braucht deinen Krempel dann auch nicht. Der will den gar nicht, wenn der einmal baut.«

»Nenn das nicht Krempel, Gustchen. Das sind alles wertvolle Sachen. Wir haben Not und Entbehrung erlebt. Da hätten wir manches gebrauchen können, was es damals nicht gab. Jetzt gibt es die Sachen, und die Leute werfen sie weg. Das kann man doch nicht einfach so mitmachen.«

»Nein, Peter, das musst du ja auch nicht mitmachen«, redete Gustchen ihrem Mann zu. »Du musst ja auch nichts wegwerfen. Du sollst nur nicht alles auflesen, was andere wegwerfen. Wilhelm muss das eines Tages alles wieder loswerden.«

»Der soll sich hüten, der Junge«, erregte sich Peter, »und du wirst darauf achten, dass der nicht hinter meinem Rücken …«

»Ich achte darauf, wenn du mir versprichst, deine Sammelei einzustellen«, kam Gustchen ihrem Peter entgegen.

»Und wenn ich das nicht tue, bist du mir dann böse, mein Schatz?«, griff der alte Mann zärtlich nach den Händen seiner Frau.

»Das überlege ich mir dann noch, mein Lieber«, lächelte die ihren Peter an.

»Aber du kannst mir doch gar nicht böse sein, mein Liebes, oder?« Peter streichelte seinem Gustchen die Wange.

»Nein, Peter, ich kann dir nicht böse sein. Dafür hab ich dich immer noch zu lieb«, beruhigte sie ihren Mann. »Trotzdem musst du aufhören, alles anzuschleppen, was irgendwo herumliegt. Versprich mir das, Peter, bitte.«

Der versprach es. »Ich gebe mir Mühe, mein Gustchen, ich gebe mir wirklich Mühe.«

Aber mit dem Halten dieses Versprechens war das schwierig. Irgendwann musste Wilhelm dann doch mit einem Nachbarn, der ein Fuhrgeschäft betrieb, vereinbaren, ab und zu eine LKW-Ladung von Opas Sammelgut abzufahren. Geladen wurde, wenn der Opa seinen Mittagsschlaf hielt oder wenn er einmal für ein paar Stunden irgendwo unterwegs war.

Zunächst ging das gut. Der Opa merkte nichts davon. Als es ihm dann doch auffiel, gab es Ärger mit dem Schwiegersohn. Doch der setzte sich durch, und in der Folge gab Peter tatsächlich seine Sammelleidenschaft auf und ertrug es schweren Herzens und mit innerem Widerstand, dass der Hof vom Müll geräumt wurde. Dass dazu mehr als 20 LKW-Fahrten erforderlich waren, wollte er nicht wahrhaben. So viel Zeug hatte er doch gar nicht zusammengetragen.

Jetzt zog er sich immer wieder schmollend in sein Gartenhäuschen zurück, um sich an seine Staffelei zu setzen und Malversuche zu machen, wobei ihn die Ergebnisse nicht mehr so recht zufrieden stellten. Schade, er war wohl für das Malen schon zu alt und hatte es in den Jahren des Verzichts auf diese Tätigkeit zu sehr verlernt.

Durch die Sache mit dem Gerümpel und seinem Abtransport war ein Knacks in der Beziehung der beiden Männer im Haus entstanden. Irgendwie wurde das Zusammenleben schwieriger. Opa und Schwiegersohn gerieten immer wieder aneinander, was vorher kaum vorgekommen war. Meistens passierte das samstags beim besonderen Wochenend-Abendessen am allgemeinen Feierabend. Die getrübte Stimmung zog sich dann über das ganze Wochenende hin, und auf dem Besuch des Gottesdienstes lag etwas wie Mehltau der Unversöhnlichkeit, unter dem vor allem Elisabeth und ihre Mutter litten. Peter entwickelte eine Art Hornhaut gegenüber den Empfindungen der Frauen und eine gewisse Blindheit für die richtige Einschätzung des Miteinanders.

Vielleicht versuchte der alte Herr für sich selbst einen Ausgleich dadurch zu schaffen, dass er nach dem Gottesdienst nicht gleich mit nach Hause ging. Er war dann lieber noch in der Stadt unterwegs wie schon vor dem Zweiten Weltkrieg, um seine Blätter und Traktate an den Mann und die Frau zu bringen. Das Evangelium musste unter die Leute! Die Aussage des Apostels Johannes, die ihn selbst vor vielen Jahrzehnten zum Glauben geführt hatte, galt so wie immer. Die Leute mussten den Sohn kennen lernen, um das Leben zu haben. Wenn die Kraft für körperliches Arbeiten auch nachließ – den Leuten den Sohn lieb machen wollte Peter Hölcker, solange ihn seine Füße trugen.

Und seine Enkelinnen sollten das auch lernen. Deshalb nahm er Hildegard und Edith häufig auf seinen Verteilgängen mit, solange die beiden noch in einem Alter waren, in dem sie sich mitnehmen ließen, weil ihnen das Blätterverteilen Spaß machte. Später war das dann nicht mehr das Richtige für die heranwachsenden Mädchen, was der Opa erst lernen musste. Dass er Hildegard und Edith morgens immer persönlich an der Haustüre in die Schule verabschiedet hatte mit einem Kuss auf die Stirn und einem Segenswort, hatte ihnen als Kindern gefallen. Als Mädchen mochten sie das nicht mehr. Der Opa lernte, dass Teenager anders dachten als bezopfte oder bubiköpfige kleine Mädchen.

Wenn Peter Hölcker dann wieder einmal enttäuscht war über die Veränderungen der Zeit, suchte und fand er Trost bei seinem Gustchen. Die Oma hatte in vielen Dingen mehr Verständnis, und sie hatte immer noch einen guten Einfluss auf ihren Mann. Sie liebte ihn ja auch immer noch wie in jungen Jahren, was ganz auf Gegenseitigkeit beruhte.

Am 1. Januar 1957 wurde das Saarland nach einer neuen Volksabstimmung in die Bundesrepublik Deutschland eingegliedert. Ein Ereignis, das Peter und sein Gustchen im hohen Alter noch gemeinsam erlebten. Vier Wochen später konnten die beiden als Bürger des jüngsten Bundeslandes der Bundesrepublik ihre Goldene Hochzeit feiern. Gottes gnädige Führung über die fünf Jahrzehnte des gemeinsamen Weges musste gebührend gewürdigt werden! Es wurde ein großes und fröhliches Fest mit allen Kindern und Enkeln und vielen Verwandten und Freunden, und selbstverständlich mit einem feierlichen Gottesdienst mit den Bibeltexten und den Paul-Gerhardt-Liedern von damals. Ein richtig glücklicher Tag, dieser 2. Februar 1957, so hell und klar und warm wie das frühlingshafte Wetter dieses Tages.

Ihm folgten noch neun glückliche gemeinsame Jahre für Peter und Gustchen, in denen sie viel Schönes mit der Familie und drum herum erlebten. Ein Höhepunkt war die Hochzeit ihrer Enkelin Edith mit Reinhold, die dann auch bald das Haus auf ihren Namen überschrieben bekamen. Wilhelm und Elisabeth zogen sich in die Wohnung oben »aufs Altenteil« zurück und nahmen dabei die eigenen Eltern mit. Ein anderer Höhepunkt war die Geburt von Claudia, der ersten Urenkelin im Haus.

Das hätten sich Gustchen und Peter nie träumen lassen, dass sie einmal ein solch hohes Alter erreichen und mit vier Generationen unter einem Dach leben würden. Und das in großer Rüstigkeit und Fröhlichkeit und auch Zufriedenheit.

Auch im hohen Alter Hand in Hand; Peter und Gustchen im Frühjahr 1964

Die Oma blieb sich in den Jahren treu. Eine liebe, stille, bescheidene Frau, mit der immer ein gutes Auskommen war. Der Opa dagegen entwickelte allmählich gewisse Schrulligkeiten des Alters, mit denen aber hauptsächlich sein Gustchen zu tun hatte. Zum Beispiel trug er werktags immer dieselben Sachen, wenn er draußen im Garten herumkroch oder sich in sein Atelier zurückzog. Als ob er wirklich nur eine Hose und eine Jacke besäße. Alle anderen Kleidungsstücke waren den Sonn- und Feiertagen vorbehalten und mussten ansonsten geschont werden. Mehr als drei Hosen brauchte ein Mann ohnehin nicht zu haben, war seine Meinung. Er hatte in seinem langen Leben nie mehr als drei Hosen gehabt. Was nicht unbedingt richtig war, wie Gustchen mit einem Augenzwinkern bemerkte, wenn das wieder mal zur Sprache kam.

Dann ließ der Opa beim Waschen nur Wasser und Kernseife

an sich heran. Das hatte sich in seinem langen Leben bewährt, und Besseres gab es für ihn nicht. Dabei gab es doch inzwischen so schöne duftende Seifen und Duschcremes. Hätte er die doch nur ab und an benutzt, dann wäre der penetrante Knoblauchgeruch wenigstens ein wenig überlagert worden, den Peter Hölcker immer häufiger um sich verbreitete. Er begrenzte nämlich sein Frühstück auf ein Vollkornbrot mit Butter und drei gehackten Knoblauchzehen. Das schmeckte ihm und tat ihm offenbar gut, und er machte ein richtiges Ritual daraus, diese leckere Schnitte zu essen.

Darunter hatte allerdings die Familie zu leiden. Besonders sein Gustchen, die mit ihm die kleine Stube und das Schlafzimmer teilte und dem Geruch ständig ausgeliefert war. Es kam dann auch schon einmal vor, dass sie die Nase rümpfte oder sich sogar laut beklagte oder die Stube zu lange lüftete. Ihr guter Mann war dann immer sehr besorgt darum, dass seine geliebte Frau ihm nicht die Gunst entzog.

»Gustchen, du mein Gottesgeschenk, liebst du mich trotzdem noch?«, fragte er immer wieder. Dann streichelte Gustchen ihrem Peter die Wange und antwortete ihm mit einem verschmitzten Lächeln und stets denselben Worten: »Wenn du mir nicht immer die Atemluft mit Knoblauchduft vernebeltest, liebte ich dich noch mehr als so.« Dann strahlten die beiden sich wieder an und küssten sich wie zwei jung Verliebte.

Im Jahr vor der Diamantenen Hochzeit wurde Peter plötzlich von einer bösen, wuchernden Geschwulst in der Achselhöhle geplagt. Zum ersten Mal seit der Tuberkulose vor vielen Jahrzehnten wurde der Mann ernsthaft krank. Bald konnte der Neunzigjährige seine Tage nur noch im Bett verbringen und musste in allem versorgt werden. Was dabei sein Gustchen und Tochter Elisabeth nicht schafften, übernahm der Sozialdienst. War es nicht doch besser, den Kranken ins … Nein, ins Krankenhaus bringen mochte niemand den alten Mann. Sein Wunsch, zu Hause zu sterben, sollte ihm gerne erfüllt werden.

Viel Zeit würde ihm nach ärztlicher Auskunft nicht mehr bleiben.

Gustchen wich ihrem Mann in diesen letzten Wochen kaum von der Seite. Sie saß stundenlang an Peters Bett, las ihm seine Lieblingstexte aus der alten Bibel vor – an neuere Übersetzungen und Übertragungen hatte er sich nie gewöhnen wollen – und auch einmal eine Andacht, las oder sang ihm Lieder aus dem Gesangbuch vor, betete mit ihm oder hielt ihm auch nur die Hand, wenn er wieder einmal eine Zeit lang schlief.

In diesen Wochen bekam ein Paul-Gerhardt-Lied besondere Bedeutung. Als die Kräfte mehr und mehr nachließen, musste Gustchen dieses Lied vom »Gast auf Erden« immer wieder lesen. Vor allem die letzten Strophen wurden Peter von Mal zu Mal wichtiger:

»Die Herberg ist zu böse,
der Trübsal ist zu viel.
Ach komm, mein Gott, und löse
mein Herz, wenn dein Herz will;
komm, mach ein seligs Ende
an meiner Wanderschaft,
und was mich kränkt, das wende
durch deinen Arm und Kraft.

Wo ich bisher gesessen,
ist nicht mein rechtes Haus.
Wenn mein Ziel ausgemessen,
so tret ich dann hinaus;
und was ich hier gebrauchet,
das leg ich alles ab,
und wenn ich ausgehauchet,
so scharrt man mich ins Grab.

Du aber, meine Freude,
du meines Lebens Licht,
du ziehst mich, wenn ich scheide,
hin vor dein Angesicht
ins Haus der ewgen Wonne,
da ich stets freudenvoll
gleich wie die helle Sonne
mit andern leuchten soll.

Da will ich immer wohnen –
und nicht nur als ein Gast –
bei denen, die mit Kronen
du ausgeschmücket hast;
da will ich herrlich singen
von deinem großen Tun
und frei von schnöden Dingen
in meinem Erbteil ruhn.«

Jedes Mal, wenn der Kranke diese Verse hörte, ging ein Leuchten über sein Gesicht. Dann suchte er mit seiner geringen Kraft die Hand seiner Frau. »Nicht wahr, mein Gustchen, mein teures Gottesgeschenk, im Himmel ist es schön. Wer den Sohn hat, der hat das Leben. Ich gehe bald zu Jesus, und dann beginnt das Leben.« Mit schwächer werdender Stimme fragte der Schwerkranke auch immer wieder einmal: »Bist du mir noch gut, Gustchen? Sehen wir uns im Himmel wieder?«

Seine Frau streichelte ihm dann seine eingefallenen Wangen. »Ganz sicher sehen wir uns wieder, mein lieber Peter. Da brauchst du dich nicht zu sorgen, mein Schatz.« Danach schloss der Mann wieder glücklich lächelnd die Augen.

Als Peter sein Ende kommen fühlte, hatte er nur noch einen Wunsch: Die Hochzeit seiner Enkelin Hildegard sollte nicht durch sein Sterben beschwert werden. Die jungen Leute und ihre Eltern und Freunde sollten sich doch freuen können an diesem wichtigen Tag. Und sein Gustchen doch auch. Die sollte wenigstens bei der Trauung dabei sein und dann zu ihm zurückkommen.

Gott erwies Peter diese letzte Gnade und erfüllte ihm den Wunsch. Der alte und lebenssatte Mann schlief ein, als sein Gustchen, von der Trauung zurückgekehrt, schon wieder eine Weile an seinem Bett gesessen hatte, und wurde am nächsten Morgen nicht mehr wach. Irgendwann in der Nacht zum 28. August 1966 hatte sein Herz aufgehört zu schlagen. Peter Hölcker hatte die Augen für immer geschlossen, um den zu schauen, an den er seit jenen Tagen in Mülheim an der Ruhr geglaubt hatte.

Am Abend hatte er noch wie in einer letzten Erleuchtung sein Gustchen gebeten, ihm ein paar Verse aus dem 2. Timotheusbrief zu lesen. Diese Worte sollten dann auch sein letztes irdisches Bekenntnis sein: »Die Zeit meines Abscheidens ist vorhanden. Ich habe einen guten Kampf gekämpfet, ich habe den Lauf vollendet, ich habe Glauben gehalten. Hinfort ist mir beigelegt die Krone der Gerechtigkeit, welche mir der Herr an jenem Tage, der gerechte Richter, geben wird; nicht mir aber allein, sondern auch allen, die seine Erscheinung lieb haben.«

Gustchen litt unter dem Verlust des geliebten Mannes, aber sie war durch ihren Glauben getröstet, und sie hatte die starke Hoffnung, ihrem Peter bald folgen zu können. Was sollte sie jetzt noch auf der Erde halten? Die Kinder waren versorgt, die Enkel auch, die Geburt des Urenkelchen hatte sie auch noch erleben dürfen. Sie war bereit, wenn Gott auch sie rufen würde.

Aber Gott rief nicht. Er rief noch lange nicht. Die alte Witwe musste sich tatsächlich noch auf das veränderte Leben ohne ihren Mann einlassen. Und sie tat es dann doch fröhlich und nach Kräften. Gerne passte sie auf Claudia auf und auf die

Geschwister, die in Ediths Familie nachkamen, und erzählte den Kleinen biblische Geschichten. Auch den anderen Kindern, die immer wieder einmal zu Besuch kamen. Gerne machte sie auch selbst noch den einen oder anderen Besuch, solange die Kräfte dazu reichten. Ebenso gerne war sie dann aber auch für sich, um in Erinnerungen zu leben und betend nach vorne zu schauen und für die Menschen einzutreten, die Gott ihr vor Augen stellte.

Auguste war und blieb eine zufriedene Frau mit wenigen Wünschen an ihre alten Tage. Sie machte es ihren Lieben im Haus leicht, ihr eigenes Leben zu gestalten. Nur ihre Geburtstage wünschte sie immer in großer Gesellschaft zu feiern. Das war auch bei ihrem 94. so. Als hätte sie es geahnt, dass es ihr letzter sein würde.

Wie eine Königin saß die Oma und Uroma an diesem 2. Juni 1975 am Kopfende der Geburtstagstafel und strahlte über ihr ganzes rundes, runzliges Gesicht. War das schön, dass sie alle dabei waren, Kinder und Schwiegerkinder, dazu die Enkel und ihre Männer und Frauen und neun Urenkel. Gott, du bist groß! Schade, dass Kaffee und Kuchen nicht schmecken wollten. Ob die Freude doch zu groß war? Oder was war es, was Auguste hinderte, kräftig zuzugreifen, wie sie das sonst so gerne tat?

Am Schluss der Feier hatte die alte Dame noch einen Wunsch: »Singt mir doch noch einmal meine beiden Lieblingslieder«, bat sie. Durch die Gesellschaft ging ein stiller Schreck.

»Oma, alle Strophen?«, fragte jemand.

»Bitte«, antwortete die Oma mit einem entwaffnenden Lächeln, »es sind doch nur einmal fünfzehn und einmal zwölf. Die schafft ihr doch wohl.«

Also wurden rasch die Liederbücher verteilt, denn die vielen Strophen konnte keiner mehr auswendig. Dann sangen ihre Lieben der Jubilarin noch einmal alle Strophen von »Befiehl du deine Wege …« und von »Geh aus, mein Herz, und suche Freud …« Mit geschlossenen Augen und still lächelnd hörte sie zu. Bei der letzten Strophe sang sie mit, so kräftig das noch ging, und dabei brauchte sie kein Gesangbuch:

»Erwähle mich zum Paradeis
und lass mich bis zur letzten Reis
an Leib und Seele grünen,
so will ich dir und deiner Ehr
allein und sonsten keinem mehr
hier und dort ewig dienen.«

Diese Liedstrophe war die letzte, die Auguste Hölcker in ihrem irdischen Leben sang. Am Abend des Festtages legte sie sich ins Bett, um es nicht mehr zu verlassen. Eine plötzliche Schwäche, die sich vielleicht in der Appetitlosigkeit angekündigt hatte, hinderte die alte Frau, am nächsten Morgen aufzustehen. Den ganzen Tag über lag sie nur still im Bett und war innerlich mit irgendetwas beschäftigt, das sie offenbar froh und heiter stimmte. Darüber sprechen konnte sie nicht mehr.

In der darauf folgenden Nacht schlief sie dann ebenso still und friedlich ein wie ihr Peter neun Jahre zuvor. Mit lächelndem Gesicht war sie ihrem geliebten Mann gefolgt. Wie hatte sie doch vorgestern noch singen lassen?

»Mach End, o Herr, mach Ende
mit aller unsrer Not;
stärk unsre Füß und Hände
und lass bis in den Tod
uns allzeit deiner Pflege
und Treu empfohlen sein,
so gehen unsre Wege
gewiss zum Himmel ein.«

Auguste Hölckers langer Lebensweg war in dieser Nacht in den Himmel eingegangen. Gustchen durfte nun auch den sehen, an den sie seit ihrer Kindheit geglaubt hatte und dem sie in Treue gefolgt war, und sie durfte ihrem Peter begegnen, der dort seit neun Jahren auf sie wartete.

vom selben Autor

Helene und das Wunder des »Schönblick«

Als alle Welt in den Krieg zog, bauten sie für Menschen und Gott

256 Seiten, Gebunden
mit 16 Seiten Farb- u. s/w-Fotos
ISBN 978-3-7655-1931-4

1914: In ganz Europa stehen die Zeichen auf Krieg. Ausgerechnet jetzt will eine Handvoll Männer ein wagemutiges Glaubenswerk in die Tat umsetzen: den »Schönblick«, ein Erholungsheim, zu gründen.

Helene Scheufele erlebt als Mädchen und Haustochter, wie dieses Wagnis beginnt und welche Wunder Gott tut, um den »Schönblick« in den folgenden Jahrzehnten durch leichte und schwere Zeiten zu tragen und auszubauen. Sie sieht die verschiedensten Gäste kommen und gehen und verliebt sich in Johann, den neuen Fahrer. Als Krankenschwester im Zweiten Weltkrieg bangt sie um die Sicherheit der Patienten – und immer wieder schöpft sie neuen Mut aus dem Glauben: Den »Schönblick« hat Gott geschenkt, für die Arbeit mit vielen, vielen Menschen ...

BRUNNEN VERLAG GIESSEN
www.brunnen-verlag.de

vom selben Autor

Dora, die Tochter des Bischofs

Das spannende Leben der Dora Rappard

208 Seiten, Taschenbuch
ISBN 978-3-7655-4017-2

Mit vier Jahren kommt sie als Tochter des anglikanischen Bischofs Samuel Gobat nach Jerusalem. Bereits als Mädchen spricht Dora vier Sprachen. Ihr ganz im Zeichen des Glaubens stehendes Leben führt Dora von Palästina über Deutschland, England und Ägypten schließlich an der Seite ihres Mannes, Carl Heinrich Rappard, in die Schweiz. Bekannt werden beide vor allem als Leiter des Chrischona-Werkes bei Basel.